新譯

詩經選

金學主 譯著

明文堂

▲ **문왕상**(文王像) 기원전 11세기경. 주왕조(周王朝)의 기초를 닦은 군주. 이름은 창(昌). 그의 휘하에는 태공망(太公望) 여상(呂尚) 등 여러 현인(賢人)들이 있었다.

▲ **무왕상**(武王像) 기원전 11세기경. 주왕조의 초대 왕. 이름은 발(發). 은(殷)나라를 멸(滅)하고 주(周)나라를 세웠으나 2년만에 세상을 떠났다.

▶ **공자상**(孔子像)
기원전 5세기경 춘추시대 노(魯)나라의 사상가·정치가. 이름은 구(丘), 자는 중니(仲尼). 주유천하하며 이상정치를 실현하려다가 뜻을 못이루고 고국에 돌아와서 《시경》 등을 정리 편찬하고 제자 육성에 진력했다. (臺北 故宮博物院 소장).

▲**모공정**(毛公鼎) 서주(西周) 후기, 선왕시대(宣王時代：기원전 800년경). 모공(毛公)에게 쇠퇴해진 주나라를 부흥시키라는 선왕의 명령문이 새겨져 있다(臺北 故宮博物院 소장).

▲**청동제종**(青銅製鐘) 서주 후기. 조상의 제사 때 사용했던 악기인데 자손이 복을 비는 내용의 글이 새겨져 있다(파리 기메미술관 소장).

▲**지백**(智伯)**의 반리문감**(蟠螭文鑑) '지군자지농감(智君子之弄鑑)'이란 글자가 새겨져 있는데 감(鑑)은 물그릇이며 당시 얼음을 넣고 음식물을 차게 해서 먹었던 듯하다(워싱턴 프리어미술관 소장).

[上左]**청동제**(靑銅製) **거마구**(車馬具) 춘추시대의 것으로 하남성(河南省) 출토. 용도는 확실하지 않지만 수레나 말의 장신구로 사용되었던 것으로 추정된다(파리 기메미술관 소장).

[上右]**백옥제벽**(白玉製璧) 전국시대 후기. 반투명한 회백색으로, 촉촉하고 따뜻한 느낌을 준다. 전면에 곡식 알갱이 모양의 소돌기(小突起)가 있고 중앙의 구멍과 바깥쪽에 훼룡으로 불리는 조두수신(鳥頭獸身)의 동물이 투조(透彫)되어 있다(캔자스시티 넬슨미술관 소장).

[下右]**금상감동물문두**(金象嵌動物文豆) 전국시대 중기(中期). 두(豆)는 절인 음식을 담는 그릇이라고 한다. 청동(靑銅)의 기체(器體)에 금선(金線)을 상감하여 무늬를 표현한 것이다(개인 소장).

책 머 리 에

《논어(論語)》를 보면 공자가 아들 백어(伯魚)에게 이런 말을 하고 있다.

"너는 〈주남(周南)〉과 〈소남(召南)〉을 공부하였느냐? 사람이 되어가지고 주남과 소남을 공부하지 않으면, 그는 마치 담벽을 마주 대하고 서 있는 것이나 같을 것이다."(陽貨篇)

〈주남〉과 〈소남〉은 15국풍 중의 첫 두 지방의 작품을 모아놓은 것인데, 《시경》 전체를 대표하는 것이라 보아도 된다. '담벽을 마주 대하고 서 있다'는 것은 사람이 모든 면에서 꽉 막혀있음을 뜻한다. 따라서 《시경》을 공부하지 않은 사람은 앞이 꽉 막히어 사람노릇을 제대로 할 수가 없는 사람이라는 것이다.

《시경》을 공부하지 않으면 사람노릇을 제대로 하지 못한다는 것은 현대에는 그다지 적절한 말이 아닌지도 모른다. 그러나 지금에 있어서도 중국의 문학이나 문화를 이해하려는 사람이라면 무엇보다도 《시경》 정도는 읽고 이해하여야만 할 것이다.

그러나 《시경》은 지금으로부터 3천년 전의 노래들을 360수나 모아놓은 시가집이어서 그것을 읽는다는 것은 쉬운 일이 아니다. 문장도 어렵거니와 그 분량도 적지 않다. 이에 보다 쉽사리 《시경》을 읽고 이해할 수 있도록 하기 위하여 이 선집(選集)을 편찬하게 된 것이다.

　이는 본시 탐구당(探求堂)에서 탐구신서(探求新書) 184로 나왔던 《시경》(1981)을 바탕으로 하였다. 그러나 일반사람들이 보다 쉽게 《시경》을 대할 수 있도록 현대인의 구미에 맞을 것으로 생각되는 작품을 중심으로 다시 편찬하였다. 따라서 완역판 《시경》(명문당, 2002. 개정판)보다는 역문도 쉽게 고쳤고, ‘주석’과 ‘해설’도 보다 알기 쉽고 간편하게 달았으며, ‘해제’도 보다 평이한 수준에서 다시 썼다.

　이 선집을 통하여 보다 많은 분들이 《시경》을 접하게 되기를 간절히 바랄 뿐이다. 끝으로 이 자리를 빌어 어려운 여건에도 불구하고 양서 출판에 전념하는 명문당 김동구 사장님께 경의를 표한다.

2003년　3월

김 학 주　인헌서실에서 씀

차 례

책머리에 · 5

《시경(詩經)》이란 어떤 책인가?

1. 《시경》의 성격 · 13

2. 시교(詩敎)와 악교(樂敎) · 14

3. 《시경》의 내용 · 16

4. 한(漢)대의 《시경》 해설 · 20

5. 《시경》의 새로운 방향의 해석 · 24

6. 어떻게 《시경》을 읽어야 하나 · 25

제1편 국 풍(國風)

제1 주남(周南) · 29

1. 물수리(關雎) · 29

2. 칡덩굴(葛覃) · 32

3. 도꼬마리(卷耳) · 34

4. 가지 늘어진 나무(樛木) · 36

5. 여치(螽斯) · 38

6. 복숭아나무(桃夭) · 39

7. 토끼 그물(兎罝) · 40

8. 질경이(芣苢) · 42

9. 한수는 넓어서(漢廣) · 43

10. 여수 방죽(汝墳) · 45

11. 기린의 발(麟之趾) · 47

제2 소남(召南) · 48

1. 까치집(鵲巢) · 49

2. 다북쑥 뜯어(采蘩) · 50

3. 베짱이(草蟲) · 52

4. 개구리밥 뜯어(采蘋) · 54

5. 팥배나무(甘棠) · 56

6. 이슬길(行露) · 57

7. 양 갖옷(羔羊) · 59

8. 천둥 소리(殷其靁) · 61

9. 매실 따기(摽有梅) · 62

10. 작은 별(小星) · 64

11. 강수는 갈라져 흐르고(江有汜) · 65

12. 들판에서 잡은 노루(野有死麕) · 67

13. 어쩌면 저렇게 고울까(何彼襛矣) · 68

14. 몰이꾼(騶虞) · 70

제 3 패풍(邶風) · 71

1. 잣나무배(柏舟) · 73

2. 녹색 옷(綠衣) · 76

3. 제비(燕燕) · 78

4. 해와 달(日月) · 81

5. 바람(終風) · 83

6. 북소리(擊鼓) · 85

7. 남풍(凱風) · 87

8. 동풍(谷風) · 90

9. 쇠미하였도다(式微) · 95

10. 춤(簡兮) · 96

11. 샘물(泉水) · 99

12. 북문(北門) · 102

13. 북풍(北風) · 104

14. 얌전한 아가씨(靜女) · 106

제 4 용풍(鄘風) · 107

1. 잣나무배(柏舟) · 107

2. 낭군과 해로해야지(君子偕老) · 109

3. 상중(桑中) · 112

4. 쥐를 보라(相鼠) · 114

5. 달려라(載馳) · 115

제 5 위풍(衛風) · 118

1. 기수 물굽이(淇奧) · 118
2. 높으신 님(碩人) · 121
3. 한 남자(氓) · 125
4. 내 님(伯兮) · 130
5. 모과(木瓜) · 132

제 6 왕풍(王風) · 134

1. 기장은 더부룩히(黍離) · 134
2. 역사에 나가신 임
   (君子于役) · 137
3. 골짜기의 익모초
   (中谷有蓷) · 138
4. 토끼는 깡총깡총(兎爰) · 140
5. 칡 캐러 가세(采葛) · 142
6. 큰 수레(大車) · 143

제 7 정풍(鄭風) · 145

1. 둘째 도령(將仲子) · 145
2. 닭이 우네요(女曰雞鳴) · 147

3. 함께 수레 탄 여자
   (有女同車) · 150
4. 산에는 무궁화
   (山有扶蘇) · 151
5. 능구렁이 같은 녀석
   (狡童) · 152
6. 치마 걷고(褰裳) · 153
7. 의젓한 님(丰) · 154
8. 비바람(風雨) · 156
9. 님의 옷깃(子衿) · 157
10. 동문을 나서니
    (出其東門) · 158
11. 진수와 유수(溱洧) · 160

제 8 제풍(齊風) · 162

1. 닭이 우네요(鷄鳴) · 162
2. 문간에서(著) · 164
3. 동녘의 해(東方之日) · 165
4. 남산(南山) · 166
5. 큰 밭(甫田) · 169
6. 아아 멋지다(猗嗟) · 170

제 9　위풍(魏風) · 172

1. 동산의 복숭아나무
   (園有桃) · 173
2. 민둥산에 올라(陟岵) · 175
3. 박달나무 베어(伐檀) · 177
4. 큰 쥐(碩鼠) · 180

제 10　당풍(唐風) · 183

1. 귀뚜라미(蟋蟀) · 183
2. 산에는 스무나무
   (山有樞) · 186
3. 땔나무 묶어놓고(綢繆) · 188
4. 우뚝 선 아가위나무
   (杕杜) · 190
5. 넉새 깃(鴇羽) · 191
6. 칡이 자라(葛生) · 193

제 11　진풍(秦風) · 195

1. 갈대(蒹葭) · 196
2. 곤줄매기(黃鳥) · 198

3. 새매(晨風) · 201
4. 옷이 없다면(無衣) · 203

제 12　진풍(陳風) · 205

1. 완구(宛丘) · 205
2. 동문에는 흰 느릅나무
   (東門之枌) · 207
3. 동문 밖 연못
   (東門之池) · 208
4. 달이 떴네(月出) · 210
5. 못 둑(澤陂) · 211

제 13　회풍(檜風) · 213

1. 흰 관(素冠) · 213
2. 진펄의 양도(隰有萇楚) · 215
3. 바람(匪風) · 216

제 14　조풍(曹風) · 217

1. 하루살이(蜉蝣) · 218
2. 흘러내리는 샘물(下泉) · 219

제 15 빈풍(豳風) · 221

1. 칠월(七月) · 222

2. 동산(東山) · 231

3. 깨어진 도끼(破斧) · 235

제2편 소 아(小雅)

1. 사슴이 울면서(鹿鳴) · 241

2. 아가위(常棣) · 243

3. 고사리 캐세(采薇) · 246

4. 우뚝한 아가위나무(杕杜) · 250

5. 붉은 활(彤弓) · 253

6. 학의 울음(鶴鳴) · 255

7. 기보(祈父) · 256

8. 곤줄매기(黃鳥) · 258

9. 더부룩한 다북쑥(蓼莪) · 260

10. 쉬파리(靑蠅) · 263

11. 능초 꽃(苕之華) · 264

12. 무슨 풀이고 시들지 않나
(何草不黃) · 265

제3편 대 아(大雅)

1. 문왕(文王) · 271

2. 사람을 낳으심(生民) · 276

3. 은하수(雲漢) · 283

4. 강수와 한수(江漢) · 289

제4편 송(頌)

주 송(周頌) · 297

1. 청묘(淸廟) · 297
2. 강하심(執競) · 298
3. 풍년(豐年) · 300
4. 장님 악공(有瞽) · 301
5. 무왕(武) · 302
6. 풀뽑기(載芟) · 303
7. 즐거움(般) · 306

노 송(魯頌) · 307

1. 살찌고 억셈(有駜) · 307
2. 반궁의 물(泮水) · 310

상 송(商頌) · 315

1. 제비(玄鳥) · 315
2. 은나라의 무용(殷武) · 318

색인(索引) · 323

《시경(詩經)》이란 어떤 책인가?

1. 《시경》의 성격

《시경》은 중국의 가장 오래된 시가집(詩歌集)이다. 그 속에는 지금으로부터 2천5백 여년 전 내지 3천 년 전의 4, 5백 년동안 중국사람들이 노래부르던 민간의 민요(民謠)를 중심으로 하여 사대부들의 시가 및 신(神)을 제사지낼 때 부르던 송가(頌歌)들이 실려 있다.

《시경》은 중국문학의 시조(始祖)라고 흔히 말한다. 중국의 시가(詩歌)와 중국문학은 《시경》에서 비롯되어 발전해 왔기 때문이다. 지금까지도 중국문학의 전통 속에는 《시경》이 끼친 영향이 맥맥이 흐르고 있다. 중국의 오랜 기록으로 《시경》보다 이른 것으로는 갑골문(甲骨文)이 있고 금석문(金石文) 등이 있으나 앞의 것은 점(占)을 친 결과를 간단히 적은 글이고, 금석문도 예기(禮器)나 돌에 특수한 목적 아래 새겨놓은 특수한 글이어서, 그 내용이 단순하다. 《시경》과 거의 같은 시대에 이루어진 책으로 《서경》이 있으나, 이것도 옛날의 사관(史官)이 정치에 관한 일을 적어놓은 글이어서, 그 내용이 정치를 벗어나지 않는 것이다.

그러나 《시경》은 낮은 백성들로부터 사대부(士大夫)를 거쳐 제후(諸侯)나 천자(天子)들이 연주하던 노래의 가사까지도 모아져 있어, 그 내용이 다양하다. 옛 서민생활로부터 궁중의 의식(儀式)이나 제례(祭禮)까지도 엿볼 수 있는 내용이다. 곧 중국 고대의 정치·사회·종교·문화·민속 등 여러 면을 드러내 보여주는 기록이다. 따라서 《시경》은 문학뿐만이 아니라 중국 고대의 사회와 문화 전반에 걸쳐 무엇보다도 중요한 연구자료가 되는 기록이다.

이 《시경》은 만년에 공자가 여러 나라를 두루 돌아다니다가 노(魯)나라로 돌아와 만인(萬人)의 교과서로 삼기 위하여 '육경(六經)'의 하나로 편정(編定)한 것이다. 《논어(論語)》만을 보더라도 공자는 《시경》에 대하여 이런 말들을 하고 있다.

"《시경》은 한 마디로 표현하면 생각에 사악함이 없는 것이다." (詩三百, 一言而蔽之, 曰思無邪. : 爲政)

"시를 배우지 않으면 말할 거리가 없게 된다."(不學詩, 無以言. : 季氏)

"사람으로 〈주남〉과 〈소남〉(《시경》의 편명)을 공부하지 않았으면, 그는 마치 벽을 마주보고 서 있는 것과 같을 것이다."(人而不爲 周南召南, 其猶正牆面而立也與. : 陽貨)

이밖에도 공자는 여러 가지 말을 하고 있다. 어떻든 공자는《시경》을 통해서 사람들이 참다운 인간과 사회의 여러 면을 올바로 배우도록 하고자 하였던 것 같다.

2. 시교(詩敎)와 악교(樂敎)

중국 사람들은 옛부터 나라를 다스림에 있어서 언제나 덕치(德治)를 내세웠다. 세상을 다스리는 정치란 언제나 치자(治者)의 덕(德)을 바탕으로 하되, 그 덕을 확충시켜 세상 사람들을 교화시킴으로써 자연스럽게 인간의 본성에 따라 다스려야 한다는 것이다. 따라서 치자(治者)와 피치자(被治者)의 관계도 어떤 제도나 법 또는 권력구조(權力構造)에 의하여 이루어지는 것이 아니라 덕에 의하여 이루어진다.

덕의 수준을 바탕으로 하여 가장 완선(完善)한 덕을 지닌 사람이 천명(天命)을 받아 치자(治者)가 되어 백성들을 다스린다. 여기에선 인위적(人爲的)인 제도나 법령은 덕(德) 이하의 방편(方便)에 불과한 것이어서 인간이나 사회를 규제하는 전칙(典則)이 될 수 없다.

그런데 이러한 덕치주의를 베푸는 데 있어서 최선의 수단이란 무엇일까? 덕치란 사람의 행위를 규제하여 다스리는 것이 아니라, 마음을 계발(啓發)시켜 올바른 본연의 성정(性情)을 되찾는 것이다. 그러므로 덕으로 사람을 다스리자면, 언제나 사람의 성정에 호소하여 이를 제대로 교화시켜야 한다. 그러기에 그 수단은 인위적인 규정이나 명령보다도 사람의 성정을 감화시킬 수 있는 것이어야만 된다.

그러면 사람의 성정을 가장 잘 움직일 수 있는 것은 무엇일까? 그것은 바로 음악(音樂)이라는 것이다. 음악이야말로 사람의 성정을 가장 잘 드러내고 또 그 성정을 가장 잘 움직일 수 있다고 본 것이다. 그러기에 민심(民心)의 향배(向背)를 가장 잘 대변(代辯)해 주는 것도 음악이요, 사람을 가장 올바로 교화시켜 줄 수 있는 것도 음악이라고 본 것이다.

그러므로 한대(漢代)에 이루어진 〈모시서(毛詩序)〉에 이런 말이 보인다.

"치세(治世)의 음악은 편안하면서도 즐겁고 그 정치는 조화가 잘되며, 난세(亂世)의 음악은 원망스러우면서도 노여운 듯하고 그 정치는 도리에 어긋나며, 망국(亡國)의 음악은 슬프면서도 선정적(煽情的)이고 그 나라 백성들은 곤경에 빠진다."

또 《예기(禮記)》 〈악기(樂記)〉편을 보면 이런 대목이 있다.

"음악을 종묘(宗廟) 같은 데서 군신상하(君臣上下)가 함께 들으면 모두가 화경(和敬)하게 되고, 족당향리(族黨鄕里)에서 장유(長幼)가 함께 들으면 모두가 화순(和順)해지고, 집안에서 부자형제(父子兄弟)가 함께 들으면 모두가 화친해진다."

다시 《서경(書經)》〈순전(舜典)〉이나 《주례(周禮)》〈대사악(大司樂)〉을 보면 순(舜)임금 시절이나 주(周)나라 때에는 음악을 관장하는 장관이 국자(國子)들의 교육까지도 담당하였다.

《맹자(孟子)》〈진심(盡心)〉 상(上)편에서도 "인언(仁言)은 인성(仁聲)만큼 사람에게 깊이 들어가지 못한다"고 하였다. 인성은 어진 노래를 말한다. 《서경(書經)》〈대우모(大禹謨)〉를 보면, 순(舜)임금은 무력으로 굴복시키지 못한 묘족(苗族)을 문무(文舞)와 무무(武舞)로써 감복(感服)시켜 순종케 한다. 이처럼 어진 덕을 지닌 치자가 음악을 통하여 덕화를 펴나갈 때 진실한 정치가 이루어진다는 것이다.

그런데 옛날의 '시'는 바로 '음악'의 가사(歌詞)이다. 따라서 음악을 통해서 백성들을 교화한다는 악교(樂敎)와 같은 맥락에서 시교(詩敎)의 개념이 이루어지는 것이다. 그리하여 옛 임금들이 민심의 동향을 올바로 파악하기 위하여 전국의 노래 가사를 모아놓은 일부가 지금 《시경》으로 편찬되어 우리에게 전해지고 있다고도 하는 것이다.

3. 《시경》의 내용

《시경》에는 도합 305편의 시가 실려 있으며, 이들은 풍(風)·아(雅)·송(頌)의 세 부분으로 다시 나뉘어진다. 이밖에 〈모시(毛詩)〉 속에는 그 가사가 없어졌다고도 하고 본시가 가사 없는 금곡(琴曲)이라고도 하는 6편의 제목이 남아 있다. 이들을 모두 합치면 311편이 되는 셈이다. 그래서 옛날에는 그 개수(槪數)를 들어 흔히 '시삼백(詩三百)'이라고 불렀다.

《시경》은 본시 '시(詩)' 또는 '시삼백(詩三百)'이라고 불렀다. 역

(易)·서(書)·춘추(春秋)·예(禮) 등 경전들과 함께 옛날에는 '경(經)'자를 붙여 부르지 않았다. '경'자를 흔히 경전 뒤에 붙여 부르게 된 것은 후세의 일이다.

풍(風)은 여러 나라들의 민요(民謠)란 뜻에서 '국풍(國風)'이라 흔히 부른다. 풍(風)자의 뜻에 관하여는 여러 가지 다른 해석이 있지만, '풍요(風謠)' 곧 민간의 가요란 뜻으로 봄이 좋을 것이다. 국풍 속에는 주남(周南)·소남(召南)·패(邶)·용(鄘)·위(衛)·왕(王)·정(鄭)·제(齊)·위(魏)·당(唐)·진(秦)·진(陳)·회(檜)·조(曹)·빈(豳)의 15개국의 민요가 실려 있다.

이들은 모두 작자를 알 수 없는 것들이나 《시경》의 편자(編者)가 이들을 편집할 때에는 이미 본시의 민요에 약간의 윤색(潤色)이 후인에 의하여 가해진 것이었다고 봄이 좋을 것이다. 어떻든 《시경》의 가장 값비싼 주옥편(珠玉篇)들은 대부분 이 '풍'에 들어 있다고 보아도 큰 잘못은 아닐 것이다.

'아(雅)'는 옛날에는 '하(夏)'와 음이 비슷하여 가끔 통용되었다. 《순자》〈영욕편(榮辱篇)〉에 '월나라 사람은 월에서 사는 게 편안하고, 초나라 사람은 초에서 사는 게 편안하며, 군자는 아(雅 : 곧 中夏)에서 사는 게 편안하다(越人安越, 楚人安楚, 君子安雅)'란 말이 있는데, 〈유효편(儒效篇)〉에는 '초나라에 살게 되면 초나라 풍습을 따르고, 월나라에 살게 되면 월나라 풍습을 따르며, 하(夏 : 中夏)나라에 살게 되면 하나라 풍습을 따른다(居楚而楚, 居越而越, 居夏而夏)'란 말이 있다.

이 두 구절을 아울러 볼 때 아(雅)도 나라 이름이며 바로 하(夏), 곧 중하(中夏) 또는 중국(中國)의 뜻임을 알 것이다. 《묵자(墨子)》〈천지편(天志篇)〉 하(下)에선 '대아(大雅)'의 '황의(皇矣)' 시 '제위문왕(帝謂文王)……' 여섯 구를 인용하고 '대하(大夏)'라 말하고 있으니, '아'와 '하'가 통용되었음이 더욱 분명하다.

하(夏)는 우(禹)임금이 세웠던 나라로 문화가 가장 발달했던 황하(黃河) 중류 일대에 걸친 땅이다. 각국의 국풍들이 여러 나라에 유행하였던 토속적인 악조(樂調)임에 비추어 '아'는 중원(中原) 일대에 유행하여 왕조에서 숭상되던 정악(正樂)이었다(屈萬里《詩經釋義》). 다시 말하면 국풍(國風)이 그 시대의 속악(俗樂)이라면, 이 아(雅)는 그때 궁전(宮殿)의 '아악(雅樂)'과 같은 성격의 노래였다.

'아'는 다시 '소아(小雅)'와 '대아(大雅)'로 구분된다. 소아와 대아의 차이에 대하여 주희(朱熹 : 1130~1200)는 그의 《시집전(詩集傳)》에서 다음과 같이 설명하고 있다.

"지금 볼 것 같으면, 정소아(正小雅)는 연향(宴饗)의 음악이요 정대아(正大雅)는 회조(會朝)의 음악으로서 축복과 훈계(訓戒)를 노래한 가사인 것이다. ……사기(詞氣)가 같지 않으니 음절(音節) 역시 달랐을 것이다."

주희를 비롯한 옛 중국학자들은 《시경》 속에는 난세에 노래부르던 '경'으로서는 적합하지 않은 작품들도 섞여있다고 보고, 제대로 된 시들을 '정시(正詩)', 세상이 어지러운 때에 나온 시들을 '변시(變詩)'라 보았다. 그런 입장에서 주희는 여기에 '정소아' '정대아'라는 말을 쓰고 있는 것이다. 곧 그 가운데에는 적지 않은 '풍'에 가까운 '황조(黃鳥)'·'아행기야(我行其野)'·'곡풍(谷風)'·'하초불황(何草不黃)' 등 세상을 원망하거나, 행역(行役)하는 남자가 집을 그리는 내용의 시들이 있다. 이것들은 궁전에서 노래부르기에는 부적합한 내용의 가사들이다. 그러나 그것들은 도성에 유행하던 것으로, '국풍'과 악조가 같지 않기 때문에 '아' 속에 들어가게 된 것일 게다.

'송(頌)'은 다시 주송(周頌)과 노송(魯頌)·상송(商頌)의 세 부분으로 나뉘어진다. 송은 청대(淸代) 완원(阮元 : 1764~1849)의 '석송(釋頌)'이란 글에 의하면 바로 '용(容)'의 뜻이며, 용은 형용 또는 모습의 뜻을 지녀 노래에 춤을 겸한다는 뜻을 가지고 있다 하였다. 송의 내용은 제사(祭祀)지낼 때 신(神)을 송양(頌揚)하거나 조상들의 은덕을 찬송(讚頌)하는 것이다.

그러나 노송(魯頌) 4편은 모두가 살아 있는 희공(僖公)을 송양(頌揚)한 것이며, 상송(商頌) 가운데에도 송(宋)나라에서 쓰인 그 당시의 임금에게 아부하는 작품들이 있다. 이것은 당시의 임금에게 아부하기 위하여 '송'이라는 음악과 체재(體裁)를 빌린 것일 게다. 그러나 이 '송'은 후세까지도 궁전의 묘당(廟堂)에서 조상들을 제사지낼 때 쓰는 제의(祭儀)의 음악으로 계승된다.

이들 작품의 창작연대는 문사(文辭)를 통해 볼 때 주송(周頌)이 가장 빠른 듯하다. 대부분이 서주(西周) 초년(初年 : 기원전 1110년 전후)의 작품일 것이다. 대아(大雅) 속에도 서주 초년의 작품인 듯한 것들이 있으나 대부분은 서주 중엽(기원전 900년 전후) 이후의 작품일 것이다. 소아(小雅)는 대부분이 서주 중엽 이후의 시이며, 분명히 동주(東周) 초년(기원전 760년 전후)의 작품이라 할 것들도 몇 편 들어 있다.

국풍(國風)은 가장 빠른 것이 서주 말년(기원전 850년 전후) 무렵이며 늦은 것은 춘추(春秋) 중엽(기원전 620년 전후) 무렵의 작품도 있다. 진풍(陳風)의 '주림(株林)', 조풍(曹風)의 '하천(下泉)' 같은 작품이 바로 그런 것이다. 노송(魯頌) 4편은 전부가 노(魯)나라 희공(僖公) 때(기원전 659~627)의 작품이며, 상송(商頌)도 '은무(殷武)'는 송양공(宋襄公 : 기원전 650~637)을 기린 작품이다.

전목(錢穆)은 〈독시경(讀詩經)〉(新亞學報 제5권 제1기, 1960. 8)에서 다음과 같이 세 시기로 《시경》의 시들의 제작 시기를 구분하여 설명하고 있다.

제1기 : 문무(文武, 기원전 1122~1116) · 주공(周公) · 성왕(成王, 기원전 1115~1079)의 시대. 주송(周頌)과 대아(大雅)의

‘대명(大明)’·‘사문(思文)’·‘천작(天作)’ 등이 이 시기에 지어짐.

제2기 : 여왕(厲王, 기원전 878~828)·선왕(宣王, 기원전 827~ 782)·유왕(幽王, 기원전 781~771)의 시대. 주송(周頌)과 대아(大雅)의 ‘첨앙(瞻卬)’ 등 많은 시 및 소아(小雅)의 ‘절남산(節南山)’ 등 많은 시, 국풍(國風)의 ‘거린(車隣)’ 등 일부 시가 이 시기에 지어짐.

제3기 : 평왕(平王, 기원전 770~720)의 동천(東遷) 이후. 노송(魯 頌)·상송(商頌) 및 국풍 대부분의 시들이 이 시기에 지 어짐.

4. 한대(漢代)의 《시경》 해설

중국의 경학(經學)은 한대(漢代)로부터 시작된다. 따라서 《시경》에 관한 해설도 한대로부터 시작되는데, 한대에 이루어진 중요한 《시경》 해설서로는 ‘삼가시(三家詩)’와 《모시(毛詩)》가 있다.

중국의 경서(經書)에는 옛부터 금문(今文)과 고문(古文)의 구별이 있어 수천년 경학사상(經學史上)에 풍파를 일으켜 왔다. 본시 금문으로 된 경서란 한대(漢代)에 통용되던 예서(隷書)로 쓰여진 것들을 말하며, 고문이란 진(秦)나라 이전에 쓰이던 ‘고문자(古文字)’로 쓰여진 경문(經文)을 말하는 것이었다.

금문은 태반이 입으로 전해지던 것을 한초(漢初)에 기록한 것이며(秦始皇의 焚書 때문이라 한다), 고문이란 고가(古家)의 벽중(壁中)이나 그밖의 민간에서 발견된 것들이다. 이 금문과 고문은 경문 자체에도 약간 차이가 있었지만 이것들을 근거로 한 경문의 해석에 있어서는 세월이 흐를수록 더욱 분쟁이 심해진다.

　《시경》에 있어서는 한초에 《시경》을 전한 사람으로 신배공(申培公)과 원고생(轅固生) 및 한영(韓嬰)이 있었는데, 이들은 모두가 금문이며 후세에 이들을 삼가시(三家詩)라 부르게 되었다.

　신배공은 노(魯)나라 사람이어서 그의 시설(詩說)을 '노시(魯詩)'라 한다. 그는 순자(荀子)의 제자인 부구백(浮丘伯)에게 배운 일도 있으며, 한문제(漢文帝 : 기원전 179~기원전 157 재위) 때에는 한영과 함께 시경박사(詩經博士)가 되었다. 이들은 한(漢)대의 경학박사(經學博士) 가운데서도 가장 빠른 박사들이었다.

　《한서》〈예문지〉에는 '노고(魯故)' 25권, '설(說)' 28권이 저록(著錄)되었으나 이것들은 서진시대(西晉時代)에 이미 없어졌다. 지금도 《신배시설(申培詩說)》이란 책이 전해지고 있지만, 이는 명인(明人) 풍방(豐坊)의 위작(僞作)임이 밝혀졌다.

　원고생은 제(齊)나라 사람이어서 그의 시설(詩說)을 '제시(齊詩)'라 한다. 그는 한경제(漢景帝 : 기원전 156~기원전 141 재위) 때에 《시경》으로 박사가 되었었다. 《한서》〈예문지〉에는 '제후씨고(齊后氏故)' 20권, '전(傳)' 39권이 저록되었다. 위 책의 작자인 후창(后蒼)이 〈제시(齊詩)〉를 지었다고 주장하는 학자도 있다(師古注, 引應劭). 제시(齊詩)는 이내 위대(魏代)에 없어져 노시(魯詩)와 함께 그 상세한 내용을 알 수 없다.

　한영은 연(燕)나라 사람으로 한문제(漢文帝) 때에 박사가 되었으며, 경제(景帝) 때에는 상산왕(常山王)의 태부(太傅)를 지낸 사람이다. 그의 시설을 보통 '한시(韓詩)'라 부르며 《한서》〈예문지〉에는 '한고(韓故)' 36권, '내전(內傳)' 4권, '외전(外傳)' 6권, '설(說)' 41권이 저록되어 있다. 한시(韓詩)는 삼가시 중에서 생명이 가장 길어 당대(唐代)까지 존재(혹은 北宋)하였으며, 지금도 '외전' 10권이 전해지고 있다.

　이 삼가시에 대하여는 후인이 여러 전적(典籍)에서 그 유설(遺說)

을 주워모아 대체적인 성격을 알려주고 있는데, 그 중에서도 청대(淸代)의 진교종(陳喬樅 : 1809~1869)의 《삼가시유설고(三家詩遺說考)》, 왕선겸(王先謙 : 1842~1917)의 《시삼가의집소(詩三家義集疏)》 등은 이미 '모시'와 함께 《시경》을 읽는 데 필수적인 책이 되었다. 〈모시〉와 함께 〈삼가시〉를 읽음으로써 좀더 올바른 경문의 이해를 꾀할 수 있으리라 믿는다.

앞에서 말한 것처럼 〈삼가시〉는 일찍이 실전(失傳)되어 송대(宋代) 이후로는 고문인 〈모시〉만이 세상에 행세하게 되었다. 지금 우리가 보통 읽고 있는 《시경》이란 모두가 〈모시〉를 통해서 전해진 것이다.

《한서》〈예문지〉를 보면 〈삼가시〉를 서술한 뒤에,

"또 모공(毛公)의 학(學)이 있는데 스스로 자하(子夏)의 소전(所傳)이라 하여 하간헌왕(河間獻王)이 좋아했지만 학관(學官)에 채택되지 못했다."

라고 말하고 《모시》 29권, 《모시고훈전(毛詩故訓傳)》 30권을 수록하고 있는데 '모공소전(毛公所傳)'이라 하였다. 이중의 《모시고훈전(毛詩故訓傳)》이 바로 지금 우리가 읽는 《시경》인 것이다.

모공(毛公)이 어떤 사람인지는 알 수 없다. 《한서》에선 '모공은 조(趙)나라 사람이라'고만 〈유림전(儒林傳)〉에 밝혔다. 그런데 후한(後漢)의 정현(鄭玄)은 《시보(詩譜)》에서 '노인(魯人) 대모공(大毛公)이 〈고훈(詁訓)〉을 지었고 소모공(小毛公)은 박사가 되었다'고 하였고, 진인(晋人) 육기(陸璣)는 《모시초목조수충어소(毛詩草木鳥獸蟲魚疏)》에서 '모형(毛亨)이 고훈전(詁訓傳)을 지어 조(趙)나라 모장(毛萇)에게 전했다. 시인(時人)이 형(亨)을 대모공(大毛公), 장(萇)을 소모공(小毛公)이라 불렀다'고 하였다.

여기서 의심스러운 것은 전한(前漢)의 반고는 《한서》에서 '모공'만을 얘기했는데, 후한 정현에 이르러는 '대모공·소모공'의 둘로 되고, 더 후대의 육기에 이르러는 마침내 '대모공은 모형, 소모공은 모장'으로 이름까지 밝혀진다는 것이다. 옛 일이 시대가 뒤질수록 더욱 자세하여진다는 것은 근거가 없는 이상 일단 의심해야 할 것이다. 모시를 전한 사람은 '모공'이라고만 알아두는 것이 가장 옳을 것이다.

《모시》에는 맨 앞머리에 자하(子夏) 작(作)이라는 '대서(大序)'가 있고 각 시의 앞머리에는 자하와 모공의 합작이라는 '소서(小序)'가 있어 각 시의 대의(大義)를 설명하고 있다. 이 설은 정현의 《시보서(詩譜序)》에 근거를 둔 것이다. 그런데 육기의 《초목조수충어소》에선 자하는 시 3백 편 본래의 서를 썼고(大序), 한대(漢代) 위굉(衛宏 : 25 전후)이 〈모시서(序)〉를 썼다고 했다. 《후한서》〈유림전(儒林傳)〉에서도 위굉이 〈모시서〉를 썼다 했다.

이밖에도 송대(宋代) 왕안석(王安石 : 1021~1086)은 '소서'는 시의 작자들이 썼다 했고, 그밖에도 '대서(大序)'는 공자가 쓰고 '소서'는 국사(國史)가 썼다느니(程頤說), 시서(詩序)는 유흠(劉歆 : 기원전 53?~기원후 23)과 위굉의 합작이라느니(康有爲說) 말이 많다. 어떻든 '시서'의 작자에 대하여는 아직도 정론이 없는 것이다.

〈모시서〉에서 풀이하는 각 시의 대의(大義)는 실지의 시의 내용과 거리가 있는 것이 많다. 송대(宋代) 이전에는 어떻든 모두가 '시서'를 믿었지만 구양수(歐陽修 : 1007~1072) 이후로 정초(鄭樵 : 1104~1160)의 《시변망(詩辨妄)》, 주희의 《시서변설(詩序辨說)》이 나오자 날이 갈수록 의심하는 이가 늘어났다. 지금 와서는 일반적으로 학자들 모두가 굴만리(屈萬里, 1906~1979)가 〈선진 설시의 기풍과 한유의 시교설시의   우곡함(先秦說詩的風尙和漢儒以詩敎說詩的迂曲)〉이란 논문에서 논하고 있듯이 한대 학자들의 《시경》 해설을 '우곡'하다 하여 거들떠보지도 않고 있다. 그러나 한대의 학자들은 또 다른 그들 나름대로의 각도에서 시를 해설했다고 보는 것이 옳을 것이다.

5. 《시경》의 새로운 방향의 해석

《시경》을 중국의 전통적인 방법과 다른 완전히 새로운 각도에서 읽고 해석한 최초의 업적은 서양에서 나왔다. 프랑스 사람 Marcel Granet가 1919년에 낸 'Fêtes et Chansons ancienes de la Chine'라는 저서이다.

Granet는 사회학 연구에서 시작하여 중국학으로 들어간 학자여서, 《시경》을 통해서 중국 고대사회 연구에 획기적인 업적을 이룰 수가 있었던 것이다. 그는 《시경》을 대함에 있어서, 우선 경학(經學)으로부터 벗어나 《시경》의 시들을 중국 고대사회에 있어서의 의례(儀禮) 및 신앙과 결부시켜 해석하려 하였다. 그는 가요야말로 중국 고대의 계절적(季節的)인 의례(儀禮)를 드러내는 신앙의 연구자료로써 가장 적당한 문헌이라 생각했던 것이다.

그 결과 《시경》 중에서도 특히 국풍(國風)의 작품들은 대부분이 고대의 농민들이 전원적(田園的)인 계절제(季節祭)를 지냄에 있어서, 젊은 남녀들이 그 자리에서 주고받은 연가(戀歌) 또는 민요라는 입장에서 시를 해석하였다.

따라서 이전의 《모전(毛傳)》《정전(鄭箋)》을 비롯한 중국의 학자들이 풀이하던 것과는 전혀 다른 방향에서 시의 뜻을 파악하게 되었던 것이다. 그리고 자기의 해석을 정당화하기 위하여는 자신이 답사한 운남(雲南)·귀주(貴州) 등지의 소수민족(少數民族)의 풍습을 실증으로 이용하기도 하였다.

그의 연구에는 중국 고문헌에 대한 기초지식의 부족과 지나친 추단(推斷) 등이 있어, 시 해석에 적지않은 무리는 있지만 이 새로운 연구방법은 중국학계에 큰 반향을 일으켰다. 이전의 《시경》 연구는 경학(經學)의 범위를 벗어나지 못하여, 《시경》 해석에 혁신적인 성과라 평가되는 주희(朱熹)의 《시집권(詩集傳)》, 최술(崔述)의 《독풍우지(讀風偶識)》 등도 《시경》을 경학으로부터 독립시키지는 못하였다. 그러므로 Granet의 연구방법은 획기적이었다고 할 수 있다.

이 새로운 《시경》 연구방법은 일본 학자들에 의하여 먼저 계승되었다. 마츠모토(松本雅明)의 《시경 제편(諸篇)의 성립에 관한 연구》(1958)를 비롯하여, 시라카와(白川靜)의 《시경연구(詩經研究)》(1967) 등이 그것이다. 그리고 많은 학자들이 《시경》을 중국 고대의 제의(祭儀)와 풍속 또는 가무희(歌舞戱) 등과도 관련지으며, 새로운 해석을 시도하였다. C. H. Wang의 'The Bell and The Drum' (1974, University of California Press, 1974)도 좋은 평가를 받은 연구 업적이다.

우리나라에 있어서는 〈서한(西漢) 《시경》 해설에 대한 새로운 이해〉, 〈중국 고적(古籍)의 또다른 성격에 대하여〉 등 필자의 논문 (《중국문학사론》, 서울대출판부, 2001년에 실림)이 가장 두드러진 그 방면의 업적인 듯하다.

6. 어떻게 《시경》을 읽어야 하나

《시경》은 수천 년 전의 글이므로 한문 가운데서도 읽기가 가장 어려운 글에 속한다. 이곳에 본문 현토(懸吐)와 대의(大意)·주해(註解)·해설(解說)을 붙여 놓았지만, 도저히 완벽할 수는 없는 것이다. 본시 시란 읽는 이의 교양과 마음가짐에 따라 같은 시라도 읽는 이에게 각기 다른 감흥을 안겨주는 것이다.

더욱이 이 《시경》의 시편(詩篇)들은 정허(靜虛)한 마음으로 대할 때 번역의 교졸(巧拙)에는 관계없이 옛사람들의 참마음과 생활에 접하고 또 지금까지 우리 혈관 안에 흐르고 있는 뿌리깊은 생명을 느

끼게 될 것이다.

만약 이 선본(選本)으로 만족하지 못하겠다는 분이라면 명문당에 졸고(拙稿)의 완역본 《시경》(改訂增補版, 2002)이 있으니 참고하기 바란다.

제 *1* 편

국풍(國風)

　국(國)이란 제후들의 나라를 말하며, 풍(風)은 풍요(風謠), 곧 가요(歌謠)의 뜻이다. 국풍(國風)에는 주남(周南)으로부터 빈(豳)에 이르는 열다섯 나라의 노래가 실려 있다. 풍(風)·아(雅)·송(頌) 가운데에서 이처럼 국풍을 《시경》의 앞머리에 내어놓은 것은 이들이 이때 백성들의 생활이나 정서를 아(雅)나 송(頌)보다 더 진솔하게 표현하고 있기 때문일 것이다.

제1 **주남**(周南)

주남(周南)이 어느 곳을 가리키는가에 대하여는 예부터 이견이 많았다. 구설(舊說)에 따르면 '주(周)'는 나라 이름으로 주나라 문왕(文王)의 할아버지 태왕(太王) 곧 고공단보(古公亶父)가 도읍했던 땅으로 기산(岐山)의 남쪽(陝西省 岐山縣 부근)에 있었다. 문왕에 이르러 도읍을 다시 풍(豐) 땅으로 옮기고(기원전 1136 무렵) 옛 기주(岐周)의 땅을 나누어 주공 단(旦)과 소공(召公) 석(奭)에게 다스리도록 하였다. '남(南)'은 남쪽에까지 주공이나 소공의 덕화(德化)가 행하여졌다는 뜻에서, 이를 '주남'과 '소남'으로 각각 구별하였다는 것이다(《鄭箋》).

그러나 근인(近人) 부사년(傅斯年)은 '남'은 남쪽의 나라를 뜻하며 '주남'은 주나라 왕조가 직할(直轄)하던 땅 남쪽의 나라들을 가리킨다 하였다(周頌說 : 釋義引). 주남의 시들을 보면 '한광(漢廣)'·'여분(汝墳)' 편이 있고, '관저(關雎)'에는 '재하(在河 : 黃河)지주(之洲)'란 구절이 있으니 '주남' 땅은 대략 북쪽은 황하로부터 남쪽은 여수(汝水)와 한수(漢水)에 이르는 지금의 하남성(河南省) 황하 이남의 서쪽 땅임을 알 수 있다. 주남시(周南詩) 열한 편은 모두 '주남' 땅의 노래이며, 그 음악은 남쪽 나라의 악조(樂調)였을 것이다.

1. 물수리(關雎)

구욱구욱 물수리는
황하 섬 속에서 우는데,

군자의 좋은 배필,
아리따운 고운 아가씨 그리네.

올망졸망 마름풀을
이리저리 헤치며 뜯노라니,
아리따운 고운 아가씨,
자나깨나 그리웁네.
그리어도 얻지 못해
자나깨나 생각노니,
그리움은 가이 없어,
밤새 이리 뒤척 저리 뒤척.

올망졸망 마름풀을
여기저기 가려 뜯노라니.
아리따운 고운 아가씨와
금슬 즐기며 함께하고 싶네.
올망졸망 마름풀을
여기저기 뜯노라니,
아리따운 고운 아가씨와
풍악 울리며 즐기고 싶네.

原文　關關雎鳩는 在河之洲로다.
　　　窈窕淑女는 君子好逑로다.

　　　參差荇菜를 左右流之로다.
　　　窈窕淑女를 寤寐求之로다.
　　　求之不得하니 寤寐思服이라.
　　　悠哉悠哉라 輾轉反側하도다.

參差荇菜를 左右采之로다.
窈窕淑女를 琴瑟友之로다.
參差荇菜를 左右芼之로다.
窈窕淑女를 鐘鼓樂之로다.

[註解]　○關關(관관)－물수리의 울음소리.　○雎鳩(저구)－물새의 일종. 물고기를 잡아먹는 새, 곧 '물수리'.　○河(하)－황하(黃河).　○洲(주)－강물 속의 섬.　○窈窕(요조)－교양이 있고 아리따운 모습.　○逑(구)－짝, 배필.　○參差(참치)－가지런하지 못하고 들쭉날쭉한 모습.　○荇菜(행채)－마름풀. 물속에서 자라며, 먹을 수 있다.　○左右(좌우)－이리저리. 여기저기.　○流(류)－구(求)자와 통하여, 좋은 마름풀을 따려고 물속에서 찾는 것.　○寤寐(오매)－자나깨나. '오(寤)'는 잠에서 깨는 것, '매(寐)'는 잠자는 것.　○思服(사복)－생각하다. 사(思)자는 《시경》에서 흔히 조사로 쓰이므로, 조사로 볼 수도 있다.　○悠哉(유재)－생각이 끝없이 자꾸 나는 것.　○輾轉(전전)－누워서 이리 뒹굴 저리 뒹굴 하는 것. ○反側(반측)－누워서 이리 뒤척 저리 뒤척 하는 것.　○采(채)－채취(採取)의 뜻.　○琴(금)－중국의 옛 현악기로서 오현(五絃) 또는 칠현(七絃). ○瑟(슬)－25현으로 된 중국의 옛 현악기. 금슬좋게 지낸다는 말은 여기에서 생긴 말이다.　○芼(모)－좋은 마름풀을 가려 뜯는 것.

[解說]　이성을 그리는 시이다. 굴만리(屈萬里) 교수는 '신혼(新婚)을 축하하는' 시라고 보았으나(釋義) 여기서는 끝까지 아리따운 아가씨를 그리는 젊은이의 연시(戀詩)라고 보았다.

　첫 장에서는 작자(作者)가 물가에서 물수리의 울음소리를 들으며 자기의 좋은 짝이 될 아리따운 아가씨를 그리는 것이다. 제2장에서는 마름풀을 찾으면서도 자기가 그리는 아리따운 아가씨를 생각한다. 자나깨나 생각나는 절절한 연정(戀情)이 넘친다. 제3장에서는 공상(空想)으로 비약하여 자기가 얻고자 하던 아리따운 아가씨와 함께 즐겁게 살고픈 소망을 노래한 것이다.

2. 칡덩굴(葛覃)

칡덩굴은 길게
산골짜기에 뻗어
잎새 무성한데,
곤줄매기가 날아다니다가
떨기나무 위에 모여 앉아
짹짹 지저귄다.

칡덩굴은 길게
산골짜기에 뻗어
잎새 더부룩한데,
그것을 잘라다 쪄내어
고운 칡베 굵은 칡베 짜,
베옷 지어 입으니 좋을시고.

보모(保姆)께 아뢰고
근친(覲親)을 가려 할 제,
평복도 빨고
예복도 빨아
모두 깨끗이 입나니,
돌아가 부모님께 문안드리기 위함이라.

原文　葛之覃兮여 施于中谷하여
　　　維葉萋萋로다. 黃鳥于飛하여
　　　集于灌木하여 其鳴喈喈러라.

葛之覃兮여 施于中谷하여
維葉莫莫이로다. 是刈是濩하여
爲絺爲綌하니 服之無斁이로다.

言告師氏하여 言告言歸로다.
薄汚我私여 薄澣我衣니
害澣害否오? 歸寧父母하리라.

[註解] ○葛(갈)-칡, 칡덩굴. ○覃(담)-뻗다. ○施(이)-길게 뻗다. 이(移)와도 통한다. ○中谷(중곡)-곡중(谷中). 곧 골짜기 가운데. ○維(유)-발어사(發語詞)로, 별 뜻이 없음. ○萋萋(처처)-풀이 무성한 모양. ○黃鳥(황조)-단서(摶黍)라고 《모전(毛傳)》에 풀이하였는데, 보통은 여황(驪黃) 또는 황앵(黃鶯)이라 하여 꾀꼬리의 뜻으로 풀이하여 왔다. 그러나 청대(淸代) 초순(焦循:1763~1820), 단옥재(段玉裁:1735~1815) 같은 이들은 이를 황작(黃雀), 곧 곤줄매기라 주장하였다. 참새처럼 생긴 들의 곤줄매기로 보아야만 떨기나무 위에 모여 앉아 '집우관목(集于灌木)'이라고 노래한 구절과도 어울리게 된다. ○喈喈(개개)-새들이 짹짹 우는 것. ○莫莫(막막)-무성하게 자란 모양. ○刈(예)-칡덩굴을 자르는 것. ○濩(확)-삶는 것. 칡을 쪄낸 다음 껍질을 벗겨 실을 뽑아가지고 칡베를 짰다. ○絺(치)-고운 칡베. ○綌(격)-굵은 칡베. ○斁(역)-싫증나다. 무역(無斁)은 싫지 않다, 곧 좋다는 뜻. ○言(언)-조사. ○師氏(사씨)-여사(女師). 여자 가정교사. 후세 궁전의 보모(保姆)와 성격이 비슷하다. ○歸(귀)-귀녕(歸寧), 곧 여인이 출가한 뒤 친부모를 뵈러 친정을 찾아가는 근친(覲親)을 말함. ○薄(박)-조사. ○汚(오)-옷을 비벼 빠는 것. ○私(사)-연복(燕服), 또는 평복. ○澣(완)-옷을 빠는 것. ○衣(의)-예복(禮服). ○害(해)-어찌, 어느 것. 하(何)의 뜻.

[解說] 이 시는 시집간 부인이 근친(覲親)갈 날을 앞두고 설레는 마음을 노래한 것이다. 중국의 옛 풍속으로는 대부(大夫) 이하 신분의

사람들 부인은 1년에 적어도 한 번은 근친을 가는 것이 예였다(《春秋公羊傳》莊公 27년 何休注). 부인은 친정에 간다는 기쁨에 괴로움도 잊고 칡덩굴을 잘라다 부지런히 칡베를 짜고, 자기의 옷을 모두 빨아 그날에 대비한다.

그런데 이 시의 작자도 보모인 사씨(師氏)가 있는 몸이니 후비는 아닐지언정 평민의 아내는 아니라고 보아야 할 것이다.

3. 도꼬마리(卷耳)

도꼬마리 뜯고 또 뜯어도
납작바구니에도 차지 못하네.
아아, 내 그리운 님 생각에
바구니를 한길 위에 내던지네.

높은 산에라도 오르려 하나
내 말 병이 났네.
에라, 저 금잔에 술이나 따라
기나긴 수심 잊어 볼까!

높은 언덕에라도 오르려 하나
내 말이 병들었네.
에라, 쇠뿔 잔에 술이나 부어
기나긴 시름 잊어 볼까!

돌산에라도 오르려 하나
내 말 지쳐 늘어졌고
내 하인 발병 났으니

어떻게 하면 그대 있는 곳 바라볼까나!

原文　采采卷耳로되 不盈頃筐이요
　　　嗟我懷人하여 寘彼周行이라.

　　　陟彼崔嵬나 我馬虺隤요
　　　我姑酌彼金罍하여 維以不永懷라.

　　　陟彼高岡이나 我馬玄黃이요
　　　我姑酌彼兕觥하여 維以不永傷이라.

　　　陟彼砠矣나 我馬瘏矣며
　　　我僕痡矣니 云何吁矣리요!

註解　○采采(채채)－나물을 뜯고 또 뜯는 것. ○卷耳(권이)－도꼬마리. 영이(苓耳)라고도 하며, 1년생 풀로서 봄에는 부드러운 잎새를 뜯어 먹고 약용으로도 쓰인다. ○頃筐(경광)－뒤는 높고 앞은 낮게 만든 대광주리. ○嗟(차)－아아. 감탄사. ○寘(치)－놓다. 내던지다. 치(置)자와 통함. ○周行(주행)－주(周)나라의 국도(國道), 대도(大道), 한길. ○崔嵬(최외)－꼭대기에 바위가 있는 흙산《毛傳》, 높은 산. ○虺隤(회퇴)－말이 지쳐서 나는 병. ○姑(고)－여기서는 '잠깐 일을 미뤄 두고', 또는 '에라!'와 같은 말. ○罍(뢰)－술잔. ○玄黃(현황)－말이 병든 모습. ○兕觥(시굉)－흔히 쇠뿔로 만든 잔이라 풀이하나, 왕국유(王國維：1877〜1927)의 고증(考證)에 의하면 쇠머리같이 생긴 덮개가 달린 술잔《觀堂集林》권3 說觥). ○砠(저)－《모전》에 흙이 꼭대기에 덮여 있는 돌산이라 하였다. ○瘏(도)－특히 말이 지쳐 못 걷는 병. ○痡(부)－특히 사람이 지쳐 못 걷는 병. ○云何(운하)－여하(如何), 곧 '어찌하면'의 뜻. ○吁(우)－소아(小雅) 하인사(何人斯)에 '운하기우(云何其盱)'라는 구절도 있으니, 우(盱)의 가차자(假借字)로서 '눈을 부릅뜨고 멀리 바라본다'는 뜻이라 보았다.

解說 이 시는 멀리 집을 떠난 사람이 두고 온 애인을 생각하며 읊은 노래이다. 첫 절은 여자가 나물을 캐다가 떠나간 님 생각이 간절하여 나물 바구니조차 길가에 내던지는 애절한 그리움의 노래이다. 이것은 남자가, 멀리 있는 애인이 자기를 그토록 사모하고 있으리라 생각하며 부른 것이라 볼 수 있다.

둘째 절부터는 그토록 자기를 사랑하고 있을 애인에 대한 작자의 그리움을 노래한 것이다. 남자는 전쟁터에 있는 군인이 아닐까? 마음대로 사랑하는 사람에게로 돌아갈 수 없는 몸이기에, 높은 산이나 언덕에 올라가 그가 있을 고장을 바라보기라도 했으면 좋으련만 말도 병들고 부하들도 지쳐 있어 운신조차 할 수 없다.

아마 자기도 지쳐 있을 것이다. 애인이 있는 고장 쪽을 바라보지도 못하는 애틋함에 더욱 그리움이 간절하다. 이 시는 특히 젊은 남녀가 노래를 한 절씩 번갈아 부른 것인 듯도 하다.

4. 가지 늘어진 나무(樛木)

남쪽 가지 늘어진 나무에,
칡덩굴이 얽혔네.
즐겁다 우리 님이여,
복록(福祿) 누리며 편안하시네.

남쪽 가지 늘어진 나무에,
칡덩굴이 덮였네.
즐겁다 우리 님이여,
복록이 그분 도와 드리네.

남쪽 가지 늘어진 나무에,

칡덩굴이 감겼네.
즐겁다 우리 님이여,
복록을 이룩하셨네.

原文   南有樛木하니 葛藟纍之로다.
      樂只君子여 福履綏之로다.

      南有樛木하니 葛藟荒之로다.
      樂只君子여 福履將之로다.

      南有樛木하니 葛藟縈之로다.
      樂只君子여 福履成之로다.

註解   ○樛木(규목)-가지가 굽어 밑으로 축 늘어진 나무. ○藟(류)-
칡[葛]과 한 종류이나 약간 다르다 한다(孔疏). 등나무[藤]라 보는 이
도 있다. ○只(지)-구중(句中)에 쓰이는 조사(王引之《經典釋詞》). ○君
子(군자)-남편이나 가까운 남자일 것이다. ○履(리)-녹(祿)의 뜻(毛
傳). ○綏(수)-편안한 것. ○荒(황)-엄(掩), 곧 덮였다는 뜻(毛傳). ○將
(장)-돕다. ○縈(영)-얽히다.

解說   이 시는 한 군자(君子)를 축복한 것이다. 잘 자라서 칡덩굴
까지 감겨 올라간 무성한 가지가 처진 나무를 보고, 작자는 군자의
부귀영화를 생각한 것이다.
  여기에서 군자는 벼슬하고 있는 자기의 남편이나 애인일 수도 있
다. 남편 또는 애인의 성공을 비는 한편 자기 가정의 부귀와 행복을
비는 노래라고도 볼 수 있다.

5. 여치(螽斯)

여치의 날개 소리
찌륵찌륵 울리는데,
그대의 자손들도
여치처럼 번성하기를.

여치 날개 소리
붕붕 울리는데,
그대의 자손들도
여치처럼 끊임없기를.

여치 날개 소리
직직 울리는데
그대의 자손들도
여치처럼 많아지기를.

[原文]　　螽斯羽이 詵詵兮니
　　　　　宜爾子孫이 振振兮로다.

　　　　　螽斯羽이 薨薨兮니
　　　　　宜爾子孫이 繩繩兮로다.

　　　　　螽斯羽이 揖揖兮니
　　　　　宜爾子孫이 蟄蟄兮로다.

[註解]　ㅇ螽(종)—여기서는 메뚜기와 같은 종류인 여치. 여치는 날개를
비벼 소리를 내며, 한번에 많은 알을 낳아 번식시킨다.　ㅇ斯(사)—어조

사. ㅇ詵詵(선선)—여치의 날개 소리가 많이 나는 모습(通釋). ㅇ振振 (진진)—중성(衆盛)한 모양(通釋). ㅇ薨薨(홍홍)—여치의 날개 소리의 많음을 형용한 말. ㅇ繩繩(승승)—자손이 끊이지 않고 대대로 번창하는 모습. ㅇ揖揖(집집)—여치의 요란한 날개 소리를 형용한 말. ㅇ蟄蟄(칩 칩)—화집(和集)한 모습, 많이 모여있는 모습.

解說 앞의 〈규목(樛木)〉 시는 자기 집의 부귀를 축복한 것임에 비하여, 이 시는 자기 집안의 자손이 번성할 것을 축복한 시이다. 옛 사람들의 행복의 요건은 부귀와 함께 자손이 많은 것이었다.

6. 복숭아나무(桃夭)

싱싱한 복숭아나무여!
화사한 꽃 피었네.
시집가는 아가씨여!
한 집안을 화락케 하리.

싱싱한 복숭아나무여!
탐스런 열매 열렸네.
시집가는 아가씨여!
온 집안을 화락케 하리.

싱싱한 복숭아나무여!
푸른 잎새 무성하네.
시집가는 아가씨여!
온 집안 식구 화목케 하리.

原文 桃之夭夭여 灼灼其華로다.

之子于歸여 宜其室家로다.

桃之夭夭여 有蕡其實이로다.
之子于歸여 宜其家室이로다.

桃之夭夭여 其葉蓁蓁이로다.
之子于歸여 宜其家人이로다.

[註解] ○夭夭(요요)—나무가 젊어서 싱싱한 모습, 소호모(少好貌). ○灼灼(작작)—꽃이 활짝 피어 곱고 환한 모습. ○子(자)—시집가는 아가씨. 지자(之子)는 '이 아가씨'의 뜻. ○于歸(우귀)—시집을 가는 것. ○宜(의)—집안을 '마땅하게' 곧 '화락하게' 한다는 뜻. ○室家(실가)—집안. ○有蕡(유분)—복숭아 열매가 탐스럽게 달린 모습. ○蓁蓁(진진)—잎새가 무성한 모양. ○家人(가인)—시집의 집안 사람들.

[解說] 이것은 결혼을 축하하는 시이다. 첫단의 화려한 복숭아꽃에서는 시집가는 아름다운 아가씨가, 둘째 단의 주렁주렁 탐스럽게 달린 복숭아에서는 무르익은 아가씨의 아름다움이, 셋째 단의 싱싱한 복숭아나무 잎에서는 훌륭한 교양을 쌓은 아가씨의 앞날이 보이는 듯하다.

7. 토끼 그물(兎罝)

얼기설기 토끼 그물 치는,
말뚝 박는 소리 쩡쩡 울린다.
늠름한 군인은
나라의 방패.

얼기설기 토끼 그물이

언덕 위에 처져 있다.
늠름한 군인은
임금님의 좋은 신하.

얼기설기 토끼 그물이
숲속에 쳐져 있다.
늠름한 군인은
임금님의 심복(心腹).

原文 肅肅兎罝여 椓之丁丁이로다.
      赳赳武夫여 公侯干城이로다.

      肅肅兎罝여 施于中逵로다.
      赳赳武夫여 公侯好仇로다.

      肅肅兎罝여 施于中林이로다.
      赳赳武夫여 公侯腹心이로다.

註解 ㅇ肅肅(숙숙)—축축(縮縮)의 가차(假借)로서(通釋), 그물이 얼기설기한 모양. ㅇ罝(저)—그물. ㅇ椓(착)—말뚝을 쳐서 박는 것. ㅇ丁丁(정정)—나무를 베거나 말뚝을 박을 때 나는 소리. ㅇ赳赳(규규)—무모(武貌), 곧 군인의 늠름한 모습. ㅇ武夫(무부)—무인(武人), 곧 군인. ㅇ公侯(공후)—제후들의 작위(爵位)로서, 제후 또는 제후의 나라를 가리킨다. ㅇ干城(간성)—방패와 성처럼 나라를 지켜 주는 것. ㅇ施(시)—그물을 치는 것. ㅇ逵(규)—산 언덕(《詩經釋義》). ㅇ仇(구)—함께 일할 만한 친구의 뜻. 따라서 호구(好仇)는 좋은 신하를 말한다. ㅇ腹心(복심)—마음이 같은 사람, 곧 심복(心腹)이 될 사람.

解說 이 시는 늠름한 군인을 칭송한 것이다. 토끼 그물을 보면서 군인들이 나라를 지켜 주는 공을 생각했을 것이다. 작자의 남편이

나 애인이 군인이었는지도 모른다. 늠름한 그 님은 토끼 같은 외적
(外敵)을 쳐부수는 토끼 그물 같은 나라의 방패이며 임금님의 훌륭
한 신하라는 것이다.

8. 질경이(芣苢)

질경이를 캐고 캐세,
캐어 오세.
질경이를 캐고 캐세,
듬뿍 캐세.

질경이를 뜯고 뜯세,
뜯어 오세.
질경이를 뜯고 뜯세,
듬뿍 뜯세.

질경이를 캐고 캐어,
치마 앞에 싸 오세.
질경이를 캐고 캐어,
앞치마에 싸 오세.

原文　采采芣苢를 薄言采之하라.
　　　采采芣苢를 薄言有之하라.

　　　采采芣苢를 薄言掇之하라.
　　　采采芣苢를 薄言捋之하라.

　　　采采芣苢를 薄言袺之하라.
　　　采采芣苢를 薄言襭之하라.

　註解　 ○苤苜(부이)―마작(馬舄) 또는 차전(車前)이라고도 하며(毛傳) 임신했을 때 난산을 고치는 약초. 잎새가 크고 이삭이 길게 나며 길가에 흔히 나고, 봄에는 잎새를 나물로 뜯어 먹기도 한다. ○薄言(박언)―두 자 모두 조사. ○有(유)―취(取)의 뜻(廣雅). ○掇(철)―떨어진 질경이 열매를 줍는 것. ○捋(랄)―열매를 따는 것. ○袺(결)―치마에 물건을 담고 양끝을 붙잡고 오는 것. ○襭(혈)―앞치마에 물건을 담고 양끝을 허리띠에 끼는 것.

　解說　 나물 캐는 아낙네들의 노래. 봄날 아낙네들이 들판에서 나물을 뜯으며 부른 노래일 것이다. 앞치마에 나물을 뜯어 싸 가지고 돌아오는 우리나라 농촌의 나물 뜯는 여인들을 방불케 한다.

9. 한수는 넓어서(漢廣)

남녘에 우뚝 솟은 나무 있다마는
그늘이 있어야 쉬어 보지.
한수에는 노니는 여인 있다마는
만날 수가 있어야지.
한수는 넓어서 헤엄쳐 갈 수 없고
강수는 길어서 뗏목 타고 갈 수 없네.

더부룩한 잡목 틈에서
싸리나무만을 베어 오리.
저 아가씨 시집갈 때
그의 말에 꼴이라도 먹여 주리.
한수는 넓어서 헤엄쳐 갈 수 없고
강수는 길어서 뗏목 타고 갈 수 없네.

더부룩한 잡목 중에서

물쑥만을 베어 오리.
저 아가씨 시집갈 때
그의 망아지에 풀이라도 먹여 주리.
한수는 넓어서 헤엄쳐 갈 수 없고
강수는 길어서 뗏목 타고 갈 수 없네.

原文　南有喬木이로되 不可休息이로다.
　　　漢有游女로되 不可求思로다.
　　　漢之廣矣니 不可泳思며
　　　江之永矣니 不可方思로다.

　　　翹翹錯薪에 言刈其楚하리라.
　　　之子于歸에 言秣其馬하리라.
　　　漢之廣矣니 不可泳思며
　　　江之永矣니 不可方思로다.

　　　翹翹錯薪에 言刈其蔞하리라.
　　　之子于歸에 言秣其駒하리라.
　　　漢之廣矣니 不可泳思며
　　　江之永矣니 不可方思로다.

註解　ㅇ喬木(교목)—가지가 별로 벌어지지 않고 위로만 솟은 나무. ㅇ息(식)—한시(韓詩)에서는 이를 '사(思)'로 쓰고 조사라 보았다. ㅇ漢(한)—한수(漢水). 장강(長江)의 대지류(大支流) 중의 하나. ㅇ求(구)— 구하여 자기 처로 삼는 것. ㅇ思(사)—어조사. ㅇ泳(영)—헤엄치다. ㅇ江(강)—강수(江水). 지금의 장강(長江)의 본 이름. ㅇ方(방)—떼. 옛날에는 흔히 뗏목을 타고 먼 곳을 갔다. ㅇ翹翹(요요)—신(薪)의 모습, 곧 섶나무들이 길고 짧게 더부룩이 자란 모습. ㅇ錯薪(착신)—잡신(雜薪), 곧 여러 가지 섶나무들. ㅇ言(언)—조사. ㅇ楚(초)—싸리나무. ㅇ之子(지

자)−앞 단의 유녀(游女)를 가리킴. ㅇ歸(귀)−시집가는 것. ㅇ秣(말)−
말에게 꼴을 먹여 주는 것. ㅇ蔞(루)−물쑥. ㅇ駒(구)−망아지.

解說 이 시는 나와 노니는 여인들을 사모하면서도 근처에도 가지
못하는 안타까운 젊은 남자의 노래이다. 나와 노니는 여자들은 양가
(良家) 처녀들인데 이 시를 노래한 남자는 천한 신분의 사나이인지
도 모른다. 여하튼 한수가 넓고 강수가 길어 여자들에게로 못간다는
것은 구실에 불과하다. 신분의 차이 때문에 여인에게 달려갈 용기가
없는 안타까움을 강물에 미룬 것이다.

둘째 단과 끝단에서 땔나무로 싸리나무와 물쑥만을 베어 오겠다는
것은, 한편 이 시의 작자가 낮은 신분인 것을 암시하며, 다른 한편으
로는 장가를 들기만 하면 성의를 다하여 알뜰히 가정을 돌보겠다는
소망을 읊은 것이다. 싸리나무와 물쑥은 땔나무로 가장 편리한 나무
이다.

그리고 시집가는 날, 당신의 수레를 끌고 갈 말과 망아지에게 풀
이라도 먹여 주겠다는 것은, 당신을 위해서 무슨 짓이라도 하여야만
하겠다는 처절한 소망을 노래한 것이다. 그러나 그녀와 남자의 사이
에는 넓고 긴 강이 가로막혀 있다.

10. 여수 방죽(汝墳)

저 여수 가 방죽 따라
잔 나뭇가지 베고 있는데
당신 뵙지 못하니
주린 아침의 음식처럼 그리웠소.

저 여수 가 방죽 따라
움돋은 나뭇가지 베고 있는데

당신 만나게 되었으니
나를 버리진 않으셨구려.

방어 꼬리 붉어지도록 수고하고
왕실은 불타는 듯한데,
타는 듯하더라도
부모님 계시니 다시는 안 떠나시겠지.

[原文] 遵彼汝墳하여 伐其條枚로다.
　　　　未見君子니 惄如調飢로다.

　　　　遵彼汝墳하여 伐其條肄로다.
　　　　旣見君子하니 不我遐棄로다.

　　　　魴魚頳尾어늘 王室如燬로다.
　　　　雖則如燬나 父母孔邇시니라.

[註解] ㅇ汝(여)―여수(汝水). 여하(汝河)라고도 부르는 강물 이름.
ㅇ墳(분)―대방(大防), 곧 방죽. ㅇ條(조)―《설문해자》엔 소지(小枝), 곧
작은 가지라 하였다. ㅇ枚(매)―《광아(廣雅)》에는 매(枚)는 조(條)의 뜻
이라고 하였다. ㅇ惄(녁)―주린 사람이 음식을 생각하듯 무슨 일을 간절
히 생각하는 것. ㅇ調(주)―아침. ㅇ飢(기)―배고픈 것. ㅇ肄(이)―움이
돋아난 새 나뭇가지. ㅇ遐(하)―《시경》 가운데에는 '불하(不遐)'(遐를 간혹
瑕로도 씀)라는 두 글자를 구(句) 머리에 붙이는 경우가 많은데(간혹
'……不……遐'로 된 것도 있음) 이런 경우 모두 뜻이 없는 어조사이다.
이곳에서는 '멀리'라 해도 뜻은 통하나 통례에 따라 조사로 봄이 좋겠다.
ㅇ魴魚(방어)―편어(鯿魚)라고도 하며 몸이 납작한 방형(方形)이고 기
름기가 배에 많고 맛이 있다 한다. 노고(勞苦)를 많이 하면 그 꼬리가
붉어진다고 한다. ㅇ頳(정)―붉은 것. 방어정미(魴魚頳尾)는 자기의 남
편이 군대에 끌려가 방어의 꼬리가 붉어질 만큼 이미 많은 노고를 하였

다는 뜻. ○燬(훼)－불타다. 왕실은 주나라 만년의 왕실을 가리키며(옛
날에는 모두 殷나라 왕실을 가리키는 것이라 보았는데 옳지 않다. 작자
당대의 왕실을 가리킨다), 여훼(如燬) 곧 '타는 듯하다'는 것을 시국이
극히 어지러운 것을 비유한 말임. ○孔(공)－매우. ○邇(이)－가까운 것.
부모공이(父母孔邇)는 부모님에게는 효도를 해야 한다, 몸 가까이 부모
님이 계시니 다시는 멀리 떠나지 말아 달라는 뜻이다.

解說 이것은 여인이 전쟁터에 나갔다 돌아온 남편을 반기는 시이
다. 여인의 집은 여수(汝水) 가. 여인은 남편을 전쟁터에 내보내고
몸소 땔나무를 하는 고초를 겪으면서도 남편이 무사히 하루 빨리 돌
아오기만을 간절히 바랐다(1절). 그 결과 남편은 무사히 자기 뜻을
저버리지 않고 돌아왔다. 여인의 마음은 기쁨을 가누지 못했을 것이
다(2절). 남편은 이미 고생을 하면 꼬리가 붉어진다는 방어의 꼬리
가 붉어질 만큼 전쟁터에 나가서 많은 고난을 겪고 왔다. 그러나 나
라는 안정되지 못하고 여전히 어지럽다. 나라가 아무리 어지럽다 하
더라도 부모님이 계시니 다시는 집을 떠나지 말라는 것이다(3절).
부모님을 파는 것은 동양 여인들의 부덕(婦德)이며 사실은 다시는
자기 곁을 떠나지 말아 달라는 바람인 것이다.

11. 기린의 발(麟之趾)

기린의 발이여 !
여러 제후의 아드님들은
아아, 바로 기린이로세.

기린의 이마여 !
여러 제후의 자손들은
아아, 바로 기린이로세.

기린의 뿔이여!
여러 훌륭한 제후의 일가들은
아아, 바로 기린이로세.

原文　麟之趾여 振振公子는 于嗟麟兮로다.
　　　麟之定이여 振振公姓은 于嗟麟兮로다.
　　　麟之角이여 振振公族은 于嗟麟兮로다.

註解　○麟(린)―기린(麒麟). 중국 고대의 전설적인 동물로 인수(仁獸)·성수(聖獸)라 불린다. ○趾(지)―기린은 발로 산 벌레나 산 풀을 밟지 않는다 한다. ○振振(진진)―'종사(螽斯)' 시에서와 마찬가지로 중성(衆盛)한 모습. 곧 '여러 훌륭한'의 뜻. ○公子(공자)―공후(公侯)인 제후의 아들. ○于嗟(우차)―감탄사, '아아'. ○定(정)―정(頂)과 통하는 글자, 이마. ○公姓(공성)―공후의 자손들(通釋).

解說　이 시는 임금[諸侯]의 집안에 훌륭한 자손들이 많음을 기린 시이다. 지금도 재주가 뛰어나고 용모가 수려한 사람을 가리켜 기린아(麒麟兒)라고 한다. 못난 자식만 두었대도 임금 앞에서는 이런 노래를 불렀을 것이다.

제2　소남(召南)

'소남'은 소목공(召穆公) 호(虎)가 다스리던 남쪽의 나라를 가리킨다(傅斯年 〈周頌說〉). 소호(召虎)는 강수와 한수 지방을 개척한 사람으로 대아(大雅) 강한(江漢)편은 그의 공적을 읊은 것이다. 그는 주(周)나라 선왕(宣王 : 기원전 827~기원전 782 재위)의 명을 받들어 회남(淮南)의 오랑캐들을 평정하였다 한다(集傳 江漢편 注).
소남의 시 열네 편 가운데에는 '강유사(江有汜)' 시가 있고 앞에 든
대아의 '강한'편과 아울러 생각할 때, 그 땅은 주남의 남쪽으로부터
장강 유역에 이르는 지역이었음을 알겠다. 또 '감당(甘棠)' 시에는
소백(召伯)이 나오는데 이것도 소공 석(奭)이 아니라 소호(召虎)를
가리키는 것이다(甘棠편 召伯 注 참조). 또 옛날에는 소남의 시들을
모두 주초(周初)의 작품이라고 보았지만, 주나라 선왕 이전에는 소
남 지역을 평정한 일이 없고 '하피농의(何彼襛矣)' 시에는 '평왕지손
(平王之孫)'이란 구절이 보이니, 빨라야 주선왕 때로부터 늦은 것은
동주(東周) 초엽에 걸친 시기(약 기원전 837~기원전 720)의 작품
임을 알 수 있다.

1. 까치집(鵲巢)

까치집이 있는데
구욕새가 살고 있네.
아가씨 시집가는데
백 대의 수레로 마중하네.

까치집이 있는데
구욕새가 들고 있네.
아가씨 시집가는데
백 대의 수레로 배웅하네.

까치집이 있는데
구욕새가 차지했네.
아가씨 시집가는데

백 대의 수레로 예를 갖추네.

原文　維鵲有巢에 維鳩居之로다.
　　　之子于歸에 百兩御之로다.

　　　維鵲有巢에 維鳩方之로다.
　　　之子于歸에 百兩將之로다.

　　　維鵲有巢에 維鳩盈之로다.
　　　之子于歸에 百兩成之로다.

註解　o鵲(작)—까치.　o鳩(구)—비둘기. 《모전(毛傳)》에는 시구(鳲鳩) 또는 길국(桔鞠)이라 하였는데, 그것은 구욕(鴝鵒)새라 한다. 까치는 매년 10월 뒤에는 새끼를 치고 나가는데 구욕새는 그 까치가 비운 집에 들어와 산다고 한다.　o百兩(백량)—백승(百乘)(毛傳), 수레 백 대. o御(아)—영(迎)의 뜻. o方(방)—유지(有之), 곧 그것을 차지하여 갖는 것. o將(장)—배웅하는 것. o盈(영)—까치집을 구욕새들이 가득히 차지하고 있는 것. o成(성)—결혼 의식이 완전히 이루어졌음을 뜻한다.

解說　이것은 아가씨가 시집가는 것을 축하하는 시이다. 백량(百輔)의 수레로 맞이하고 배웅하고 하였다니 백량이 많은 수레를 형용하는 말이라 보더라도 평민의 혼인은 아닌 듯하다. 어떤 집안(혹은 제후)의 딸이 제후에게 시집가는 것을 축하한 시일 가능성도 많다. 여하튼 까치집은 남자가 쌓아놓은 공적을 비유하고, 구욕새는 다 이루어놓은 남의 집안에 주부로 들어가는 여인에게 견준 것일 게다.

2. 다북쑥 뜯어(采蘩)

연못가 물가에서
다북쑥 뜯어

임금님의 제사에
그것을 쓰네.

산골짜기 시냇가에서
다북쑥 뜯어
임금님의 묘당에
그것을 쓰네.

낭자 머리의 깨끗함이여,
새벽부터 밤까지 묘당에서 일하네.
낭자 머리의 단정함이여,
이제야 일 끝내고 돌아오는가!

原文   于以采蘩을 于沼于沚로다.
于以用之를 公侯之事로다.

于以采蘩을 于澗之中이로다.
于以用之를 公侯之宮이로다.

被之僮僮이여 夙夜在公이로다.
被之祁祁에 薄言還歸로다.

註解   ○于以(우이)—어조사로서 '원내(爰乃)'와 같은 성질의 말임.
○蘩(번)—파호(皤蒿)·백호(白蒿)라고도 하는 다북쑥. 쑥나물을 바쳐
제사에 썼다 한다. ○沼(소)—연못. ○沚(지)—모래톱·물가. 쑥은 물풀
이 아니므로 '우소(于沼)'는 '못가에서', '우지(于沚)'는 '물가'에서로 보았
다. ○公侯(공후)—제후. 사(事)는 제사를 가리킴. 옛날에는 임금의 일로
서 가장 중요한 것이 하늘과 땅 및 선왕에 대한 제사였다. ○澗(간)—산
골짜기의 시냇물. '우간(于澗)'은 '산골짜기의 시냇가에서'. ○宮(궁)—묘

당(廟堂). ㅇ被(피)─수식(首飾), 곧 머리를 장식한 것, 남의 머리타래를 합쳐 쪽을 찌고 장식한 것이라 한다. ㅇ僮僮(동동)─뒤의 '기기(祁祁)'와 함께 모두 머리의 성한 모습을 형용한 말. ㅇ夙夜(숙야)─새벽부터 밤까지. ㅇ公(공)─공소(公所)의 뜻으로, 역시 묘당을 가리킨다. ㅇ薄言(박언)─조사. ㅇ還歸(환귀)─제삿일을 끝내고 집으로 돌아오는 것.

解說　부인이 남편인 제후를 받들어 제삿일을 돕는 것을 노래한 것이다. 제후의 부인이라면 귀한 신분이지만 제사에 쓸 제물을 마련하기 위하여는 몸소 들로 나가 쑥을 뜯어온다(1절, 2절). 그리고 몸을 단정히 하고는 이른 새벽부터 제사지내는 묘당에 나가 저녁 늦게까지 제삿일을 돌본다(3절).

　이 시는 제후의 부인의 훌륭한 행실을 읊은 것이다. 혹 쑥을 누에 칠 때 쓰는 것으로 보고, 궁(宮)과 공(公)을 잠실(蠶室)로 취하여 제후의 잠실의 잠부(蠶婦)의 일을 노래한 것이라 보는 이도 있으나 옳지 않은 듯하다.

3. 베짱이(草蟲)

베짱이는 울고
메뚜기는 뛰노는데,
님 뵐 수 없으니
시름마음 뒤숭숭하네.
뵙게만 된다면
만나게만 된다면
이 마음 놓이련만.

저 남산에 올라가
고사리나 뜯어 볼까.

님을 뵐 수 없으니
시름마음 어수선하네.
뵙게만 된다면
만나게만 된다면
이 마음 기쁘련만.

저 남산에 올라
고비나 뜯어 볼까.
님을 뵐 수 없으니
내 마음 서글프네.
뵙게만 된다면
만나게만 된다면
이 마음 편해지련만.

[原文] 喓喓草蟲이요 趯趯阜螽이로다.
       未見君子하니 憂心忡忡이로다.
       亦旣見止하고 亦旣覯止면
       我心則降이리라.

       陟彼南山하여 言采其蕨이로다.
       未見君子하니 憂心惙惙이로다.
       亦旣見止하고 亦旣覯止면
       我心則說이리라.

       陟彼南山하여 言采其薇로다.
       未見君子하니 我心傷悲로다.
       亦旣見止하고 亦旣覯止면
       我心則夷리라.

[註解]　ㅇ喓喓(요요)−벌레 우는 소리를 형용한 말.　ㅇ草蟲(초충)−'상양(常羊)'이라고도 하며, 크기가 메뚜기와 같고 이상한 울음소리를 내고 몸은 푸른 빛깔이며, 풀밭 속에 많다고 하였다. '베짱이'인 듯하다.　ㅇ趯趯(적적)−뛰는 모습.　ㅇ阜螽(부종)−'메뚜기'.　ㅇ忡忡(충충)−근심하는 모습(孔疏).　ㅇ亦(역)−조사.　ㅇ止(지)−조사.　ㅇ覯(구)−만나다.　ㅇ降(강)−마음이 놓인다는 뜻이다.　ㅇ言(언)−조사.　ㅇ蕨(궐)−고사리.　ㅇ惙惙(철철)−근심하는 모양.　ㅇ夷(이)−곧 '편해진다' 또는 '기뻐하다'의 두 뜻으로 새겨진다.

[解說]　이 시는 먼 곳(전쟁 또는 부역 때문에)에 가 있는 남편을 그리워하는 여인의 마음을 읊은 것이다. 님 그리는 정이 절실하게 느껴지는 시이다.

4. 개구리밥 뜯어(采蘋)

개구리밥 뜯으러
남녘 산골 시냇가로 가세.
마름풀 뜯으러
저 길가 개울로 가세.

어디다 담을까?
둥근 바구니 모난 바구니에 담지.
어디다 삶을까?
가마솥 옹솥에 삶지.

그것을 담아
종묘 대청에 차려놓네.
누가 그것을 차려놓나?

어여쁜 막내딸이지.

[原文] 于以采蘋을 南澗之濱이로다.
　　　于以采藻를 于彼行潦로다.

　　　于以盛之를 維筐及筥로다.
　　　于以湘之를 維錡及釜로다.

　　　于以奠之를 宗室牖下로다.
　　　誰其尸之오? 有齊季女로다.

[註解] ○蘋(빈)-《본초(本草)》에 수평(水萍)에는 세 가지가 있는데 큰 것은 빈(蘋)이라 하고, 중간 것을 행채(荇菜), 작은 것을 부평(浮萍)이라 한다 했다. 물풀의 일종으로 먹을 수 있는 것임. ○澗(간)-산골짜기의 시냇물. ○濱(빈)-물가. ○藻(조)-마름풀. ○行潦(행로)-길 옆에 흐르는 도랑물. 길 위의 빗물. ○盛(성)-담다. ○維(유)-조사. ○筐(광)-모난 광주리. ○筥(거)-둥근 광주리. ○湘(상)-삶다. ○錡(기)-발이 달린 솥. ○釜(부)-발이 없는 솥. ○奠(전)-그릇에 수초로 만든 음식을 담아놓는 것. ○宗室(종실)-종묘. ○牖下(유하)-문과 창 사이의 앞. 종묘의 대청에 해당하는 곳이다. ○尸(시)-차려놓는 것. ○齊(제)-아름다운, 어여쁜.

[解說] 이것은 제사에 관한 시이다. 집안의 주부가 선조의 제사를 받들기 위하여 제1절에서는 개울로 나가 물풀들을 캐오고, 제3절에서는 이것을 갖다가 요리를 하고, 제2절에서는 이것을 제사상에 차려놓는 것을 읊은 것이다.

5. 팥배나무(甘棠)

무성한 팥배나무를
자르지도 베지도 마라
소백님이 멈추셨던 곳이니.

무성한 팥배나무를
자르지도 꺾지도 마라
소백님이 쉬셨던 곳이니.

무성한 팥배나무를
자르지도 휘지도 마라
소백님이 머무셨던 곳이니.

原文 蔽芾甘棠을 勿翦勿伐하라.
召伯所茇이니라.

蔽芾甘棠을 勿翦勿敗하라.
召伯所憩니라.

蔽芾甘棠을 勿翦勿拜하라.
召伯所説니라.

註解 ○蔽芾(폐비)—나무가 무성하게 자라 땅 위를 가지가 덮고 있는
모습. ○甘棠(감당)—두(杜)라고도 하고, 두리(杜梨) 또는 당리(棠梨)라
고도 하는 팥배나무. ○翦(전)—자르다. ○伐(벌)—베다. 그 지엽(枝葉)
을 자르는 것을 전(翦), 조간(條幹)을 자르는 것을 벌(伐)이라 한다고
한다. ○召伯(소백)—옛날에는 소공(召公) 석(奭)이라 보아 왔으나 앞의

소남을 해설할 때 언급한 것처럼 소목공(召穆公) 호(虎)로 봄이 옳다. 옛날 경적(經籍)에서 소백 호는 가끔 공이라 부르기도 하였으나, 소공 석을 '백(伯)'이라 부른 일은 없다. 소백은 또 소아 '서묘(黍苗)' 편과 대아 '숭고(崧高)'에도 보이는데 모두가 소호(召虎)를 가리킨다. 옛날에는 이 시를 소공 석을 기린 것이라 보았으나 옳지 않다. ㅇ茇(발)―풀 위에 앉아 쉬는 것. ㅇ敗(패)―나뭇가지를 함부로 꺾는 것. ㅇ憩(게)―쉬다. ㅇ拜(배)―굽히다, 휘다. ㅇ說(세)―쉬다.

解說 앞의 소백주(召伯註)에서도 말한 것처럼 이 시는 남쪽 나라의 사람들이 소목공(召穆公) 호(虎)를 경애하여 지은 시인 것이다. 팥배나무 밑에서 소목공 호가 백성들을 위하여 일하다 쉬었대서, 그 나무를 건드리지도 말라는 것이다. 잠깐 쉰 나무에 대한 사랑이 이러하니 백성들이 그를 얼마나 따랐던가 짐작이 간다.

6. 이슬길(行露)

이슬길이 촉촉하다지만
어찌 밤낮으로 찾아오진 않고,
길에 이슬이 많다 말하오?

누가 참새에 부리가 없다 했소?
그렇다면 어떻게 우리 지붕을 뚫었겠소?
누가 그대에게 집이 없다 했소?
그렇다면 어떻게 나를 옥으로 불러들였겠소?
비록 나를 옥으로 불러들인다 해도
당신 집안엔 부족한 게 있소.

누가 쥐에 이빨이 없다 했소?

그렇다면 어떻게 우리 담을 뚫었겠소?

누가 그대에게 집이 없다 했소?

그렇다면 어떻게 나를 송사로 불러들였겠소?

비록 나를 송사로 불러들인다 해도

역시 나는 그대를 따르지 못하겠소.

原文 厭浥行露에 豈不夙夜리요?

謂行多露오?

誰謂雀無角고? 何以穿我屋고?

誰謂女無家고? 何以速我獄고?

雖速我獄이나 室家不足이라.

誰謂鼠無牙오? 何以穿我墉고?

誰謂女無家오? 何以速我訟고?

雖速我訟이나 亦不女從하리라.

註解 ○厭浥(업읍)―젖어서 촉촉한 모습. ○行(행)―길. ○夙夜(숙야)―밤낮으로 부지런히 찾아오는 것. ○謂(위)―핑계 대는 것. 나는 그대에게 가고 싶지만 길에 이슬이 많아 옷이 젖을까 못 간다는 것이다. ○雀(작)―참새. ○角(각)―뿔. 여기서는 훼(喙)의 뜻, 부리. ○屋(옥)―여기서는 지붕의 뜻. 참새들은 인가의 지붕을 뚫고 들어가 속에 둥우리를 만든다. ○女(여)―너. 그대. ○速(속)―재촉하는 것. 불러들이는 것. ○獄(옥)―감옥 또는 옥사(獄事). 두 뜻이 다 통한다. ○室家(실가)―집. 실가가 부족하다는 것은 그대 집안은 혼인을 할 만한 충분한 예를 갖추지 못하였다는 뜻. ○牙(아)―어금니. 여기서는 '이빨'의 뜻. ○穿(천)―뚫다. ○墉(용)―담. ○女從(여종)―'종여(從汝)'의 뜻. 곧 '그대를 따른다' '그대에게 시집간다'는 뜻.

解說 이 시는 여자가 남자와의 혼약을 강력히 거절하는 시이다.

1절에서 길 위의 이슬을 핑계로 찾아오지도 않는 그대를 믿지 못하겠다는 뜻을 노래하고 있다. 2절에서 참새가 자기 집 지붕을 뚫었다는 것은, 3절의 쥐가 자기 집 담벽을 뚫었다는 말과 함께 자기에게 청혼하여 왔던 지난 일에 비유한 것이다. 그대는 나에게 청혼을 하여 허혼(許婚)한 일이 있지만 나는 그대에게 시집 못 가겠다는 것이다. 그대에게 훌륭한 집이 없어서가 아니라 그대의 집은 갖출 것을 다 갖추지 못하였기 때문이라는 것이다. 옛날부터 이 부족한 것은 바로 '예(禮)'를 뜻한다고 하였다.

7. 양 갖옷(羔羊)

양 털가죽을
흰 실 다섯 타래로 꾸몄네.
관청으로부터 퇴근하니
당당하고 유유하네.

양 안가죽을
흰 실 다섯 겹으로 꿰맸네.
당당하고 유유하게
관청으로부터 퇴근하네.

양 갖옷 솔기를
흰실 다섯 겹으로 꾸몄네.
당당하고 유유하게
퇴근을 관청으로부터 하네.

原文 羔羊之皮를 素絲五紽로다.

退食自公하니 委蛇委蛇로다.

羔羊之革을 素絲五緎이로다.
委蛇委蛇하니 自公退食이로다.

羔羊之縫을 素絲五總이로다.
委蛇委蛇하니 退食自公이로다.

註解   ○羔羊(고양)—어린 양을 고(羔), 큰 양을 양(羊)이라 부르는데, 여기서는 '어린 양의 뜻. 옛날에 대부들은 어린 양[羔羊]의 가죽으로 갖옷[裘]을 지어 입었다. ○皮(피)—털이 붙어 있는 가죽. ○紽(타)—실 다섯 겹을 한 타(紽)라 한다. 옛날 갖옷은 가죽과 가죽을 잇대고 꿰맨 옷 솔기를 보기 좋게 꾸미기 위하여 흰 실을 꼬아 그 위에 대고 꿰맸다 한다. 오타(五紽)에 대하여는 설이 많으나 여하튼 여러 겹의 실을 꼬아 가죽옷 솔기에 댄 것으로 보면 된다.   ○退食(퇴식)—퇴근(退勤). 관청으로부터 집으로 돌아와 식사하고 쉬는 것을 뜻한다. ○公(공)—관공서 또는 조정(朝廷). ○委蛇(위이)—'위이(逶迤)', 길을 어슬렁어슬렁 걷는 모습. 여기서 '위이위이(委蛇委蛇)'라 한 것은 대부가 당당한 풍모에다 여유있는 모습으로 천천히 걸어 퇴근하는 모습을 형용한 것이다. ○革(혁)—보통 피(皮)와 같은 뜻으로 보나, 털이 없는 가죽. ○緎(역)—타(紽)와 비슷한 뜻으로, 4타(紽)가 1역(緎)이다. ○縫(봉)—꿰매다. 여기서는 꿰맨 옷 솔기. ○總(총)—타(紽)나 역(緎)과 비슷한 뜻으로 4역(緎)이 1총(總)이다.

解說   이것은 태평시대에 나라의 관리 노릇 하는 대부들의 안적(安適)한 모습을 읊은 시이다. 부드럽고 흰 염소 가죽으로 만든 갖옷을 입고 어슬렁어슬렁 퇴근하는 태평성세의 관리가 눈앞에 선하다.

8. 천둥 소리(殷其雷)

우르릉 천둥소리
남산 남녘에 울리는데,
어찌하여 님은 이곳을 떠나가
돌아올 틈도 못 내시는가?
늠름한 우리 님이여!
어서 돌아오소서.

우르릉 천둥소리
남산 곁에서 울리는데,
어찌하여 님은 이곳을 떠나
쉬러 올 틈도 없으신가?
늠름한 우리 님이여!
어서 돌아오소서.

우르릉 천둥소리
남산 밑에서 울리는데,
어찌하여 님은 이곳을 떠나가
전혀 틈을 내지 못하시는가?
늠름한 우리 님이여!
어서 돌아오소서.

原文　殷其雷이 在南山之陽이로다.
何斯違斯하여 莫敢或遑고?
振振君子여 歸哉歸哉어다!

殷其雷이 在南山之側이로다.
何斯違斯하여 莫敢遑息고?
振振君子여 歸哉歸哉어다!

殷其雷이 在南山之下로다.
何斯違斯하여 莫或遑處오?
振振君子여 歸哉歸哉어다!

註解 ㅇ殷(은)―천둥 소리. ㅇ其(기)―조사로서 은기(殷其)는 은연(殷然)의 뜻. ㅇ靁(뢰)―뢰(雷)와 같은 글자. ㅇ陽(양)―햇볕이 잘 쬐는 산의 남쪽 기슭. ㅇ斯(사)―윗것은 '이 사람'의 뜻으로 군자인 임을 가리키며, 아랫것은 이곳, 곧 집을 가리킨다. ㅇ違(위)―거(去), 곧 떠난다는 뜻. ㅇ或(혹)―'전혀', '조금도'. ㅇ遑(황)―겨를. 자기에게로 돌아올 틈을 가리킨다. ㅇ振振(진진)―신후(信厚)한 모습, 늠름하고 믿음직한 것. ㅇ遑息(황식)―돌아와 집에서 쉴 틈. ㅇ處(처)―거(居)의 뜻. 황처(遑處)는 집으로 돌아와 자기와 함께 머물 틈을 가리킨다.

解說 이 시는 먼 곳(전쟁터 또는 부역 때문)에 가 있는 남편을 그리는 여인의 마음을 읊은 것이다. 천둥소리는 남편이 가 있는 전쟁터나, 여름의 신호로서 계절의 변화를 생각하게 하였을 것이다. 문득 남편 생각이 나자 남편이 하루 속히 돌아오기를 바라는 간절한 마음에 불이 붙는다.

9. 매실 따기(摽有梅)

매실 다 떨어지고
그 열매 일곱 개 남았네.
날 맞을 임자는

좋은 날 놓치지 말기를!

매실 다 떨어지고
그 열매 세 개 남았네.
날 맞을 임자는
이 때를 놓치지 말기를!

매실 다 떨어져
대바구니에 주워 담았네.
날 맞을 임자는
말난 이 때를 놓치지 말기를!

原文　摽有梅하니 其實七兮로다.
　　　求我庶士는 迨其吉兮인저!

　　　摽有梅하니 其實三兮로다.
　　　求我庶士는 迨其今兮인저!

　　　摽有梅하니 頃筐墍之로다.
　　　求我庶士는 迨其謂之인저!

註解　ㅇ摽(표)—《모전》에서는 떨어지다. 곧 락(落)의 뜻이라 하였다. ㅇ七(칠)—매실을 다 따고 일곱 개만 나무에 남겼다는 뜻. ㅇ求我庶士(구아서사)—내게 장가들기를 바라는 여러 선비. ㅇ迨(태)—급(及)의 뜻인데, 다시 말하면 어떤 기회를 놓치지 않는다는 뜻이다. 태기길혜(迨其吉兮)는 곧 길일을 놓치지 말고 자기에게 장가들어 달라는 뜻. ㅇ頃筐(경광)—뒤가 높고 앞이 낮은 대바구니(周南 '卷耳' 시 註 참조). ㅇ墍(히)—취(取)의 뜻으로 주워담는 것. ㅇ謂(위)—'말 났을 때', 곧 지금 당장의 뜻.

解說 이 시는 시집 못간 노처녀의 다급한 심정을 노래한 것이다. 매실을 따는데 1절에서는 나무에 일곱 개가 남았고 2절에서는 세 개가 남았는데 3절에서는 다 따서 광주리에 담아 버렸다. 이는 하루하루 나이 먹어가는 노처녀를 풍자한 것이다. 시간이 흐름에 따라 나무에 달린 매실이 없어져 버리듯이 시집갈 가망성도 나날이 줄어드는 것이다.

그러기에 1절에서는 좋은 날을 놓치지 말고 자기를 데려가랬다가, 2절에서는 이 때를 놓치지 말고 데려가라 하고, 3절에서는 말 난 김에 지금 당장 데려가라는 것이다.

10. 작은 별(小星)

반짝반짝 작은 별이
동녘에 네댓 개.
잽싸게 밤에 가서
새벽부터 밤까지 관청에 있으니
정말 팔자가 글렀구나!

반짝반짝 작은 별은
삼수(參宿)와 묘수(昴宿)인가.
잽싸게 밤에 가서
이부자리 안고 일하니
정말 팔자가 글렀구나!

原文 嘒彼小星이 三五在東이로다.
  肅肅宵征하여 夙夜在公하니
  寔命不同이로다.

嘒彼小星은 維參與昴로다.
肅肅宵征하여 抱衾與裯하니
寔命不猶로다.

註解   ○嘒(혜)—반짝반짝 별이 빛나는 모습. 대아 '운한(雲漢)'시 '유
혜기성(有嘒其星)'의 혜(嘒)와 같은 뜻임. ○肅肅(숙숙)—잽싼 모습.
○宵(소)—밤. ○征(정)—가다. ○夙夜(숙야)—새벽부터 밤까지. ○公
(공)—군(君)의 거소. ○寔(식)—한시에는 '실(實)'로 되어 있다. '식명
부동(寔命不同)'은 운명이 남과 같지 않다. 곧 운명이 이미 글렀다는 뜻.
○參(삼), 昴(묘)—28수(宿) 가운데 서방(西方) 2수의 이름. ○衾(금)—
이불. ○裯(주)—홑이불. 금여주(衾與裯)는 이부자리 전체를 가리키는
말. ○猶(유)—불유(不猶)는 부동(不同)과 같은 말.

解說   이 시는 고생만 하는 낮은 관리가 자신의 불운을 슬퍼하는
노래이다. 새벽부터 밤늦게까지 일만 해야 하는 자신의 팔자를 한탄
하고 있다.

11. 강수는 갈라져 흐르고(江有汜)

강수는 갈라졌다 다시 합쳐지는데,
아가씨는 시집가면서 나를 거들떠보지 않네.
나를 거들떠보지 않지만
뒤에는 후회하게 되리라.

강수에는 작은 섬 있는데,
아가씨는 시집가면서 나와 함께하려 하지 않네.
나와 함께하려 하지 않지만,
뒤에는 함께 살게 되고 말리라.

강수는 갈라졌다 또 만나는데,
아가씨는 시집가면서 내게 들리지도 않네.
내게 들리지도 않지만,
결국 탄식하며 슬픈 노래 부르게 되리라.

原文　江有汜어늘 之子歸에 不我以로다.
　　　不我以나 其後也悔리라.

　　　江有渚어늘 之子歸에 不我與로다.
　　　不我與나 其後也處리라.

　　　江有沱어늘 之子歸에 不我過로다.
　　　不我過나 其嘯也歌리라.

註解　○汜(사)—강물이 갈라졌다 다시 합치는 것. 강수가 갈라져 흐르다 다시 합침은 애인들의 이회(離會)를 상징한 듯하다. ○之子(지자)—애인인 아가씨를 가리킴. ○歸(귀)—시집가다. ○不我以(불아이)—나를 거들떠보지도 않는다는 뜻. ○渚(저)—작은 섬. 강물의 섬도 물이 갈라졌다 다시 합쳐지게 만든다. ○與(여)—함께 지내는 것. ○處(처)—함께 사는 것. ○沱(타)—강물이 갈리는 것. 갈라진 강물은 반드시 다시 합쳐진다. ○過(과)—집에 '들러가는 것'. ○嘯(소)—휘파람. 여기서는 탄식하는 소리를 내는 것. ○歌(가)—슬픈 노래를 부르는 것.

解說　이것은 남자가 자기의 애인이 자기를 버리고 시집가는 것을 보고 읊은 시이다.

12. 들판에서 잡은 노루(野有死麕)

들판에서 잡은 노루고기를
흰 띠풀로 싸다 주었네.
아가씨 봄을 그리워하기에
미남이 유혹한 거지.

숲의 잔 나무 베고,
들판에서 사슴 잡아
흰 띠풀로 싸가지고 가보니
아가씨는 구슬 같데요.

'가만가만 천천히,
내 행주치마는 건드리지 마세요.
삽살개 짖지 않게 해요!'

原文   野有死麕이어늘 白茅包之로다.
有女懷春이어늘 吉士誘之로다.

林有樸樕하며 野有死鹿이어늘
白茅純束하나니 有女如玉이로다.

舒而脫脫兮하여 無感我帨兮하여
無使尨也吠하라.

註解   ○麕(균)－고라니. 또는 노루. 사균(死麕)은 사냥해서 잡은 노루를 말하며, 선물로 그 고기를 여인에게 싸다 준 것이다. ○茅(모)－

띠풀. 백모(白茅)는 흰 띠풀이며, 옛날에는 예물을 싸거나 제사에 쓸 술을 받쳐 거르는 데 쓰는 정결하다고 믿은 식물이다. ○懷春(회춘)—사춘(思春)의 뜻. ○吉士(길사)—미사(美士), 곧 멋진 남자. ○樸樕(복속)—《모전》에 소목(小木), 작은 나무들이라 하였다. 땔나무를 말하는 것이다. ○純(돈)—묶다. ○舒(서)—서서히, 찬찬히. ○脫脫(태태)—일을 천천히 진행시키는 모양. ○感(감)—'움직이는 것' 또는 '손을 대는 것'. ○帨(세)—패건(佩巾). 여자가 허리에 차는 길이가 무릎 밑에까지 내려오는 앞가리개. 결국 '행주치마'와 비슷한 것이었던 것 같다. ○尨(방)—삽살개. ○吠(폐)—개가 짖는 것.

解說 이것은 젊은 남녀의 연애시이다. 회춘한 아름다운 처녀를 미남인 길사(吉士)가 유혹하여 서로 정을 통하게 된다는 것이 이 시의 대의이다. 사냥해서 잡은 노루나 사슴의 고기를 깨끗한 백모(白茅)로 싸서 애인에게 보내주는 것은 원시 수렵시대의 유풍(遺風)이다. 3절은 여자의 말투인 것이다. 개가 짖어 동네 사람들이나 집안 식구들에게 들키지 않도록 슬며시 내왕하여 살살 자기를 다뤄 달라는 것이다.

13. 어쩌면 저렇게 고울까(何彼襛矣)

어쩌면 저렇게 고울까?
산매자 꽃 같구나.
얼마나 위엄 있고 부드러운가?
공주님의 수레는.

어쩌면 저렇게 고울까?
복사꽃 오얏꽃 같구나.
평왕의 손녀가
제나라 왕자에게 시집가네.

　　낚시질을 어떻게 하지?
　　실 꼬아 낚싯줄을 만들어야지.
　　제나라 왕자에게
　　평왕의 손녀가 시집가네.

[原文] 何彼襛矣오? 唐棣之華로다.
　　　　曷不肅雝이리요? 王姬之車로다.

　　　　何彼襛矣오? 華如桃李로다.
　　　　平王之孫과 齊侯之子로다.

　　　　其釣維何오? 維絲伊緡이로다.
　　　　齊侯之子요 平王之孫이로다.

[註解] ㅇ襛(농)－농(穠)으로 쓰기도 하며, 고운 것, 아름다운 것. 꽃을
형용하는 말.　ㅇ唐棣(당체)－과일나무 이름. 그 꽃은 흰 것과 붉은 것
두 가지가 있는데, 6월에 오얏[李] 비슷한 빨간 맛있는 열매가 열린다.
이를 당체(棠棣), 곧 '아가위나무'와 흔히 혼동하나 다른 것이다.　ㅇ曷不
肅雝(갈불숙옹)－'어찌 공경하고 화하여지지 않겠느냐?'는 뜻인데, 말을
바꾸면 '얼마나 공경을 받을 만한 위엄이 있고 화하여지게 하는 부드러
움을 지녔느냐?'는 뜻.　ㅇ王姬(왕희)－주왕(周王)의 성이 희성(姬姓)이
었으므로 주나라 천자의 공주란 뜻으로 쓰인 것이다.　ㅇ平王(평왕)－평
(平)자를 옛날에는 정(正), 또는 태평의 평의 뜻으로 보았다. 그러나 평
왕은 주나라를 동천(東遷)시킨 평왕 의구(宜臼)이다. 이곳에서는 평왕
의 손녀가 제후(齊侯)의 아들에게 출가하는 것이다.　ㅇ齊侯之子(제후
지자)－제(齊)나라 제후의 아들.　ㅇ釣(조)－낚시.　ㅇ伊(이)－유(維)와 같
은 조사(毛傳).　ㅇ緡(민)－실을 모아 꼬아서 낚싯줄을 만든 것이다.

[解說] 이 시는 주나라 천자의 공주가 제나라 제후의 아들에게 시집
가는 것을 보고 읊은 시이다. 이 시에서 가장 이해하기 힘든 제3절

의 낚싯줄 얘기는 실을 모아 낚싯줄을 만들 듯이 이성(二姓)의 남녀
가 합하여 한 쌍의 부부가 됨을 비유한 것 같다.

14. 몰이꾼(騶虞)

저 싱싱한 갈대밭에
화살 한 대 쏘는데 다섯 마리 암퇘지,
아아 몰이꾼이여!

저 싱싱한 다북쑥밭에
화살 한 대 쏘는데 다섯 마리 새끼돼지,
아아 몰이꾼이여!

原文　彼茁者葭에 壹發五豝로다.
　　　于嗟乎騶虞여!

　　　彼茁者蓬에 壹發五豵이로다.
　　　于嗟乎騶虞여!

註解　○騶虞(추우)―옛날에는 추우(騶虞)를 생물(生物)은 안 먹는 의
수(義獸)라 하였다. 그러나 추(騶)는 추유(騶囿)로서 임금의 어렵지(御
獵地)이며, 우(虞)는 우관(虞官)으로서 조수(鳥獸)를 관리하는 사람이
다. '삼가시(三家詩)'에서는 모두 '추우'는 천자의 조수를 관리하는 관
원이라 하였다. '추우'는 천자가 사냥을 나가면 몰이꾼을 이끌고 짐승
들을 천자가 활쏘기 좋도록 몰아 주었다. ○茁(절)―풀이 새로 돋아난
모습. ○葭(가)―갈대. 여기서는 갈대밭으로 보아야 할 것이다. ○壹發
(일발)―화살 한 대를 쏘는 것. ○豝(파)―암퇘지. 일발오파(壹發五豝)
는 추우가 짐승의 관리를 잘하고 몰이를 잘하여 한 번 화살을 쏘려고

보니 저쪽 갈대밭 속에 다섯 마리의 암퇘지가 나타났다는 것이다. ㅇ于
嗟乎(우차호)－탄사(歎詞). ㅇ蓬(봉)－다북쑥. 여기서도 다북쑥밭으로 보
아야 할 것이다. ㅇ豵(종)－낳은 지 1년밖에 안 되는 돼지.

　[解說]　〈모시서〉에서는 '온 천하가 문왕의 교화를 순수히 입어 동물
들이 번식하고 때에 알맞게 사냥을 하여 어질기가 추우(騶虞) 같다
는 것이다. 곧 왕도가 이루어졌음을 읊은 시이다'고 하였다.

　그러나 이것은 단순히 임금의 사냥을 찬미한 시라고 봄이 좋겠다.
임금이 한 대의 화살을 쏘려 하며 보니 저쪽 갈대밭에 다섯 마리의
암퇘지가 나타났다. 몰이꾼은 어쩌면 그렇게도 몰이를 잘하느냐는
것이다. 2절에서는 새끼돼지가 다섯 마리 나타났다. 이 돼지들을 쏘
아 잡았는지 안 잡았는지는 모른다. 임금의 사냥은 짐승을 잡는 데
목적이 있던 것은 아니었기 때문이다.

제 3 　패(邶)

　주나라 무왕(武王 : 기원전 1122~1116 재위)은 은나라를 쳐부순
뒤, 주(紂)임금의 아들 무경(武庚 : 祿父)을 은나라 유민들이 사는
땅에 세워 은나라의 제사를 받들게 하였다. 그리고 다시 그 땅을 삼
분(三分)하여 무왕의 아우인 관숙(管叔)과 채숙(蔡叔)·곽숙(霍叔)
을 세워 은나라 신하들을 감독케 하였다(《逸周書》作雒편).

　그리하여 무경이 다스리던 곳을 패(邶), 관숙이 다스리던 곳을 용
(鄘), 채숙이 다스리던 곳을 위(衛)라 부르게 되었는데, 이들을 '삼
감(三監 : 세 은나라 백성을 감독하는 사람)'이라 불렀다(《漢書》地
理志). 곧 주임금의 도읍이었던 조가(朝歌 : 殷墟라고도 하며 지금의
하남성 淇縣 동북쪽)의 북쪽을 패(邶)라 하고, 남쪽을 용(鄘), 동쪽
을 위(衛)라 부른 것이다(鄭玄《詩譜》).

그런데 진(晉)나라 초 때 사람인 황보밀(皇甫謐)의 《제왕세기(帝王世紀)》에는 '은나라 도읍의 동쪽을 위라 부르고 관숙이 감독하였으며, 서쪽을 용이라 부르고 채숙이 감독하였고, 북쪽을 패라 하여 곽숙이 감독하였는데 이들을 삼감이라 한다'고 하였다(張守節《史記正義》引). 어느 것이 옳은지 알 수 없다.

성왕(成王 : 기원전 1115~1079 재위) 때 주공(周公)이 무경과 관채(管蔡)의 난을 평정한 뒤에는 강숙(康叔 : 이름은 封)을 위에 봉하고 패·용의 땅까지도 다스리게 하였다. 강숙은 조가(朝歌)에 도읍하여 은나라 유민을 다스렸는데, 그의 자손대에 이르러는 패·용의 국경은 유야무야되어 버리고 통틀어 위(衛)라 불렀었다. 의공(懿公) 때에는 오랑캐〔狄〕들에게 멸망하여 대공(戴公)이 황하를 건너 동쪽으로 옮아와 조읍(漕邑 : 지금의 河北省 滑縣)에 도읍하였고, 문공(文公) 때에는 다시 초구(楚丘 : 지금의 山東省 武縣)로 옮겨갔으나 모두 위의 본토를 벗어나지는 않는 것이다.

그렇기 때문에 패·용·위의 삼풍(三風)은 실은 모두가 위풍(衛風)이라 할 수 있다. 이들 시의 성읍이나 하류(河流) 이름이 같은 고장의 것들이며, 거기에서 읊은 내용도 모두가 위나라 일인 것이다.

그래서 마서진(馬瑞辰) 같은 사람은 숫제 옛날에는 패·용·위가 한 편이었던 것을 후인이 셋으로 나눈 것이라 주장하였는데(通釋) 근리(近理)하다. 처음에는 시를 편집한 이가 패·용의 옛 이름을 보존하려고 이들을 통틀어 '패용위'라 하였는데 후세에 셋으로 나뉘어진 것이다(釋義). 그러므로 패풍은 패에서, 용풍은 용에서, 위풍은 위에서 채집하였다고 보는 것은 잘못이다.

1. 잣나무배(柏舟)

둥실둥실 잣나무 배는
하염없이 떠내려가는데,
밤새도록 잠 못 이룸은
뼈저린 시름 때문인가.
술이나 마시면서,
나가 노닐지 못할 것도 아니건만.

내 마음 거울 아니니,
남이 알아볼 리 없고,
형제도 있다 하나
의지할 곳 못되네.
가서 하소연하다가
그들의 노여움만 산 것을.

내 마음 돌이 아니니
굴릴 수도 없고,
내 마음 돗자리 아니니
말 수도 없네.
용모와 행동 의젓하지만
믿을 수 없는 그이일세.

시름은 그지없어
뭇 것들의 미움만 사고,
근심걱정 많다 보니
수모도 적지 않게 당했네.

가만히 생각해보니
가슴만 두드리게 되네.

해여 달이여!
어째서 번갈아 이지러지느냐?
마음의 시름은
빨지 않은 옷 입은 듯.
가만히 생각해보니
훨훨 날아가고만 싶네.

原文　汎彼柏舟여 亦汎其流로다.
　　　耿耿不寐이 如有隱憂로다.
　　　微我無酒하여 以敖以遊로다.

　　　我心匪鑒이니 不可以茹로다.
　　　亦有兄弟나 不可以據로다.
　　　薄言往愬이면 逢彼之怒로다.

　　　我心匪石이니 不可轉也며
　　　我心匪席이니 不可卷也로다.
　　　威儀棣棣나 不可選也로다.

　　　憂心悄悄하니 慍于群小로다.
　　　覯閔旣多니 受侮不少로다.
　　　靜言思之하니 寤辟有摽로다.

　　　日居月諸여 胡迭而微오?
　　　心之憂矣여 如匪澣衣로다.
　　　靜言思之하니 不能奮飛로다.

<u>註解</u> ○汎(범)―물 위에 둥둥 뜨는 모양. ○柏舟(백주)―잣나무로 만든 배. ○亦(역)―조사. ○耿耿(경경)―불안한 모습. ○寐(매)―잠자다. ○隱(은)―속 아픈 것. ○隱憂(은우)―숨겨진 남모르는 시름. ○微(미)―비(非)와 같은 뜻이며, 다음 구절인 '이오이유(以敖以遊)'에까지 걸린다. ○敖(오)―유(遊)의 뜻, 노는 것. ○匪(비)―비(非)와 같은 자. ○鑒(감)―거울. ○茹(여)―헤아리다. ○薄言(박언)―조사. ○愬(소)―하소연하는 것. 소(訴)와 같은 뜻. ○轉(전)―마음을 전환시키어 시름을 않는 것. ○威儀(위의)―용모와 행동. ○棣棣(체체)―용모가 엄전하고 행동이 의젓한 모습. ○選(선)―산(算)의 뜻. 따라서 '불가선(不可選)'은 현대 중국어의 '불능산(不能算)'과 비슷한 말로서, 작자가 옛날에는 남자의 엄전한 용모와 의젓한 행동을 보고 시집을 갔었는데 오늘날에 와서 생각해 보니 용모나 행동의 의젓함은 아무것도 아니라는 뜻이다. ○悄悄(초초)―근심하는 모습. ○羣小(군소)―여러 소인(小人)들. 온우군소(慍于羣小)는 여러 아는 소인들로부터 미움을 받게 되었다는 뜻. ○覯(구)―만나다. ○閔(민)―민(憫)과 통하여 근심 걱정의 뜻으로 볼 수도 있고, 병의 뜻으로 볼 수도 있다. ○寤(오)―옛날에는 '잠에서 깨어나면'의 뜻으로 보았으나 조사로 봄이 옳다. ○辟(벽)―가슴을 두드리는 것. 원통할 때 하는 행동이다. ○有摽(유표)―가슴을 두드리는 모양. ○居(거)―저(諸)와 함께 모두 조사(集傳). 일거월저(日居月諸)는 '해여! 달이여!'의 뜻. ○胡(호)―하(何)의 뜻. ○迭(질)―'서로 번갈아'의 뜻. ○微(미)―해와 달이 작아진다는 것은 해와 달의 일식과 월식을 뜻한다. 일식이나 월식은 흉조라 여겼다. ○澣(한)―빨래하다. 비한의(匪澣衣)는 때 묻은 옷을 빨래하지 않고 그대로 입은 것. ○奮飛(분비)―새가 날개를 떨치고 날아가는 것.

<u>解說</u> 부인이 그의 남편에게 소박을 맞고 자기를 잣나무배에 비유하여 노래한 시이다. 제1절에서 흐르는 물에 둥실둥실 떠내려가는 잣나무배는 어떻게 될지 모르게 된 불안한 여인의 처지를 연상케 한다. 여인은 잠못 이루며 소박맞은 자신을 괴로워한다.

제2절에서 '가서 하소연을 해보려 해도 그의 노여움만 사게 된다'

고 했으니, 남자는 퍽 사나운 사람이었던 것 같다. 그렇기 때문에 여인은 자기의 진정을 알아주지 못하는 남편을 원망한다.

제3절에서는 외모만 보고 반해서 시집갔던 옛날을 뉘우친다. 자기의 이러한 불행은 결국 자기가 씨를 심은 것이라 하여 기분을 전환시켜 보려 하지만, 마음이란 돌멩이처럼 쉽사리 굴리거나 돗자리처럼 걷어 치울 수 있는 것이 아니라는 것이다.

제4절에서는 공연히 괴로워하다가 남의 욕만 먹고 수모당한 것을 뉘우친다. 남편에게 소박맞은 것만도 억울한데 남들조차 업신여기니 가슴을 치며 한탄할 수밖에 없었으리라.

제5절에서는 일식이 일어나고 월식이 일어나 흉조를 나타내듯 세상은 어지럽게만 느껴진다. 답답한 마음은 때묻은 옷을 그대로 입고 있는 듯하다. 여전히 시름은 씻을 길 없어 새처럼 하늘을 훨훨 날며 답답한 마음을 식혀 봤으면 하고 생각한다.

2. 녹색 옷(綠衣)

녹색 옷이라니!
녹색 옷에 황색 안을 대었네.
마음의 시름이여!
언제나 그치려는가?

녹색 옷이라니!
녹색 저고리에 황색 치마네.
마음의 시름이여!
언제나 없어지려는가?

녹색으로 흰 실을 물들이다니!

그대가 한 짓이지.
나는 옛사람들이나 생각하며,
허물없도록 힘쓰려네.

모시옷 베옷이라니!
찬바람이 불어오는데.
나는 옛사람을 생각하나니,
정말로 내 마음 잡아 주네.

原文　綠兮衣兮여 綠衣黃裏로다.
　　　心之憂矣여 曷維其已오?

　　　綠兮衣兮여 綠衣黃裳이로다.
　　　心之憂矣여 曷維其亡고?

　　　綠兮絲兮여 女所治兮로다.
　　　我思古人하여 俾無訧兮로다.

　　　絺兮綌兮여 凄其以風이로다.
　　　我思古人하니 實獲我心이로다.

註解　ㅇ綠兮衣兮(녹혜의혜)―녹색 천으로 옷을 만드는 것. 녹색은 파
랑과 노랑의 중간색으로 천한 빛깔을 말한다. 천한 빛깔로 옷을 만든다
는 것은 천한 첩이 본처보다 남편의 사랑을 받고 있음을 비유한 것이다.
ㅇ裏(리)―옷의 안. 녹의황리(綠衣黃裏)는 녹색 천으로 옷을 만들고 귀
한 빛깔인 노란색 천으로 안을 댔다는 것이다. 이것은 천한 첩이 득세
하고 본처인 자기가 밀려나 있음에 비유한 것이다. 또 처음부터 의(衣)
자를 제2절에서처럼 '저고리' 또는 '윗옷'의 뜻으로 보고, 천한 녹색으로
저고리를 만들어 입었다는 것은 위아래의 질서가 뒤집혔음을 뜻하는

것으로 보아도 좋다. ㅇ曷(갈)—언제나의 뜻. ㅇ維其(유기)—조사이며 미래를 나타낸다. ㅇ已(이)—그치다. ㅇ裳(상)—치마. 상(裳)과 대(對)가 될 때 의(衣)는 저고리, 곧 윗옷을 의미한다. ㅇ亡(망)—없어지는 것. ㅇ綠兮絲兮(녹혜사혜)—엄찬(嚴粲)에 의하면, '본래 이 천한 녹색 옷은 흰 실을 그대(첩을 가리킴)가 물들여 지은 것이다. 그대는 이 흰실을 녹색으로 물들이고 또 그것으로 저고리를 만들어 황색의 위에 입는가?'의 뜻을 나타낸다 하였다. ㅇ女(여)—여(汝)의 뜻. ㅇ治(치)—옷을 짓는 것. ㅇ俾(비)—하여금. 사(使)의 뜻. ㅇ訧(우)—과오의 뜻. ㅇ絺(치)—고운 갈포. ㅇ綌(격)—굵은 갈포. 여기서는 치(絺)는 모시, 격(綌)은 베로 편의상 번역하였다. ㅇ凄其(처기)—처연(凄然)과 같이 찬바람이 부는 모습. 정실(正室)은 남편에게 버림받고 찬바람이 불어오는 겨울이 닥쳐오는 데도 여름에 입는 베옷을 그대로 입고 있다. ㅇ實獲我心(실획아심)—옛사람의 어진 행동은 정말 자기의 마음이 구하는 바를 얻게 하였다. 곧 자기의 마음을 붙들어 준다는 뜻.

解說 첩이 남편의 총애를 받아 부인이 자기의 자리를 잃고 이 시를 지은 것이다. 첩에게 밀려난 정실(正室)이 자기 마음의 시름을 달래기 위하여 부른 노래라 보아도 좋을 것이다.

3. 제비(燕燕)

제비들은 펄펄
앞서거니 뒤서거니.
누이 시집가는데
멀리 들에서 전송하고,
바라보아도 보이지 않게 되자
눈물 비오듯 흘리네.

제비들은 펄펄

올라갔다 내려왔다.
누이 시집가는데
멀리 그를 전송하고
바라보아도 보이지 않게 되자
멍청히 서서 눈물 흘리네.

제비들은 펄펄
위아래서 짹짹.
누이 시집가는데
멀리 남쪽으로 전송하고,
바라보아도 보이지 않게 되자
내 마음 정말 괴로워지네.

누이는 믿음직하며
마음은 진실하고 깊고,
온순하고 부드러워
그의 몸을 잘 삼가,
아버님 생각 받들어
나를 격려하더니.

原文 燕燕于飛여 差池其羽로다.
　　　之子于歸에 遠送于野하고
　　　瞻望弗及하니 泣涕如雨로다.

　　　燕燕于飛여 頡之頏之로다.
　　　之子于歸여 遠于將之하고
　　　瞻望弗及하니 佇立以泣이로다.

燕燕于飛여 下上其音이로다.
之子于歸에 遠送于南하고
瞻望弗及하니 實勞我心이로다.

仲氏任只하며 其心塞淵하고
終溫且惠하여 淑愼其身이요
先君之思로 以勗寡人이로다.

註解 o燕(연)－제비. 예부터 중국 사람들은 흔히 같은 말을 중첩(重疊)하여 썼다. 연연(燕燕)도 제비의 뜻. o差池(치지)－참치(參差)와 같이 가지런하지 않은 모습. 치지기우(差池其羽)는 제비의 날개 자체가 가지런하지 않다기보다는 날고 있는 제비의 날개들이 앞서거니 뒤서거니 하여 가지런하지 않다는 뜻으로 보아야 할 것이다. o歸(귀)－시집가다. o瞻望(첨망)－먼 곳을 바라보는 것. o泣涕(읍체)－소리 없이 눈물 흘리는 것. o頡之頏之(힐지항지)－제비가 높이 올라갔다 내려왔다 하며 나는 것. o將(장)－전송하다. o之(지)－지자(之子)를 가리킴. o佇立(저립)－오랫동안 멍청히 서 있는 것. o下上(하상)－내려왔다 올라갔다 하는 것. o勞(노)－마음이 수고로워진다는 것은 곧 괴로워진다는 뜻. o仲氏(중씨)－시집가는 아가씨의 자(字). 부인들을 부를 때엔 자를 썼다. o任(임)－신후(信厚)의 뜻. o只(지)－조사. 재(哉)와 성격이 비슷하다. o塞(색)－진실로. o淵(연)－깊은 것. o終(종)－차(且)와 호응하여, 《시경》에선 '종(終)……차(且)……'는 '기(旣)……차(且)……'의 뜻으로 쓰인다. o先君(선군)－돌아가신 아버지. o勗(욱)－힘쓰다. 격려하다. o寡人(과인)－임금의 자칭(自稱).

解說 이 시는 위(衛)나라 제후의 누이동생이 남쪽 나라로 시집갈 때, 위나라 제후인 그의 오빠가 누이를 전송하며 부른 것이다. 제비는 고신씨(高辛氏)의 비(妃)인 간적(簡狄)이 제비가 준 알을 삼키고 은(殷)나라의 조상인 설(契)을 낳았다는 '현조고매(玄鳥高禖)'의 전설이 있으니, 결혼을 상징하는 새이다.

1절·2절·3절에서는 정든 누이를 떠나 보내는 슬픔을, 4절에서는 어질었던 누이의 행실을 돌이켜 생각한다. 그처럼 현숙한 누이이니 멀리 시집을 가서도 잘살겠지 하는 심정이었을 것이다.

4. 해와 달(日月)

해와 달은
아래 땅을 비추고 있는데,
우리 님은
옛날처럼 위해 주지 않네요.
어쩌면 마음을 잡을 수 있을까요?
나를 거들떠보지도 않으니.

해와 달은
땅을 덮어 주고 있는데,
우리 님은
사랑해 주지 않네요.
어쩌면 마음을 잡을 수 있을까요?
내 뜻에 보답하려 하지도 않으니.

해와 달은
동녘에서 뜨고 있는데,
우리 님은
말씀이 부드럽지 않네요.
어쩌면 마음을 잡을 수 있을까요?
거친 말을 않게 되어야 할 텐데.

해와 달은 동녘에 뜨고 있는데,

아버님! 어머님!
그이는 끝내 나를 좋아하지 않네요.
어쩌면 마음을 잡을 수 있을까요?
내게 무도한 짓만 하니.

原文　日居月諸여 照臨下土로다.
乃如之人兮여 逝不古處로다.
胡能有定고? 寧不我顧로다.

日居月諸여 下土是冒로다.
乃如之人兮여 逝不相好로다.
胡能有定고? 寧不我報로다.

日居月諸여 出自東方로다.
乃如之人兮여 德音無良이로다.
胡能有定고? 俾也可忘이로다.

日居月諸여 東方自出이로다.
父兮母兮여 畜我不卒이로다.
胡能有定고? 報我不述이로다.

註解　○居(거)—저(諸)와 함께 조사. 일거월저(日居月諸)는 '해야! 달아!'의 뜻. ○乃如(내여)—전어사(轉語詞). ○之人(지인)—사람, 곧 자기의 남편을 가리킴. ○逝(서)—발어사. ○古處(고처)—'이고구상처(以故舊相處)', 곧 옛날처럼 잘 지내는 것. ○胡(호)—어찌. ○定(정)—마음을 안정시키는 것. ○寧(녕)—내(乃)와 같은 조사(通釋). ○冒(모)—여기서는 뒤덮는 것. ○德音(덕음)—덕은 남의 말을 높이기 위하여 붙인 것이며, 음은 말의 뜻. ○俾(비)—하여금. ○忘(망)—망(亡)·실(失)·거(去)의 뜻이며, 앞의 '덕음무량(德音無良)'을 없앤다는 뜻. ○父兮母兮(부혜

모혜)－큰일을 당했을 때 호천호부모(呼天呼父母)하는 것으로 '아버지! 어머니!'의 뜻. ㅇ畜(휵)－기르다. 여기서는 《맹자》의 '휵군자하우(畜君者 何尤)'의 휵(畜)자처럼 '호(好)'의 뜻. ㅇ卒(졸)－'끝내'의 뜻. ㅇ泏(술)－ 옛날에는 휼(遹)자와 통용되었으며, 불술(不泏)은 부도(不道)·무도(無 道)의 뜻.

[解說] 남편에게 버림받은 부인의 시름과 탄식을 읊은 시이다. 매절 마다 해와 달을 노래한 것은, 영원히 변함없는 해와 달을 통하여 남 편의 변심을 생각했기 때문일 것이다.

5. 바람(終風)

바람이 사납게 몰아치듯 하다가도,
나만 보면 히죽 웃는 그이.
함부로 농담하고 장난만 치니,
내 마음 슬퍼지네.

바람 불며 흙비 날리듯 하는데,
다소곳이 찾아오겠는가?
오도가도 않으니,
내 시름 그지없네.

바람 불고 날 음산한데,
하루도 갤 날이 없네.
깨면은 다시 잠 안 오고
생각하면 가슴 메이네.

어둑어둑 음산한 날씨에

우르릉 천둥 울리네.
깨면은 다시 잠 안 오고,
생각하면 마음만 아파지네.

原文 終風且暴이나 顧我則笑하나니
瀘浪笑敖라 中心是悼로다.

終風且霾니 惠然肯來오?
莫往莫來라 悠悠我思로다.

終風且曀요 不日有曀로다.
寤言不寐하며 願言則嚏로다.

曀曀其陰이며 虺虺其靁로다.
寤言不寐하며 願言則懷로다.

註解 ○終(종)……且(차)…… ─앞의 '연연(燕燕)' 시에서 설명했듯이 '기(旣)……차(且)……', 곧 '……하고도……하라'의 뜻. ○瀘(학)─쓸데없는 농담을 하는 것. ○浪(랑)─함부로 지껄이는 것. 소(笑)도 여기서는 희롱(戲弄)의 뜻. ○敖(오)─곧 조롱(嘲弄)의 뜻(通釋). ○悼(도)─슬픔. ○霾(매)─흙비. 중국의 북부 황하 유역에 흔한 현상으로 바람에 흙먼지가 날려와 비오듯 떨어지는 것. ○惠(혜)─순(順)과 통하여 혜연(惠然)은 순연(順然), 곧 '다소곳이'. ○肯來(긍래)─'오려 들겠는가?'의 뜻. ○莫(막)─여기서는 불(不)과 같은 뜻. ○悠悠(유유)─그지없는 모양. ○思(사)─단순한 생각이 아니라 시름. ○曀(에)─흐리고 바람불다. ○不日(불일)─하루도 넘기지 못하는 것. 불일유에(不日有曀)는 날이 갠 듯하다가도 하루도 못 넘기고 곧 다시 바람 불고 음산해진다는 뜻. ○願(원)─여기서는 '생각한다'는 뜻. ○嚏(체)─숨이 막힐 듯이 가슴이 답답한 것. ○曀曀(에에)─바람불고 날이 흐린 모습. ○虺虺(훼훼)─우레 소리가 울리는 모양. ○懷(회)─여기서는 마음 아파지는 것.

解說 남편에게 학대받는 부인이 읊은 시이다. 사납게 부는 바람이란 남편의 기질에 비유한 것일 게다. 함부로 농담하고 장난치고 하는 남편이니 그렇게 봐도 될 것이다.

6. 북소리(擊鼓)

북소리 둥둥 울리니,
무기 들고 뛰어 나서서
도읍의 흙일과 조(漕) 땅의 성쌓기 한창인데
나 홀로 남쪽으로 싸우러 왔네.

손자중 장군을 따라,
진나라 송나라와 강화를 맺게 했는데,
나를 돌려보내지 않으니,
마음의 걱정으로 하염없네.

이곳서 잤다 저곳서 머물렀다,
말[馬]조차 잃어버리고
말을 찾아
숲속을 헤매이네.

죽음과 삶과 만남과 헤어짐을
그대와 함께하기로 언약하였지.
그대의 손잡고,
그대와 죽도록 해로하려 했는데!

아아, 멀리 떠나와,

우리 함께 못살게 되다니!
아아, 멀리 떨어져
우리 언약 어기게 되다니!

原文　擊鼓其鏜하니 踊躍用兵이로다.
土國城漕어늘 我獨南行이로다.

從孫子仲하여 平陳與宋이로다.
不我以歸니 憂心有忡이로다.

爰居爰處하여 爰喪其馬로다.
于以求之를 于林之下로다.

死生契闊은 與子成說이로다.
執子之手하고 與子偕老로다.

于嗟闊兮여 不我活兮로다.
于嗟洵兮여 不我信兮로다.

註解　○鼓(고)-북. 옛날 군대에서 북은 진군의 호령으로 쓰였다. ○其鏜(기당)-당연(鏜然). 북이 울리는 소리. ○踊躍(용약)-도약(跳躍)과 같은 말. 뛰어나서는 것. ○土(토)-토공(土功), 곧 토목공사. ○國(국)-옛날에는 도성(都城)·국도(國都)의 뜻으로 쓰였다. ○城(성)-성을 보수하는 것. ○漕(조)-위(衛)나라의 고을 이름. 지금의 하남성 골현(滑縣)에 있었다. ○孫子仲(손자중)-공손문중(公孫文仲)으로 위(衛)나라의 장군 이름. ○平(평)-화(和), 곧 강화(講和)의 뜻. 위나라는 주우(州吁) 때에 진(陳)나라나 송나라를 평정한 일이 없다. 《춘추(春秋)》은공(隱公) 4년에 주우(州吁)가 자립할 때 송(宋)·위(衛)·진 (陳)·채(蔡)의 군대들이 정(鄭)나라를 친 일이 있는데, 이로 말미암아 숙원(宿怨)이 있던 송·진 두 나라의 사이가 좋아졌다. 평진여송(平陳與宋)이라 한 것은 진·송을 연합시킨 일을 말한다. ○以(이)-여(與)의 뜻으로 이귀

(以歸)는 '사귀(使歸)', 돌려보내 준다는 뜻.　o有忡(유충)－충연(忡然)과 같은 말로 우심(憂心)을 형용한다.　o爰居爰處(원거원처)－'어시거(於是居), 어시처(於是處)', 곧 '여기서 잤다 저기서 머물렀다'의 뜻.　o于以(우이)－원내(爰乃)와 같은 말로 '이에', '그래서'란 뜻.　o林之下(임지하)－임중(林中), 숲속의 뜻이다.　o契闊(계활)－이합(離合)의 뜻. 보통은 오랜 이별을 뜻하는 말로 쓰인다.　o子(자)－그대. 집에 두고 온 아내를 가리킴.　o成說(성설)－성약(成約). 언약을 하였다는 뜻.　o偕老(해로)－죽도록 함께 늙는 것.　o闊(활)－앞의 계활에서나 마찬가지로 이별의 뜻.　o活(활)－함께 사는 것.　o洵(현)－멀리 떠나 있는 것.　o信(신)－백년해로를 하자는 언약을 지키는 것.

解説　전쟁에 나간 병사가 사랑하는 아내를 생각하며 읊은 시이다.

　제1절에서 이 사람은 북소리를 신호로 용감하게 전쟁터로 나간다. 제2절에서는 손자중(孫子仲) 장군을 따라 큰 공을 세웠음에도 집으로 돌려보내 주지 않는 전쟁의 무자비함을 원망한다. 제3절에서는 전쟁의 고달픔을 읊었다. 제4절에서는 사랑하는 자기의 아내를 생각한다. 그리고 끝의 제5절에서는 전쟁 때문에 이루어지지 못하는 자기 부부의 사랑을 슬퍼하고 있다.

　옛날이나 지금이나 전쟁 속에서 군인들이 흔히 느낄 만한, 집에 두고 온 아내에 대한 슬픈 사랑과 전쟁에 대한 증오를 노래한 시이다.

7. 남풍(凱風)

따스한 남풍이
대추나무 새싹에 불어와
대추나무 새싹 파릇파릇하니,
어머님의 노고를 생각케 하네.

따스한 남풍이
대추나무 가지에 불고 있네.
어머님은 예지 있고 훌륭한 분이신데
우리 형제엔 훌륭한 자 없네.

맑은 샘물이
준(浚) 고을 아랫녘에 흐르네.
아들 칠형제를 두시고
어머님 고생하셨네.

아름다운 곤줄매기가
고운 소리로 지저귀네.
아들 칠형제가 있으나,
어머님 마음 위로해 드리지 못하네.

原文 凱風自南으로 吹彼棘心이로다.
棘心夭夭하니 母氏劬勞하셨도다.

凱風自南으로 吹彼棘薪이라.
母氏聖善이시나 我無令人이로다.

爰有寒泉이 在浚之下로다.
有子七人하니 母氏勞苦하셨도다.

睍睆黃鳥는 載好其音이로다.
有子七人이나 莫慰母心이로다.

註解 ○凱風(개풍)-남풍. ○棘(극)-《설문해자》에 '극(棘)은 작은 대
추로 떨기나무'라 하였다. '매추'라는 나무가 아닌가 생각된다. 그러나

'매추'는 흔치 않으므로 '대추'라 하여 둔다. ○心(심)-가늘고 작은 것을 뜻하며, 여기서는 대추나무의 어린 새 가시를 가리킨다. ○夭夭(요요)-어린 나무가 파릇파릇 자라는 모습. 이 어린 새 대추나무 싹이 파릇파릇 자라는 데서 자기들 형제들의 성장을 생각하고, 이에 따른 어머님의 노고를 생각한 것이다. ○劬勞(구로)-노고의 뜻. ○薪(신)-여기서는 땔나무로 할 만큼 다 자란 대추나무를 가리킨다. 여기서도 남풍은 어머님의 사랑, 대추나무는 다 자란 자기들 형제에 비유한 것이다. ○聖(성)-예지(叡智)의 뜻. ○令(령)-선(善)과 통하여 영인(令人)은 선인(善人), 곧 어머님께 충분한 효도를 할 만한 훌륭한 사람. ○寒泉(한천)-맑은 샘물. 맑은 샘물은 청령(淸泠)하기 때문에 한천이라 한 것이다. ○浚(준)-위나라의 고을 이름. 지금의 산동성 복현(濮縣) 근처에 있었다. 한천으로부터 흐르는 물이 모여 준읍(浚邑) 밑을 흘러 준읍 사람들은 이 물을 마시고 산다. 이 형제들은 맑은 샘물을 어머님의 노고에, 이를 마시고 사는 준읍 사람들에 자기들 형제를 견준 것이다. 이 시의 작자도 준읍 근처 사람이었을 것이다. ○睍睆(현환)-아름다운 것. ○黃鳥(황조)-곤줄매기, 꾀꼬리가 아님(앞 周南 '葛覃' 시 참조). ○載(재)-조사. 즉(則)과 비슷한 뜻의 글자.

解説 효자들이 어머님의 은혜를 생각하며 읊은 시이다. 제1절에서는 따스한 남풍이 어린 대추나무를 자라게 하듯, 어머님이 고생하시며 자기들을 안아 길러주셨음을 노래했다. 제2절에서도 남풍이 대추나무를 성장시켰듯이 어머니는 훌륭하게 자기들을 길러주셨으나, 자기 형제들은 똑똑히 효도를 다하는 이가 없음을 자책한 것이다.

　제3절에서는 자기들 칠형제를 길러준 어머님의 은혜는 한 고을 사람들을 먹여 살리는 맑은 샘물처럼 위대함을 노래한 것이다. 제4절에서는 아름다운 곤줄매기의 노래처럼 흐뭇한 효도를 어머님께 다하고 싶다. 그러나 아직도 자기 형제들은 어머님께 충분한 효도를 다하지 못함을 노래한 것이다.

8. 동풍(谷風)

살랑살랑 동풍에,
흐렸다 비가 왔다,
한마음으로 힘써 살아 왔으니,
성내서는 안되지요.
순무나 무를 캠은
뿌리만을 위한 것이 아니니,
언약을 어기지 않았을진댄,
그대와 죽도록 함께하려 했어요.

가는 길 차마 발이 안 떨어짐은,
마음의 원한 때문,
당신은 멀리 나오기는거녕,
나를 문안에서 내보냈지요.
누가 씀바귀를 쓰다 했나요?
내 처지엔 냉이보다도 달아요.
그대는 신혼 재미에,
형제처럼 그 각시와 즐기겠지요.

경수 때문에 위수가 흐려진다 해도,
파랗게 맑을 때가 있거늘,
그대는 신혼 재미에,
나를 거들떠보지도 않네요.
내가 놓은 어살에는 가지 마오,
내 통발도 다치지 마오!
내 몸도 받아들여지지 않거늘,

뒷걱정할 겨를이 있겠어요?

깊은 물이 닥치면
뗏목이나 배 타고 건너고
얕은 물이 닥치면
자맥질이나 헤엄쳐 건넜지요.
부한지 가난한지 모르며,
그저 애써 장만했었지요.
남의 집에 큰일 생기면
힘을 다해 도와주고요.

그런데도 나를 좋아하지 않고,
오히려 나를 원수로 삼는구려.
내 좋은 점은 물리치시니,
팔리지 않는 물건 같은 나예요.
옛날 살림할 때엔 궁해질까 애태우며
그대와 함께 고생했더니,
살림살이 할 만하니깐
나를 독벌레처럼 여기는군요.

우리가 맛있는 마른 나물 장만함은
겨울철 막기 위한 것이라더니,
이제 그대는 신혼 즐기고 있으니,
나는 궁할 때나 필요한 거였던가요.
우악스럽고 퉁명스럽게
내게 고생만을 시키고
옛날에 나만을 사랑하던 일
잊었나요?

原文　習習谷風에 以陰以雨로다.

黽勉同心이니 不宜有怒니라.

采葑采菲는 無以下體니

德音莫違인댄 及爾同死니라.

行道遲遲는 中心有違니

不遠伊邇하고 薄送我畿로다.

誰謂荼苦오? 其甘如薺로다.

宴爾新昏하여 如兄如弟하도다.

涇以渭濁이나 湜湜其沚어늘

宴爾新昏하여 不我屑以하도다.

毋逝我梁하고 毋發我笱하라.

我躬不閱이어늘 遑恤我後아!

就其深矣면 方之舟之오

就其淺矣면 泳之游之니라.

何有何亡고 하여 黽勉求之니라.

凡民有喪이면 匍匐救之니라.

不我能慉이요 反以我爲讎하도다.

旣阻我德하니 賈用不售로다.

昔育恐育鞫하여 及爾顚覆이러니

旣生旣育하여 比予于毒이로다.

我有旨蓄은 亦以御冬이니라.

宴爾新昏이여 以我御窮이로다.

有洸有潰하여 旣詒我肄하니

不念昔者에 **伊余來墍**로다.

註解　○習習(습습)—부드러운 모양.　○谷風(곡풍)—동풍(東風). 곡(谷)은 곡(穀)과 통하여 곡식을 자라게 하는 바람이라 하여, 동풍이라 부르게 되었다고 한다.　○以(이)—내(乃)의 뜻. 이음이우(以陰以雨)는 흐렸다가 비가 온다는 뜻. 이 구절은 동풍처럼 부드러워야 할 부부 사이에 파탄이 생겼음을 비유한 것.　○黽勉(민면)—힘쓰다, 노력하다.　○不宜有怒(불의유노)—성을 내는 것이 당연한 일이 아니라는 뜻.　○葑(봉)—순무.　○菲(비)—무.　○無(무)—불(不)의 뜻.　○下體(하체)—뿌리. 무이하체(無以下體)는 뿌리만을 보고 위 잎새까지 맛이 없다고 내버리지 않는다는 뜻. 이것은 자기의 처가 나이 들어 얼굴이 시든 것만 생각하고, 옛날에 고생했던 일이나 그의 미덕까지 버리고 딴 여자에게 다시 장가가면 안 된다는 뜻을 지녔다.　○德音(덕음)—앞의 '일월(日月)' 시 참조. 여기서는 남편의 언약을 가리킨다.　○及(급)—여(與)의 뜻.　○同死(동사)—죽도록 함께 사는 것.　○行道(행도)—남편에게 쫓겨나 가는 길.　○遲遲(지지)—발걸음이 떼어지지 않는 모양.　○違(위)—원(怨), 또는 원한(怨恨)의 뜻(韓詩).　○伊(이)—조사.　○不遠伊邇(불원이이)—남편이 자기가 떠남에 멀리는커녕 집 안에서 전송한 것을 강조한 말임.　○薄(박)—조사.　○畿(기)—문안.　○荼(도)—씀바귀.　○薺(제)—냉이. 맛이 단 나물의 일종. 기감여제(其甘如薺)는 세상 사람들이 쓴 나물 같다는 괴로움은 지금의 자기 처지에서 보면 모두 달기가 냉이와 같을 것이라는 뜻. 자기의 현재 고민을 강조한 말이다.　○昏(혼)—혼(婚)과 통하는 글자로서, 신혼(新昏)은 신혼(新婚)의 뜻.　○涇(경)—경수(涇水). 섬서성(陝西省) 경계를 흐르다가 동남쪽으로 흘러 위수(渭水)와 합쳐진다.　○渭(위)—위수. 섬서성 경계로 들어와, 경수와 합친 뒤 다시 동쪽으로 흘러 낙수(洛水)와 합쳐지면서 황하로 합류된다. 옛날부터 경수는 흐리고 위수는 맑아서 '경위(涇渭)를 분명히 따진다'는 말이 생겨났다.　○湜湜(식식)—물이 맑은 모양.　○沚(지)—맑은 것. 위수는 경수 때문에 흐려지지만 흘러가다 보면 또 맑아지는 일도 있는데, 자기의 남편은 한번 신혼 재미에 빠져 자기를 버리더니 영영 자기를 거들떠보지 않는다는 뜻이다.　○屑(설)—혈(絜), 곧 헤아리다의 뜻.　○以(이)—용(用)의 뜻. 설이(屑以)는

‘거들떠보는 것’. ㅇ梁(양)－돌로 냇물에 보를 막고 가운데를 틔어 고기를 통하게 하여 놓은 것. 적당한 말이 없어 어살[魚箭]이라 번역하였다. ㅇ發(발)－물건을 드는 것. ㅇ笱(구)－통발. 앞의 양(梁)의 물이 통하는 곳에 대어놓고 고기를 잡는 발. ㅇ躬(궁)－몸. ㅇ閱(열)－받아들여지다, 용납되다. ㅇ遑(황)－겨를. ㅇ恤(휼)－근심하다. ㅇ就(취)－나아가다. 취기심(就其深)은 ‘나아가다 깊은 물이 닥치면’의 뜻. ㅇ方(방)－앞의 주남 ‘한광(漢廣)’ 시에 나왔던 것처럼 ‘뗏목’. 방지(方之)는 ‘그것을 뗏목으로 건너는 것’. ㅇ泳(영)－자맥질하는 것. ㅇ游(유)－헤엄치다. 이 구절은 살림살이의 단맛 쓴맛을 다 보았음에 비유한 말이다. ㅇ有(유)－부유(富有). ㅇ亡(무)－무(無)와 통하여 빈(貧)의 뜻. ‘하유하무(何有何亡)’는 부하건 가난하건 상관 않는 것. ㅇ求之(구지)－살림 늘이기에만 애썼다는 뜻. ㅇ民(민)－이웃의 동네 사람들을 가리킴. ㅇ喪(상)－상사(喪事), 곧 궂은 일을 가리킴. ㅇ匍匐(포복)－팔다리를 다 쓰며 힘을 다하는 것. 기어다니는 것. ㅇ慉(휵)－휵(畜), 《맹자(孟子)》의 ‘휵군(畜君)’의 경우와 같이 ‘좋아한다’는 뜻. ㅇ阻(조)－막히다. 여기서는 각(卻)의 뜻. ㅇ德(덕)－자기의 좋은 점. ㅇ賈(고)－여기서는 물건을 파는 것. ㅇ用(용)－이(以)·이(而)의 뜻. ㅇ售(수)－팔리는 것. ㅇ育(육)－위의 것은 가족을 양육하는 것, 곧 생활의 뜻. 아래 것은 장육(長育)의 뜻. ㅇ鞠(국)－궁한 것. 육국(育鞠)은 궁하게 되는 것. ‘석육공육국(昔育恐育鞠)’은 ‘옛날 가족을 양육할 때엔 궁하게 될까 두려워하였다’는 뜻. ㅇ及爾(급이)－‘그대와 더불어’. ㅇ顚覆(전복)－환난(患難)과 괴로움을 맛보는 것. ㅇ生(생)－생업(生業), 재업(財業)을 이루는 것. ㅇ育(육)－장성하는 것. 곧 ‘기생기육(旣生旣育)’은 ‘살림살이를 재물이나 신체면에서 할 만하게 된 것’. ㅇ予(여)－나. ㅇ毒(독)－독 있는 벌레의 뜻. ㅇ旨(지)－맛있는 것. ㅇ蓄(축)－축채(蓄菜), 곧 건채(乾菜)를 뜻한다. ㅇ御(어)－어(禦)와 통함. 어동(御冬)이란 겨울 나물 없을 때를 대비하는 것임. 겨울에 먹기 위하여 마른 나물을 장만하다. 이것은 바로 뒷구절 ‘신혼을 위하여 자기로서 궁함을 막은 셈이라’는 말에 비유한 것임. ㅇ洸(광)－우악스러운 것. ㅇ潰(궤)－퉁명스러운 것. ㅇ詒(이)－주다. 끼치다. ㅇ肄(이)－노고의 뜻. ㅇ伊(이)－조사. ㅇ來(래)－조사. ㅇ塈(기)－쉬다. 마서진은 기(塈)는 은(慇)의 가차자이며, 은(慇)은 애(愛)의 고자(古字)라 보았다. 따라서

'이여래기(伊余來墍)'는 유여시애(維余是愛)의 뜻.

解說 이 시는 남편에게 버림받은 아내가 읊은 것이다. 남편은 새 색시에게 장가들어 신혼 재미에 빠져 정실(正室)은 거들떠 볼 줄도 모른다. 제1절에서는 자기를 버린 남편을 원망하면서도 옛날의 은애(恩愛)를 생각한다.

제2절에서는 남편에게 쫓겨나던 쓰라림을 되새겨 본다. 제3절에서는 아직도 버리지 못하는 시집에 대한 미련을 노래한다. 제4절에서는 부지런히 집안 살림을 하며 이웃들과도 잘 지내던 옛일을 되새겨 본다. 제5절에서는 자기의 노고로 살 만하게 되자 자기를 버리는 남편을 원망한다. 끝절에서는 옛날 사랑했던 시절을 잊어버린 남편을 원망한다.

9. 쇠미하였도다(式微)

쇠미하고 쇠미해졌거늘
어째서 돌아가시지 않나이까?
임금님 자신 때문이 아니라면
어찌하여 이슬 맞으며 지내고 계십니까?

쇠미하고 쇠미해졌거늘
어째서 돌아가시지 않나이까?
임금님 한몸을 위해서가 아니라면
어찌하여 진흙 속에 지내고 계십니까?

原文 式微式微어늘 胡不歸오?

微君之故면 胡爲乎中露리요?

式微式微어늘 胡不歸오?
微君之躬이면 胡爲乎泥中이리요?

註解　ㅇ式(식)-발어사.　ㅇ微(미)-《집전》에 쇠(衰)의 뜻이라 하였으니 쇠미(衰微)의 뜻. 여(黎)나라 제후가 오랑캐들에게 쫓기어 위(衛)나라에 와 있으나 아무런 구원도 없으니, 지위가 쇠미해졌다는 말. '식미식미(式微式微)'라 거듭 말한 것은 미쇠(微衰)해지고 또 미쇠해졌다고 강조하는 것이다.　ㅇ胡(호)-어찌.　ㅇ微(미)-비(非)의 뜻.　ㅇ故(고)-'때문'. '미군지고(微君之故)'는 '임금님 자신을 위하려는 때문만이 아니라면'의 뜻.　ㅇ胡爲(호위)-하위(何爲)의 뜻.　ㅇ中露(중로)-위나라의 들판 이슬 속에서 지내는 것.　ㅇ微君之躬(미군지궁)-'임금님 자신만을 생각하는 것이 아니라면'의 뜻.　ㅇ泥中(니중)-빠져나오기 힘든 진흙 속같이 구원(救援) 없는 어려운 환경을 가리킴.

解說　〈모시서〉에 따르면 '식미(式微)는 여(黎)나라 제후가 위나라에 머물러 있었는데, 그의 신하가 돌아가기를 권하는 뜻으로 읊은 것'이라고 한다. 정현은 또 '여나라 제후는 적인(狄人)들에게 쫓기어 그 나라를 버리고 위나라에 기탁(寄託)하고 있었다'고 《전(箋)》에서 설명했다. 여나라는 대략 지금의 산서성 장치현(長治縣) 서쪽 근방에 있었던 제후의 나라이며, 여나라 제후는 위나라의 동경(東境)인 지금의 하남성(河南省) 준현(濬縣)에 머물러 있었다.

10. 춤(簡兮)

익숙하고 익숙하게
막 춤을 추려는데,
해는 한낮이고,
그이는 앞줄 첫머리에 서 있네.

키 헌칠한 그이가
궁전 뜰에서 춤을 추는데
힘은 호랑이 같고
비단 끈을 다루듯 고삐 쥐고 있네.

왼손엔 피리 들고
오른손엔 꿩 깃 들고,
붉게 얼굴 상기되니,
임금께서 술잔 내리시네.

산에는 개암나무,
진펄엔 감초,
누가 그리워지나?
서쪽의 고운 님이지.
그 고운 님은
서쪽 사람이라네.

原文 簡兮簡兮여 方將萬舞로다.
日之方中에 在前上處로다.

碩人俁俁하니 公庭萬舞로다.
有力如虎로 執轡如組로다.

左手執籥하고 右手秉翟이라.
赫如渥赭어늘 公言錫爵하시다.

山有榛이며 隰有苓이로다.
云誰之思오? 西方美人이로다.
彼美人兮여 西方之人兮로다.

註解 ○簡(간)─습(習)의 뜻, 익숙한 것. '간혜간혜(簡兮簡兮)'는 곧 춤을 익히고 익혔다는 뜻. ○方將(방장)─차장(且將), 곧 '……하려 하고 있다'는 뜻. ○萬舞(만무)─춤의 총명(總名). 방패나 도끼를 들고 추는 무무(武舞)와 꿩깃과 피리를 들고 추는 문무(文舞)를 통틀어 일컫는 말. ○方中(방중)─해가 막 정남(正南)에 온 것. 한낮을 가리킴. ○在前上處(재전상처)─앞줄 맨 첫머리에 있는 것. ○碩人(석인)─대인(大人)의 뜻. 키가 큰 사람. ○俣俣(우우)─사람의 키가 큰 모양. ○公庭(공정)─제후의 궁정. 여기서는 위나라의 궁정을 말한다. ○組(조)─비단 실로 인끈〔綬〕을 짜는 것. '집비여조(執轡如組)'는 말고삐를 잡고 춤을 추는 품이 비단 실로 인끈을 짜듯 익숙하다는 뜻. 이 구절은 무무(武舞)를 형용한 것이다. ○籥(약)─피리. ○秉(병)─손으로 잡는 것. ○翟(적)─꿩의 깃. ○赫如(혁여)─혁연(赫然)으로 붉게 상기되어 오는 모양. ○渥赭(악자)─춤추는 사람의 얼굴이 상기되어 붉게 물드는 것. ○公(공)─위나라 제후를 가리킴. ○言(언)─조사. ○錫(석)─하사(下賜)의 뜻. ○爵(작)─술잔. 이 제3절은 문무(文舞)를 형용한 것이다. ○榛(진)─개암나무. ○隰(습)─진펄. ○苓(령)─감초(甘草). '산에는 개암나무가 있고 진펄에는 감초가 있다'는 밀은 주위 환경에 따라 그곳에 알맞은 식물이 자라듯이 나라의 환경에 따라 올바른 정치가 이루어진다는 것이다. ○云(운)─조사. ○誰之思(수지사)─그 춤은 '누구를 생각케 하는가?' '누가 그리워지나?'의 뜻. ○西方美人(서방미인)─주초(周初)의 훌륭한 임금을 가리킨다.

解說 이 시는 어떤 훌륭한 춤꾼의 춤을 읊은 것이다. 제1절에서는 춤을 추려는 때이고, 제2절은 무무(武舞)를 추는 것, 제3절은 문무(文舞)를 추는 것, 제4절에서는 이러한 무무나 문무는 주나라 문왕이나 무왕의 정치를 형용하는 것이라는 것이다. 이 시는 《모전》에선 3절로 나누었으나 《집전》을 따라 4절로 나누었다.

11. 샘물(泉水)

콸콸 흐르는 저 샘물도
기수로 흘러드는데,
위나라가 그리워
하루도 생각 않는 날 없으니
예쁜 내 하녀들과
돌아갈 일을 의논해 보네.

제수 가에 와서 묵고,
예수 가에서 작별했었지.
여자가 시집을 가면
부모형제와도 멀어지는 것.
고모들에게 안부 여쭙고
언니들도 만나고 싶네.

간 땅에 가서 묵고
언 땅에서 작별하고,
기름치고 굴대빗장 꽂고
수레를 돌려 달려가면
바로 위나라에 다다를 테니
안될 것도 없으련만.

나는 비천을 생각하며
긴 한숨짓고,
수 땅과 조 땅을 생각하니

시름만이 그지없네.
수레 타고 나가 놀며
내 근심이나 풀어 볼까!

[原文]　毖彼泉水도 亦流于淇로다.
　　　　有懷于衛하여 靡日不思하니
　　　　孌彼諸姬와 聊與之謀하도다.

　　　　出宿于泲하고 飮餞于禰로다.
　　　　女子有行이면 遠父母兄弟니
　　　　問我諸姑코 遂及伯姊로다.

　　　　出宿于干하고 飮餞于言하여
　　　　載脂載舝하여 還車言邁면
　　　　遄臻于衛하여 不瑕有害로다.

　　　　我思肥泉하여 茲之永歎이로다.
　　　　思須與漕하니 我心悠悠로다.
　　　　駕言出遊하여 以寫我憂아!

[註解]　ㅇ毖(비)—물이 졸졸 흐르는 것. 물이 빠르게 콸콸 흐르는 모양. ㅇ淇(기)—기수(淇水), 지금의 하남성에 흘러 위하(衛河)에 합쳐진다. 이 구절은 샘물도 모두 콸콸 흘러 이 시의 작자의 고향인 기수(淇水)로 합쳐 들어가는데 자기만은 고향에 가 보지도 못하고 있음을 말한 것이다. ㅇ靡(미)—불(不)과 같은 부정사. ㅇ孌(연)—예쁘다. 곱다. ㅇ諸姬(제희)—위나라의 여인이 시집올 때 데려온 여러 몸종들을 가리킨다. ㅇ聊(요)—차(且)의 뜻. ㅇ謀(모)—어떻게 하면 위나라의 고향에 돌아가 볼 수 있을까 모의(謀議)하는 것. ㅇ泲(제)—강물 이름, 지금은 제(濟)로 쓴다. 지금의 산동성(山東省) 정도현(定陶縣) 근처를 흐른다.

ㅇ禰(녜)-수명(水名)으로, 지금의 산동성 하택현(菏澤縣) 서남쪽을 흘렀다. ㅇ行(행)-시집가는 것. ㅇ問(문)-문안드리고 싶다는 뜻. ㅇ姑(고)-고모. 부지자매(父之姊妹). ㅇ遂及(수급)-'그런 뒤에는 ……에게로 문안드리고 싶다'는 뜻. ㅇ伯姊(백자)-언니들. 백형(伯兄)과 같은 용법. ㅇ干(간)-지명. 지금의 하북성 청풍현(淸豐縣) 서남쪽에 있었다. ㅇ言(언)-지명, 청풍현 북쪽에 있었다. 이것은 위나라로 돌아가는 노정을 머리에 그려 본 것. ㅇ載(재)-조사. 즉(則)과 같은 글자. ㅇ脂(지)-수레바퀴 굴대에 기름을 치는 것. ㅇ舝(할)-할(轄)과 같은 글자. 차축의 끝머리 바퀴 통 옆에 꽂는 쇠로, 수레를 안 쓸 때엔 빼어 두었다가 수레를 탈 때 이것을 꽂는다. ㅇ還車(선거)-수레를 몰아 위나라로 돌아가는 것. ㅇ言(언)-조사로 이(以)와 같은 뜻. ㅇ邁(매)-달려가는 것. ㅇ遄(천)-빠른 것. ㅇ臻(진)-이르다. ㅇ瑕(하)-불하(不瑕, 或作遐)라는 말을 구수(句首)에 쓸 때 하(瑕)자는 모두 어조사이다(周南 '汝墳' 시 참조). '불하유해(不瑕有害)'는 '해로울 것도 없다', '안될 것도 없다'는 뜻. ㅇ肥泉(비천)-위나라 조가(朝歌) 부근에 있던 샘물 이름이다(水經注). 이 아가씨가 시집올 때 지나온 곳을 추억하는 것이다. ㅇ須(수)-조(漕)와 함께 모두 위나라 고을 이름. 수(須)는 지금의 하남성 골현(滑縣) 동남쪽, 조는 조(曹)라고도 쓰며 곧 백마현(白馬縣)으로 골현 동쪽에 있었다. ㅇ悠悠(유유)-시름이 그지없는 모양. ㅇ駕(가)-수레를 타는 것. ㅇ言(언)-조사. 이(以) 또는 이(而)의 뜻. ㅇ寫(사)-쏟다. 사(瀉)와 통하는 글자.

解說 딴 나라로 시집간 위(衛)나라 출신 여자가 친가에 돌아가고 싶은 마음을 읊은 것이다. 옛날에는 여자가 한번 출가하면 아무리 친정에 가보고 싶어도 마음대로 길을 떠날 수가 없었다. 고향의 본가를 그리는 여인의 마음이 잘 나타나 있다.

12. 북문(北門)

북문을 나서니
근심 걱정 태산일세.
궁하고 가난하거늘
내 어려움 아무도 몰라주네.
아서라!
실은 하늘이 하시는 일이거늘
말해 무엇하리!

궁전 일 내게 돌아오고
나랏일도 모두 내게 밀려지네.
내가 밖에서 돌아가니
집사람들은 번갈아 모두 나를 책하네.
아서라!
실은 하늘이 하시는 일이거늘
말해 무엇하리!

궁전 일 내게 던져지고
나랏일도 모두 내게 맡겨지네.
내가 밖에서 돌아가니
집사람들은 번갈아 모두 나를 핀잔하네.
아서라!
실은 하늘이 하시는 일이거늘
말해 무엇하리!

原文　出自北門하니 憂心殷殷하도다.
終窶且貧이어늘 莫知我艱이로다.
已焉哉라!
天實爲之시니 謂之何哉리요!

王事適我어늘 政事一埤益我로다.
我入自外하니 室人交徧讁我로다.
已焉哉라!
天實爲之시니 謂之何哉리요!

王事敦我어늘 政事一埤遺我로다.
我入自外하니 室人交徧摧我로다.
已焉哉라!
天實爲之시니 謂之何哉리요!

註解　○殷殷(은은)－근심하는 모양. ○終(종)……且(차)……－'기(旣)……차(且)……'의 뜻. ○窶(구)－가난한 것. 여기서는 궁한 것. ○已焉哉(이언재)－'아서라!', '두어라!'의 뜻. ○適(적)－돌아오다, 닥치다. ○一(일)－일체, 모두. ○埤益(비익)－더 할 일이 밀려진다는 뜻. ○室人(실인)－집사람들. ○徧(편)－모두. ○讁(적)－꾸짖다, 곧 책(責)하는 것. ○敦(퇴)－내던져지는 것. ○埤遺(비유)－더 맡겨지는 것. ○摧(최)－빈정거리는 것. 또는 꾸짖고 욕하는 것.

解說　이 시는 뜻을 얻지 못하고 낮은 벼슬로 가난하게 사는 위나라의 충신이 정사가 올바로 되지 않는 것과 자기의 불우한 처지를 읊은 것이다. 그는 공무(公務)는 힘에 겹게 처리하면서도 집안이 가난하여 매일 퇴근하면 집안 식구들의 공격을 받는다. 이것은 나라의 정사가 바로 서지 않았기 때문이다. 그렇지만 이것은 하늘의 뜻인 걸 어찌 하랴 하고 체념한다.

13. 북풍(北風)

북풍은 쌀쌀하고
눈이 펑펑 내린다.
점잖고 나를 좋아하는 이와
손잡고 함께 떠나 버릴까?
어이 우물쭈물하랴!
빨리 떠나야지.

북풍은 씽씽 불고
눈이 펄펄 날린다.
점잖고 나를 좋아하는 이와
손잡고 함께 도망쳐 버릴까?
어이 우물쭈물하랴!
빨리 떠나야지.

붉다고 보면 모두 여우고
검다고 보면 모두 까마귀다.
점잖고 나를 좋아하는 이와
손잡고 수레 타고 떠나 버릴까?
어이 우물쭈물하랴!
빨리 떠나야지.

原文　北風其涼하고 雨雪其雱하도다.
　　　惠而好我로 攜手同行하리라.
　　　其虛其邪아! 旣亟只且로다.

北風其喈하고 雨雪其霏하도다.
惠而好我로 攜手同歸하리라.
其虛其邪아! 旣亟只且로다.

莫赤匪狐며 莫黑匪烏로다.
惠而好我로 攜手同車하리라.
其虛其邪아! 旣亟只且로다.

[註解]　ㅇ其涼(기량)-쌀쌀한 것.　ㅇ雨(우)-동사로 비나 눈이 내리는 것.　ㅇ其霏(기방)-눈이 많이 내리는 모양.　ㅇ惠(혜)-성질이 인애(仁愛)한 사람. 곧 점잖은 사람.　ㅇ攜手(휴수)-서로 손잡고 끄는 것.　ㅇ行(행)-위(衛)나라를 도망쳐 버리는 것.　ㅇ虛(허)-서(舒)의 동음가차(同音假借)이며, 사(邪)는 서(徐)의 동음가차. 따라서 '기허기사(其虛其邪)'는 '천천히 해도 되겠는가? 천천히 해도 되겠는가?'의 뜻. 빨리 위나라를 벗어나자는 뜻을 나타낸다.　ㅇ亟(극)-빨리. 속히.　ㅇ只且(지차)-모두 조사.　ㅇ其喈(기개)-빠른 모양, 곧 씽씽 부는 것.　ㅇ霏(비)-눈이나 비가 내리는 것. 여기서는 눈이 심한 모양.　ㅇ歸(귀)-위풍(魏風) '석서(碩鼠)'에서 살기 좋은 나라를 찾는 것처럼, 어디든 즐겁게 살 수 있는 곳으로 가 버리자는 뜻. 여우와 까마귀가 나오는 두 구절은 위나라 사회는 붉게 보면 모두가 여우같은 인간들이고, 검게 보면 모두 까마귀같은 인간들이라는 뜻이다.

[解說]　위나라에서 포학한 정치를 하게 되자 백성들은 위나라를 버리고 딴 나라로 도망치려는 사람이 많았다. 이 시는 이러한 때 위나라의 학정을 풍자하며 살기 좋은 나라를 그리는 사람의 마음을 읊은 것이다. 씽씽 부는 북풍과, 펄펄 날리는 눈은 위나라의 학정을 비유한 말일 것이다.

14. 얌전한 아가씨(靜女)

아리따운 얌전한 아가씨가
나를 성 모퉁이에서 기다리기로 하였는데,
사랑하면서도 만나지 못하니
머리 긁적이며 서성거리네.

예쁜 얌전한 아가씨가
내게 빨간 피리를 선사했는데,
빨간 피리 더욱 고운 것은
아가씨 아름다움 좋아하기 때문이네.

들판에서 삘기 뽑아다 선사하니
정말 예쁘고도 특이한데,
삘기, 네가 예쁘다기보다도
고운 님 선물이라 좋은 거지.

原文　靜女其姝이 俟我於城隅러니
　　　愛而不見하여 搔首踟躕로다.

　　　靜女其變이 貽我彤管이로다.
　　　彤管有煒하니 說懌女美로다.

　　　自牧歸荑하니 洵美且異로다.
　　　匪女之爲美요 美人之貽니라.

註解　○靜(정)─얌전한 것.　○姝(주)─아리따운 것, 곧 미색. 기주(其
姝)는 주연(姝然)으로 여자의 모습이 아리따움을 형용한 말.　○俟(사)─

기다리다. ㅇ隅(우)-모퉁이. ㅇ搔首(소수)-머리를 긁다. 마음이 언짢을 때 사람들은 흔히 머리를 긁적긁적한다. ㅇ踟躕(지주)-머뭇거리다, 서성이다. ㅇ其孌(기연)-예쁜 모양. ㅇ貽(이)-선사하는 것. ㅇ彤(동)-빨간 것. ㅇ管(관)-여자들이 바늘 같은 것을 넣어두는 통이라 하기도 하고, 붓 통 또는 악기라고도 한다. 여기서는 편의상 대나무로 만든 악기라 보고 피리라 번역하였으나, 주희도 무슨 물건인지 확실치 않다고 했다. ㅇ有煒(유위)-위연(煒然)으로 빨간 모양. ㅇ說懌(열역)-기쁘다는 뜻. ㅇ牧(목)-외야(外野). 목소(牧所). ㅇ歸(귀)-역시 선물을 보내는 것. ㅇ荑(제)-띠풀의 처음 돋아나는 부드러운 순. 삘기. ㅇ洵(순)-신(信)자와 통하여 '진실로'의 뜻. ㅇ女(여)-'너 여'자로 띠풀을 가리킴. 그러나 비(匪)를 피(彼)와 통하는 글자로 보고 비녀(匪女)를 피녀(彼女), 곧 '그 아가씨'로 풀이하기도 한다. ㅇ美人之貽(미인지이)-띠풀이 그토록 곱고 특이하게 보이는 것은 띠풀 자체가 아름답기보다도 '미인이 보낸 것이기 때문'이라는 뜻.

[解說] 이것은 아름다운 연인을 사랑하는 남자가 지은 사랑의 노래다. 그는 만나기로 약속한 장소에서 그녀가 나타날 때까지 기다리는 시간이 마음 졸이고, 그 여자가 보내준 선물을 보며 연정을 불태운다.

제 4 용풍(鄘風)

용(鄘)에 대하여는 앞의 패풍(邶風) 해제(解題)에서 이미 설명하였음.

1. 잣나무배(柏舟)

두둥실 잣나무배가

황하 물 가운데 떠 있네.
늘어진 다팔머리 총각이
실로 내 배필이었으니,
죽어도 딴 마음 안 가지리이다.
어머님은 하늘같으신 분,
저를 몰라주시나이까!

두둥실 잣나무배가
황하 물 가에 떠있네.
늘어진 다팔머리 총각이
실로 내 남편이었으니,
죽어도 허튼 마음 안 가지리이다.
어머님은 하늘같으신 분,
저를 몰라주시나이까!

原文　汎彼柏舟이 在彼中河로다.
　　　髧彼兩髦이 實維我儀니
　　　之死矢靡他하리라.
　　　母也天只시니 不諒人只아!

　　　汎彼柏舟이 在彼河側이로다.
　　　髧彼兩髦이 實維我特이니
　　　之死矢靡慝하리라.
　　　母也天只시니 不諒人只아!

註解　ㅇ汎(범)—여기서는 물에 떠있는 형용. ㅇ髧(담)—머리가 늘어뜨려진 모양. ㅇ髦(모)—머리를 눈썹 위에까지 늘어뜨린 다팔머리. 옛날 중국에서 부모를 모시고 있는 사람들은 다팔머리를 하였다 한다. 부모

가 돌아가신 뒤에야 이 다팔머리를 없앴다. 양모(兩髦)라 한 것은 이마 양쪽으로 늘어뜨렸기 때문이다. 이 다팔머리 총각은 이 시를 지은 공강(共姜)의 약혼자 공백(共伯)을 가리킨다. ㅇ儀(의)-짝, 곧 배필의 뜻. ㅇ之(지)-지(至)의 뜻. ㅇ矢(시)-맹세하다. ㅇ靡他(미타)-무타심(無他心)의 뜻. ㅇ只(지)-조사. ㅇ諒(량)-양해해 주는 것. 이 구절은 어째서 수절하려는 자기의 마음을 알아주지 않으시느냐는 뜻. ㅇ特(특)-의(儀)나 마찬가지로 배필 또는 약혼자의 뜻. ㅇ慝(특)-사악한 것. 미특(靡慝)은 개가(改嫁)하겠다는 허튼 마음은 갖지 않겠다는 뜻.

解說 아직 출가하지 않은 처녀의 약혼자가 죽었다. 그 여자의 어머니는 다시 다른 남자에게로 출가시키려 하지만, 처녀는 죽은 약혼자를 잊지 못한다. 다른 남자에게는 죽어도 시집가지 않겠다는 여자의 마음을 읊은 것이 이 시이다. 〈모시서〉에서는 그 약혼자를 위나라 세자였던 공백(共伯), 시를 지은 그의 약혼녀를 공강(共姜)이라 하였다. 공백은 위나라 희후(僖侯)의 아들이며 이름을 여(餘)라 하였다.

2. 낭군과 해로해야지(君子偕老)

낭군과 해로해야지,
쪽찌고 여섯 개 구슬 박은 비녀 꽂았으니,
얌전한 걸음걸이에
산처럼 무겁고 황하처럼 넓은 기품
왕후의 예복이 딱 어울리는데,
그대의 정숙하지 못함은
어떻게 된 일이오?

빛나고 고운 것은
그의 꿩 깃 그린 예복이요,

검은 머리 구름 같으니
가발이 필요 없네.
옥돌 귀막이 달고
상아 머리꽂개 꽂고
넓은 이마는 깨끗하고 희네.
어찌 그렇게 천신(天神) 같으며,
어찌 그렇게 천제 같은가?

곱고 흰 것은
그의 흰 예복이요,
고운 모시 걸친 것은
여름 속적삼이라.
그의 눈은 청명하고
훤한 이마 시원하네.
정말 이러한 사람이야말로
나라의 미인일세.

原文   君子偕老이니 副笄六珈며
       委委佗佗하고 如山如河하여
       象服是宜어늘
       子之不淑은 云如之何오?

       玼兮玼兮하니 其之翟也로다.
       鬒髮如雲하니 不屑髢也로다.
       玉之瑱也며 象之揥也여
       揚且之晳也로다.
       胡然而天也며 胡然而帝也오?

       瑳兮瑳兮하니 其之展也로다.

蒙彼縐絺하니 是紲袢也로다.
子之淸揚이며 揚且之顏也로다.
展如之人兮여 邦之媛也로다.

註解 ㅇ君子(군자)−지위 있는 사람, 한편 선강(宣姜)의 남편을 가리킨다. ㅇ偕老(해로)−한 남편과 늙어 죽기까지 함께 사는 것. ㅇ副(부)−후부인(后夫人)의 머리장식으로 머리털을 짜서 만든다 한다. 그러니 쪽을 찐 것이 아닐까 한다. ㅇ筓(게)−비녀. ㅇ珈(가)−《공소(孔疏)》에 구슬을 비녀에 박아 장식하는 것이라 했다. 육가(六珈)는 여섯 개의 구슬로 장식한 것. ㅇ委委佗佗(위위타타)−소남(召南) '고양(羔羊)'의 '위사(委蛇) 곧 위이(委迤)'와 같은 말. 점잖고 얌전하게 걷는 모습이다. ㅇ如山如河(여산여하)−옹용자득(雍容自得)한 모양. 그 미인의 기품이 산처럼 안중하고 황하처럼 홍광(弘廣)하다는 것이다. ㅇ象服(상복)−적의(翟衣)라고도 하며 문채가 그려 있는 왕후나 제후 부인의 예복의 하나. ㅇ云(운)−조사. ㅇ玼(차)−고움이 성한 모양. 새 옥빛이 고운 것. ㅇ翟(적)−궐적(闕翟)으로, 꿩 깃이 그려진 왕후 육복(六服)의 하나. ㅇ鬒(진)−《모전》에는 검은 머리라 하였으나,《설문해자》에는 머리 숱이 많은 것이라 하였다. 양쪽 다 통한다. ㅇ不屑(불설)−소용없다, 필요 없다. ㅇ鬌(체)−가발의 뜻. ㅇ瑱(진)−귀막이, 충이(充耳), 귀를 덮게 되어있는 장식물. ㅇ揥(체)−머리를 긁는 데 쓰이던 머리 꽂이개, 장식으로도 쓰였다. ㅇ揚(양)−눈썹 위 이마가 넓은 것. ㅇ且(저)−조사. ㅇ晳(석)−사람의 피부가 흰 것. ㅇ瑳(차)−《설문해자》에 옥색이 선백(鮮白)한 모양이라 하였다. ㅇ展(전)−전의(展衣)로서 왕후육복(王后六服)의 하나, 흰 빛이었다. ㅇ蒙(몽)−입다. ㅇ縐絺(추치)−고운 갈포로 된 옷. ㅇ紲袢(설반)−반연(袢延), 여름에 입는 속적삼 같은 것. ㅇ淸揚(청양)−눈이 청명한 것. ㅇ且(저)−조사. ㅇ展(전)−진실로. ㅇ邦(방)−나라. ㅇ媛(원)−미인의 뜻.

解說 이 시도 위(衛)나라 선강(宣姜)을 풍자한 시라 한다. 부인은 음란해서 남편 선공(宣公)을 바르게 섬기지 못하고 불륜을 행하였

다. 그래서 선강의 화려한 복식(服飾)과 아름다운 용모를 들어, 마
땅히 남편인 군자(君子)와 해로하여야 함을 노래한 것이다.

3. 상중(桑中)

새삼을 캐러
매 고을로 갔었네.
누구를 생각하고 갔던고?
어여쁜 강씨네 맏딸이지.
상중에서 나와 만나
상궁으로 나와 갔었는데,
기수 가까지 바래다 주더군.

보리를 베러
매 고을 북쪽엘 갔었네.
누구를 생각하고 갔던고?
어여쁜 익씨네 맏딸이지.
상중에서 나와 만나
상궁으로 나와 갔었는데,
기수 가까지 바래다 주더군.

순무를 뽑으러
매 고을 동쪽엘 갔었네.
누구를 생각하고 갔던고?
어여쁜 용씨네 맏딸이지.
상중에서 나와 만나
상궁으로 나와 갔었는데,

기수 가까지 바래다 주더군.

原文　爰采唐矣를 沬之鄉矣로다.
　　　云誰之思오? 美孟姜矣로다.
　　　期我乎桑中하며 要我乎上宮하고
　　　送我乎淇之上矣로다.

　　　爰采麥矣를 沬之北矣로다.
　　　云誰之思오? 美孟弋矣로다.
　　　期我乎桑中하며 要我乎上宮하고
　　　送我乎淇之上矣로다.

　　　爰采葑矣를 沬之東矣로다.
　　　云誰之思오? 美孟庸矣로다.
　　　期我乎桑中하며 要我乎上宮하고
　　　送我乎淇之上矣로다.

註解　○爰(원)―이에. 조사임. ○唐(당)―몽채(蒙菜)·여라(女蘿), 새 삼이라는 덩굴풀. 한약재로도 쓰인다. ○沬(매)―위(衛)나라 고을 이름. 하남성 기현(淇縣) 근방에 있었다. ○云(운)―조사. ○孟(맹)―맏딸의 뜻. ○姜(강)―저명한 집안의 성(姓). 제(齊)나라의 성, 본시 강태공(姜太公)이 제나라에 봉해졌다. ○期(기)―약속을 하고 만나는 것. ○桑中(상중)―매(沬) 땅에 있는 작은 땅이름. ○要(요)―맞아들이다,. 데리고 가다. ○上宮(상궁)―작은 땅 이름, 또는 누명(樓名). ○淇(기)―기수(淇水). 하남성을 흘러 기현에서 위하(衛河)와 합쳐진다. 기지상(淇之上)은 기수 가의 뜻. ○弋(익)―귀족 집안의 성. ○葑(봉)―순무. ○庸(용)―역시 귀족 집안의 성.

解說　남녀의 밀회를 읊은 시이다. 상중과 상궁 및 기수 가는 그들

이 데이트한 장소이이다.

4. 쥐를 보라(相鼠)

쥐를 보아도 가죽이 있는데,
사람이면서도 체모가 없네.
사람이 체모가 없다면
죽지 않고 무얼 하는가!

쥐를 보아도 이빨이 있는데
사람이면서도 버릇이 없네.
사람이 버릇이 없다면
죽지 않고 무얼 기다리나!

쥐를 보아도 몸집이 있는데,
사람이면서도 예의가 없네.
사람이 예의가 없다면
어째서 빨리 죽지 않는가!

原文　相鼠有皮어늘 人而無儀로다.
　　　人而無儀면 不死何爲아!

　　　相鼠有齒어늘 人而無止로다.
　　　人而無止면 不死何俟오!

　　　相鼠有體어늘 人而無禮로다.
　　　人而無禮면 胡不遄死오!

註解 ○相(상)-보다. ○儀(의)-체모·위의(威儀)의 뜻. ○止(지)-용지(容止), 예절, 버릇. ○俟(사)-기다리다. ○遄(천)-빠른 것.

解說 무례함을 풍자한 시이다. 세상에는 쥐만도 못하다고 여겨지는 자들이 있었던 것이다.

5. 달려라(載馳)

달리고 달리어 가
위(衛)나라 임금을 위문하고저.
멀리 말을 달리어 가
조(漕) 땅에 이르고저.
대부는 산 넘고 물 건너가련만,
내 마음은 근심에 차네.

나를 잘한다고 하는 이 없으니,
나는 돌아갈 수 없네.
그대들은 좋지 않게 여김을 알지만,
내 생각은 위나라를 떠나지 못하네.
나를 잘한다고 하는 이 없으니,
나는 강물 건너 돌아갈 수 없네.
그대들은 좋지 않게 여김을 알지만
나는 생각지 않을 수가 없네.

저 언덕에 올라가
패모(貝母)나 캐어볼까.
여자는 생각이 많다 하나,

그래도 모두 이유는 있는 것.
허(許)나라 사람들 내 행동 탓하지만,
유치하고도 어리석은 짓이네.

내가 위나라 들에 가면,
보리가 더부룩히 자라 있으련만.
큰 나라에 호소하고도 싶지만
누구를 믿을 것이며 누가 와줄 건가?
대부와 군자들이여,
나를 탓하지 말아 주오!
여러분들 생각은,
내 생각에 미칠 수 없는 것이네.

原文 載馳載驅하여 歸唁衛侯하리다.
　　　驅馬悠悠하여 言至於漕로다.
　　　大夫跋涉이나 我心則憂로다.

　　　旣不我嘉하니 不能旋反이로다.
　　　視爾不臧이나 我思不遠이로다.
　　　旣不我嘉하니 不能旋濟로다.
　　　視爾不臧이나 我思不閟로다.

　　　陟彼阿丘하여 言采其蝱이로다.
　　　女子善懷나 亦各有行이라.
　　　許人尤之하니 衆穉且狂이로다.

　　　我行其野하니 芃芃其麥이로다.
　　　控于大邦이나 誰因誰極고?

大夫君子여 無我有尤하라.
百爾所思는 不如我所之니라.

註解　◦載(재)—조사.　◦馳(치)—달려가다.　◦唁(언)—조상하다.　◦衛侯(위후)—위나라 제후. 대공(戴公)을 가리킨다고도 한다. 이 시는 선강(宣姜)의 딸(頑과의 사이에서 난)인 허(許)나라 목공(穆公)의 부인이 위나라가 적인(狄人)들의 공격을 받아 멸망한 것을 걱정하며 노래한 것이라 한다(해설 참조).　◦悠悠(유유)—아득한 모양.　◦言(언)—조사.　◦漕(조)—위나라 고을 이름. 패풍 '천수(泉水)' 시 참조.　◦大夫(대부)—허(許)나라 목공(穆公) 부인이 위나라를 위문하기 위하여 보내는 사자(使者).　◦跋涉(발섭)—산 넘고 물 건너는 것.　◦嘉(가)—선(善)과 통함. '기불아가(旣不我嘉)'는 허나라 사람들이 목공 부인이 위나라를 위문하는 행동을 잘하는 일이라 여기지 않는 것.　◦旋反(선반)—위나라로 돌아가는 것.　◦視(시)—보아 알고 있다는 뜻.　◦爾(이)—허나라 사람들을 가리킴.　◦臧(장)—선(善)과 통하여 부장(不臧)은 불선(不善).　◦我思不遠(아사불원)—위나라로부터 생각이 멀리 떠나지 못한다는 뜻.　◦旋濟(선제)—강물을 건너 위나라로 돌아가는 것.　◦閟(비)—폐지(閉止)하는 것, 그만두는 것.　◦阿丘(아구)—한쪽은 높고 한쪽은 낮게 생긴 언덕.　◦蝱(망)—등에, 패모(貝母). 패모는 백합과의 다년생 풀. 여기서는 위나라 걱정으로 응결된 자기의 마음을 고치기 위하여 패모나 캐러 가자는 뜻.　◦行(행)—도(道), 곧 도리·이유의 뜻.　◦尤(우)—탓하다.　◦衆(중)……且(차)……—'종(終)… 차(且)', 곧 '기(旣)… 차(且)'의 뜻.　◦狂(광)—마음의 득실을 잘 모르는 것, 곧 어리석은 것.　◦芃芃(봉봉)—성장한 모양.　◦控(공)—공소(控訴)·호소(呼訴)의 뜻. 위나라의 구원을 호소한다는 뜻.　◦誰(수)—어느 나라의 뜻.　◦因(인)—사람의 힘에 말미암는 것. 남의 힘을 믿는 것.　◦極(극)—와주는 것.　◦大夫(대부)—군자(君子)와 함께 허나라의 높고 낮은 모든 관리들을 가리킨다.　◦百爾(백이)—여러분. 백(百)은 여러 사람, 이(爾)는 그대들의 뜻을 지녔다.　◦所之(소지)—소사(所思), 곧 생각하는 것, 걱정하는 것.

解說　이 시는 허(許)나라 목공(穆公)의 부인이 지은 것이다(〈모시서〉). 위나라 선공(宣公)은 그의 아들 급(伋)과 수(壽)를 죽였는데, 삭(朔)이 그의 뒤를 이어 혜공(惠公)이 되었다. 혜공은 선공과 선강(宣姜) 사이의 아들이다. 혜공이 죽은 뒤에는 그의 아들 의공(懿公)이 뒤를 이었다. 이때 곧 노(魯) 민공(閔公) 2년 12월에 적인(狄人)이 위나라를 공격하여 의공은 죽음을 당하였다.

그 뒤를 대공(戴公 : 이름은 申)이 이었으나 1년만에 죽고, 문공(文公 : 이름은 燬)이 뒤를 이었다. 이들은 혜공의 서형(庶兄)인 완(頑)이 선강과 통하여 낳은 아들들이다. 완과 선강의 사이에는 이들 이외에도 또 세 명의 자식이 있었는데 허나라 목공의 부인도 그 중의 한 사람이다.

이 시는 목공 부인이 그의 친정인 위나라가 망하는 것을 걱정하고 지은 시이다. 《모전》에서는 대공 때의 시라 하였으나 의공 때인지 확실치 않아 학자에 따라 설이 구구하다.

제 5　위풍(衛風)

위(衛)나라에 대하여는 이미 패풍(邶風)에서 설명하였으니 참조하기 바란다.

1. 기수 물굽이(淇奧)

저 기수 가 물굽이를 바라보니,
왕골과 마디풀이 우거져 있네.
훌륭하신 우리 님이여!

깎고 다듬고
쪼고 간 듯하시네.
묵직하고 위엄 있고
훤하고 의젓하시니,
훌륭하신 우리 님이여!
내내 잊을 수 없겠네.

저 기수 가 물굽이를 바라보니,
왕골과 마디풀이 푸르르하네.
훌륭하신 우리 님이여!
귀막이는 아름다운 옥돌이요,
관의 구슬 장식은
별처럼 반짝이네.
묵직하고 위엄 있고
훤하고 의젓하시니,
훌륭하신 우리 님이여!
내내 잊을 수 없겠네.

저 기수 가 물굽이를 바라보니,
왕골과 마디풀이 쌓인 듯 우거졌네.
훌륭하신 우리 님이여!
금과도 같으시고 주석과도 같으시며
옥 홀(笏)과도 같으시고
옥벽(玉璧)과도 같으시네.
너그럽고 여유 있으신 모습으로
수레 옆 나무에 기대셨네.
우스갯소리도 잘하시지만
도가 지나치지는 않으시다네.

原文   瞻彼淇奧하니 綠竹猗猗로다.
        有匪君子여 如切如磋하며
        如琢如磨로다.
        瑟兮僩兮며 赫兮咺兮니
        有匪君子여 終不可諼兮로다.

        瞻彼淇奧하니 綠竹青青이로다.
        有匪君子여 充耳琇瑩이며
        會弁如星이로다.
        瑟兮僩兮며 赫兮咺兮니
        有匪君子여 終不可諼兮로다.

        瞻彼淇奧하니 綠竹如簀이로다.
        有匪君子여 如金如錫하며
        如圭如璧이로다.
        寬兮綽兮며 猗重較兮로다.
        善戲謔兮나 不爲虐兮로다.

註解   ○淇(기)—강물 이름. 하남성에 있다(패풍 '泉水' 시 참조). ○奧(욱)—욱(澳), 물굽이진 안쪽. ○綠(록)—왕추(王芻). 물가에 나며, 녹욕초(菉蓐草). 왕골의 일종인 듯하다. ○竹(죽)—편죽(萹竹). 우리말로는 마디풀. 주희는 '녹죽(綠竹)'을 '푸른 대'라고 하였으나 중국의 북방 기수 근처에는 우거진 대나무가 없다. ○猗猗(의의)—아름답게 무성한 모양. ○匪(비)—비(斐)와 통하여, 유비(有匪)는 비연(斐然). 문채나는 모양. ○君子(군자)—여기서는 위나라의 무공(武公)을 가리킨다고도 한다. ○切(절)—깎는 것. ○磋(차)—가는 것. ○琢(탁)—돌이나 옥을 쪼아 다듬는 것. ○磨(마)—옥이나 돌을 가는 것. '절차탁마(切磋琢磨)'는 그의 배움이 이루어진 것, 그의 덕을 끊임없이 닦는 것. ○瑟兮(슬혜)—무게

있고 당당해 보이는 것. ○僩(한)-위엄이 있는 모양. ○赫(혁)-사람이 훤해 보이는 것. ○咺(훤)-의젓한 모양. ○諼(훤)-잊다. ○充耳(충이)-진(瑱), 곧 귀를 덮도록 관 양편에 구슬을 매단 장식. ○琇瑩(수영)-옥돌. 천자만이 옥으로 진(瑱)을 만들었고 제후들은 옥돌로 만들었다 한다. ○會(괴)-봉(縫), 곧 옷 같은 것을 꿰맨 솔기. ○弁(변)-피변(皮弁)으로서 가죽으로 만든 주(周)나라 관(冠)의 일종. ○如星(여성)-관의 솔기는 오색 구슬로 장식하였으므로 별처럼 그 구슬들이 반짝반짝하는 것. ○簀(책)-풀이 매우 무성한 것. ○錫(석)-주석. 금과 석은 무공의 덕에 비유한 것이다. ○圭(규)-제후가 조회나 제사 때 지녔던 기물로서 옥으로 만들었다. 위쪽은 둥글고 아래쪽은 방형(方形)의 모양이었다. ○璧(벽)-평평하고 둥글며 중간에 구멍이 있는 구슬로 만든 기물(器物). 규벽(圭璧)은 그의 온윤한 성품에 비유한 것이다. ○綽(작)-여유가 있는 것. ○猗(의)-의지하다. ○較(교)-수레 양쪽 가에 가로 세워놓은 나무. 그 높이가 식(軾)보다 높기 때문에 중교(重較)라 한다. ○戲謔(희학)-농담 또는 우스갯소리를 하는 것. ○虐(학)-극(劇)자와 통하여 지나치거나 너무 심한 것.

解說 〈모시서〉에 의하면 이 시는 위나라 무공(武公)의 덕을 칭송한 것이라 한다. 서간(徐幹)의 《중론(中論)》에도 '옛날 위나라 무공은 나이가 90이 넘었는데도(《國語》에는 年九十五라 했음) 밤낮으로 게을리하지 않고 훈도(訓道)를 들을 것을 생각하였다.…… 위인(衛人)이 그 덕을 칭송하여 '기욱(淇奧)'을 읊었다'고 하였다. 여하튼 훌륭한 군자를 칭송한 시임에는 틀림이 없다.

2. 높으신 님(碩人)

높으신 님은 훤칠한데,
비단옷 위에 엷은 겉옷 입으셨네.
제나라 임금의 따님이요,

위나라 임금님의 아내요,
태자님의 누이시고,
형(邢)나라 임금의 처제시고,
담(譚)나라 임금은 형부가 되신다네.

손은 부드러운 삘기 같고
살갗은 엉킨 기름처럼 매끄럽고,
목은 흰 나무벌레 같고,
이는 박씨 같으며,
매미 이마에다 나방의 수염 눈썹.
생끗 웃을 때의 입모습 예쁘고,
아름다운 눈은 맑기도 하네.

높으신 님은 훤칠한데,
도읍 근교(近郊)에 머물렀었지.
장대한 네 필의 말이 수레를 끄는데
붉은 천을 감은 말 재갈이 고왔고,
꿩 깃으로 장식한 포장 친 수레로 입조(入朝)했었네.
대부들은 일찍 물러나며
임금님을 번거롭게 하지 말자고 했었지.

황하물은 넘실넘실
북쪽으로 콸콸 흘러가고
철석철석 걷어올리는 고기 그물에서는
잉어 붕어가 팔딱거리고,
갈대랑 달이랑 살랑살랑 나부꼈지.
여러 시녀(侍女)들 성장하고 뒤따르고,
여러 관원들은 늠름한 모습으로 전송했었지.

原文　碩人其頎하니 衣錦褧衣로다.

齊侯之子요 衛侯之妻요

東宮之妹요 邢侯之姨요

譚公維私로다.

手如柔荑요 膚如凝脂요

領如蝤蠐요 齒如瓠犀요

螓首蛾眉로다.

巧笑倩兮며 美目盼兮로다.

碩人敖敖하니 說于農郊로다.

四牡有驕하고 朱幩鑣鑣하며

翟茀以朝로다.

大夫夙退하여 無使君勞러니다.

河水洋洋하여 北流活活이어늘

施罛濊濊하면 鱣鮪發發하며

葭菼揭揭로다.

庶姜孽孽하며 庶士有朅이러니라.

註解　ㅇ碩人(석인)―존귀한 사람, 위나라 장공(莊公)의 부인 장강(莊姜)을 가리킨다고 한다. ㅇ其頎(기기)―기연(頎然)으로 장강의 키 크고 아름다운 모습을 형용한 것이다. ㅇ錦(금)―비단, 곧 문의(文衣). 문채가 있는 옷. ㅇ褧(경)―홑옷, 곧 단의(禪衣)의 뜻. '경의'는 모시같이 얇은 천으로 만든 홑옷. 비단옷의 문채가 너무 드러남을 꺼리어 겉에 또 '경의'를 입었다 한다. ㅇ子(자)―딸의 뜻. ㅇ東宮(동궁)―태자의 궁으로 제(齊)나라 장공(莊公)의 태자 득신(得臣)을 가리킨다. 장강은 태자의 누이동생이었다. ㅇ邢(형)―형(邢)은 지금의 하북성 형태현(邢台縣)에 있던 나라 이름. 형후(邢侯)가 누구인지는 확실치 않다. ㅇ姨(이)―처제.

ㅇ譚(담)—담(覃)이라고도 쓰며, 지금의 산동성 제남(濟南) 동쪽에 있던 나라 이름. 담공(譚公)이 누구인지도 모른다. ㅇ私(사)—자매의 남편, 여기서는 형부(兄夫)의 뜻. ㅇ荑(제)—삘기. 띠풀이 처음 나올 적의 부드러운 싹. ㅇ凝脂(응지)—지방이 하얗게 엉긴 것. 그처럼 피부가 희고 매끈하다는 뜻. ㅇ領(령)—목. ㅇ蝤蠐(추제)—나무 속에서 나무를 갉아먹는 희고 긴 굼벵이 같은 벌레. 목이 그처럼 희고 부드럽다는 뜻. ㅇ瓠犀(호서)—박 속의 씨, 곧 이가 박 속의 씨가 박혀 있듯 가지런하다는 뜻. ㅇ螓(진)—청청(蜻蜻), 매미 같으면서도 약간 작은 아름다운 무늬가 있는 곤충, 이마가 넓고 사각(四角)이라 한다. 매미의 일종. 진수(螓首)는 매미의 머리처럼 넓은 이마를 가진 얼굴. ㅇ蛾眉(아미)—나방의 촉각처럼 가늘고 길게 굽어 있는 고운 눈썹. ㅇ巧笑(교소)—방긋 예쁘게 웃는 것. ㅇ倩(천)—입매가 예쁜 것. ㅇ盼(반)—눈의 흑백이 분명한 맑은 눈. ㅇ敖敖(오오)—키 크고 날씬한 모양. ㅇ說(세)—머무는 것. ㅇ農郊(농교)—근교의 뜻. ㅇ四牡(사무)—수레를 끄는 네 마리의 말. ㅇ有驕(유교)—교연(驕然)으로 말이 장대한 모양. ㅇ朱幩(주분)—붉은 천. 임금의 말은 붉은 천으로 재갈을 감아 장식하였다. ㅇ鑣鑣(표표)—장식이 성한 모양. ㅇ翟茀(적불)—적(翟)은 꿩 깃, 불(茀)은 수레에 포장을 친 것. 수레에 친 포장을 꿩 깃으로 장식한 것. ㅇ朝(조)—조견(朝見). 제후를 정식으로 뵙는 것. ㅇ大夫(대부)—결혼식장에 모였던 높은 관원들을 가리킨다. ㅇ夙退(숙퇴)—신혼(新婚)한 임금 부부를 위하여 일찍 물러나는 것이다. ㅇ君(군)—임금. 위나라 장공을 가리킨다. ㅇ勞(로)—수고롭기보다는, 번거롭게 만드는 것. ㅇ洋洋(양양)—성대한 모양. ㅇ北流(북류)—황하는 제나라 서쪽, 위나라 동쪽에서 북쪽으로 흘러가 바다로 들어갔다. ㅇ活活(괄괄)—물이 흘러가는 소리. ㅇ施罛(시고)—강물에 고기그물을 쳐놓는 것. ㅇ濊濊(활활)—흐름이 장애를 받는 모양, 곧 그물을 쳐놓아 흐름이 장애를 받는 것이다. ㅇ鱣(전)—잉어. ㅇ鮪(유)—전(鱣)과 비슷하면서도 작은 물고기, 붕어라 해두었다. ㅇ發發(발발)—고기가 그물에 걸리어 꼬리치는 모양. ㅇ葭(담)—갈대 비슷하면서도 약간 작은 달의 싹. ㅇ揭揭(게게)—길게 자란 모습. ㅇ庶姜(서강)—제(齊)나라 성(姓)을 지닌 사람으로 장강을 따라 위나라로 온 동성(同姓)의 몸종들. ㅇ孼孼(얼얼)—장식이 성한 것. ㅇ庶士(서사)—장강의 출가를 전송하는

중사(衆士), 곧 여러 관원들.　ㅇ朅(걸)－무장(武壯)한 모양.

解說　〈모시서〉에선 '석인(碩人)은 장강(莊姜)을 동정한 것이다. 장공이 첩들에게 빠져 첩들이 손위를 넘보게 되었으나 장강은 어질어 대응하지 않았다. 그러나 끝내 자식이 없어 나라 사람들이 동정하고 걱정한 것이다'라고 하였다.

《좌전(左傳)》은공(隱公) 3년에도 '위나라 장공은 제나라 태자 득신의 누이동생 장강에게 장가들었다. 장강은 아름다우면서도 자식이 없어 위인(衛人)들이 석인을 읊은 것이다'라고 하였다. 그러나 내용을 음미할 때 이는 장강이 제나라로부터 위나라로 시집올 때의 성대하고 아름답던 장면을 되새기며 시인이 노래한 것이다. 제1절은 장강을 소개한 것이고, 제2절은 장강의 아름다움을 노래한 것이고, 제3절은 시집오는 날 위나라의 풍경을 읊은 것이고, 제4절은 떠나오는 제(齊)나라의 광경을 읊은 것이다.

3. 한 남자(氓)

어수룩한 한 남자가
돈 갖고 실을 사러 왔었는데,
실을 사러 온 게 아니라
와서는 바로 내게 수작을 걸었다네.
결국 그이를 전송하러 기수를 건너
돈구(頓丘)까지 갔었지.
내가 기약을 미뤘던 게 아니라
그대에게 변변한 중매인이 없어 결혼 못했던 것.
그래서 그대에게 성내지 말고
가을을 기약하자고 했었지.

무너진 담 위에 올라서서
그대 있는 복관(復關)을 바라보아도,
복관의 그대는 나타나지 않아
눈물만 줄줄 흘렸었네.
그러나 복관의 그대를 만나자,
웃고 얘기했었지.
그대는 거북점·역점을 다 쳤는데
점괘에 나쁘다는 말이 없자
그대의 수레 몰고 와
나를 혼수와 함께 데려갔었지.

뽕나무 잎이 떨어지기 전엔
그 잎새 싱싱하였지.
아아, 비둘기야!
오디는 따먹고 취하지 마라.
아아, 여자들이여!
남자에게 빠지지 마라!
남자가 빠지는 것은
그래도 할 말이 있지만
여자가 빠지는 것은
말할 수도 없는 거라네.

뽕나무 잎 시들어서
누렇게 떨어졌네.
나는 그대에게로 가서
3년을 가난에 굶주렸지.
기수 물은 넘실넘실
수레 포장을 적셨었지.

여자로서 잘못이 없는데도
남자인 그대는 처음과 행동이 달라졌네.
남자란 믿을 수 없는 것,
마음이 이리저리 흔들리네.

3년을 부인으로
방에서 쉴새없이 수고하였고,
새벽 일찍 일어나 밤늦게 자면서
아침도 모르고 일했지.
언약이 이루어지자
그는 난폭해졌으나
형제들은 알지도 못하고
나를 보고 허허 웃기만 했네.
가만히 생각해 보니
내 자신이 더욱 슬퍼지네.

그대와 해로하겠더니
늙을수록 나로 하여금 원망케 하네.
기수도 물가 언덕이 있고
진펄도 가가 있건마는!
처녀적 즐길 때엔
말하고 웃고 하여 부드럽기만 했으니
믿음으로 맹세할 때에도 성실하던 그가
이렇게 바뀔 줄은 생각 못했지.
바뀔 줄은 생각도 않았는데,
이제는 끝장이 났는가!

原文   氓之蚩蚩이 抱布貿絲러니

匪來貿絲라 來卽我謀리라.
送子涉淇하여 至于頓丘리라.
匪我愆期요 子無良媒니라.
將子無怒어다 秋以爲期하니라.

乘彼垝垣하여 以望復關이로되
不見復關하여 泣涕漣漣이러니
旣見復關하여 載笑載言이라.
爾卜爾筮하여 體無咎言하니
以爾車來하여 以我賄遷이로다.

桑之未落엔 其葉沃若이라.
于嗟鳩兮여 無食桑葚하라.
于嗟女兮여 無與士耽하라.
士之耽兮는 猶可說也어니와
女之耽兮는 不可說也니라.

桑之落矣니 其黃而隕이로다.
自我徂爾하여 三歲食貧이로다.
淇水湯湯하니 漸車帷裳이니라.
女也不爽이로되 士貳其行이니라.
士也罔極하니 二三其德이로다.

三歲爲婦하여 靡室勞矣며
夙興夜寐하여 靡有朝矣로다.
言旣遂矣어늘 至于暴矣로되
兄弟不知하여 咥其笑矣로다.
靜言思之하니 躬自悼矣로다.

及爾偕老러니 老使我怨이로다.

淇則有岸이며 隰則有泮이로다.

總角之宴엔 言笑晏晏하며

信誓旦旦하여 不思其反이로다.

反是不思하니 亦已焉哉로다.

註解 ㅇ氓(맹)-누군지도 모르는 남자, 또는 야민(野民). ㅇ蚩蚩(치치)-어리석은 모양, 또는 무지(無知)한 모양. ㅇ布(포)-돈, 옛날에는 포(布)로서 돈을 대용하였다. ㅇ貿(무)-사는 것. ㅇ匪(비)-아닌 것. 비(非)와 통함. ㅇ謀(모)-결혼을 꾀하는 것, 곧 수작을 거는 것. ㅇ涉淇(섭기)-기수를 건너다. 여기에 이르러는 남자와 이미 정을 통하고 난 뒤 헤어질 때 전송한 것이다. ㅇ頓丘(돈구)-지명. 지금의 하북성 청풍현(淸豐縣) 서남쪽 25리 되는 곳. ㅇ愆(건)-과(過)와 통하여, 건기(愆期)는 기약을 거저 지나치는 것. ㅇ媒(매)-옛날 중국의 예법에 결혼은 반드시 중매를 통하여 혼인을 진행시켰다. 따라서 그대에게 매인(媒人)이 없었다는 것은, 나 때문이 아니라 너 때문에 결혼을 못하였다는 뜻이 된다. ㅇ將(장)-발어사(發語詞). ㅇ期(기)-결혼을 기약하는 날짜. ㅇ垝(궤)-무너진 것. ㅇ復關(복관)-남자가 살던 지명. 역시 지금의 하북성 청풍현에 있었다. ㅇ漣漣(연련)-눈물이 줄줄 흘러내리는 모양. ㅇ載(재)-조사. ㅇ卜(복)-거북의 껍질을 지져 치는 점. ㅇ筮(서)-시초(蓍草)로 만든 점가치로 역괘를 따져 치는 점. ㅇ體(체)-귀조서괘(龜兆筮卦), 곧 점괘. ㅇ咎言(구언)-나쁘다는 말. ㅇ車來(거래)-수레를 몰고 오는 것. ㅇ賄(회)-재물. 회천(賄遷)은 혼수인 재물을 싸가지고 남자를 따라 시집가는 것. ㅇ沃若(옥약)-무성한 모습, 또는 윤택한 모습. ㅇ于嗟(우차)-아아. ㅇ鳩(구)-골구(鶻鳩), 산작(山雀) 비슷하면서도 작고 다성(多聲)임. 이 새는 오디를 잘 따먹으며, 많이 먹으면 취하여 그 성(性)을 해치게 된다 한다. 여기서 구는 비둘기와 다른 새인 듯하나 알 수 없어 번역에선 그대로 '비둘기'라고 하였다. ㅇ葚(심)-오디. ㅇ耽(탐)-과히 즐기는 것. ㅇ隕(운)-떨어지다. ㅇ食貧(식빈)-가난하여 먹을 것도 제대로 못 먹고 고생하는 것. ㅇ湯湯(상상)-물이 성한 모양.

ㅇ帷(유)−부인들의 수레 가장자리에 친 휘장. 유상(帷裳)은 그것을 치마처럼 늘어뜨려 장식한 것. 어려움을 무릅쓰고 수레 타고 시집가던 때를 말한 것. ㅇ爽(상)−차(差)의 뜻, 곧 어긋남, 잘못됨. ㅇ貳其行(이기행)−그의 행동이 두 가지다, 곧 옛날의 행동과 지금이 다르다는 뜻. ㅇ罔極(망극)−무량(無良), 곧 옳지 못함. ㅇ二三(이삼)−이랬다저랬다 하는 것. ㅇ德(덕)−행동 . ㅇ爲婦(위부)−처 노릇을 하는 것. ㅇ靡室(미실)−방에 들어가 쉴 새도 없는 것. ㅇ靡有朝(미유조)−아침도 모르고 부지런히 일했다는 뜻. ㅇ言(언)−언약. ㅇ咥(희)−웃는 모양. ㅇ躬自(궁자)−자기 자신. ㅇ岸(안)−언덕. ㅇ隰(습)−진펄. ㅇ泮(반)−반(畔)과 통하여 가의 둔덕이란 뜻. 기수(淇水)에도 물가 언덕이 있고 진펄에도 가의 둔덕이 있다는 것은 모든 일이 끝이 있으되 자기의 시름만이 끝이 없다는 뜻. ㅇ總角(총각)−옛날에 남녀들이 결혼하기 전에는 머리를 양쪽으로 땋아 놓아 이를 총각(總角)이라 하였다. 후세에는 남자를 가리키는 말로 쓰이게 되었으나, 여기서는 처녀의 뜻으로 쓰인 것이다. ㅇ晏晏(안안)−화유(和柔)한 모양. ㅇ旦旦(단단)−달달(怛怛)과 통하며, 정성되고 간곡한 것. ㅇ反(반)−형편이 반대로 바뀌어지는 것. ㅇ亦已焉哉(역이언재)−'역시 끝장이 났는가!'의 뜻.

解說 남자에게 버림받은 여인의 설움을 노래한 것이 이 시이다. 첫절에서는 연애하고 약혼한 과정을 노래했고, 제2절에서는 시집갔던 때의 일을 읊었고, 제3절에서는 시집가서 고생했던 일을 후회했고, 제4절에서는 고생 끝에 남편의 마음이 변하여졌음을 노래했고, 제5절에서는 일만 하다 결국 남편에게 쫓겨난 일을 노래했고, 제6절에서는 옛날을 회고하며 지금의 자기를 슬퍼한 것이다.

4. 내 님(伯兮)

내 님은 용감한
나라의 영걸.

내 님은 긴 창 들고
임금님 앞장서네.

내 님이 동으로 가시자,
머리는 나부끼는 쑥대 같네.
어찌 기름 바르고 머리 감지 못하랴마는
누구를 위해 화장할꼬?

비 좀 와라 비 좀 와라 해도
쨍쨍 햇빛이 나네.
님 생각에 머리 아픈들
뉘를 탓하리.

어느 곳에서든 망우초(忘憂草) 얻어다
그것을 뒤꼍에 심어 봤으면.
님 생각에
내 마음만 병드네.

原文　伯兮朅兮하니 邦之桀兮로다.
　　　伯也執殳하고 爲王前驅로다.

　　　自伯之東하여 首如飛蓬이라.
　　　豈無膏沐이리오마는 誰適爲容고?

　　　其雨其雨여 杲杲出日이로다.
　　　願言思伯이라 甘心首疾이로다.

　　　焉得諼草하여 言樹之背로다.
　　　願言思伯이라 使我心痗로다.

[註解] ○伯兮(백혜)－군자(君子), 곧 남편의 호칭. ○朅(흘)－무모(武貌), 곧 용감한 것. ○桀(걸)－걸(傑)과 통하여 영걸(英傑)의 뜻. ○殳(수)－길이 1장(丈) 2척(尺)의 날 없는 창. ○前驅(전구)－앞장서는 사람. ○之(지)－전쟁에 나간 것. ○飛蓬(비봉)－가을에 바람에 날리는 엉클어진 다북쑥. ○膏(고)－머리에 기름 바르는 것. ○沐(목)－머리감는 것. 고목(膏沐)은 여자의 화장을 통틀어 대표한 것이다. ○適(적)－기쁜 것. ○其雨(기우)－비가 왔으면 하는 뜻. ○杲(고)－고(杲)는 나무 위에 해가 떠 있는 모양으로, 고고(杲杲)는 햇빛이 쨍쨍 나는 것. ○言(언)－조사. ○甘心(감심)－마음속으로 달게 여기는 것. ○首疾(수질)－두통. ○諼草(훤초)－사람으로 하여금 근심을 잊게 하는 풀. 합환(合歡)이라고도 하며 이걸 먹으면 걱정이 없어진다. ○言(언)－조사. ○背(배)－집의 북쪽 옆. 북당(北堂). 부인은 북당에 산다. ○痗(매)－병들다.

[解說] 부인이 전쟁에 나가 오랫동안 돌아오지 않는 남편을 생각하며 노래한 것이다. 《정전(鄭箋)》에는 '위나라 선공(宣公) 때에 채인(蔡人)·위인(衛人)·진인(陳人)들이 임금을 따라 정(鄭)나라 제후를 쳤다. 이때 이 남자는 임금의 선구(先驅)로서 오랫동안 종군하여 집사람이 그를 생각한 것이다'라고 하였다.

5. 모과(木瓜)

나에게 모과를 보내주었으나
아름다운 패옥으로 보답하나니,
보답이 아니라
영원히 친하게 지내자는 거요.

나에게 복숭아를 보내주었으나
아름다운 옥으로 보답하나니,
보답이 아니라

영원히 친하게 지내자는 거요.

나에게 오얏을 보내주었으나
아름다운 옥돌로 보답하나니,
보답이 아니라
영원히 친하게 지내자는 거요.

原文　投我以木瓜에 報之以瓊琚니
　　　匪報也요 永以爲好也니라.

　　　投我以木桃에 報之以瓊瑤니
　　　匪報也요 永以爲好也니라.

　　　投我以木李에 報之以瓊玖니
　　　匪報也요 永以爲好也니라.

註解　o投(투)-던져 주는 것. 곧 물건을 보내주는 것. o木瓜(모과)-모과나무 열매.　o琚(거)-패옥. 경(瓊)은 미옥(美玉), 거(琚)는 패옥(佩玉)의 이름. o匪(비)-부정사. o爲好(위호)-친하게 잘 지내는 것. o木桃(목도)-목리(木李)와 함께 학자에 따라 설이 구구하다. 여기서는 그대로 '복숭아'라 하였다. o瑤(요)-아름다운 옥돌. o玖(구)-옥돌 다음 가는 돌, 역시 보석의 일종.

解說　이 시는 친구 사이 또는 애인 사이에 물건을 주고받으며 부른 노래이다. 〈모시서〉에서는 이는 제(齊)나라 환공(桓公)을 기린 시라 하였다. 용풍(鄘風) '재치(載馳)' 시에서 설명했듯이 위나라가 적인(狄人)의 침략을 받아 멸망하고 대공(戴公)이 조(漕) 땅에 움막을 짓고 머무르고 있을 때 제 환공은 군대를 보내어 그를 보호하며 거마기복(車馬器服)을 보내주었다. 대공이 죽은 뒤에 문공(文公)이 뒤를 잇자, 환공은 또 초구(楚丘)에 성을 쌓고 그를 이곳에 봉하며

많은 물건을 보내주었다. 위나라 사람들이 이를 생각하고 그의 은혜를 갚으려는 뜻을 노래한 것이라는 것이다.

제6 왕풍(王風)

동주(東周)는 평왕(平王)의 뒤로 환왕(桓王)·장왕(莊王)·희왕(僖王)·혜왕(惠王)·양왕(襄王)·경왕(頃王)·광왕(匡王)·정왕(定王)·간왕(簡王)·영왕(靈王)·경왕(景王)의 12대가 낙읍(洛邑)에 도읍하여 주나라의 명맥을 지탱하였다.

이 왕풍(王風)은 이들 중 앞의 평왕과 환왕(기원전 719~697 재위)·장왕(기원전 696~680 재위) 3대에 걸친 시대의 시를 도읍 주변에서 채록한 것이라고 전하여진다. 주나라가 천자의 나라라고는 하지만, 이때에는 이미 제후들과 마찬가지로 정교(政教)가 그들의 왕기(王畿)에서만 행하여지고 그밖에는 영향을 끼치지 못하였다. 이들 시도 주풍(周風)이라 할 만한 것이나 그대로 주실(周室)을 존중하는 뜻에서 '왕풍'이라 한 것이다.

1. 기장은 더부룩히(黍離)

기장은 더부룩히 자라고
피 싹도 돋아 있는데,
걸음걸이 맥없고
마음속 허전하네.
나를 아는 이는

내 마음에 시름 있다 하지마는,
나를 모르는 이는
내게 무얼 하고 있느냐고 말하리라.
끝없이 푸른 하늘이여!
이건 누구 때문입니까?

기장은 더부룩히 자라고
피 이삭도 돋아있는데,
걸음걸이 맥없고
마음은 술 취한 듯.
나를 아는 이는
내 마음에 시름 있다 하지마는,
나를 모르는 이는
내게 무얼 하고 있느냐고 말하리라.
끝없이 푸른 하늘이여!
이건 누구 때문입니까?

기장은 더부룩히 자라고
피 이삭도 여물었는데,
걸음걸이 맥없고
마음속은 막히는 듯.
나를 아는 이는
내 마음에 시름 있다 하지마는,
나를 모르는 이는
내게 무얼 하고 있느냐고 말하리라.
끝없이 푸른 하늘이여!
이건 누구 때문입니까?

原文　彼黍離離어늘　彼稷之苗로다.
　　　行邁靡靡하나니　中心搖搖하도다.
　　　知我者는　謂我心憂어늘
　　　不知我者는　謂我何求오 하나니
　　　悠悠蒼天이여!　此何人哉오?

　　　彼黍離離어늘　彼稷之穗로다.
　　　行邁靡靡하나니　中心如醉로다.
　　　知我者는　謂我心憂어늘
　　　不知我者는　謂我何求오 하나니
　　　悠悠蒼天이여!　此何人哉오?

　　　彼黍離離어늘　彼稷之實이로다.
　　　行邁靡靡하나니　中心如噎이로다.
　　　知我者는　謂我心憂어늘
　　　不知我者는　謂我何求오 하나니
　　　悠悠蒼天이여!　此何人哉오?

註解　○黍(서)－메기장. ○離離(이리)－이삭이 나와 늘어진 모양. ○稷(직)－피, 논의 잡초. ○行邁(행매)－걸어가는 것. ○靡靡(미미)－지지(遲遲), 걸음이 잘 나아가지 않는 것. ○搖搖(요요)－근심이 있어도 호소할 곳 없는 모양. ○悠悠(유유)－먼 모양, 아득히 끝없는 것. ○此(차)－나라가 이렇게 된 것. ○何人哉(하인재)－누가 이렇게 만든 것이냐는 뜻. ○穗(수)－곡식 이삭. ○實(실)－이삭이 여무는 것. ○噎(열)－숨이 막히는 것, 가슴이 막히듯이 답답해지는 것.

解說　주나라 평왕(平王 : 기원전 770~720 재위) 때 도읍을 낙읍(洛邑)으로 옮긴 뒤, 주나라의 대부가 행역(行役)으로 집을 나가 호

경(鎬京)에 갔다. 그곳에서 그는 옛날의 종묘궁실(宗廟宮室)은 간데 없고 흥망성쇠도 아랑곳없이 그 땅에 기장과 피만이 수북히 자라고 있는 것을 보고, 조국인 주나라 쇠멸을 절감하며 이 시를 지은 것이다.

2. 역사에 나가신 님(君子于役)

우리 님은 역사에 나가,
돌아올 날 속절없네.
언제나 오시려나?
닭은 홰에 오르고
해 저물자
소와 양도 돌아오는데,
역사에 나간 우리 님이여!
그 어이 그립지 않으리!

우리 님은 역사에 나가
몇 날 몇 달인지 속절없네.
언제면 만나게 되려나?
닭은 우리에 들고
해 저물자
소와 양도 내려오는데,
역사에 나간 우리 님이여!
목마름 굶주림이나 겪지 않으시기를!

原文 君子于役하여 不知其期로다

　　　曷至哉오? 鷄棲于塒며

日之夕矣니 羊牛下來로다
君子于役이요 如之何勿思리요!

君子于役하여 不日不月이로다.
曷其有佸고? 鷄棲于桀이며
日之夕矣니 羊牛下括이로다.
君子于役이여 苟無飢渴이어다!

註解 o君子(군자)-부인이 남편을 부르는 말. o于役(우역)-재역(在役), 나라의 역사(役事)로 나가 있다는 뜻. o其期(기기)-돌아올 날짜. o曷(갈)-언제. 갈지(曷至)는 언제면 돌아오나. o塒(시)-담을 뚫어 닭을 깃들게 하는 곳. o不日不月(불일불월)-행역에서 돌아올 날도 달도 모른다는 뜻. o佸(활)-와서 만나는 것. o桀(걸)-닭이 홰에 오르는 것. o下括(하괄)-앞의 하래(下來)와 같은 뜻.

解說 대부가 오랫동안 행역(行役)에 나가 있어 그의 처가 남편을 그리며 읊은 노래이다. 평왕 때의 절도 없는 행역을 풍자한 것이라는 이도 있다.

3. 골짜기의 익모초(中谷有蓷)

골짜기에 익모초가 있는데,
가뭄에 말라 있네.
집 떠나온 여인이 있어,
깊은 한숨짓네.
깊은 한숨짓는 것은
남편으로 말미암은 고난 때문이라.

골짜기에 익모초가 있는데,
가뭄에 시들었네.
집 떠나온 여인이 있어,
긴 한숨 몰아쉬네.
긴 한숨 몰아 쉬는 것은
남편으로 말미암은 불행 때문이라.

골짜기에 익모초가 있는데,
가뭄에 말라가네.
남편과 이별한 여인이 있어,
훌쩍이며 우네.
훌쩍이며 울고
한탄한들 무엇하리!

原文 中谷有蓷하니 暵其乾矣로다.
　　　有女仳離라 嘅其嘆矣로다.
　　　嘅其嘆矣는 遇人之艱難矣니라.

　　　中谷有蓷하니 暵其脩矣로다.
　　　有女仳離라 條其歗矣로다.
　　　條其其歗矣는 遇人之不淑矣니라.

　　　中谷有蓷하니 暵其濕矣로다.
　　　有女仳離라 啜其泣矣로다.
　　　啜其泣矣나 何嗟及矣리요!

註解 ㅇ中谷(중곡)―곡중(谷中). ㅇ蓷(퇴)―익모초(益母草). 익모초는
'암눈비앗'이라고도 부르며 길가에도 흔한 풀이다. ㅇ暵其(한기)―한연

(暵然), 곧 가뭄에 마른 모습. ㅇ仳離(비리) - 별리(別離)와 같은 말. 남편과 이별한 것. ㅇ嘅其(개기) - 개연(嘅然), 탄식하는 모양. ㅇ脩(수) - 소(傃)와 통하여, 점점 시들어가는 모습. ㅇ條(조) - 긴 모양. ㅇ歗(소) - 소(嘯)의 고자(古字)로서, 휘파람 부는 소리 같은 긴 한숨을 짓는 것, 또는 비탄이 깊어 한숨이 끊이지 않는 것. ㅇ不淑(불숙) - 부조(不弔)와 같은 뜻으로 불행. ㅇ濕(습) - 급(眔)과 같은 뜻으로, 말라들어가고 있는 것. ㅇ啜(철) - 훌쩍거리며 우는 것.

解說 이 시는 고난을 견디다 못해 남편과 이별한 여인이 읊은 시이다. 〈모시서〉에서는 그 고난이란 바로 흉년기근(凶年饑饉)을 말하며, 매절 첫머리의 말라가는 익모초는 그가 겪은 흉년을 나타내는 것이라 보았다. 그러나 그 고난은 단순한 부부 사이의 불화였다고 보는 게 더 좋을 듯하다.

4. 토끼는 깡총깡총(兎爰)

토끼는 깡총깡총 뛰는데
꿩이 그물에 걸렸네.
내가 처음 났을 때엔
아무 탈도 없었는데
내가 자란 뒤에는
이런 숱한 어려움 만나니
아예 꼼짝 않고 잠이나 내내 들었으면.

토끼는 깡총깡총 뛰는데
꿩이 그물에 걸렸네.
내가 처음 났을 때엔
아무렇지도 않았는데

내가 자란 뒤에는
이런 숱한 걱정 생기니
아예 깨지 말고 잠이나 내내 들었으면.

토끼는 깡총깡총 뛰는데
꿩이 그물에 걸렸네.
내가 처음 났을 때엔
아무런 일도 없었는데
내가 자란 뒤에는
이런 숱한 흉한 일 일어나니
아예 귀 막고 잠이나 내내 들었으면.

原文 有兎爰爰이어늘 雉離于羅로다.
我生之初에 尚無爲러니
我生之後에 逢此百罹하니
尚寐無吪로다.

有兎爰爰이어늘 雉離于罦로다.
我生之初에 尚無造러니
我生之後에 逢此百憂하니
尚寐無覺이로다.

有兎爰爰이어늘 雉離于罿이로다.
我生之初에 尚無庸이러니
我生之後에 逢此百凶하니
尚寐無聰로다.

註解 ㅇ爰爰(원원)-자유롭게 서서히 뛰어다니는 모습. ㅇ離(리)-걸

리다. ㅇ羅(라)—그물. ㅇ尙(상)—'그래도'의 뜻. ㅇ無爲(무위)—아무 탈
도 없는 것, 무사한 것. ㅇ百罹(백리)—여러 가지 걱정. ㅇ尙(상)—바라
다, 원하다. ㅇ寐(매)—잠자다. ㅇ吪(와)—움직이다. ㅇ罦(부)—복거(覆
車) 또는 번거(翻車)라고도 하며, 수레 채에다 그물을 달아 수레바퀴의
회전에 따라 그물이 퍼져 새를 잡도록 만들어진 그물. ㅇ無造(무조)—무
위(無爲)의 뜻. ㅇ罿(충)—철(罬), 또는 부(罦)의 뜻. 다만 첫 절의 라
(羅)와 2장의 부(罦) 및 3장의 충(罿)은 종류가 각각 다른 그물일 것이
다. ㅇ無庸(무용)—무사(無事)의 뜻. ㅇ無聰(무총)—아무것도 듣지 않는
것. 모든 세상일을 모른 체할 수 있었으면 좋겠다는 뜻.

解說 이 시는 어지러운 세상을 만난 것을 개탄한 것이다. 걸어다
니는 토끼도 그물에 안 걸리고 자유롭게 뛰노는데 날아다니는 꿩은
그물에 걸려 있다. 못나고 간사한 사람은 출세하는데 올바른 사람은
박해를 당하는 것이 난세(亂世)의 공통된 특징이다. 그러기에 이 시
의 작자는 어지러운 세상을 견딜 수 없어 차라리 잠이라도 영영 들
어 버렸으면 하고 바라는 것이다.

5. 칡 캐러 가세(采葛)

칡 캐러 가세.
하루 못 보면
석 달이나 못 본 듯.

쑥 캐러 가세.
하루 못 보면
세 해나 못 본 듯.

약쑥 캐러 가세.

하루 못 보면
3년이나 못 본 듯.

原文 彼采葛兮여
　　　一日不見이 如三月兮로다.

　　　彼采蕭兮여
　　　一日不見이 如三秋兮로다.

　　　彼采艾兮여
　　　一日不見이 如三歲兮로다.

註解 ○蕭(소)−쑥. ○三秋(삼추)−세 번의 가을. 실제로는 3년이나 같
은 말임. ○艾(애)−약쑥.

解說 이것은 젊은이의 사랑 노래이다. 여자에게 애인이 있어 여자
는 칡 캐러 가느니 쑥 뜯으러 가느니 하고 남자 애인을 만나러 간다.
잠깐을 못만나도 하루가 여삼추(如三秋)라 가만히 있지를 못한다.

6. 큰 수레(大車)

큰 수레가 덜컥덜컥 가는데
부드러운 파란 털옷 입은 이 탔네.
어찌 그대를 생각 않으리?
그대가 두려워 감히 못 가는 거지.

큰 수레가 덜컹덜컹 가는데
부드러운 붉은 옥빛 털옷 입은 이 타고 가네.

어찌 그대를 생각 않으리?
그대가 두려워 달려가지 못하는 거지.

살아서는 딴 집이라 하더라도,
죽어서는 같은 구덩이에 묻히리라.
나를 미덥지 않다고 한다면,
밝은 해를 두고 맹세하리라.

原文 大車檻檻하니 毳衣如菼이로다.
　　　豈不爾思리요? 畏子不敢이니라.

　　　大車啍啍하니 毳衣如璊이로다.
　　　豈不爾思리요? 畏子不奔이니라.

　　　穀則異室이나 死則同穴하리라.
　　　謂予不信인댄 有如皦日이니라.

註解 ㅇ大車(대거)—큰 수레, 대부(大夫)가 타는 수레. ㅇ檻檻(함함)—
수레가 가는 소리. ㅇ毳(취)—짐승의 부드러운 털. 이것으로 짠 천을 취
포(毳布). 취포로 만든 옷을 취의(毳衣)라 한다. ㅇ如菼(여담)—갈 싹처
럼 파랗다는 뜻. ㅇ啍啍(톤톤)—수레가 무거운 듯 천천히 가는 모양.
ㅇ璊(문)—붉은 옥. ㅇ穀(곡)—생(生)의 뜻. ㅇ異室(이실)—딴 집에 따로
따로 떨어져 사는 것. ㅇ同穴(동혈)—한 구덩이에 묻히는 것. ㅇ皦(교)—
흰 것.

解說 이것은 출세를 하여 대부의 수레를 타고 지나가는 옛 애인을
보고 여자가 부른 노래이다. 옛 애인은 이미 자기와 신분이 달라져
자기는 감히 옛 애인에게 달려가거나 그를 부를 수도 없는 입장이
되어 있다. 그러나 자기의 사랑은 영원히 변함 없을 거라는 것이다.
대부는 이미 이 여자를 까맣게 잊고 있을 것이다. 그러나 죽어서라

도 한 무덤에 묻히고 싶다는 것이다.

제7 정풍(鄭風)

　주(周)나라 선왕(宣王 : 기원전 827~782 재위)이 그의 서제(庶弟) 우(友)를 함림(咸林) 땅에 봉하였는데, 그가 정(鄭)나라 환공(桓公)이다.　환공이 견융(犬戎)의 침공으로 죽은 뒤 그의 아들 굴돌(掘突)이 뒤를 이어 정나라의 무공(武公)이 되었다.

　정 무공은 평왕(기원전 770~720 재위)의 동천(東遷)에 공을 세워 10읍(邑)의 땅을 얻었고, 도읍을 회(檜, 지금의 河南省 開封府) 땅으로 옮겼다. 무공 뒤로 장공(莊公)·소공(昭公)·여공(厲公)―자미(子亹)―자의(子儀)―여공(厲公)·문공(文公)·목공(繆公)　등으로 대가 이어진다. 정풍(鄭風)은 21편인데 모두 동주(東周 : 기원전 770~256) 시대의 작품인 듯하다. 그리고 정풍은 연애시가 대부분이어서 예부터 대표적인 음풍(淫風)이라 일컬어졌다.

1. 둘째 도령(將仲子)

둘째 도련님,
우리 마을에 넘어 들어와
우리집 산버들 꺾지 마세요.
어찌 나무가 아깝겠어요?
저의 부모님이 두려워서지요.
도련님도 그립기는 하지만

부모님의 말씀도
역시 두려워요.

둘째 도련님,
우리집 담을 넘어와
우리집 뽕나무 꺾지 마세요.
어찌 나무가 아깝겠어요?
저의 손윗분들이 두려워서지요.
도련님도 그립기는 하지만
손윗분들의 말씀도
역시 두려워요.

둘째 도련님,
우리집 뜰 안으로 넘어와
우리집 박달나무 꺾지 말아요.
어찌 나무가 아깝겠어요?
남의 말 많음이 두려워서지요.
도련님도 그립기는 하지만
남의 말 많음도
역시 두려워요.

原文　將仲子兮여 無踰我里하며
　　　無折我樹杞어다.
　　　豈敢愛之리요? 畏我父母니라.
　　　仲可懷也나 父母之言은
　　　亦可畏也니라.

　　　將仲子兮여 無踰我牆하며

無折我樹桑이어다.
豈敢愛之리요? 畏我諸兄이니라.
仲可懷也나 諸兄之言은
亦可畏也니라.

將仲子兮여 無踰我園하며
無折我樹檀이어다.
豈敢愛之리요? 畏人之多言이니라.
仲可懷也나 人之多言은
亦可畏也니라.

註解 ○將(장)－발어사. ○仲子(중자)－둘째 아들. 둘째 도련님. ○踰 (유)－넘다. ○里(리)－옛날에는 오가(五家)를 인(鄰), 오린(五鄰)을 리 (里)라 하였으니 곧 스물다섯 집이 리가 된다. '리'의 주위에는 경계에 도랑이 있거나 나무가 심어져 있었는데 그 경계를 넘어오지 말라는 것이 다. ○杞(기)－산버드나무. ○諸兄(제형)－일족(一族)의 연장자들, 곧 집 안의 손윗분들. ○檀(단)－박달나무.

解說 이것은 남의 눈을 피해 사랑을 속삭이는 젊은 남녀들의 밀회 를 노래한 것이다. 밀회의 어려움은 짜릿한 밀회의 기쁨과도 통한다. 아무래도 옛날 사람들은 남녀가 사랑을 속삭임에 있어서 남의 눈은 물론 집안 부모 형제의 눈까지도 두려워하지 않을 수가 없었을 것 이다.

2. 닭이 우네요(女日雞鳴)

아내가 말하기를 '닭이 우네요',
남편이 말하기를 '아직 어두운데'

‘일어나 밖을 좀 보세요.’
‘샛별이 반짝이고 있으니
나가 돌아다니며
오리나 기러기 주살로 쏘아 볼까.’

‘주살로 잡아오시면,
당신 위하여 안주를 만들지요.
안주 만들어 놓고 술 마시며
당신과 해로해야지요.
금(琴)과 슬(瑟)도 손닿는 데 있으니
즐겁고 행복하지 않겠어요?’

‘당신이 오시는 것을 알면
여러 가지 패옥을 드리리이다.
당신이 제게 알뜰하심을 알면
온갖 패옥으로 문안드리리이다.
당신이 저를 좋아하심을 알면
온갖 패옥으로 보답하리이다.’

原文 女曰鷄鳴이어늘 士曰昧旦이니라.
　　　子興視夜하라 明星有爛이니
　　　將翶將翔하여 弋鳬與鴈하리라.

　　　弋言加之하여 與子宜之리니
　　　宜言飮酒하여 與子偕老하리라.
　　　琴瑟在御니 莫不靜好로다.

　　　知子之來之면 雜佩以贈之하리라.

知子之順之면　*雜佩以問之*하리라.

知子之好之면　*雜佩以報之*하리라.

[註解]　ㅇ士(사)−앞에 나온 '여(女)'의 남편.　ㅇ昧旦(매단)−컴컴한 새벽, 이른 새벽.　ㅇ視夜(시야)−밤이 어떻게 되었는가, 곧 날이 얼마나 밝았는가를 보는 것.　ㅇ明星(명성)−샛별. 금성(金星)으로 계명성(啓明星)·효성(曉星)이라고도 함.　ㅇ有爛(유란)−난연(爛然)으로 밝게 빛나는 모양.　ㅇ將(장)−조사.　ㅇ翱翔(고상)−왔다갔다 노니는 것.　ㅇ弋(익)−주살. 화살에 줄이 달렸고, 나는 새를 쏘는 데 씀.　ㅇ鳧(부)−오리.　ㅇ鴈(안)−기러기.　ㅇ言(언)−조사.　ㅇ加(가)−화살이 오리나 기러기에 맞는 것.　ㅇ宜(의)−적당히 맛을 내어 요리하는 것.　ㅇ御(어)−쓰다, '재어(在御)'는 바로 언제나 쓸 수 있도록 손닿는 데 있는 것.　ㅇ靜好(정호)−가호(嘉好)의 뜻, 즐겁고 행복한 것.　ㅇ來之(내지)−집으로 돌아오는 것.　ㅇ雜佩(잡패)−허리에 차는 여러 가지 패옥.　ㅇ順之(순지)−자기와 화순한 것, 곧 자기에게 알뜰한 것.　ㅇ問(문)−보내주는 것.

[解說]　이 시는 부부의 안은(安隱)한 사랑을 노래한 것이다. 제1절은 부부가 새벽잠에서 깨어나 주고받는 대화이며, 제2절은 남편이 아내에게 알뜰한 사랑과 행복을 일러준 것이다. 제3절은 이해하기가 어려워 학자들에 따라 여러 가지로 해석이 다르다. 여기에서는 여인이 남편에게 한 말로 취하였다. 곧 제3절은 아내가 남편의 따뜻한 사랑을 요청한 것이다. 자기를 아껴 주고 사랑해 주기만 하면 자기도 그에 못지 않게 알뜰한 정성으로 남편을 섬기겠다는 말이다. 남편이 손님을 모셔오면 대접을 잘 하겠다는 뜻으로 풀이하기도 하나 아무래도 지나친 듯하다.

3. 함께 수레 탄 여자(有女同車)

한 여인이 나와 함께 수레 타고 있는데,
얼굴이 무궁화 같네.
왔다갔다 거닐면
아름다운 패옥이 잘랑잘랑.
어여쁜 강(姜)씨 댁 맏딸이여,
정말 아름답고 예쁘네.

한 여인이 나와 함께 길을 가는데
얼굴이 무궁화 같네.
왔다갔다 거닐면
패옥 소리 잘랑잘랑.
어여쁜 강씨 댁 맏딸이여,
칭송하는 말 끊임없네.

原文　有女同車하니 顔如舜華로다.
　　　將翶將翔하나니 佩玉瓊琚로다.
　　　彼美孟姜이여 洵美且都로다.

　　　有女同行하니 顔如舜英이로다.
　　　將翶將翔하나니 佩玉將將이로다.
　　　彼美孟姜이여 德音不忘이로다.

註解　○舜華(순화)—목근(木槿), 무궁화.　○將(장)—조사.　○翶翔(고상)—왔다 갔다 노니는 것.　○佩玉瓊琚(패옥경거)—경거(瓊琚)라는 아름다운 옥으로 만든 패옥을 찼다는 뜻.　○孟姜(맹강)—강씨(姜氏)집 맏

딸. ㅇ洵(순)—진실로. ㅇ都(도)—미(美)의 뜻. ㅇ舜英(순영)—순화(舜華), 무궁화 꽃. ㅇ將將(장장)—구슬이 잘랑거리는 소리. ㅇ德音(덕음)—남들이 칭송하는 소리. ㅇ不忘(불망)—불이(不已)의 뜻, 곧 끊임없는 것.

解說 이것은 결혼하는 남자가 신부의 아름다움을 노래한 것이다. 《집전》에선 음분시라 보았는데 옳지 못한 듯하다.

4. 산에는 무궁화(山有扶蘇)

산에는 부소나무가 있고
늪에는 연꽃이 있는데,
만나기 전에는 미남이라더니
만나 보니 미친 못난 녀석이네.

산에는 큰 소나무가 있고
늪에는 하늘거리는 말여뀌가 있는데,
만나기 전에는 호남이라더니
만나 보니 능구렁이 같은 녀석이네.

原文 山有扶蘇며 隰有荷華어늘
不見子都러니 乃見狂且로다.

山有橋松이며 隰有游龍이어늘
不見子充이러니 乃見狡童이로다.

註解 ㅇ扶蘇(부소)—부서(扶胥)·부목(扶木)·부상(扶桑)이라고도 하는 나무 이름. 무궁화의 별종이라고 한다. ㅇ隰(습)—늪, 습지. ㅇ荷華(하화)—연꽃, 곧 연화(蓮花). ㅇ不見(불견)—만나지 못하고 중매쟁이의

말만 들었을 때. ○子(자)—남자를 가리킴. ○都(도)—미(美)의 뜻. 따라서 자도(子都)는 미남의 뜻. ○乃見(내견)—시집가서 남편을 만나 본 것. ○狂(광)—여기선 광혹(狂惑)의 뜻. ○且(차)—저(伹)의 가차로서 졸(拙), 곧 못난 것. ○橋(교)—교(喬)의 뜻, 큰 것. ○游(유)—가지와 잎이 하늘거리는 것. ○龍(용)—마요(馬蓼), 말여뀌. 잎새가 크고 빛이 흰 물풀. ○子充(자충)—자도(子都)와 비슷한 말. ○狡童(교동)—'교활한 아이', 곧 '능구렁이 같은 녀석'.

解說 여자가 결혼을 후회하는 시이다. 시집가기 전에는 남편 될 사람이 미남이란 말을 들었는데 가서 보니 못나고 교활한 남자더라는 것이다. 주희는 음녀(淫女)가 그의 애인에게 농담하는 내용을 읊은 것이라고 보았다.

5. 능구렁이 같은 녀석(狡童)

저 능구렁이 같은 녀석은
나와 말도 않네.
자기 때문에
나는 밥도 먹히지 않는데.

저 능구렁이 같은 녀석,
나와 음식도 함께 안 먹네.
자기 때문에
나는 잠도 못 자게 되었는데.

原文 彼狡童兮여 不與我言兮로다.
　　　維子之故로 使我不能餐兮로다.

　　　彼狡童兮여 不與我食兮로다.

維子之故로 使我不能息兮로다.

註解 ○狡童(교동)－교활한 능구렁이 같은 녀석. ○維(유)－조사. ○子(자)－교동을 가리킴. ○餐(찬)－음식을 먹는 것. ○息(식)－안식·안면(安眠)의 뜻.

解說 남편에게 버림받은 여자가 전 남편을 그리워하며 원망하는 노래이다. 주희는 버림받은 음녀가 그 남자를 희롱하는 말로 보고 제1절의 끝 구를 '그대 때문에 내가 밥을 못먹겠는가?'라고 읽었다.

6. 치마 걷고(褰裳)

그대가 날 사랑한다면
치마 걷고 진수(溱水)라도 건너가리라.
그대가 날 생각 않는다면야
세상에 사내가 그대뿐일까?
바보 같은 미친 녀석아!

그대가 날 사랑한다면
치마 걷고 유수(洧水)라도 건너가리라.
그대가 날 생각 않는다면야
세상에 남자가 그대뿐일까?
바보 같은 미친 녀석아!

原文 子惠思我면 褰裳涉溱이어니와
子不我思면 豈無他人이리요?
狂童之狂也且여!

子惠思我면 褰裳涉洧이어니와
子不我思면 豈無他士리요?
狂童之狂也且여!

註解 o惠(혜)-애(愛)의 뜻. 혜사(惠思)는 애모(愛慕). o褰(건)-옷
자락을 걷는 것. o溱(진)-정나라에 있는 강 이름. o豈無他人(기무타
인)-'어찌 딴 사람이 없겠느냐?' 곧 '어찌 세상에 남자가 너뿐이겠느
냐?'라는 뜻. o狂童(광동)-미친 녀석. o且(저)-어조사. o洧(유)-정
나라에 있는 강물 이름.

解說 사랑이 식어가는 애인을 둔 여인이 남자의 식어가는 애정을
꾸짖은 것이다. 그대가 나를 사랑해 준다면 나는 무슨 짓이라도 하
겠다. 치마 걷고 넓은 강이라도 건너라면 건너겠다. 그렇지만 그대가
끝내 마음이 변한다면 나도 딴 남자를 고를 테니 알아서 하라는 내
용이다.

7. 의젓한 님(丰)

그대의 의젓함이여!
나를 길거리에서 기다렸거늘,
나는 그대 따라가지 않았음을 뉘우치네.

그대의 씩씩함이여!
나를 동리 어귀에서 기다렸거늘,
나는 그대 좇아가지 않았음을 뉘우치네.

비단 저고리 위에 홑 저고리 걸치고,

비단 치마 위에 홑치마 걸치고,
여러 남자들이여!
수레만 몰고 오면 나는 따라가리라.

비단 치마 위에 홑치마 걸치고
비단 저고리 위에 홑 저고리 걸치고,
여러 남자들이여!
수레만 몰고 오면 나는 그대에게 시집가리라.

原文 子之丰兮여 俟我乎巷兮어늘
　　　悔予不送兮하노라.

　　　子之昌兮여 俟我乎堂兮어늘
　　　悔予不將兮하노라.

　　　衣錦褧衣하고 裳錦褧裳하며
　　　叔兮伯兮여 駕予與行하리라.

　　　裳錦褧裳하고 衣錦褧衣하며
　　　叔兮伯兮여 駕予與歸하리라.

註解 ○丰(봉)—남자의 풍채가 좋은 모양을 나타내는 말. ○俟(사)—
기다리다. ○巷(항)—동리의 입구, 골목 길. ○送(송)—본래 보내주는 것
이나, 여기서는 따라가는 것. ○昌(창)—씩씩한 것. ○堂(당)—동리 어
귀. ○將(장)—앞의 송(送)과 같은 뜻. ○衣(의)—상의. ○褧衣(경의)—
비단옷 위에 걸치는 얇은 천으로 된 홑 저고리. ○褧裳(경상)—얇은 홑
치마. 비단옷에 얇은 홑옷을 걸치는 것은 서민 여자들이 시집갈 때 보
통 입는 옷차림이다. ○叔(숙)—백(伯)과 함께 남자들을 가리키는 말.
○駕(가)—남자가 장가들려고 수레를 몰고 오는 것. ○與歸(여귀)—함께
따라 시집가는 것.

解說 이 시는 여자가 어느 남자의 구혼을 거절했다가 후회하는 노래이다. 여자가 남자를 따르지 않는 어지러운 세상을 풍자한 시라 본 이도 있다.

8. 비바람(風雨)

비바람 쌀쌀히 몰아치는데,
닭의 울음 교교히 들려오네.
우리 님을 만났으니
어이 마음 편치 않으리?

비바람 씽씽 몰아치는데,
닭의 울음 '꼬꾜'하고 들려오네.
우리 님을 만났으니,
어이 마음 병 낫지 않으리?

비바람 컴컴하게 몰아치는데,
닭의 울음 그치지 않네.
우리 님을 만났으니,
어이 마음 기쁘지 않으리?

原文 風雨凄凄어늘 鷄鳴喈喈로다.
　　　既見君子하니 云胡不夷리요?

　　　風雨瀟瀟어늘 鷄鳴膠膠로다.
　　　既見君子하니 云胡不瘳리요?

　　　風雨如晦어늘 鷄鳴不已로다.

旣見君子하니 **云胡不喜**리요?

註解　ㅇ淒淒(처처)－쌀쌀한 모양. ㅇ喈喈(개개)－닭이 우는 형용. ㅇ云胡(운호)－여하(如何)의 뜻. ㅇ夷(이)－평(平)의 뜻으로, 마음이 편한 것. ㅇ瀟瀟(소소)－비바람이 사납게 몰아치는 소리. ㅇ膠膠(교교)－닭이 우는 모양. ㅇ瘳(료)－마음의 병이 낫는 것. '추'로도 읽는다. ㅇ如晦(여회)－컴컴한 모양.

解說　오랫동안 행역(行役)으로 멀리 떠나가 있다 돌아온 남편을 맞아들인 아내의 기쁨을 노래한 것이다. 비바람 몰아치는 이른 새벽 닭 울음소리에 잠이 깨었어도 남편을 맞아들인 여인의 마음은 마냥 즐겁기만 하다. 전에 남편이 멀리 가 있을 때 같았으면, 이런 쓸쓸한 새벽이면 외로움에 베갯잇을 눈물로 적셨을 것이다.

9. 님의 옷깃(子衿)

파란 님의 옷깃이여!
내 마음에 시름 안기네.
비록 나는 못 간다 해도
님은 어찌 소식도 없나?

파란 님의 패옥 끈이여!
내 마음에 시름 안기네.
비록 나는 못 간다 해도
님은 어찌하여 오지도 않나?

왔다갔다하며
성 누각에 오르는 마음

하루를 못 만나면
석 달을 못 본 것 같네.

[原文] 靑靑子衿이여 悠悠我心이로다.
縱我不往이라도 子寧不嗣音오?

靑靑子佩여 悠悠我思로다.
縱我不往이라도 子寧不來오?

挑兮達兮하며 在城闕兮로다.
一日不見이면 如三月兮로다.

[註解] ㅇ靑靑(청청)—파랗기만 한 것. ㅇ子(자)—남자를 가리킴. ㅇ靑衿(청금)—파란 천으로 단 옷 깃. ㅇ悠悠(유유)—생각이 긴 모양. 곧 시름을 안겨준다는 뜻. ㅇ縱(종)—비록. ㅇ嗣音(사음)—소식을 전하는 것. ㅇ佩(패)—패옥. ㅇ挑達(도달)—왕래하는 모양. ㅇ城闕(성궐)—성문 위에 있는 망루.

[解說] 여자가 사랑하는 남자의 모습을 그리며 보고 싶은 그리운 정을 노래한 것이다.

10. 동문을 나서니(出其東門)

동문을 나서니
여자들이 구름 같네.
비록 구름같이 많다 하나
나의 마음 둔 여자는 없네.
흰옷에 파란 수건 쓴 여자만이

나를 즐겁게 해줄 것인데.

성문 밖을 나서니
여자들이 삘기 같네.
비록 삘기처럼 많다 하나
나의 마음 쏠리는 여자는 없네.
흰옷에 꼭두서니 수건 쓴 여자만이
함께 즐길 만한데.

原文 出其東門하니 有女如雲이로다.
雖則如雲이나 匪我思存이로다.
縞衣綦巾이여 聊樂我員이로다.

出其闉闍하니 有女如荼로다.
雖則如荼나 匪我思且로다.
縞衣茹藘여 聊可與娛로다.

註解 ○匪(비)―아님. 비(非)의 뜻. ○思存(사존)―생각이 있는 것, 곧 마음을 둔 것. ○縞衣(호의)―흰 옷. ○綦(기)―파란 쑥색. ○巾(건)―패건(佩巾) 또는 두건. 이 '호의'와 '기건'은 출가하지 않은 처녀들의 복색이라고 한다. ○聊(료)―어조사. 차(且)의 뜻. ○員(원)―운(云)과 같은 조사. 따라서 '요락아원(聊樂我員)'은 '아차락운(我且樂云)'의 뜻. ○闉(인)―곡성(曲城)으로, 성문 밖에 다시 둥글게 성벽을 쌓아 성문을 막은 것. ○闍(도)―성문의 대(臺). ○荼(도)―띠꽃, 곧 삘기가 패어 흰 꼬리를 내민 것. ○且(저)―어조사. ○茹藘(여려)―꼭두서니로 물들인 빨간 수건.

解說 한 여자만을 사랑하는 남자의 연가(戀歌)이다. 정나라 유흥지인 동문 밖을 나가 보면 아름다운 여인들이 많이 있기는 하나 자

기 마음을 즐겁게 해주는 이는 단 한 사람, 흰옷에 파란 수건 쓴 여
자뿐이라는 것이다.

11. 진수와 유수(溱洧)

진수와 유수는
넘실넘실 흐르고 있는데,
남자와 여자는
난초를 들고 있네.
여자가 '가 볼까요?' 하니
남자 대답이 '벌써 갔다 왔는걸.'
'그래도 유수 가로 구경 가요,
정말 재미있고 즐거울 텐데.'
남자와 여자는
장난치고 시시덕거리며
작약을 서로 꺾어 주네.

진수와 유수는
파랗게 맑은데,
남자와 여자가
수없이 나와 있네.
여자가 '가 볼까요?' 하니
남자 대답이 '벌써 갔다 왔는걸.'
'그래도 유수 가로 구경가요,
정말 재미있고 즐거울 텐데.'
남자와 여자는
장난치고 시시덕거리며

작약을 서로 꺾어 주네.

原文　溱與洧이 方渙渙兮어늘
　　　士與女이 方秉蘭兮로다.
　　　女曰 '觀乎잇가?' 士曰 '旣且로다.'
　　　'且往觀乎洧之外인저 洵訏且樂이라.'
　　　維士與女이 伊其相謔하며
　　　贈之以勺藥이로다.

　　　溱與洧이 瀏其淸矣어늘
　　　士與女이 殷其盈矣로다.
　　　女曰 '觀乎잇가?' 士曰 '旣且로다.'
　　　'且往觀乎洧之外인저 洵訏且樂이라.'
　　　維士與女이 伊其將謔하여
　　　贈之以勺藥이로다.

註解　ㅇ溱(진)—유(洧)와 함께 정나라에 있는 강물 이름. ㅇ方(방)—현재를 나타내는 조사. ㅇ渙渙(환환)—봄의 강물이 많은 모양. ㅇ秉(병)—잡다. 손에 드는 것. ㅇ蘭(간)—들에 나는 난초. 정나라 풍속으로 삼월 상사(上巳)날이 되면 진수와 유수 가에서 초혼속백(招魂續魄)을 하고, 난초를 들고 불상(不詳)을 불제(拂除)하였다 한다. ㅇ且(저)—조(徂)와 통하여, 기저(旣且)는 벌써 가 봤다는 뜻. ㅇ洧之外(유지외)—유수 가를 말한다. ㅇ洵(순)—진실로. ㅇ訏(우)—우(盱)의 뜻으로, 즐거운 모습. ㅇ伊(이)—이(咿)와 통하여, 이기(伊其)는 이연(咿然)과 같은 말로, 웃는 소리를 형용한 말. ㅇ謔(학)—희롱하다. ㅇ勺藥(작약)—이초(離草)라고도 하며, 이별할 때 이 풀을 주었다고 한다. ㅇ瀏其(유기)—물이 맑은 모양. ㅇ殷(은)—많은 것. ㅇ將(장)—'상(相)'의 잘못.

解說　사랑하는 남녀가 들에 나와 즐기는 모습을 노래한 것이 이

시이다. 《한시》에 의하면 정나라 풍속으로 3월 상사(上巳)날 그곳 사람들은 진수와 유수 가로 나와 초혼속백(招魂續魄)하고 난초를 손에 들고 불상을 불제(祓除)한다 하였다. 그때 애인끼리 물가로 나간 것이다.

제 8   제풍(齊風)

주(周)나라 무왕(武王 : 기원전 1122~1116 재위)이 은(殷)나라를 쳐부순 뒤 아버지인 문왕(文王) 때부터의 공신인 태공망(太公望) 여상(呂尚)을 봉한 곳이 이 제나라이다. 제나라는 지금의 산동성(山東省) 동북부에 해당하는 곳이다. 태공은 영구(營丘 : 지금의 산동성 昌樂縣 동남쪽)에 도읍하였는데, 6세인 헌공(獻公)이 임치(臨菑 : 지금의 산동성 臨淄縣)로 도읍을 옮겼다. 전국시대 초기에 전화(田和)가 제나라 임금자리를 빼앗아 그 뒤로는 전씨(田氏, 도는 陳氏)의 제나라로 바뀌었다.

1. 닭이 우네요(鷄鳴)

'닭이 우네요,
조정엔 대신들이 모였겠어요.'
'닭 울음소리가 아니라
쉬파리 소리 아니요?'

'동녘이 밝았네요,
조정엔 대신들이 많이 모였겠어요?'

‘동녘이 밝은 것이 아니라
달빛 비치는 것 아니요?’

‘뭇 벌레 윙윙 날아도
당신과 누워 단꿈 즐기고 싶지만,
대신들 모였다 돌아갈 테니,
나 때문에 당신 미움사는 일 없어야지요.’

原文   ‘鷄旣鳴矣니 朝旣盈矣라’하니
      ‘匪鷄則鳴이요 蒼蠅之聲이로다.’

      ‘東方明矣니 朝旣昌矣라’하니
      ‘匪東方則明이요 月出之光이로다.’

      ‘蟲飛薨薨이니 甘與子同夢이언만
      會且歸矣라 無庶予子憎이로다.’

註解   ㅇ朝(조)—조정(朝廷), 조회(朝會)하는 곳. ㅇ盈(영)—군신들이 조회하러 가득히 모인 것. ㅇ蒼蠅(창승)—쉬파리. ㅇ昌(창)—앞절의 영(盈)과 마찬가지로 백관(百官)들이 조회에 많이 모인 것. ㅇ薨薨(홍홍)—새벽이 되어 벌레들이 윙윙 나는 모습. ㅇ會且歸(회차귀)—백관들이 조회하러 모였다가 임금이 나오지 않으므로 그대로 돌아가는 것. ㅇ庶(서)—서기(庶幾)의 뜻. ……을 바라다. ㅇ子憎(자증)—백관들이 임금을 미워하게 되는 것.

解說   〈모시서〉엔 ‘계명’ 시는 제나라 애공(哀公)이 여색에 빠져 정사(政事)를 돌보지 않음에, 어진 비(妃)가 밤낮으로 경계하여 올바로 되는 것을 읊은 것이라 하였다. 애공(哀公) 때의 작품인지는 모르지만 어진 비가 남편인 임금으로 하여금 정사를 바르게 돌보도록 재촉하는 내용임이 틀림없다.

2. 문간에서(著)

나를 문간에서 기다리셨는데,
귀막이는 흰 실끈에다
꽃 새긴 옥돌을 달으셨었거니.

나를 뜰에서 기다리셨는데,
귀막이는 파란 실끈에다
꽃 같은 옥돌을 달으셨었거니.

나를 대청에서 기다리셨는데,
귀막이는 누런 실끈에다
꽃 모양의 옥돌을 달으셨었거니.

原文　俟我於著乎而니 充耳以素乎而요
尚之以瓊華乎而로다.

俟我於庭乎而니 充耳以青乎而요
尚之以瓊瑩乎而로다.

俟我於堂乎而니 充耳以黃乎而요
尚之以瓊英乎而로다.

註解　o俟(사)-기다리다.　o著(저)-문병(門屛)의 사이, 곧 정문 안
의 양쪽 숙(塾) 사이를 저(宁)라 하는데, 저(著)는 저(宁)와 통한다. 숙
(塾)은 문간 양쪽에 있는 방. 따라서 저(著)는 '문간'의 뜻.　o乎而(호
이)-조사.　o充耳(충이)-귀를 덮도록 만들어진 장식, 곧 진(瑱), 귀막
이.　o素(소)-소사(素絲). 이소(以素)는 흰 실로 충이(充耳)의 끈을 만

든 것. ㅇ尙(상)—가(加)의 뜻. ㅇ瓊華(경화)—옥돌을 꽃 모양으로 조각한 것. 이것을 소사에 매달아 충이(充耳)가 되는 것이다. ㅇ庭(정)—대문에서 안문까지 이르는 사이. ㅇ瑩(영)—영(榮)의 가차(假借)로서, 역시 꽃의 뜻. ㅇ堂(당)—대청. ㅇ黃(황)—황사(黃絲). '충이'의 끈을 처음엔 소(素), 다음엔 청(靑), 여기서는 황(黃)이라 하고 있다.

解說 출가한 여자가 시집올 때의 일을 되새기며 노래한 것이다. 여기에서 말한 저(著)에서 기다리고, 정(庭)에서 기다리고, 또 당(堂)에서 기다렸다는 것은 친영(親迎)의 예에 따라 신랑이 신부를 기다린 것이다. 《의례(儀禮)》에 '신랑은 수레를 타고 먼저 돌아와 문외(門外)에서 기다린다'고 하였다. 곧 친영의 예는 신랑이 혼례 뒤 한 발짝 먼저 자기 집으로 돌아와 신부가 시집오는 것을 문밖에서부터 마중하였던 것이다. 자신의 남편을 기린 시라고 보아도 좋을 것이다.

3. 동녘의 해(東方之日)

동녘의 해 같은
저 아름다운 여인이
내 방에 와 있네.
내 방에 와서는
내 뒤만 붙어 다니네.

동녘의 달 같은
저 아름다운 여인이
우리집 안에 와 있네.
우리집 안에 와서는
내 뒤만 따라다니네.

原文　東方之日兮여
　　　彼姝者子이 在我室兮로다.
　　　在我室兮하여 履我卽兮로다.

　　　東方之月兮여
　　　彼姝者子이 在我闥兮로다.
　　　在我闥兮하여 履我發兮로다.

註解　ㅇ姝者子(주자자)─이 시를 읊은 남자의 애인인 '아름다운 여인'. ㅇ在我室(재아실)─내 방에 놀러 와 있다는 뜻. ㅇ履(리)─발자국을 밟으며 뒤에 붙어 다니는 것. ㅇ卽(즉)─바싹 붙어 남녀가 행동하는 것을 말한다. ㅇ闥(달)─여기서는 문안[門內]의 뜻. ㅇ發(발)─행(行)의 뜻.

解說　이 시는 남녀의 사랑을 노래한 것이다. 여자가 남자 집에 찾아와 정답게 노는 모습을 읊은 것이다.

4. 남산(南山)

남산은 높다란데
수여우가 어슬렁거리고 있네.
노나라로 가는 길 평평한데,
제나라 임금의 딸이 이 길로 시집갔다네.
이미 시집가 버린 것을
어째서 또 그리워하는가!

칡 신 다섯 켤레가 모두 짝이 있고,
갓끈도 두 가닥이 한 벌이네.
노나라로 가는 길 평평한데,

제나라 임금의 딸이 이 길로 시집갔다네.
이미 가 버린 것을
어째서 또 뒤따라가는가!

삼을 심자면 어떻게 하지?
종횡으로 밭을 갈아야지.
장가를 들려면 어떻게 하지?
반드시 부모님께 아뢰야지.
이미 아뢰고 데려간 것을
어째서 또 괴롭히는가!

장작을 쪼개려면 어떻게 하지?
도끼가 없으면 하는 수 없지.
장가를 들려면 어떻게 하지?
중매가 없으면 안 되는 거지.
이미 중매 넣어 장가들었거늘
어째서 또 곤란하게 만드는가!

原文　南山崔崔어늘 雄狐綏綏로다.
　　　魯道有蕩이어늘 齊子由歸로다.
　　　旣曰歸止어늘 曷又懷止오?

　　　葛屨五兩이요 冠綏雙止니라.
　　　魯道有蕩이어늘 齊子庸止로다.
　　　旣曰庸止어늘 曷又從止오?

　　　蓺麻如之何오? 衡從其畝니라.
　　　取妻如之何오? 必告父母니라.

旣曰告止어늘 曷又鞠止오?

析薪如之何오? 匪斧不克이니라.
取妻如之何오? 匪媒不得이니라.
旣曰得止어늘 曷又極止오?

[註解] ○崔崔(최최)－고대(高大)한 모양. ○綏綏(수수)－서서히 왔다 갔다하는 모양. ○魯道(노도)－노나라로 가는 길. ○蕩(탕)－평탄(平坦)한 것. ○齊子(제자)－제나라 제후의 자녀, 곧 문강(文姜)을 가리킴. ○歸(귀)－시집가는 것. ○曰(왈)－지(止)와 함께 조사. ○懷(회)－잊지 않고 사모하는 것. ○葛屨(갈구)－칡껍질로 만든 신. ○兩(양)－둘로 짝의 뜻. ○冠綏(관유)－얼굴 양편으로 늘어져 맬 수 있도록 된 갓끈. ○庸(용)－용(用)의 뜻으로, 앞의 유(由)와 같이, 이 길을 사용하여 노나라로 시집갔다는 뜻. ○從(종)－뒤쫓아가 음란한 짓을 하는 것. ○蓺(예)－곡식을 심는 것. ○衡從其畝(횡종기묘)－가로 세로 밭을 가는 것. ○鞠(국)－궁(窮)의 뜻으로 문강의 처지를 궁곤(窮困)하게 만드는 것. ○析(석)－쪼개다. ○薪(신)－장작. ○匪(비)－비(非)와 같은 뜻. ○極(극)－궁(窮)과 통하여 곤액(困扼)의 뜻.

[解說] 〈모시서〉에 ''남산' 시는 양공(襄公)을 풍자한 것이다. 조수(鳥獸)와 같은 짓으로 그의 누이와 간통하여, 대부들은 이러한 악행을 보자 이 시를 짓고 떠나간 것이다'라고 하였다. 제나라 양공은 희공(僖公)의 아들이며, 그 누이란 바로 문강(文姜)이다. 문강은 노나라 환공(桓公)에게 출가하였지만 오빠인 양공과 뒤에 간음(姦淫)하였다. 《좌전(左傳)》 환공 18년에도 이에 관한 기록이 있으니 참고 바란다.

5. 큰 밭(甫田)

큰 밭은 갈지 마라,
가라지만 무성할 걸.
멀리 간 사람 생각마라,
마음만 뜨끈뜨끈 괴로운 것을.

큰 밭은 갈지 마라,
가라지만 덥수룩할 걸.
멀리 간 사람 생각마라,
마음만 시끈시끈 괴로운 것을.

어리고 예쁜
떠꺼머리 총각도,
얼마간 헤어졌다 만나니
갑자기 관 쓴 어른 되었더라네!

原文　無田甫田이어다 維莠驕驕리라.
　　　無思遠人이어다 勞心忉忉리라.

　　　無田甫田이어다 維莠桀桀이리라.
　　　無思遠人이어다 勞心怛怛하리라.

　　　婉兮孌兮여 總角丱兮를
　　　未幾見兮면 突而弁兮리라.

註解　○甫田(보전)—큰 밭. ○莠(유)—가라지, 밭에 많이 나는 잡초의
일종. ○驕驕(교교)—교교(喬喬), 높이 무성하게 자란 모양. 큰 밭은 힘

에 겨워 제대로 관리 못하므로 잡초만 무성하게 될 거라는 것이다. ㅇ忉忉(도도)─근심하는 모양. ㅇ桀桀(걸걸)─앞의 교교(驕驕)와 비슷한 뜻의 말. ㅇ怛怛(달달)─앞의 도도(忉忉)와 비슷한 뜻. ㅇ婉變(완련)─소호모(少好貌), 곧 나이 어리고 예쁜 모양. ㅇ總角(총각)─남자가 장가들기전에 두 가닥으로 땋아 올린 머리. ㅇ丱(관)─총각(總角)의 모양. ㅇ未幾(미기)─얼마간의 기간. 그 동안 이별하는 것. ㅇ突而(돌이)─돌연(突然), 갑자기. ㅇ弁(변)─고깔. 관(冠)의 일종.

解說 멀리 가 있는 남편을 생각하는 여인의 노래이다. 첫 절과 제2절에서 멀리 있는 사람을 생각하지 말라는 것은, 여인의 가눌 수 없는 깊은 시름 때문이다. 생각지 않으려 할수록 님의 모습은 더욱 그리워만 진다. 제3절에서는 남편의 바뀌었을 모습을 생각한 것이다. 더 늙지나 않았을까? 더 여위지는 않았을까? 떠꺼머리 총각을 한참만에 만나 보면 관을 쓴 어른이 되어 있어 잘 몰라보는 일이 있는데, 하물며 자기 남편이야 옛모습을 그대로 지니고 있겠느냐는 것이다.

6. 아아 멋지다(猗嗟)

아아 멋지다!
헌칠하게 큰 키에
화살을 위아래로 겨누는데,
아름다운 눈에 넓은 이마!
잽싸게 교묘히 움직이며
활도 참 잘 쏘누나.

아아 훌륭하다!
아름다운 눈은 맑기도 하지.

활 쏘는 의식을 다 갖추고
하루 종일 과녁을 쏘는데,
한번도 표적에서 빗나가지 않으니,
정말 우리 임금의 조카실세.

아아 잘났다!
맑은 눈에 넓은 이마 곱기도 하지.
거동은 가락에 맞고
쏘면 과녁을 뚫는데,
네 화살이 똑같은 곳에 꽂히니,
세상의 어지러움 막고도 남겠네.

原文 猗嗟昌兮여 頎而長兮며
　　　抑若揚兮며 美目揚兮며
　　　巧趨蹌兮로 射則臧兮로다.

　　　猗嗟名兮여 美目清兮요
　　　儀既成兮하여 終日射侯하되
　　　不出正兮하니 展我甥兮로다.

　　　猗嗟孌兮여 清揚婉兮로다.
　　　舞則選兮며 射則貫兮며
　　　四矢反兮니 以禦亂兮로다.

註解 ㅇ猗(의)―의(欹)와 통하는 탄미사(歎美詞). ㅇ嗟(차)―감탄사.
ㅇ昌(창)―성한 모양, 곧 용모가 뛰어난 것. ㅇ頎(기)―키가 헌칠한 것.
ㅇ抑(억)―누르다. ㅇ揚(양)―들어올리다. ㅇ若(약)―조사. ㅇ揚(양)―이
마가 넓은 것. ㅇ趨(추)―빠른 걸음으로 움직이는 것. ㅇ蹌(창)―교추(巧
趨)하는 모양. ㅇ臧(장)―선(善)과 통하여, 잘하는 것. ㅇ名(명)―모습이

훌륭한 것. ○儀(의)-사의(射儀). 활쏘기를 할 때에는 일정한 의식이
있었다. ○成(성)-비(備)의 뜻으로, 사의(射儀)가 다 갖추어진 것. ○射
(석)-맞히다. ○侯(후)-천이나 가죽을 쳐서 만든 과녁. ○正(정)-후
(侯) 가운데의 까만 표적(標的). ○展(전)-진실로. ○我甥(아생)-우리
임금의 생질. 노나라 장공(莊公)은 환공(桓公)과 문강(文姜) 사이에서 태
어난 아들이므로 양공의 생질뻘이다. 이 시는 장공을 기린 것이다. ○變
(연)-예쁜 것. 장호(壯好)한 모양. ○淸(청)-눈이 청명한 것. ○揚(양)-
이마가 넓은 것. ○選(선)-가지런하다는 뜻으로, 여기서는 춤과 음악의
가락이 잘 맞는 것. 여기의 춤은 활을 쏘는 사람이 활과 화살을 들고
추는 흥무(興舞)로서 사의(射儀)의 하나임. ○貫(관)-과녁을 뚫는 것,
표적에 들어맞는 것. ○四矢(사시)-한 벌의 화살. 활쏘기 할 때면 승
시(乘矢)라 하여 네 대의 화살을 한 벌로 하여 한꺼번에 쏘았다. ○反
(반)-반복의 뜻으로, 네 대의 쏜 화살이 거듭하여 똑같은 표적에 들어
맞는 것. ○禦亂(어란)-사방의 어지러움을 막는 것. 사의에서 네 대의 화
살을 한 벌로 하여 한꺼번에 쏘는 것은 사방을 지킨다는 뜻을 지녔다.

解說 이 시는 제나라 사람들이 노나라 장공(莊公)의 뛰어난 용모
와 사술(射術)을 찬양한 것이다. 장공은 환공(桓公)과 문강(文姜)
사이에서 태어난 아들인데 제나라 양공의 아들이라는 소문도 있었던
듯하다. 그래서 〈모시서〉에서는 노나라 장공이 이처럼 훌륭한 위의
와 사술을 지니고 있으면서도 예(禮)로써 어머니의 음행을 막지 못
하여 자식의 도를 잃은 것을 풍자한 것이라 하였다. 그러나 시를 통
해 볼 때 별로 풍자의 기미는 느껴지지 않는다.

제 9 위풍(魏風)

위나라는 주초(周初)에 시작된 듯하나 처음에 누구를 봉(封)하였
고 어떻게 대가 이어졌는지 알 수가 없다. 그 땅은 남쪽은 하곡(河

曲 : 黃河가 山西省 永濟縣에서 동쪽으로 구부러져 芮城縣으로 들어가는 근방)으로부터 북쪽은 분수(汾水)에 이르는 청(淸)나라 해주(解州) 땅과 비슷하였다. 노(魯)나라 민공(閔公) 2년(周惠王 17년 : 기원전 660)에 진(晉)나라 헌공(獻公)이 위나라를 쳐부수고 대부 필만(畢萬)의 채읍(采邑)으로 삼아 위나라는 망해 버렸다.

그 뒤 필만의 후손이 한(韓)·조(趙) 두나라와 함께 진(晉)나라를 셋으로 쪼개어 그 중 하나를 다시 위나라라 하였는데, 이것은 바로 칠웅(七雄) 중의 위(魏. 戰國)이며 이곳에 나오는 위나라가 아니다.

주희는 《집전(集傳)》에서 소식(蘇軾)의 말을 인용하여 '위나라 땅은 오랫동안 진(晉)나라에 합쳐 있어, 위풍의 시들은 모두 진나라 작품인 것 같다. 그래서 당풍(唐風)의 앞에 놓였으니, 패풍(邶風)과 용풍(鄘風)이 위풍(衛風) 앞에 놓인 거나 마찬가지다'라고 하였다.

그러나 위시(魏詩)엔 원노(怨怒)의 노래가 많으니 정치가 어지럽고 나라가 위태롭던 때의 작품인 듯하다. 정현(鄭玄)은 《시보(詩譜)》에서 위풍을 주나라 평왕(平王 : 기원전 770~720 재위)과 환왕(桓王 : 기원전 719~697 재위) 때의 작품, 곧 희성(姬姓)의 위나라 시라 하였다.

1. 동산의 복숭아나무(園有桃)

동산의 복숭아나무 있어
그 열매 따먹네.
마음에 시름 있으니
노래나 실컷 불러 볼까.
나를 모르는 사람들은
내게 당신은 교만하다면서,

그분은 곧으신 분인데
당신은 왜 그러느냐고 하네.
마음의 시름을
그 누가 알아주리?
그 누가 알아주리,
생각을 말아야지.

동산에 대추나무 있어
그 열매 따먹네.
마음에 시름 있으니
바람이나 쏘여 볼까.
나를 모르는 사람들은
내게 당신이 옳지 못하다면서,
그분은 곧으신 분인데
당신은 왜 그러느냐고 하네.
마음의 시름을
그 누가 알아주리?
그 누가 알아주리,
생각을 말아야지.

原文　園有桃하니 其實之殽로다.
　　　心之憂矣니 我歌且謠로다.
　　　不知我者는 謂我士也驕로다.
　　　'彼人是哉니 子曰何其오?' 하나니
　　　心之憂矣를 其誰知之리요?
　　　其誰知之리요 蓋亦勿思로다.

　　　園有棘하니 其實之食이로다.

心之憂矣니 聊以行國이로다.

不知我者는 謂我士也罔極이로다.

'彼人是哉는 子曰何其오?' 하나니

心之憂矣를 其誰知之리요?

其誰知之리요 蓋亦勿思로다.

[註解] ㅇ 殽(효) - 먹는 것. 효(肴)와도 통한다. ㅇ 士也驕(사야교) - '부지아자(不知我者)'가 하는 말로서, 사(士)는 '당신' 정도의 뜻. 교(驕)는 교만한 것. ㅇ 彼人(피인) - 임금을 가리키는 말. ㅇ 子(자) - 그대. ㅇ 其(기) - 조사. ㅇ 曰何其(왈하기) - '어째서, 그런 말을 하는가'의 뜻. ㅇ 蓋(개) - 발어사. ㅇ 棘(극) - 대추 비슷한 야생 관목으로, 대추보다 작은 열매가 열리는 나무. ㅇ 聊(요) - 또한, 잠시. 차(且)의 뜻. ㅇ 行國(행국) - 나라 안을 돌아다니는 것. 바람을 쐬는 것. ㅇ 罔極(망극) - '무량(無良)', 곧 '좋지 못한 것'의 뜻.

[解說] 정치가 제대로 안됨을 걱정하는 어진 사람이 자기의 불우함을 노래한 것이다. 그러나 여기의 '피인(彼人)'을 임금이 아니고 남자가 사랑하던 여자로 보아도 좋을 듯하다. 그렇다면 이 시는 애인과 갈등이 생긴 남자의 노래가 된다.

2. 민둥산에 올라(陟岵)

민둥산에 올라
아버지 계신 곳 바라보노라니
아버님 말씀 떠오르네.
'아아, 내 아들 역사(役事)에 나가
밤낮으로 쉴 새도 없을 테지.
부디 조심하였다가

지체없이 돌아오너라.'

푸른 산에 올라
어머니 계신 곳 바라보노라니
어머님 말씀 떠오르네.
'아아, 내 막둥이 역사에 나가
밤낮으로 잠잘 틈도 없을 테지.
부디 조심하였다가
우릴 버리지 말고 돌아오너라.'

산마루에 올라
형님 계신 곳 바라보노라니
형님 말씀 떠오르네.
'아아, 내 아우 역사에 나가
밤낮으로 여럿이 고생하고 있을 테지.
부디 조심하였다가
죽지 말고 돌아오너라.'

原文　陟彼岵兮하여 瞻望父兮로다.
　　　父曰;
　　　'嗟予子行役하여 夙夜無已로다.
　　　上愼旃哉하여 猶來無止하라.'

　　　陟彼屺兮하여 瞻望母兮로다.
　　　母曰;
　　　'嗟予季行役하여 夙夜無寐로다.
　　　上愼旃哉하여 猶來無棄하라.'

　　　陟彼岡兮하여 瞻望兄兮로다.

兄曰；

‘嗟予弟行役하여 夙夜必偕로다.

上愼旃哉하여 猶來無死하라.’

註解　ㅇ岵(호)―민둥산. 초목이 없는 산. ㅇ瞻望(첨망)―멀리 바라보는 것. ㅇ父(부)―실제로는 아버지 계신 곳을 말함. ㅇ嗟(차)―아아. ㅇ行役(행역)―나라의 토목 일이나 군사(軍事)로 멀리 끌려나가는 것. ㅇ夙夜(숙야)―이른 새벽부터 밤늦게까지. 결국은 ‘밤낮’이나 비슷한 말. ㅇ無已(무이)―부득지식(不得止息), 곧 쉬지 못하는 것. ㅇ上(상)―상(尙)과 통하여, ‘부디’의 뜻. ㅇ愼(신)―조심하는 것. ㅇ旃(전)―‘지언(之焉)’이 합친, 지(之)와 같은 조사. ㅇ無止(무지)―머물러 있지 마라, 곧 우물쭈물 말라는 뜻. ㅇ屺(기)―초목이 있는 산, 푸른 산. ㅇ季(계)―막둥이. ㅇ無寐(무매)―잠도 못 자고 일하는 것. ㅇ無棄(무기)―어머니인 당신을 ‘저버리지 마라’는 뜻. ㅇ偕(해)―여러 부역하는 사람과 같이 고생하는 것.

解說　이 시는 효자가 행역(行役)을 나가 부모형제를 생각하는 노래이다. 위나라는 워낙 미약하여 자주 전쟁을 겪었고 큰 나라를 위하여 백성들이 부역하는 일이 많았기 때문에 군사(軍事)로 인한 행역으로 부모형제가 이산(離散)하는 일이 많았다고 한다.

3. 박달나무 베어(伐檀)

쾅쾅 박달나무 베어

황하 가에 놓고 보니

황하 물 맑게 물놀이 치고 있네.

씨뿌리고 거두지도 않거늘

어째서 수백 호의 전세(田稅) 곡식을 거두어들이며,

짐승 사냥도 않거늘
어째서 그대 집 뜰엔 걸려 있는 담비가 보이는가?
진실한 군자란
일 않고 밥 먹지 않는 법인데.

쾅쾅 바퀴 살 감 베어
황하 곁에 놓고 보니
황하 물 맑고 평평히 흐르네.
씨뿌리고 거두어들이지도 않거늘
어째서 곡식 수억 다발을 거두어들이며,
짐승 사냥도 않거늘
어째서 그대 집 뜰엔 걸려 있는 큰 짐승이 보이는가?
진실한 군자란
놀면서 밥 먹지 않는 법인데.

쾅쾅 수레바퀴 감 베어
황하 물가에 놓고 보니
황하 물 맑게 잔물결 지우고 있네.
씨뿌리고 거두어들이지도 않거늘
어째서 수백 창고의 곡식을 거두어들이며,
짐승 사냥도 않거늘
어째서 그대 집 뜰엔 걸려 있는 메추리가 보이는가?
진실한 군자란
하는 일 없이 밥 먹지 않는 법인데.

原文 坎坎伐檀兮하여 寘之河之干兮하니
　　　河水淸且漣猗로다.

不稼不穡이어늘 胡取禾三百廛兮며

不狩不獵이어늘 胡瞻爾庭有縣貆兮오?

彼君子兮여 不素餐兮로다.

坎坎伐輻兮하여 寘之河之側兮하니

河水淸且直猗로다.

不稼不穡이어늘 胡取禾三百億兮며

不狩不獵이어늘 胡瞻爾庭有縣特兮오?

彼君子兮여 不素食兮로다.

坎坎伐輪兮하여 寘之河之漘兮하니

河水淸且淪猗로다.

不稼不穡이어늘 胡取禾三百囷兮며

不狩不獵이어늘 胡瞻爾庭有縣鶉兮오?

彼君子兮여 不素飧兮로다.

註解 ○坎坎(감감)－나무를 찍는 소리. ○伐檀(벌단)－박달나무를 베다. ○寘(치)－놓다. 치(置)와 통하는 글자. ○干(간)－물가. ○漣(연)－바람이 불어 물에 잔물결이 이는 것. ○猗(의)－조사. ○稼穡(가색)－곡식을 씨뿌리고 거두어들이고 하는 것, 곧 농사짓는 것. ○胡(호)－어찌. ○禾(화)－곡식. ○廛(전)－옛날에 1부(夫)는 땅 100묘(畝)를 받았는데 이것을 1전(廛)이라 한다. 화삼백전(禾三百廛)은 3백 부(夫)가 받는 땅, 곧 삼백호분(三百戶分)의 땅에 대한 전부(田賦)를 받아들이는 것을 말한다. ○獵(렵)－사냥. ○縣(현)－매달다. 현(懸)과 통함. ○貆(원)－담비. 동물 이름. ○素餐(소찬)－아무런 하는 일 없이 밥 먹고 지내는 것. ○輻(폭)－수레바퀴 살. ○直(직)－물이 평평하면 흐르는 물이 곧게 보인다. ○億(억)－만만(萬萬)으로, 여기서는 곡식을 묶은 다발 수를 말한다. ○特(특)－세살 된 짐승. ○漘(순)－물가. ○淪(륜)－바람에 물이 작은 무늬를 이루어 구르는 것 같은 것. ○囷(균)－방형으로 지은 창고를 '창

(倉)', 둥글게 지은 창고를 '균(囷)'이라 한다. ㅇ鶉(순)―메추리. ㅇ素殮(소손)―앞의 소찬(素餐), 소식(素食)과 같은 말.

解說 높은 관원의 탐욕을 풍자한 시. 시를 풀이함에 있어, 옛날에는 각 절 앞의 박달나무를 베어다 황하 가에 놓는다는 것은 유능한 인재를 등용치 않음을 풍자한 것이라 하고, 또 수레를 만들려고 박달나무를 베는 것은 뒤에 보이는 '군자'라 하였다. 그러나 앞의 세 구는 그토록 직접적인 비유를 하고 있는 것은 아니다.

박달나무를 베고 있는 것은 이 노래를 지은 시인이거나 그와 비슷한 백성들인 것이다. 박달나무를 베어 짊어지고 오다 황하 가에 내려놓고 바라보니 강물은 맑기만 하더라. 그런데 우리나라는 이 강물처럼 맑지 못하고 어째서 탐욕스런 소인들이 많은 것일까? 이 탐욕스런 소인들은 농사도 안 짓고 사냥도 않는데도 그들 집에는 언제나 산더미 같은 곡식과 많은 짐승들이 있다. 이러니 나라꼴이 제대로 될 수가 있겠는가?

진정한 벼슬하는 군자라면 하는 일 없이 녹(祿)만 먹어서는 안 되는 것이라는 게 이 시의 대의(大意)인 것이다. 뒤의 '석서(碩鼠)' 시와 아울러 볼 때 극도로 어지러웠던 위(魏)나라의 실정이 눈에 보이는 듯하다.

4. 큰 쥐(碩鼠)

큰 쥐야 큰 쥐야
우리 기장 먹지 마라.
3년 너를 섬겼건만
날 아니 돌보긴가?
이제는 너를 떠나
저 즐거운 땅으로 가련다.

즐거운 땅 즐거운 땅,
거기 가면 내 편히 살리라.

큰 쥐야 큰 쥐야
우리 보리 먹지 마라.
3년 너를 섬겼건만
날 아니 봐주긴가.
이제는 너를 떠나
저 즐거운 나라로 가련다.
즐거운 나라 즐거운 나라,
거기 가면 내 곧게 살리라.

큰 쥐야 큰 쥐야
우리 곡식 먹지 마라.
3년 너를 섬겼거늘
날 아니 위해 주나.
이제는 너를 떠나
저 즐거운 들로 가련다.
즐거운 들 즐거운 들,
거기엔 긴 한숨 없으리라.

原文 碩鼠碩鼠여 無食我黍어다.
三歲貫女어늘 莫我肯顧로다.
逝將去女하여 適彼樂土하리라.
樂土樂土여 爰得我所로다.

碩鼠碩鼠여 無食我麥이어다.
三歲貫女어늘 莫我肯德이로다.

逝將去女하여 適彼樂國하리라.
樂國樂國이여 爰得我直이로다.

碩鼠碩鼠여 無食我苗어다.
三歲貫女어늘 莫我肯勞로다.
逝將去女하여 適彼樂郊하리라.
樂郊樂郊여 誰之永號리요!

[註解] ㅇ碩鼠(석서)－큰 쥐, 즉 가렴주구(苛斂誅求)하는 관리에 비유한 것. ㅇ黍(서)－기장. ㅇ三歲(삼세)－여러 해의 뜻. ㅇ貫(관)－섬기다. 관(慣)과 통하여 익혔다[習]는 뜻으로 보아도 좋다. ㅇ女(여)－너. 그대. ㅇ顧(고)－생각해 주는 것. ㅇ逝(서)－발어사. ㅇ去女(거녀)－'네가 있는 곳을 떠나'의 뜻. ㅇ適(적)－가다. ㅇ得我所(득아소)－내 몸을 편히 할 곳을 얻는다는 뜻. ㅇ肯德(긍덕)－덕혜(德惠)를 베풀려 하는 것. ㅇ得我直(득아직)－나의 곧은 삶을 얻다, 곧 올바르게 살게 된다는 뜻. ㅇ勞(로)－노래(勞來) 또는 위로(慰勞)의 뜻. ㅇ樂郊(낙교)－낙토(樂土)·낙국(樂國)과 같은 말. ㅇ之(지)－기(其)와 같은 뜻, 수지(誰之)는 수기(誰其). ㅇ號(호)－호호(號呼), 아파서 울부짖는 것.

[解說] 여기의 큰 쥐는 가렴주구(苛斂誅求)하는 위정자에 비유한 것이다. 위나라의 위정자들은 백성들을 착취(搾取)하기만 했지 백성들을 전혀 위하지 않았다. 그러기에 백성들은 그토록 살기 힘든 위나라를 떠나 어디엔가 있을, 살기 좋은 낙토(樂土)를 찾아가고 싶다는 것이다. 낙토는 실제로 이 세상에 없었는지도 모른다.

그러나 고된 착취 밑에 신음하는 백성들의 머리속에는 있을지도 모를 즐거운 이상향이 아물거리는 것이다. 앞의 '벌단(伐檀)' 시에서 본, 놀면서도 산더미 같은 곡식과 많은 짐승을 거두어들이는 탐욕스런 관리들이 많은 이상 백성들은 이처럼 도탄(塗炭)에 빠지지 않을 수가 없을 것이다.

제 10 **당풍**(唐風)

《좌전(左傳)》과 《사기(史記)》의 기록에 의하면 주나라 성왕(成王 : 기원전 1115~1079 재위)이 그의 아우 숙우(叔虞)를 당(唐)에 봉하였다 한다. 당나라는 지금의 산서성(山西省) 태원(太原) 일대에 걸쳐 있었으며, 진양(晉陽 : 지금의 山西省 太原)에 도읍하였다. 《사기》〈진세가(晉世家)〉에 보면 '당숙자섭(唐叔子燮)이 진후(晉侯)가 되었다'는 기록이 있어, 후인들은 이를 근거로 당을 진(晉)이라 고쳐 부르게 되었다.

그 뒤에 무후(武侯)를 거쳐 성후(成侯) 때엔 곡옥(曲沃 : 지금의 山西省 聞喜縣)으로 도읍을 옮겼고, 다시 여공(厲公)·정후(靖侯)·이후(釐侯)·헌후(獻侯)로 이어져 오다가 다음 목후(穆侯) 때엔 도읍을 강(絳 : 지금의 山西省 絳縣)으로 옮겼고, 다시 상숙(殤叔)·문후(文侯)를 거쳐 소후(昭侯) 때엔 익(翼 : 지금의 山西省 翼城縣 동남쪽)으로 천도(遷都)했다.

그 뒤로 효후(孝侯)·악후(鄂侯)·애후(哀侯)로 대가 이어진다. 그 다음의 헌공(獻公)은 위(魏)나라를 병합시키어, 진나라의 세력은 이후로 더욱 세어졌다. '당풍'은 실은 이러한 진(晉)나라의 시인 것이다. 그러나 여기에서 '진풍'이라 부르지 않는 것은 이 시들이 옛 '당' 지역에서 나온 것이기 때문이다.

1. 귀뚜라미(蟋蟀)

귀뚜라미 집에 드니,
이 해도 저무는구나.

지금 우리 못 즐기면
세월은 덧없이 흘러가리.
다만 지나치게 즐기지만 말고,
언제나 집안 일도 생각해야지.
즐김은 좋아하되 지나치지 않도록
훌륭한 선비는 조심하지.

귀뚜라미 집에 드니,
이 해도 다 가누나.
지금 우리 못 즐기면
세월은 덧없이 가 버리리.
다만 지나치게 즐기지만 말고,
언제나 밖의 일도 생각해야지.
즐김은 좋아하되 지나치지 않도록
훌륭한 선비는 정신차리지.

귀뚜라미 집에 드니,
짐수레도 일 없어지누나.
지금 우리 못 즐기면
세월은 덧없이 지나가리.
다만 지나치게 즐기지만 말고,
언제나 걱정도 생각해야지.
즐김은 좋아하되 지나치지 않도록
훌륭한 선비는 편안히 즐기지.

原文 蟋蟀在堂하니 歲聿其莫로다.

今我不樂이면 日月其除리라.

無己大康하고 職思其居하라.

好樂無荒히 良士瞿瞿니라.

蟋蟀在堂하니 歲聿其逝로다.
今我不樂이면 日月其邁리라.
無已大康하고 職思其外하라.
好樂無荒히 良士蹶蹶니라.

蟋蟀在堂하니 役車其休로다.
今我不樂이면 日月其慆리라.
無已大康하고 職思其憂하라.
好樂無荒히 良士休休니라.

註解 ○蟋蟀(실솔)―귀뚜라미. ○在堂(재당)―방문 가까이 문 밖에 있는 것, 곧 집안에 들어와 있는 것. ○歲(세)―'이 해'의 뜻. ○聿(율)―조사. ○莫(모)―저물다. ○除(제)―가다. 거(去). ○已(이)―이(以)자와 통하여 용(用)의 뜻. ○大(대)―태(太)와 통하여 '너무나'. ○康(강)―낙(樂)과 뜻이 통함. 즐기는 것. ○職(직)―상(常)의 뜻, 언제나. ○居(거)―살고 있는 곳의 일, 곧 집안 일. ○荒(황)―지나치게 즐기는 것. ○良士(양사)―훌륭한 사람. ○瞿(구)―구(懼)와도 통하여, '구구(瞿瞿)'는 너무 즐기다 본분에 어긋남이 없을까 '조심하는 모양'. ○邁(매)―지나가다. ○其外(기외)―집 밖의 일, 곧 남을 위한 일이나 나랏일. ○蹶蹶(궤궤)―놀라 일어나는 모양. 정신 바짝 차리는 것. ○役車(역거)―백성들이 짐을 실어 나르는 데 쓰는 수레. 곡식을 거두어들일 때에도 이 수레를 썼다. ○慆(도)―지나다. 과(過). ○休休(휴휴)―도(道)를 즐기는 마음, 편안하고 여유있는 모양.

解說 당나라의 풍속은 부지런하고 검소하여 백성들은 1년 내내 조금도 쉬지 않고 부지런히 일한다. 세모(歲暮)의 한가한 때가 되어야 서로 음식을 차려놓고 술을 마시며 즐겼다. 이때 일이 끝났음을 기뻐하여 너무나 지나치게 본분에 어긋나도록 즐겨서는 안 된다고

경계하는 뜻을 노래한 것이 이 시이다.

2. 산에는 스무나무(山有樞)

산에는 스무나무 있고
진펄엔 느릅나무 있네.
그대는 옷을 두고도
걸치지도 끌지도 않고,
그대 수레와 말을 두고도
타지도 달리지도 않지만,
만약 그대 죽어 버리면
딴 사람 좋은 일만 되리.

산에는 복나무 있고
진펄엔 박달나무 있네.
그대는 집을 두고도
물 뿌리고 쓸지 않고,
그대는 종과 북을 두고도
치지도 두드리지도 않지만,
만약 그대 죽어 버리면
딴 사람이 모두 차지하리.

산에는 옻나무 있고
진펄에는 밤나무 있네.
그대는 술과 음식이 있는데,
어찌하여 날마다 슬(瑟)을 타면서
재미있게 즐기며 날을 보내지 않는가?

만약 그대 죽어 버리면
딴 사람이 그대 집 차지하리.

原文　山有樞며 隰有榆로다.
　　　子有衣裳이로되 弗曳弗婁하며
　　　子有車馬로되 弗馳弗驅로다.
　　　宛其死矣면 他人是愉리라.

　　　山有栲며 隰有杻로다.
　　　子有廷內하되 弗洒弗埽하며
　　　子有鐘鼓하되 弗鼓弗考로다.
　　　宛其死矣면 他人是保리라.

　　　山有漆하며 隰有栗이로다.
　　　子有酒食하되 何不日鼓瑟하며
　　　且以喜樂하여 且以永日고?
　　　宛其死矣면 他人入室하리라.

註解　○樞(추)—스무나무.　○隰(습)—진펄.　○榆(유)—느릅나무.　○曳(예)—옛날 옷은 길어서 입고 다니면 땅에 끌렸다.　○婁(루)—끌다.　○驅(구)—수레나 말을 모는 것.　○宛(완)—약(若)과 같은 뜻. 만약.　○愉(유)—기쁘게 해주다.　○栲(고)—산저(山樗), 복나무.　○杻(뉴)—억(檍), 곧 박달나무.　○廷(정)—정(庭)과 통하여, 정내(廷內)는 정중(庭中), 곧 '집안'.　○洒(쇄)—쇄(灑)와 같은 글자. 물 뿌리다.　○考(고)—치다.　○保(보)—보유, 곧 갖는 것.　○漆(칠)—옻나무.　○栗(율)—밤나무.　○瑟(슬)—현악기의 일종.　○永日(영일)—종일(終日).　○入室(입실)—방으로 들어가는 것, 여기에서는 온 집안을 몽땅 차지해 버리는 것을 뜻한다.

解說　검약(儉約)이나 하다 제때에 즐기지 못하고 보면, 죽을 때에

는 후회나 하게 될 거라는 내용이다. 대부들이 친구에게 급시행락(及時行樂)하라는 뜻으로 노래부른 것이라 봄이 좋을 것이다. 거마(車馬)나 종고(鐘鼓)·슬(瑟)은 서민들이 가질 물건은 못되기 때문이다.

3. 땔나무 묶어놓고 (綢繆)

땔나무 다발을 묶어놓고 나니,
삼성(參星)이 하늘에 반짝이네.
오늘 저녁이야말로 어찌된 저녁인가?
우리 님을 만났네.
아아 기쁠시고!
이 좋은 님을 어이할까?

꼴 다발을 묶어놓고 나니,
삼성이 동남쪽에 반짝이네.
오늘 저녁이야말로 어찌된 저녁인가?
우리 님을 만났네.
아아 기쁠시고!
이렇게 만났으니 어이할까?

싸리 다발을 묶어놓고 나니,
삼성이 문 위에 반짝이네.
오늘 저녁이야말로 어찌된 저녁인가?
어여쁜 님을 만났네.
아아 기쁠시고!
이 어여쁜 님을 어이할까?

原文 綢繆束薪일새 三星在天이로다.

今夕何夕고? 見此良人이로다.
子兮子兮여! 如此良人何오?

綢繆束芻일새 三星在隅로다.
今夕何夕고? 見此邂逅로다.
子兮子兮여! 如此邂逅何오?

綢繆束楚일새 三星在戶로다.
今夕何夕고? 見此粲者로다.
子兮子兮여 如此粲者何오?

註解 ○綢繆(주무)-나무 다발을 얽어 묶는 모양. ○薪(신)-땔나무. ○三星(삼성)-삼성(參星), 28수(宿) 중의 하나. ○何夕(하석)-어찌된 저녁인가. 얼마나 즐거운 저녁이냐의 뜻. ○良人(양인)-좋은 님, 곧 애인을 가리키는 말. ○子(자)-자(咨)의 가차로서 탄사(歎詞). 아아. 여기서는 기쁨을 나타내는 탄사. ○芻(추)-마소에게 먹일 풀. ○隅(우)-하늘의 동남쪽 모퉁이. ○邂逅(해후)-의외로 만나는 것. ○楚(초)-싸리. ○戶(호)-방문. ○粲(찬)-미(美)와 통하여, 찬자(粲者)는 미인, 애인을 가리킨다.

解說 이 시는 분명히 사랑하는 남녀들의 밀회의 즐거움을 노래한 것이다. 땔나무나 꼴·싸리 다발을 묶는다는 것은 낮이면 누구나 하던 일인 것이다.

그러나 해가 진 뒤 저녁에 애인을 만났다. 애인을 만난 연인들의 기쁨은 말로 다 표현할 수가 없다. 그러기에 '이 밤은 얼마나 즐거운 밤이냐?'라 하였고, '아아 즐겁다! 이 님을 어이할까?'라고 한 것이다. 더구나 결혼한 사이라면 해후란 표현이 당치않으며, 이러한 감동이 솟아나기 힘들 것이다.

4. 우뚝 선 아가위나무(杕杜)

우뚝 선 아가위나무,
잎새만 더부룩하네.
홀로 외로이 길을 가나니,
어이 남이야 없으랴만
모두 내 형제만은 못하네.
아아, 길가는 사람들은
어째서 내게 친하게 굴지 않나?
나는 형제도 없거늘
어째서 도와주지 않나?

우뚝 선 아가위나무,
잎새만 무성하네.
홀로 쓸쓸히 길을 가나니,
어이 남이야 없으랴만
모두 내 형제만은 못하네.
아아, 길가는 사람들은
어째서 내게 친하게 굴지 않나?
나는 형제도 없거늘
어째서 도와주지 않나?

原文　有杕之杜여 其葉湑湑로다.
　　　獨行踽踽하니 豈無他人이리오만
　　　不如我同父니라.
　　　嗟行之人은 胡不比焉고?

人無兄弟어늘 胡不佽焉고?

有杕之杜여 其葉菁菁이로다.
獨行睘睘하니 豈無他人이리오만
不如我同姓이니라.
嗟行之人은 胡不比焉고?
人無兄弟어늘 胡不佽焉고?

[註解] ㅇ有杕(유체)—나무가 외로이 우뚝 선 모양, 체연(杕然). ㅇ杜
(두)—과일 빛이 붉은 아가위[赤棠]를 두, 흰 것은 당(棠)이라 한다. ㅇ湑
湑(서서)—무성한 모양. ㅇ踽踽(우우)—외로운 모양. ㅇ同父(동부)—아버
지를 같이한 형제. ㅇ嗟(차)—감탄사. ㅇ比(비)—친근의 뜻. ㅇ佽(차)—
돕다. ㅇ菁菁(청청)—무성한 모양. ㅇ睘睘(경경)—의지할 곳 없는 모양.
ㅇ同姓(동성)—성(姓)이 같은 일가들. 그러나 여기서는 형제를 중심으로
말한 것이다.

[解說] 이 시는 형제 없는 쓸쓸하고 외로운 심정을 노래한 것이다.
첫 구에 나오는 아가위나무도 외로운 작자의 모습을 상징한 것일 게
다. 길에 오가는 사람들은 많지만 모두가 남이요, 자기의 외로움을
덜어 줄 형제나 혈육은 하나도 없다는 것이다.

5. 넉새 깃(鴇羽)

푸드득 넉새 깃 날리며
상수리나무 떨기에 내려앉네.
나랏일로 쉴 새 없어
찰기장 메기장 못 심었으니
부모님은 무얼 믿고 사시나?

아득한 푸른 하늘이여!
언제면 안정될 수 있을 건가!

푸드득 넉새 날개 치며
대추나무 떨기에 내려앉네.
나랏일로 쉴 새 없어
메기장 찰기장 못 심었으니
부모님은 무얼 잡숫고 사시나?
아득한 푸른 하늘이여!
언제면 끝장이 나게 될 건가?

푸드득 넉새 줄지어 날아
뽕나무 떨기에 내려앉네.
나랏일로 쉴 새 없어
벼 수수 못 심었으니
부모님은 무얼 잡숫고 지내시나?
아득한 푸른 하늘이여!
언제면 제대로 잘살게 될 건가?

原文 　肅肅鴇羽여 集于苞栩로다.
　　　王事靡盬라 不能藝稷黍하니
　　　父母何怙오?
　　　悠悠蒼天이여 曷其有所오?

　　　肅肅鴇翼이여 集于苞棘이로다.
　　　王事靡盬라 不能藝黍稷하니
　　　父母何食고?
　　　悠悠蒼天이여 曷其有極고?

肅肅鴇行이여 集于苞桑이로다.

王事靡盬라 不能蓺稻粱하니

父母何嘗고?

悠悠蒼天이여 曷其有常고?

[註解] ㅇ肅肅(숙숙)—넉새가 날개치는 소리. ㅇ鴇(보)—넉새, 기러기 비슷한 큰 새. ㅇ集(집)—새들이 나무 위에 내려앉는 것. ㅇ苞(포)—나무떨기. ㅇ栩(상)—상수리나무. ㅇ靡盬(미고)—불식(不息), 곧 쉬지 않는 것. ㅇ蓺(예)—곡식을 심는 것. ㅇ稷(직)—찰기장. ㅇ黍(서)—메기장. ㅇ怙(호)—믿다. 의지하다. ㅇ曷(갈)—언제면. ㅇ棘(극)—대추 같으면서도, 보다 작은 나무. ㅇ極(극)—역사(役事)의 끝장.   ㅇ粱(량)—고량(高粱) 종류의 곡식, 곧 수수.

[解說]   진나라는 소공(昭公) 뒤로 5세 동안 더욱 정사가 어지러워졌다. 그리하여 백성들은 행역(行役)에 나가는 일이 잦았는데, 이때 행역에 가 있던 사람이 부모님을 생각하며 부른 노래가 이 시이다. 넉새라는 보(鴇)는 나뭇가지에 내려앉지 못하는 새라고 한다. 따라서 넉새가 나무 위에 내려앉았다는 사실부터가 부조리한 사회를 풍자한 것이다.

6. 칡이 자라(葛生)

칡은 자라 싸리나무를 덮었고,
가위톱 덩굴은 들에 뻗어 있는데,
내 님 여기 없으니,
그 누구와 함께 지내나?

칡은 자라 대추나무를 덮었고,

가위톱 덩굴은 무덤 위에 뻗어 있는데,
내 님 여기 없으니,
그 누구와 함께하나?

소뿔 베개는 반들반들,
비단 이불은 곱기만 한데,
내 님은 여기 없으니,
그 누구와 이 밤을 보내나?

긴 여름날,
긴 겨울밤의 외로움이여!
백년 뒤
그의 무덤에라도 함께 묻히리.

긴 겨울밤,
긴 여름날의 외로움이여!
백년 뒤
그의 무덤 속에서라도 함께 살리.

原文　葛生蒙楚하며 蘞蔓于野로다.
　　　予美亡此하니 誰與獨處오?

　　　葛生蒙棘하며 蘞蔓于域이로다.
　　　予美亡此하니 誰與獨息고?

　　　角枕粲兮며 錦衾爛兮로다.
　　　予美亡此하니 誰與獨旦고?

　　　夏之日과 冬之夜여!

百歲之後에라도 **歸于其居**하리라.

冬之夜와 夏之日이여!
百歲之後에라도 **歸于其室**하리라.

註解 ㅇ葛(갈)-칡. ㅇ蒙(몽)-덮다. ㅇ楚(초)-싸리나무. ㅇ蘞(렴)-가위톱. 한약재로 쓰이는 덩굴 풀. ㅇ蔓(만)-덩굴. 갈(葛)과 렴(蘞)은 모두 덩굴풀로 다른 나무에 의지하여 자란다. 이는 여자가 남편에 의지하는 삶을 비유한 것이다. ㅇ美(미)-미인으로 그의 남편을 가리킨다. ㅇ亡此(무차)-무차(無此). 이곳에 없다는 뜻. ㅇ誰與獨處(수여독처)-'수여(誰與)오? 독처(獨處)로다'로 이해함이 빠르다. 곧 '누구와 함께 지내는가? 홀로 지낸다'는 뜻. ㅇ棘(극)-대추나무 비슷한 나무. ㅇ域(역)-영역(塋域), 무덤 위. ㅇ息(식)-머물러 있는 것. ㅇ角枕(각침)-소뿔로 장식된 베개. ㅇ粲(찬)-선명한 것. ㅇ旦(단)-새벽까지 밤을 새우는 것. ㅇ百歲之後(백세지후)-결국은 죽은 뒤의 뜻. ㅇ居(거)-무덤을 가리킨다. ㅇ室(실)-묘실(墓室), 곧 무덤 속.

解說 이 시는 전쟁으로 말미암아 멀리 행역하여 살아 돌아올 기약도 없는 남편을 그리는 여인의 마음을 노래한 것이다.

제 11 진풍(秦風)

옛날에 백익(伯益)이 하(夏)나라 우(禹)의 치수(治水)를 도와 공을 세워 영(嬴)이라는 성을 받았다. 6세손 대락(大駱)은 성(成)과 비자(非子)의 두 아들을 낳았는데, 비자는 주나라 효왕(孝王, 기원전 909~895 재위)을 섬기고 효왕은 그를 부용(附庸 : 諸侯에 속하는 작은 나라)으로 삼아 진(秦)땅(甘肅省 天水縣 부근)을 채읍(采邑)으로 내리었다.

　선왕(宣王, 기원전 827~780 재위) 때에 비로소 비자의 증손 진중(秦仲)을 대부로 삼았다.

　진중의 아들 장공(莊公)은 견구(犬丘 : 陝西省 興平縣 동남)로 옮겨갔고, 또 그 아들 양공(襄公)은 서융 때문에 주나라가 동쪽 낙읍(洛邑)으로 옮길 때 평왕(平王 : 기원전 770~720 재위)을 호송하였다. 그리하여 평왕은 양공을 제후로 봉하고 기산(岐山) 이서(以西)의 땅을 떼어 주었다. 이에 비로소 진나라는 제후의 나라가 된 것이다. 다시 현손 덕공(德公) 때에는 옹(雍 : 지금의 陝西省 興平縣)으로 도읍을 옮기었다.

　진풍은 이러한 때의 진나라 노래들을 모아놓은 것이다.

1. 갈대(蒹葭)

갈대는 푸르른데,
흰 이슬은 서리가 되어 가네.
바로 그이는
강물 저쪽에 있는데.
물결 거슬러 올라가 그를 따르려니,
길이 험하고도 멀고,
물결따라 건너가 그를 따르려니,
여전히 강물 가운데 있네.

갈대는 무성한데
흰 이슬 촉촉하네.
바로 그이는
강물 가에 있는데.
물결 거슬러 올라가 그를 따르려니,

길 험하고 가파르며,
물결따라 건너가 그를 따르려니,
여전히 강물 속의 섬에 있네.

갈대는 더부룩한데
흰 이슬 멎지 않네.
바로 그이는
강물 기슭에 있는데.
물결 거슬러 올라가 그를 따르려니,
길 험하고 꾸불꾸불하며,
물결따라 건너가 그를 따르려니,
여전히 강물 가 모래톱에 있네.

原文 蒹葭蒼蒼하니 白露爲霜이로다.
　　　所謂伊人이 在水一方이로다.
　　　遡洄從之나 道阻且長이며
　　　遡游從之나 宛在水中央이로다.

　　　蒹葭凄凄하니 白露未晞로다.
　　　所謂伊人이 在水之湄로다.
　　　遡洄從之나 道阻且躋며
　　　遡游從之나 宛在水中坻로다.

　　　蒹葭采采하니 白露未已로다.
　　　所謂伊人이 在水之涘로다.
　　　遡洄從之나 道阻且右며
　　　遡游從之나 宛在水中沚로다.

註解　o蒹(겸)－갈대.　o葭(가)－갈대.　o伊人(이인)－'그 이'.　o一方(일방)－저쪽, 가기 힘든 곳을 말함.　o遡洄(소회)－물결을 거슬러 올라가는 것.　o遡游(소유)－물결 따라 건너가는 것.　o宛(완)－저 멀리 빤히 바라보이는 것.　o凄凄(처처)－처처(萋萋), 풀이 무성한 모양.　o晞(희)－마르다.　o湄(미)－물가.　o躋(제)－가기 힘든 오르막길로 되어 있는 것.　o坻(지)－강물 가운데의 섬.　o采采(채채)－처처(萋萋), 무성한 모양.　o涘(사)－물가.　o右(우)－우회, 곧 빙 돌아가는 것.　o沚(지)－모래톱.

解說　사랑하는 사람을 두고도 가까이 할 수 없는 안타까운 연인의 마음을 노래한 것이다. 여기서 강물은 그와 연인 사이의 간격을 상징하는 것이며, 험하고도 먼 길은 그에게 가까이 할 방법의 어려움을 말하는 것이다.

2. 곤줄매기(黃鳥)

짹짹 곤줄매기가 울면서
대추나무에 앉았네.
누가 목공(穆公)을 따라갔나?
자거(子車)씨의 엄식이란 분이지.
이 엄식이란 분이야말로
백 사람 몫의 훌륭하신 분이었지.
묘혈(墓穴)에 들어갈 적에는
두려움에 떨었으리라.
저 푸른 하늘이여!
어이 우리 훌륭한 분을 죽이셨는가!
만약 그분 몸을 대속(代贖)할 수 있다면
백 사람으로도 그분을 되찾으련만.

짹짹 곤줄매기가 울면서
뽕나무에 앉았네.
누가 목공을 따라갔나?
자거씨의 중항(仲行)이란 분이지.
이 중항이란 분이야말로
백 사람을 당해내실 만한 분이었지.
묘혈에 들어갈 적에는
두려움에 떨었으리라.
저 푸른 하늘이여!
어이 우리 훌륭한 분을 죽이셨는가!
만약 그분 몸을 대속할 수 있다면
백 사람으로도 그분을 되찾으련만.

짹짹 곤줄매기가 울면서
싸리나무에 앉았네.
누가 목공을 따라갔던가?
자거씨의 침호(鍼虎)란 분이지.
이 침호란 분이야말로
백 사람을 막아내실 만한 분이었지.
묘혈에 들어갈 적에는
두려움에 떨었으리라.
저 푸른 하늘이여!
어이 우리 훌륭한 분을 죽이셨는가!
만약 그분 몸을 대속할 수 있다면
백 사람으로라도 그분을 되찾으련만.

原文   交交黃鳥이 止于棘이로다.

　　　誰從穆公고? 子車奄息이로다.

維此奄息이여! 百夫之特이로다.
臨其穴하여 惴惴其慄이로다.
彼蒼者天이여! 殲我良人이로다.
如可贖兮인댄 人百其身이로다.

交交黃鳥이 止于桑이로다.
誰從穆公고? 子車仲行이로다.
維此仲行이여! 百夫之防이로다.
臨其穴하여 惴惴其慄이로다.
彼蒼者天이여 殲我良人이로다.
如可贖兮인댄 人百其身이로다.

交交黃鳥이 止于楚로다.
誰從穆公고? 子車鍼虎로다.
維此鍼虎여! 百夫之禦로다.
臨其穴하여 惴惴其慄이로다.
彼蒼者天이여 殲我良人이로다.
如可贖兮인댄 人百其身이로다.

註解 ○交交(교교)—교교(咬咬)와 통하여 새가 우는 소리. ○黃鳥(황조)—곤줄매기. ○棘(극)—대추와 비슷한 나무. ○從(종)—남의 죽음을 따라 죽는 것. 《좌전》 문공(文公) 6년에 의하면 진나라 목공(穆公)이 죽었을 때 그 유명(遺命)으로 자거씨(子車氏)의 세 아들, 곧 이 시에 나오는 엄식(奄息)과 중항(仲行)·침호(鍼虎)가 순사하였다. 진나라 사람들은 이들의 죽음을 슬퍼하고 '황조'를 노래불렀다 한다. ○子車(자거)—성. 엄식은 이름. ○特(특)—필(匹)의 뜻을 지녔고, 필은 당(當)과 통한다. 따라서 백부지특(百夫之特)은 백 사람을 당해낼 만한 사람. ○穴(혈)—묘혈. 목공의 묘혈. ○惴(췌)—두려워하는 것. ○慄(율)—

떨다.　ㅇ蒼者(창자)―창연(蒼然), 푸르른 것.　ㅇ殲(섬)―죽여 버리는 것.
ㅇ良人(양인)―선인(善人). 엄식을 가리킨다.　ㅇ贖(속)―대속(代贖), 곧
물건을 주고 다른 것을 바꾸는 것.　ㅇ人百其身(인백기신)―딴 사람 백
명으로라도 그의 한 몸과 바꾸겠다는 말.　ㅇ仲行(중항)―이름.　ㅇ防
(방)―당(當)의 뜻.　ㅇ楚(초)―싸리나무.　ㅇ鍼虎(침호)―사람 이름.　ㅇ禦
(어)―당(當)의 뜻, 그의 지혜가 백 사람을 당한다는 말.

解說　〈모시서〉에 '황조는 세 훌륭한 신하를 애도한 것이다. 진나
라 사람들은 목공이 이 사람들을 종사(從死)케 하여 이를 풍자하는
뜻으로 이 시를 지었다.'고 하였다. 《좌전》 문공 6년에 자거씨의 엄
식·중항·침호 등의 세 아들이 목공의 유명에 따라 죽을 때 따라
죽었음을 기록하고 있다. 그 밖에도 종사자가 17인이 있었다고 하였
는데, 《사기》〈진본기(秦本紀)〉에 의하면 종사자가 177인이었다 한
다. 목공의 여러 종사자들 중에서도 이 자거씨의 세 아들이 가장 현
명하였던 듯하다.

3. 새매(晨風)

씽씽 나는 새매가
우거진 북쪽 숲으로 날아가네.
님을 뵙지 못하여
마음의 시름 그지없네.
어째서 어째서
나를 그렇게도 잊어버리나?

산에는 도토리나무 떨기,
진펄에는 느릅나무 떨기.
님을 뵙지 못하여

마음의 시름 풀릴 날 없네.
어째서 어째서
나를 그렇게도 잊어버리나?

산에는 아가위 떨기,
진펄에는 팥배나무 떨기.
님을 뵙지 못하여
마음 시름 술 취한 듯하네.
어째서 어째서
나를 그렇게도 잊어버리나?

原文　鴥彼晨風이며, 鬱彼北林이로다.
　　　未見君子라 憂心欽欽이로다.
　　　如何如何로 忘我實多오?

　　　山有苞櫟이며 隰有六駁이로다.
　　　未見君子라 憂心靡樂이로다.
　　　如何如何로 忘我實多오?

　　　山有苞棣며 隰有樹檖로다.
　　　未見君子라 憂心如醉로다.
　　　如何如何로 忘我實多오?

註解　ㅇ鴥(율)—빠르게 날아가는 모양.　ㅇ晨風(신풍)—새매, 전(鸇).
ㅇ鬱(울)—무성한 모양.　ㅇ欽欽(흠흠)—근심하며 잊지 못하는 모양.　ㅇ多
(다)—심(甚)의 뜻. 실다(實多)는 정말 심하다는 뜻.　ㅇ櫟(력)—도토리
나무.　ㅇ六(육)—육(朼)과 통하여 떨기로 난 것.　ㅇ駁(박)—재유(梓楡)라
는 나무 이름. 자세히 알 수 없어 '느릅나무'라 번역하였다.　ㅇ靡樂(미
락)—즐거움이 없는 것.　ㅇ棣(체)—당체(唐棣). 아가위나무.　ㅇ檖(수)—

팥배나무. 앞의 수(樹)는 '심어져 있다'는 게 본뜻이나, 포(苞)와 같은
뜻으로 썼을 것이다.

解說 부인이 그의 남편을 생각하며 부른 노래. 그의 남편은 집을
나가 자기를 생각하는 일 없이 멋대로 돌아다니고 있는 것이다.
　1절의 새매가 북쪽 숲으로 날아가는 것을 보고 작자는 남편의 귀
가를 생각했을 것이다. 그리고 제2절과 제3절의 산과 진펄에 있는
나무들은 풍성하고 행복한 집안을 생각하게 한 것일까?

4. 옷이 없다면(無衣)

어찌 옷이야 없을까만,
당신과 두루마기를 함께 입겠소.
왕께서 군사를 일으키신다면
나의 짧은 창 긴 창 손질하여
당신과 원수를 함께 치리이다.

어찌 옷이야 없을까만,
당신과 속옷을 함께 입겠소.
왕께서 군사를 일으키신다면
나의 긴 창 갈래 창 손질하여
당신과 함께 일어나리이다.

어찌 옷이야 없을까만,
당신과 바지를 함께 입겠소.
왕께서 군사를 일으키신다면
나의 갑옷과 무기를 손질하여
당신과 함께 가리이다.

原文   豈曰無衣오? 與子同袍로다.
王于興師시어든 脩修戈矛하여
與子同仇하리라.

豈曰無衣오? 與子同澤이로다.
王于興師시어든 修我矛戟하여
與子偕作하리라.

豈曰無衣오? 與子同裳이로다.
王于興師시어든 修我甲兵하여
與子偕行하리라.

註解   ○袍(포)-두루마기, 겉에 입는 긴 옷. ○興師(흥사)-군사를 일으키는 것. ○戈(과)-창. 길이는 6척 6촌. ○矛(모)-창. 길이는 2장(丈)의 긴 창. ○同仇(동구)-원수를 함께하고 대적하는 것. ○澤(탁)-설의(褻衣), 속옷. ○戟(극)-거극(車戟)이라고도 하는 갈래가 진 창으로, 길이는 1장 6척. ○偕(해)-함께하다. ○裳(상)-남자의 하의.

解說   굴만리(屈萬里)는 진나라 양공이 주나라 평왕을 호위하여 동천(東遷)하던 때의 일을 읊은 것이 아닌가 한다고 했다. 퍽 근리한 설이라 여겨진다. 천자인 주나라 평왕이 동쪽으로 도읍을 옮겨 올 때 진나라의 장군인 대부나 진나라 양공의 입장에서 충성을 맹세하는 뜻으로 노래 불렀을 것이다.

제 12 진풍(陳風)

진(陳)나라는 순(舜)임금의 후손에 우알보(虞閼父)라는 이가 있었
는데 주나라 무왕(武王 : 기원전 1122~1116 재위)의 질그릇 굽는
일을 관장하는 도정(陶正)이란 벼슬을 지냈다. 무왕은 그의 재주가
뛰어나고 순임금의 후손임을 참작하여 그의 아들 규만(嬀滿)을 진나
라에 봉하고 완구(宛丘)땅에 도읍하게 하였다. 이 규만을 진나라 호
공(胡公)이라 부른다.

진나라 땅은 광평(廣平)하고 명산대택(名山大澤)이 없으며, 서쪽
으로는 외방산(外方山)이 바라보이고 동쪽은 맹저(盟豬 : 지금의 河
南省 商丘縣 동북쪽에 있는 호수)에 다다랐다. 호공의 비(妃)인 태
희(太姬)는 자식이 없어 무당과 푸닥거리 및 귀신가무를 즐겼으므
로 민속도 그 영향을 많이 받았다.

그 뒤로 5세(世)인 유공(幽公)은 주나라 여왕(厲王 : 기원전 878~
기원전 828) 때에 해당하고, 14세인 선공(宣公)은 주나라 혜왕(惠
王, 기원전 676~기원전 652)때에 해당하며, 뒤에 민공(閔公) 24년
(魯 哀公 17년)에 초(楚)나라 혜왕(惠王)에게 멸망당하였다. 지금의
하남성(河南省) 회양현(淮陽縣)엔 진나라 도읍의 고지(故址)가 있다.

1. 완구(宛丘)

그대는 방탕하게
완구 위에 놀고 있는데,
정말 하고 싶어하는 듯하나

바라는 일은 아닐세.

덩덩 북을 치며
완구 밑에서 놀고 있는데,
겨울 여름 없이
백로 깃 들고 춤을 추네.

통통 동이 두드리며
완구 길가에서 놀고 있는데,
겨울 여름 없이
백로 깃 부채 들고 춤을 추네.

原文　子之湯兮여 宛丘之上兮로다.
　　　洵有情兮나 而無望兮로다.

　　　坎其擊鼓여 宛丘之下로다.
　　　無冬無夏히 値其鷺羽로다.

　　　坎其擊缶여 宛丘之道로다.
　　　無冬無夏히 値其鷺翿로다.

註解　○湯(탕)─탕(蕩)과 통하여, 방탕 또는 유탕(遊蕩)의 뜻. ○宛丘(완구)─사방이 높고 가운데가 움푹 들어간 언덕. 뒤에는 지명이 되어 나라 사람들의 유관(遊觀)하는 장소로 변하였다. 완구는 진(陳)나라의 성남, 길 동쪽에 있었으며, 동문에서 완구에 이르는 곳은 모두가 가무(歌舞)의 장소였다 한다. ○洵(순)─정말로, 진실로. ○有情(유정)─마음이 있는 것, 하고싶어서 하는 것. ○無望(무망)─바라는 일은 아니라는 뜻. ○坎其(감기)─감연(坎然), 북소리를 형용한 말. ○値(치)─지(持)의 뜻. ○鷺羽(노우)─백로의 깃으로 만든, 춤추는 사람이 손에 들고 춤추던 물건. ○缶(부)─질그릇으로 만든 악기의 일종. ○翿(도)─새

깃으로 만든, 춤추는 사람이 손에 든 물건. 앞의 우(羽)와 같은 말.

解說 진나라 완구 근처는 유락(遊樂)의 장소였다고 하니, 이 시는 상층계급의 사람들이 절도 없이 방탕하게 노는 것을 노래한 것이라 봄이 좋을 것이다.

2. 동문에는 흰 느릅나무(東門之枌)

동문에는 흰 느릅나무
완구에는 도토리나무.
자중씨(子仲氏)네 따님이
그 밑에서 춤을 추네.

좋은 날을 가리어
남쪽 들에 모였는데,
삼베 길쌈은 아니하고
날렵하게 춤만 추네.

좋은 날 아침에 놀러
여럿이 함께 가다가,
그대를 보니 금규화 같은데,
내게 한줌의 산초를 주네.

原文 東門之枌과 宛丘之栩여!
子仲之子가 婆娑其下로다.

穀旦于差하니 南方之原이로다.
不績其麻하고 市也婆娑로다.

穀旦于逝하니 越以鬷邁로다.
視爾如荍하니 貽我握椒로다.

註解　○枌(분)－흰 느릅나무. 백유(白楡). ○栩(허)－도토리나무, 참나무. ○子仲(자중)－진(陳)나라 대부의 성(姓). ○子(자)－딸. ○婆娑(파사)－춤을 너울너울 추는 모양. ○穀(곡)－선(善)과 통함. 곡단(穀旦)은 좋은 날 아침. ○于(우)－조사. ○差(채)－가리다. ○南方之原(남방지원)－남쪽의 들, 곧 완구가 있는 곳을 가리킨다. ○不績其麻(부적기마)－그들이 늘 짜던 삼베도 짜지 않는 것. ○市(시)－패(沛), 패(芾)와 통한다. 《한서(漢書)》〈예악지(禮樂志)〉주(注)에 '패(沛)는 질모(疾貌)'라 하였다. 이곳에서는 춤을 '날렵하게 추는 모양. ○逝(서)－놀러 가는 것. ○越以(월이)－조사. ○鬷(종)－여러 사람들. ○邁(매)－멀리 가는 것. '종매'는 여럿이 함께 놀러 나가는 것. ○荍(교)－금규화(錦葵花), 꽃풀 이름. ○貽(이)－사랑의 선물로 보내는 것. ○握(악)－한줌의 뜻. ○椒(초)－산초(山椒).

解說　젊은 남녀가 교외로 몰려나가 가무하며 즐기는 모습을 노래한 것이다.

3. 동문 밖 연못(東門之池)

동문 밖 연못은
삼 담그기 좋은 곳,
아름다운 좋은 아가씨와
짝지어 노래하고 있네.

동문 밖 연못은
모시 담그기 좋은 곳,

아름다운 좋은 아가씨와
짝지어 얘기하고 있네.

동문 밖 연못은
왕골 담그기 좋은 곳,
아름다운 좋은 아가씨와
짝지어 말하고 있네.

原文   東門之池여 可以漚麻로다.
　　　 彼美淑姬여 可與晤歌로다.

　　　 東門之池여 可以漚紵로다.
　　　 彼美淑姬여 可與晤語로다.

　　　 東門之池여 可以漚菅이로다.
　　　 彼美淑姬여 可與晤言이로다.

註解   ○東門(동문)—진(陳)나라 도성의 동문으로 행락 장소. ○漚(구)—물에 담그는 것. 구마(漚麻)는 삼을 물에 담가두는 것. 껍질이 부드러워진 뒤에 그 껍질을 벗기어 베를 짤 실을 만드는 것이다. ○淑(숙)—선(善)과 통하여 훌륭한 것, 좋은 것.　○晤(오)—우(偶)와 통하여 '짝을 짓는 것,' 곧 결혼을 뜻한다. 오가(晤歌)는 그 여자와 부부로 짝이 되어 함께 노래하는 것. ○紵(저)—모시. ○菅(관)—왕골.

解說   미인을 만나 춤추고 노래하며 즐기는 정경을 노래한 것이 이 시이다. 노래 부른 작자는 물론 남자이다. 삼이나 모시·왕골을 담그기 좋겠다는 동문 밖의 연못 근처는 대표적인 진나라의 즐기고 노는 장소이다.

4. 달이 떴네(月出)

달이 떠 환하게 비치니
아름다운 님의 얼굴 떠오르네.
아리따운 그대여 !
마음의 시름 어이하리.

달이 떠 희게 비치니
아름다운 님의 얼굴 그립네.
얌전한 그대여 !
마음의 시름 가이없네.

달이 떠 밝게 비치니
아름다운 님의 얼굴 보는 듯.
몸매 고운 그대여 !
마음의 시름 한이 없네.

原文　月出皎兮어늘 佼人僚兮로다.
　　　舒窈糾兮여 勞心悄兮로다.

　　　月出皓兮어늘 佼人懰兮로다.
　　　舒懮受兮여 勞心慅兮로다.

　　　月出照兮어늘 佼人燎兮로다.
　　　舒夭紹兮여 勞心慘兮로다.

註解　○皎(교)―달이 환하게 비치는 것.　○佼人(교인)―미인으로 애

인을 가리킨다. ㅇ僚(료)—여기서는 아름다운 모양. 달을 보니 아름다운
애인의 모습이 떠오른다는 뜻. ㅇ舒(서)—발성자(發聲字). 별 뜻이 없음.
ㅇ窈糾(요교)—요조(窈窕), 아름다운 것. ㅇ勞(노)—우(憂), 시름이란 뜻.
ㅇ悄(초)—근심하는 것. ㅇ晧(호)—달빛이 밝게 비치는 것. ㅇ懰(류)—예
쁜 것, 아름다운 것. ㅇ懮受(유수)—거동이 얌전한 것. ㅇ慅(초)—근심
하는 모양. ㅇ燎(료)—명(明), 애인의 고운 모습이 밝게 떠오르는 것.
ㅇ夭紹(요소)—요소(要紹), 자태와 얼굴 모습이 고운 것. ㅇ慘(참)—조
(懆), 근심으로 불안한 모양.

[解說] 밝은 달을 쳐다보며 애인을 생각하는 연인의 노래이다. 곧
남녀상열이상념지사(男女相悅而相念之詞).

5. 못 둑(澤陂)

저 연못 둑 너머엔
부들과 연잎.
아름다운 님이여!
이 시름 어이할꼬?
자나깨나 아무 일 못하고
눈물만 비오듯 흘리네.

저 연못 둑 너머엔
부들과 들난초 잎.
아름다운 님이여!
멋지고 훌륭하고 어여쁜지고.
자나깨나 아무 일 못하고
마음속만 애태우네.

저 연못 둑 너머엔
부들과 연꽃.
아름다운 님이여!
멋지고 훌륭하고 의젓한지고.
자나깨나 아무 일 못하고
딩굴딩굴하다간 베개에 머리 묻네.

[原文]　彼澤之陂엔 有蒲與荷로다.
　　　有美一人이여 傷如之何오?
　　　寤寐無爲하여 涕泗滂沱로다.

　　　彼澤之陂엔 有蒲與蕑이로다.
　　　有美一人이여 碩大且卷이로다.
　　　寤寐無爲하여 中心悁悁이로다.

　　　彼澤之陂엔 有蒲菡萏이로다.
　　　有美一人이여 碩大且儼이로다.
　　　寤寐無爲하여 輾轉伏枕하도다.

[註解]　○陂(파)-파(坡)와 통하여 방죽, 제방(堤防). ○蒲(포)-부들. 수초의 일종. ○荷(하)-연잎. ○無爲(무위)-아무 일도 손에 잡히지 않아 못하는 것. ○涕(체)-눈물을 흘리는 것. ○泗(사)-콧물을 흘리는 것. ○滂沱(방타)-큰 비가 오는 모양, 줄줄 흐르다. ○蕑(간)-들난초. 택란(澤蘭). ○碩(석)-외양이 멋진 것. ○大(대)-행동이 훌륭한 것. ○卷(권)-권(婘), 어여쁜 것. ○悁悁(연연)-읍읍(悒悒), 근심하는 모양. ○菡(함)-연꽃 봉오리. ○萏(담)-연꽃 봉오리. 함담은 연꽃 봉오리, 활짝 핀 연꽃은 부용(芙蓉)이라고 한다. ○儼(엄)-의젓한 것. ○輾轉(전전)-이리 딩굴 저리 딩굴 잠 못 이루는 것. ○伏枕(복침)-베개에 머리를 파묻는 것.

 사랑하는 님이 그리워 몸부림치는 젊은이의 연시(戀詩)이다.
중국에서도 진나라 지방 사람들은 비교적 낭만적이고 정열적인 기질
을 지니고 있었던 듯하다.

제 13 회풍(檜風)

회(檜)는 회(鄶)라고도 쓰며 축융(祝融)의 후손으로, 어떻게 시작
되어 어떻게 전해진 나라인지는 알 수 없고, 주나라 평왕(平王 : 기원
전 770~기원전 720) 때 정(鄭)나라 무공(武公)에게 멸망당하였다.
그 영역은 하남성 숭산(嵩山)의 북쪽에서 영택현(榮澤縣) 남쪽에
걸친 땅이며, 진수(溱水)와 유수(洧水) 사이에 도읍하고 있었다. 그
러나 정나라는 뒤에 회나라를 차지하여 진수와 유수 사이에 도읍하
고 있었고, 정풍(鄭風)에는 여러 번 진수와 유수가 나왔다.
여기에 또 따로 회나라 시를 모아놓았으니 그것은 지역과 악조(樂
調)가 정풍과 달랐기 때문이 아니라 정나라에 합병되기 이전의 시들
이기 때문일 것이다. 그러므로 회풍의 시 네 편은 모두가 주나라 평
왕이 동천(東遷)하기 이전의 작품으로 보아야 할 것이다. 회나라 도
성의 고지(故址)가 지금의 하남성 밀현(密縣) 동북쪽에 있다.

1. 흰 관(素冠)

흰 관 쓴 그이 보고파라,
병든 이 몸 여위고
괴로운 마음 이를 곳 없네.

흰 옷 입은 그이 보고파라,

내 마음은 서러워지나니
그대와 함께하고 싶네.

흰 폐슬 입은 그이 보고파라,
내 마음에 시름 쌓이나니
그대와 한몸이 되고 싶네.

[原文]　庶見素冠兮여 棘人欒欒兮하여
勞心慱慱兮로다.

庶見素衣兮여 我心傷悲兮니
聊與子同歸兮로다.

庶見素韠兮여 我心蘊結兮니
聊與子如一兮로다.

[註解]　○庶(서)—서기(庶幾), 바람[願]을 나타낸다.　○素冠(소관)—뒤의 소의(素衣)·소필(素韠)과 함께 상복으로 보기도 하나, 옛날 상복은 베올의 굵기로 상(喪)의 경중을 정하였지 흰색을 상복 색깔이라 여기지 않았다. 청나라 적호(翟灝)의 《통속편(通俗編)》 권25에 의하면 흰색을 흉식(凶飾)이라 싫어하게 된 것은 당대(唐代) 이후라고 한다. 따라서 이곳의 소관은 깨끗하고 소박한 복장을 한 사람을 뜻하는 것으로 본다.　○棘(극)—척(瘠)과 통하여, 극인(棘人)은 그리움에 병들어 몸이 여윈 사람.　○欒欒(란란)—몸이 여윈 모양.　○勞(노)—우(憂)의 뜻.　○慱慱(단단)—근심하는 모양.　○聊(료)—차(且)의 뜻.　○同歸(동귀)—다음 절의 여일(如一)과 비슷한 말로, 함께하는 것.　○韠(필)—폐슬(蔽膝), 무릎 가리개.　○蘊結(온결)—마음에 한 같은 것이 쌓이고 맺히는 것.

[解說]　여자가 사랑하는 남자를 그리는 사랑의 노래이다. 이 시를

통하여 주나라 시대에는 중국 사람들도 흰옷을 매우 숭상했음을 알
게 된다.

2. 진펄의 양도(隰有萇楚)

진펄의 양도는
가지가 아름답기도 하네.
싱싱하고 아름다우면서도,
너의 무지함이 부럽기만 하구나!

진펄의 양도는
꽃이 아름답기도 하네.
싱싱하고 아름다우면서도
너의 집 없음이 부럽기만 하구나!

진펄의 양도는
열매가 아름답기도 하네.
싱싱하고 아름다우면서도,
그대 아직 아내 없는 것이 부럽기만 하구나!

原文 隰有萇楚하니 猗儺其枝로다.
　　　夭之沃沃하니 樂子之無知하노라.

　　　隰有萇楚하니 猗儺其華로다.
　　　夭之沃沃하니 樂子之無家하노라.

　　　隰有萇楚하니 猗儺其實이로다.
　　　夭之沃沃하니 樂子之無室하노라.

註解   ○隰(습)—진펄. ○萇楚(장초)—양도(羊桃). 식물 이름. ○猗儺
(아나)—미성(美盛)한 모양, 아름다운 것. ○夭(요)—소호모(少好貌), 곧
싱싱하고 아름다운 것. ○沃沃(옥옥)—튼튼하고 아름다운 것. ○無知(무
지)—시름이나 괴로움을 알지 못하는 것. ○無家(무가)—아직 결혼을 못
하여 자기 집이 없는 것. ○無室(무실)—아내가 없는 것.

解說   이 시는 자신의 불행을 돌아보며, 아이들이 시름 모르고 짐
이 되는 집과, 아내가 없음을 부러워한 노래이다.

3. 바람(匪風)

큰 바람 몰아치는 속에
수레 달려가고 있네.
주(周)나라로 가는 길 돌아보니
마음 슬퍼지네.

회오리바람 속에
수레 뒤흔들리며 가고 있네.
주나라로 가는 길 돌아보니
마음 아파지네.

누가 물고기를 삶을 때
가마솥에 물을 부을 건가?
누가 서쪽 주나라로 가서
좋은 소식 갖고 올까?

原文   匪風發兮여 匪車偈兮로다.
　　　顧瞻周道하니 中心怛兮로다.

匪風飄兮여 匪車嘌兮로다.
顧瞻周道하니 中心弔兮로다.

誰能亨魚에 漑之釜鬵오?
誰將西歸에 懷之好音고?

註解 ○匪(비)—피(彼)와 통하는 조사. 뒤의 비(匪)자도 마찬가지. ○發(발)—바람이 크게 이는 것. ○偈(걸)—빨리 달리는 것. 바람이 몰아치는 속을 수레가 달려가고 있다. ○顧瞻(고첨)—뒤돌아보는 것. ○周道(주도)—주나라로 가는 길. ○怛(달)—슬퍼하는 것. ○飄(표)—회오리바람. ○嘌(표)—수레가 흔들리며 가는 모양. ○弔(조)—마음 아파하는 것. ○亨(팽)—삶는 것. 팽(烹)의 본자. ○漑(개)—고기를 넣은 가마솥에 물을 알맞게 붓는 것. ○釜(부)—가마솥. ○鬵(심)—큰 가마솥. ○西歸(서귀)—서쪽의 주나라로 가는 것. 회나라는 주나라의 동쪽에 있었다. ○懷(회)—갖고 오는 것. ○好音(호음)—좋은 소식.

解說 옛사람들은 모두 어지러운 회(檜)나라 정치를 풍자한 시라 하였다. 시인이 정치가 잘 되던 서주(西周)시대를 그리워하고 있다는 것이다. 그러나 이 시는 분명히 주(周)나라에 가 있는 애인을 그리는 시이다. 3장에서 물고기를 삶는다는 것은 혼인이 이루어지는 데 비유한 것이다.

제 14 조풍(曹風)

《사기(史記)》의 〈조숙세가(曹叔世家)〉에 의하면 주나라 무왕(武王)이 은나라 주왕(紂王)을 쳐부순 뒤 아우 숙진탁(叔振鐸)을 조(曹)에 봉하였다. 그 영역은 지금의 산동성 가택현(菏澤縣)과 정도현(定陶縣) 일대에 해당한다. 지금의 정도현에 조나라 도읍터가 남아있다.

그리고 6세(世)인 이백(夷伯)은 주나라 여왕(厲王 : 기원전 878~기원전 828) 때, 8세인 대백(戴伯)은 주나라 선왕(宣王 : 기원전 827~기원전 782) 때, 9세인 혜백(惠伯)은 주나라 유왕(幽王 : 기원전 781~기원전 771) 때에 해당하며, 26세 백양(伯陽) 때에 송(宋)나라 경공(景公)에게 멸망당하였다.

1. 하루살이(蜉蝣)

하루살이 깃 같은
옷이나 깨끗이 입으려 하니,
마음의 시름이여!
나는 어디로 가 살아야 하나?

하루살이 날개 같은
화려한 옷이나 입으려 드니,
마음의 시름이여!
나는 어디로 가 쉬어야 하나?

하루살이 굴 파고 나올 때처럼
눈 같은 베옷이나 입으려 하니,
마음의 시름이여!
나는 어디로 가 머물러야 하나?

原文 蜉蝣之羽여 衣裳楚楚로다.
　　　心之憂矣여 於我歸處오?

蜉蝣之翼이여 采采衣服이로다.
心之憂矣여 於我歸息고?

蜉蝣掘閱하니 麻衣如雪이로다.
心之憂矣여 於我歸說오?

註解 ○蜉蝣(부유)－하루살이. ○楚楚(초초)－선명한 모습, 또는 깨끗한 모습. ○於我歸處(어아귀처)－'어'는 오(烏)와 통하여, 하처(何處)의 뜻. 따라서 '어느 곳으로 나는 돌아가 거처해야 하는가?'의 뜻. ○采采(채채)－화려한 모양. ○掘(굴)－파다. ○閱(열)－혈(穴)과 통함. 굴열(掘閱)은 구멍을 뚫고 하루살이 유충이 분토(糞土) 속으로부터 처음 나올 때를 의미한다. ○說(세)－사식(舍息), 쉬는 것.

解說 조나라 귀족들의 사치스러움을 풍자한 시인 듯하다. 풍자의 대상을 조(曹)나라 소공(昭公)이라고 한 것엔 찬동하지 않는다. 일반적으로 대부들이 나랏일에는 마음을 두지 않고 화려한 옷이나 걸치고 하루 하루를 즐기려는 경향을 근심하여 노래한 것이라 할 것이다. 작자가 끝머리에서 '나는 어디로 가서 살까?'라고 한 것은 이러한 사치스러운 풍조에서 망국의 조짐을 예견했던 때문일 것이다.

2. 흘러내리는 샘물(下泉)

찬 샘물이 흘러내려
가라지 포기를 적시네.
후유 하고 자다 깨어 탄식하며
주나라 도읍을 생각하네.

찬 샘물이 흘러내려

쑥대 포기를 적시네.
후유 하고 자다 깨어 탄식하며
주나라 도성을 생각하네.

찬 샘물이 흘러내려
시초 포기를 적시네.
후유 하고 자다 깨어 탄식하며
저쪽 서울을 생각하네.

아름다운 기장 싹을
단비가 적셔 주네.
천하의 임금님 계신데
순백(郇伯)이 위로해 드리네.

原文　洌彼下泉이여 浸彼苞稂이로다.
　　　愾我寤嘆하며 念彼周京이로다.

　　　洌彼下泉이여 浸彼苞蕭로다.
　　　愾我寤嘆하며 念彼京周로다.

　　　洌彼下泉이여 浸彼苞蓍로다.
　　　愾我寤嘆하며 念彼京師로다.

　　　芃芃黍苗를 陰雨膏之니라.
　　　四國有王하여 郇伯勞之니라.

註解　○洌(열)—찬 것. ○下泉(하천)—흘러내리는 샘물. ○浸(침)—적
시다. ○苞(포)—떨기. ○稂(랑)—가라지, 벼와 비슷한 풀. ○愾(개)—탄
식하는 소리. ○寤(오)—자다가 깨어나는 것. ○周京(주경)—주나라 왕조
의 도성(都城). 제2절의 경주(京周), 제3절의 경사(京師)도 모두 같은

말임. o蕭(소)-쑥. o蓍(시)-시초. 점 대가치를 만드는 풀. o芃芃(봉봉)-아름다운 모양, 장대한 모양. o膏之(고지)-단비가 내려 곡식을 적시는 것. o四國(사국)-사방지국, 곧 천하. o有王(유왕)-천자가 있어 천하를 다스리고 있다는 말. o郇伯(순백)-순력(荀躒), 곧 지백(知伯).《춘추》소공(昭公) 22년에 '왕자 조(朝)가 난을 일으켰는데 진적담(晋籍談)과 순력(荀躒)이 구주(九州)의 군사를 거느리고 난을 평정하여 경왕(敬王)을 왕성으로 맞아들였다'라 하였고, 소공 26년에는 '지백 등이 다시 경왕을 보좌하여 성주(成周)로 들어갔다'고 하였다. 따라서 나라가 이처럼 어려운 때 지백(知伯)이 천자를 도와 많은 공을 이뤘음을 조나라 사람들이 찬미한 것이다. o勞(노)-위로(慰勞)의 뜻.

解說 이 시는 조나라 사람들이 주나라 왕도의 쇠미함을 걱정하는 한편 주왕(周王)을 도와 많은 공을 세운 순백(郇伯)을 찬미한 것이다. 이 시가《시경》3백 편 중에서 가장 늦게 지어진 것인 듯하다.

순백이 순력(荀躒)이라는 것은 명대(明代) 하해(何楷)의《시경세본고의(詩經世本古義)》와 마서진(馬瑞辰)의《시경통석(詩經通釋)》에서 증명하고 있다.

제 15 빈풍(豳風)

빈(豳)은 나라 이름으로 기산(岐山)의 북쪽(지금의 陝西省 邠邑縣 부근) 평평하고 낮은 들에 있었다. 순(舜)임금 때 농사일을 관장하는 후직(后稷)이었던 기(棄)의 증손자 공류(公劉)는 후직의 일을 잘 발전시키어 백성들이 부(富)하게 잘 살도록 해주고, 지세의 이점(利點)을 따라 빈(豳) 땅에 도읍을 하였다.

대아(大雅)에는 이러한 공류의 업적을 찬양한 〈공류(公劉)〉시가 있다. 그 뒤로 8세를 지나 고공단보(古公亶父), 곧 태왕(太王)이

빈의 동남쪽, 기산(岐山)의 남쪽인 주(周 : 지금의 섬서성 鳳翔府 岐山縣)로 옮겨갔다. 이것을 기주(岐周)라 부른다. 다시 태왕의 손자 문왕(文王)은 풍(豐 : 지금의 섬서성 鄠縣)으로 옮겨갔고, 그는 천명(天命)을 하늘로부터 받았다고 한다.

다음의 무왕(武王)은 호(鎬 : 지금의 섬서성 長安縣)로 도읍을 옮겼으며, 은(殷)나라 주왕(紂王)을 쳐부수어 천자가 되었다. 이상과 같이 빈나라는 주나라로 발전하는데, 공류로부터 고공단보에 이르는 10세에 걸쳐 빈 땅에 도읍하였다. 이 빈 땅을 중심으로 유행하였던 노래가 빈풍(豳風)이다.

1. 칠월(七月)

칠월엔 화성(火星)이 서쪽으로 내려오고,
구월엔 겹옷을 준비하네.
동짓달엔 찬바람 일고,
섣달엔 추위 매서워지네.
옷 준비 없다면
어떻게 이 해를 넘길 건가?
일월엔 쟁기 손질하고,
이월엔 밭 가는데,
아내가 자식들과 함께 남향 비탈 밭으로 밥을 날라 오면
권농(勸農)은 매우 기뻐하네.

칠월엔 화성이 서쪽으로 내려오고,
구월엔 겹옷을 준비하네.
봄날 햇살 따스해지고
꾀꼬리 울기 시작하면

여인네들은 움푹한 대바구니 들고
오솔길 따라 다니며
부드러운 뽕잎 따네.
봄날은 길어져
수북히 쑥 뜯노라면
여인네 마음 서글퍼지니,
공자(公子)님과 함께 시집가고 싶어서이네.

칠월엔 화성이 서쪽으로 내려오고,
팔월엔 갈대를 베네.
누에치는 삼월 되면 뽕 따는데,
도끼를 가져다
멀리 위로 뻗은 가지는 자르고
부드러운 가지는 휘어잡고 뽕잎 따네.
칠월엔 왜가리가 울고,
팔월엔 길쌈을 하는데,
검은 천 누런 천 짜고
제일 고운 붉은 천으론
공자(公子)님 바지 지어 드리네.

사월엔 아기풀 꼬리 나고,
오월엔 매미가 우네.
팔월엔 이른 곡식 베고
시월 달엔 낙엽이 지네.
동짓달엔 짐승사냥 하는데
여우와 살쾡이 잡아
공자님 갖옷 지어 드리네.
섣달엔 모두 사냥을 나가

무술도 함께 연마하는데,
작은 짐승은 개인이 갖고
큰 짐승은 공(公)에게 바치네.

오월엔 여치가 울고,
유월엔 베짱이가 울며
귀뚜라미는 칠월엔 들에,
팔월엔 처마 밑에
구월엔 문 앞에 있다가,
시월엔 침상 밑으로 들어오네.
그러면 집안의 구멍 막고 쥐를 불로 그슬려 쫓으며
북향 창 막고 문을 진흙으로 바르네.
아아, 처자들이여!
해가 바뀌려 하고 있으니
방으로 들어와 편히 쉬기를!

유월엔 돌배와 머루 따먹고,
칠월엔 나물과 콩 삶아 먹으며,
팔월엔 대추 떨고,
시월엔 벼 베어,
봄 술 담아
노인들 장수 빌며 잔 올리네.
칠월엔 참외 따먹고,
팔월엔 박을 따며
구월엔 삼씨 줍고,
씀바귀 캐고 개똥나무 베며,
농사 일꾼 잘 먹이네.

구월엔 채소밭에 마당 닦고,
시월엔 곡식 거두어들이는데,
메기장 찰기장과 늦 곡식 이른 곡식,
벼 삼 콩 보리라네.
아아, 농부들이여!
우리 곡식 다 모아들였으니
고을로 들어가 집손질하세!
낮에는 띠풀 베어들이고
밤에는 새끼 꼬아
빨리 지붕 이어야지,
내년이면 여러 곡식 씨뿌려야 한다네.
섣달엔 탕탕 얼음 깨어
일월엔 그것을 얼음 창고에 넣네.
이월엔 이른 아침에
염소와 부추로 제사지내고, 얼음 창고 문 여네.
구월엔 된서리 내리고,
시월엔 타작마당 치우는데,
두어 통 술로 잔치 벌이고,
염소 잡아 안주 마련하네.
그리고는 공(公) 처소로 올라가
술잔 들면서
만수무강을 비네.

原文 七月流火하고 九月授衣하니라.
　　一之日觱發하고 二之日栗烈하나니
　　無衣無褐이면 何以卒歲리요?
　　三之日于耜하고 四之日擧趾니

同我婦子하여 饁彼南畝하면
田畯至喜하니라.

七月流火하고 九月授衣하니라.
春日載陽하여 有鳴倉庚이어든
女執懿筐하여 遵彼微行하여
爰求柔桑하니라.
春日遲遲하니 采蘩祁祁하며
女心傷悲하여 殆及公子同歸로다.

七月流火하고 八月萑葦니라.
蠶月條桑이라 取彼斧斨하여
以伐遠揚이요 猗彼女桑이니라.
七月鳴鵙하고 八月載績하나니
載玄載黃하여 我朱孔陽이어든
爲公子裳하니라.

四月秀葽하고 五月鳴蜩며
八月其穫하고 十月隕蘀이니라.
一之日于貉하여 取彼狐狸하여
爲公子裘하니라.
二之日其同하여 載纘武功하여
言私其豵이요 獻豜于公하니라.

五月斯螽動股요 六月莎鷄振羽요
七月在野요 八月在宇요
九月在戶요 十月蟋蟀이
入我牀下하니라.

穹窒熏鼠하며 塞向墐户하니라.

嗟我婦子여 曰爲改歲니

入此室處어다!

六月食鬱及薁하며 七月亨葵及菽하며

八月剝棗하며 十月穫稻하여

爲此春酒하여 以介眉壽하니라.

七月食瓜하며 八月斷壺하며

九月叔苴하며 采荼薪樗하여

食我農夫하니라.

九月築場圃하고 十月納禾稼하나니

黍稷重穋과 禾麻菽麥이니라.

嗟我農夫여 我稼旣同이니

上入執宮功이니라.

晝爾于茅요 宵爾索綯하여

亟其乘屋이니 其始播百穀이니라.

二之日鑿氷沖沖하여

三之日納于凌陰이니라.

四之日其蚤에 獻羔祭韭하니라.

九月肅霜하고 十月滌場이어든

朋酒斯饗하여 曰殺羔羊하여

躋彼公堂하여 稱彼兕觥하니

萬壽無疆이로다.

註解 ○七月(칠월)-지금의 음력 7월과 같다. 이 시에서는 모두 하력

(夏曆)을 쓰고 있는데, 주나라의 선조인 공류(公劉)가 하(夏)나라 사람이기 때문에 그렇게 한 것 같다. ○流(유) — 흘러내리는 것. ○火(화) — 화성(火星), 심성(心星)·남성(南星)이라고도 부름. 이 별은 6월 초저녁엔 정남쪽에 보이다가 7월이 되면 점점 서쪽으로 내려간다. 유화(流火)는 화성이 서쪽으로 내려가는 것을 말한다. ○授衣(수의) — 겨울 준비로 가족에게 겹옷을 지어 주는 것. ○一之日(일지일) — 하력 11월. 주나라 역(曆)으로는 정월에 해당한다. 11월을 일지일(一之日)이라 한 것은 10을 단위로 할 때 11월은 다시 첫날로 접어드는 달이기 때문에 그렇게 말한 것이다. 따라서 뒤에 나오는 이지일(二之日)은 12월(周曆 2월), 삼지일(三之日)은 1월(주력 3월), 사지일(四之日)은 3월(주력 4월)에 각각 해당한다. ○觱發(필발) — 쌀쌀한 바람이 이는 것. ○栗烈(율렬) — 추위가 심해지는 것. ○衣(의) — 귀자(貴者)의 옷. ○褐(갈) — 털로 짠 천으로 만든 옷으로 천한 사람들이 입는 옷. 따라서 무의무갈(無衣無褐)은 귀천을 막론하고 누구나 옷 준비가 없다면의 뜻. ○卒歲(졸세) — 한 해를 마치는 것. 동짓달과 섣달의 추위를 견디는 것. ○耜(사) — 보습, 쟁기. 우사(于耜)는 쟁기를 손질하는 것. ○擧趾(거지) — 발을 들어 쟁기를 밟으며 밭을 가는 것. ○婦子(부자) — 처와 자식. ○饁(엽) — 들로 밥을 날라다 주는 것. ○南畝(남묘) — 남쪽 양지 비탈 밭. ○畯(준) — 권농관(勸農官). 농사를 보살피는 관리. ○載(재) — 조사. ○陽(양) — 햇볕이 따뜻하게 내려 쬐는 것. ○倉庚(창경) — 이황(離黃), 꾀꼬리. ○懿(의) — 깊은 것. ○筐(광) — 대광주리. 의광(懿筐)은 바닥이 깊은 대광주리. ○微行(미행) — 미세한 길. 오솔길. ○爰(원) — 이에. 조사. ○求(구) — 뽕잎을 찾아 따는 것. ○遲遲(지지) — 더딘 것. 낮이 '길어진 것'. ○蘩(번) — 백호(白蒿), 쑥의 일종. ○祁祁(기기) — 많은 모양. ○殆(태) — 장(將)의 뜻. ○及(급) — 여(與). '더불어'. ○公子(공자) — 나라의 공자(公子). ○歸(귀) — 시집가는 것. ○萑葦(환위) — 갈대를 베어 모으는 것. 뒤에 발 같은 걸 만드는 데 쓴다. ○蠶月(잠월) — 누에를 치는 달. 3월. ○條桑(조상) — 가지를 잘라 놓고 뽕잎을 따는 것. ○斨(장) — 자루를 끼는 구멍이 사각형인 도끼. ○遠揚(원양) — 가지가 멀리 뻗은 것과 위로 치뻗은 것. ○猗(의) — 기(掎)와 통하여 가지를 '휘어 당기는 것'. ○女桑(여상) — 어리고 긴 뽕나무 가지. ○鵙(격) — 왜가리. 백로. ○載(재) — 조사. ○績(적) — 길쌈하는

것. ○玄(현)-검은 것. 황(黃)과 아래의 주(朱)와 함께 각각 실에 물감을 들여 천을 짠 것. ○孔(공)-매우. ○陽(양)-밝은 것. ○秀(수)-풀의 이삭이 나는 것. ○蔞(요)-아기풀. ○蜩(조)-매미. ○穫(확)-익은 곡식을 베는 것. ○隕(운)-떨어지다. ○蘀(탁)-낙엽지는 것. ○于貉(우학)-여우 담비 같은 짐승들을 사냥하는 것. ○狸(리)-살쾡이. ○同(동)-임금과 신하 및 백성들이 다 함께 사냥하는 것. ○纘(찬)-계속하여 익히는 것. ○武功(무공)-무사(武事)·군사(軍事). ○言(언)-조사. ○私(사)-사사로이 개인이 잡은 것을 갖는 것. ○豵(종)-한살 된 돼지. 작은 짐승. ○豜(견)-세살 된 돼지. 종(豵)과 대(對)가 되는 큰 짐승. ○公(공)-빈공(豳公), 빈(豳)나라 임금. ○斯螽(사종)-종사(螽斯), 여치. ○動股(동고)-두 다리를 비벼 소리를 내는 것. 여치가 운다는 뜻. ○莎雞(사계)-베짱이. ○振羽(진우)-날개를 떨며 소리를 내는 것. ○在野(재야)-뒤에 나오는 귀뚜라미가 들에 있다는 뜻. ○在宇(재우)-집처마 밑에 있다는 뜻. ○戶(호)-방문. ○蟋蟀(실솔)-귀뚜라미. ○牀(상)-방안의 침상. 귀뚜라미는 날씨가 추워짐에 따라 들에서 점점 사람 있는 곳으로 가까이 들어온다. ○穹(궁)-궁(窮), 공(空). 궁질(穹窒)은 집안의 벽이나 담 같은 데 난 구멍을 모두 막는 것. ○熏鼠(훈서)-불을 때어 불기와 연기로 쥐구멍을 그슬려 쥐들을 쫓아내는 것. ○向(향)-북쪽으로 향한 창. 색향(塞向)은 북향 창을 막는 것. ○墐戶(근호)-일반 백성들은 대나 싸리를 짜서 만든 문을 썼으므로 그대로 두면 겨울에 찬바람이 많이 들어온다. 이에 진흙을 문에 발라 바람을 막는 것이다. ○曰(왈)-조사. ○改歲(개세)-해가 바뀌는 것. ○入此室處(입차실처)-밖에 있지 말고 방으로 들어와 편히 추운 겨울을 지내자는 뜻. ○鬱(울)-체(棣), 아가위 종류. 다른 과일인 듯하지만 '돌배'라고 번역했다. ○薁(욱)-영욱(蘡薁), 울(鬱)과 비슷한 과일. 통설을 따라 '머루'라 번역했다. ○亨(팽)-삶다. 팽(烹)의 본자. ○葵(규)-아욱. ○菽(숙)-콩. ○剝棗(박조)-나무에 달린 대추를 두드려 떠는 것. ○春酒(춘주)-겨울 동안 추울 때 담근 술. ○介(개)-돕는 것. ○眉(미)-여기서는 눈썹이 긴 노인의 뜻. 개미수(介眉壽)는 술을 올리며 노인을 오래오래 사시도록 공경하는 것. ○瓜(과)-참외. ○壺(호)-호(瓠), 박. 단호(斷壺)는 박을 덩굴로부터 따내는 것. ○叔(숙)-줍다. ○苴(저)-암삼의 씨. ○茶

(도)-씀바귀. ㅇ薪(신)-땔나무로 자르는 것. ㅇ樗(저)-개똥나무. ㅇ食(사)-먹이다. ㅇ場圃(장포)-여름에는 채소를 심었던 집 옆의 채전을 곡식을 타작할 마당으로 만드는 것. ㅇ納(납)-추수를 하여 거두어들이는 것. ㅇ禾稼(화가)-농사지은 곡식들. ㅇ黍(서)-메기장. ㅇ稷(직)-찰기장. ㅇ穋(륙)-올벼, 늦게 익는 곡식은 중(重). ㅇ旣同(기동)-이미 다 모아들인 것. ㅇ上入(상입)-들로부터 마을의 집으로 들어가는 것. ㅇ執(집)-일하는 것. ㅇ宮功(궁공)-집 손질. ㅇ爾(이)-조사. ㅇ于茅(우모)-지붕을 이을 띠풀을 베어 오는 것. ㅇ索(삭)-새끼. ㅇ綯(도)-새끼 꼬다. ㅇ亟(급)-급히. ㅇ乘屋(승옥)-지붕에 올라가 지붕을 잇는 것. ㅇ鑿(착)-얼음을 깨는 것. ㅇ沖沖(충충)-얼음을 깨는 소리. ㅇ凌陰(능음)-얼음 창고. ㅇ蚤(조)-조(早)와 통하여 조조(早朝). ㅇ獻羔祭韭(헌고제구)-염소를 잡아 제물로 바치고 부추로 제물을 장만하여 제사지내는 것. 얼음을 얼음 창고에 넣을 때와 얼음을 처음 꺼낼 때엔 사한(司寒)의 신에게 제사를 지냈다. 여기서는 얼음 창고를 여는 제사임. ㅇ肅霜(숙상)-된서리. ㅇ滌場(척장)-추수한 곡식의 타작이 다 끝나 마당을 깨끗이 치우는 것. ㅇ朋(붕)-양준(兩樽)의 뜻. 두 술통. ㅇ斯(사)-조사. ㅇ饗(향)-잔치를 벌이다. ㅇ曰(왈)-조사. ㅇ躋(제)-오르다. ㅇ公堂(공당)-군지당(君之堂), 빈(豳)나라 임금이 있는 곳. ㅇ稱(칭)-들다. ㅇ兕(시)-외뿔 난 들소. ㅇ觥(굉)-뿔술잔.

解說 이 시는 빈(豳)나라 농민의 세시(歲時)생활의 모양과 전가(田家)의 정경을 노래한 것이다. 굴만리(屈萬里)는 '칠월지시(七月之詩)는 주공(周公)을 따라 동정(東征)한 빈나라 사람들이 향토를 생각하며 지은 것인 듯하다'고 하였다. 본래 빈이라는 나라 자체는 주공과 아무런 관계가 없다. 그런데도 〈모시서〉에선 빈풍(豳風)의 모든 시들을 주공과의 관련아래 풀이하고 있다.

2. 동산(東山)

우린 산동(山東)에 가
오랫동안 돌아오지 못했는데
동쪽으로부터 돌아올 적엔
보슬비 보슬보슬 내렸었지.
우리는 동쪽에서 돌아갈 날 생각하며
서쪽 그리움에 슬퍼했었지.
돌아가 입을 평복 지으며,
다시는 군대에 종사하지 않겠다고 했지.
꿈틀꿈틀 뽕나무 벌레 기어다니는
뽕나무밭에서
웅크리고 홀로 지새우던
수레 밑의 밤 꿈만 같네.

우린 산동에 가
오랫동안 돌아오지 못했는데
동쪽으로부터 돌아올 적엔
보슬비가 보슬보슬 내렸었지.
주렁주렁 하눌타리 덩굴이
처마 밑에 뻗어 있고,
방안엔 쥐며느리 기고,
문에는 말거미 줄을 치고,
사슴 놀이터엔 여기저기 사슴 발자국,
밤길에는 도깨비불,
고향은 두렵기는커녕

다정하기만 하였거니.

우린 산동에 가
오랫동안 돌아오지 못했는데
동쪽으로부터 돌아올 적엔
보슬비가 보슬보슬 내렸었지.
개미둑에선 황새가 울고,
아내는 집에서 한숨지으며,
쓸고 닦고 쥐구멍 막고 있을 때,
출정했던 내가 돌아왔지.
데굴데굴 쪽박이
쌓아 놓은 밤나무 땔감 위에 뒹굴고 있었지.
그러고 보니 내가 떠난 지
3년만에 왔구려.

우린 산동에 가
오랫동안 돌아오지 못했는데
동쪽으로부터 돌아올 적엔
보슬비가 보슬보슬 내렸었지.
꾀꼬리가 푸드득
고운 날개 깃 자랑할 때,
아내는 시집왔는데,
누런 말 붉은 말이 수레 끌었었지.
장모는 아내 허리에 수건 매주며,
온갖 의식 갖추어 시집보내셨지.
신혼 때 그토록 즐거웠으니,
오래된 지금이야 더욱 어떠하랴!

原文

我徂東山하여 慆慆不歸러라.
我來自東할새 零雨其濛이러라.
我東曰歸에 我心西悲러라.
制彼裳衣하여 勿士行枚로다.
蜎蜎者蠋이여 烝在桑野로다.
敦彼獨宿이여 亦在車下로다.

我徂東山하여 慆慆不歸러라.
我來自東할새 零雨其濛이러라.
果臝之實이 亦施于宇며
伊威在室하고 蠨蛸在戶며
町畽鹿場하고 熠燿宵行이러라.
不可畏也요 伊可懷也로다.

我徂東山하여 慆慆不歸러라.
我來自東일새 零雨其濛이러라.
鸛鳴于垤하고 婦歎于室하며
洒埽穹窒하고 我征聿至러라.
有敦瓜苦여 烝在栗薪이로다.
自我不見이 于今三年이로다.

我徂東山하여 慆慆不歸러라.
我來自東일새 零雨其濛이러라.
倉庚于飛여 熠燿其羽로다.
之子于歸여 皇駁其馬로다.
親結其縭하니 九十其儀로다.
其新孔嘉하니 其舊如之何오?

註解   ○徂(조)-전쟁에 나가는 것.   ○東山(동산)-산동(山東)의 뜻. 주(周)나라 도읍은 서쪽 풍호(豐鎬)였고 무경(武庚)의 은나라는 동쪽 조가(朝歌)에 도읍하고 있었다. 무경과 관숙(管叔)·채숙(蔡叔)·곽숙(霍叔)의 삼감(三監)이 난을 일으키어 주공이 동쪽으로 갔다. 이들은 태항산(太行山) 동쪽으로 정벌을 갔었기 때문에 산동으로 출정한 것이 된다.   ○慆慆(도도)-오랫동안.   ○零雨(영우)-보슬비.   ○其濛(기몽)-이슬비가 내리는 모양.   ○我東(아동)-우리가 산동에 있을 때.   ○曰歸(왈귀)-돌아갈 것을 생각하는 것.   ○西悲(서비)-서쪽의 집 생각을 하고 돌아가지 못하는 자기 처지를 슬퍼했다는 뜻.   ○裳衣(상의)-집에 돌아가 군복(軍服)과 바꿔 입을 평복.   ○士(사)-사(事)의 뜻, 곧 종사(從事)하는 것.   ○行(행)-행진(行陣).   ○枚(매)-옛날 군인이 행군을 할 때엔 떠들지 않기 위하여 젓가락 같은 대나무로 만든 매(枚)를 모두 입에 물었다. 따라서 행매(行枚)는 군사(軍事)를 말한다. 물사행매(勿士行枚)는 다시는 군대 일에 종사하지 않겠다고 마음먹었다는 뜻.   ○蜎(연)-벌레가 꿈틀거리는 것.   ○蠋(촉)-뽕나무벌레. 누에 비슷하게 생긴 벌레.   ○烝(증)-발어사.   ○桑野(상야)-들판의 뽕나무. 뽕나무밭.   ○敦(퇴)-홀로 자는 사람이 추워서 몸을 둥글게 웅크리고 새우잠을 자는 모양.   ○果臝(과라)-천과(天瓜), 하눌타리(?). 열매는 과루인(瓜蔞仁), 뿌리는 과루근(瓜蔞根), 뿌리의 가루인 천화분(天花粉)은 한약재로 쓰인다. 이 구절부터는 종군했을 때의 상상을 노래한 것이다.   ○施(이)-뻗다.   ○宇(우)-집의 처마.   ○伊威(이위)-벌레 이름, 쥐며느리.   ○蠨蛸(소소)-다리가 긴 거미.   ○町畽(정탄)-사슴의 발자국.   ○鹿場(녹장)-사슴이 나와 노는 장소.   ○熠燿(습요)-귀화(鬼火), 도깨비불.   ○伊(이)-그곳. 시(是)의 뜻.   ○懷(회)-그리운 것.   ○鸛(관)-물새의 일종, 황새(?).   ○垤(질)-개미둑.   ○婦(부)-작자의 아내.   ○洒(쇄)-물로 닦는 것.   ○埽(소)-쓸다.   ○穹窒(궁질)-쥐구멍을 막는 것.   ○聿(율)-조사.   ○有敦(유퇴)-퇴연(敦然), 데굴데굴한 것.   ○瓜苦(과고)-고포(苦匏), 맛이 쓴 조그만 박.   ○烝(증)-조사.   ○栗薪(율신)-땔나무로 하려고 밤나무를 잘라 쌓아놓은 밤나무더미.   ○倉庚(창경)-꾀꼬리.   ○熠燿(습요)-곱게 빛나는 모양.   ○之子(지자)-시자(是子)로 자기의 아내.   ○于歸(우귀)-시집왔던 당시를 생각하는 것임.   ○皇(황)-황백색.   ○駁(박)-류(騮), 검은 갈기

가 달린 붉은 말. 황백색의 말과 적흑색의 말이 신부가 탄 수레를 끌었었다는 뜻이다. ○縭(리)―부인의 위(幃). 결혼할 때 부인이 허리에 차는 수건으로 신부의 어머니가 그것을 채워 준다. 친(親)은 신부의 어머니를 가리킨다. ○九十(구십)―구종십종(九種十種)의 뜻, 여러 가지. ○儀(의)―예절. 시집가는 여자가 갖추는 여러 가지 의절(儀節). ○新(신)―신혼 때. ○孔嘉(공가)―부부의 사이가 대단히 좋았다는 뜻.

[解說] 주공의 동정(東征)에 종군했던 사람이 3년 만에 귀가하여 그 때의 사향(思鄕)을 술회(述懷)한 작품이다. 제1절에서는 종군했을 적의 간절했던 집생각과 종군의 노고를 회상하고 있다. 제2절에선 종군했을 때의 고향 생각을 노래하고 있다. 그리고 제3절에선 귀가했을 당시의 정경을 노래한 것이다. 끝으로 제4절에선 결혼 당시를 생각하며 아내에 대한 절절한 사랑을 노래하고 있다.

3. 깨어진 도끼(破斧)

내 도끼 깨어졌고
내 싸움도끼도 이가 다 빠졌으나,
주공의 동쪽 정벌은
온 세상 바로잡으셨으니,
우리 백성 아끼시는 마음
너무도 위대하시네.

내 도끼 깨어졌고
내 톱도 이가 다 빠졌으나
주공의 동쪽 정벌은
온 세상 교화하셨으니,
우리 백성 아끼시는 마음

너무도 훌륭하시네.

내 도끼 깨어졌고
내 무기의 자루도 부서졌으나
주공의 동쪽 정벌은
온 세상 평화롭게 하셨으니,
우리 백성 아끼시는 마음
너무도 아름다우시네.

原文　旣破我斧요 又缺我斨이나
　　　周公東征은 四國是皇이시니
　　　哀我人斯이 亦孔之將이로다.

　　　旣破我斧요 又缺我錡나
　　　周公東征은 四國是吪시니
　　　哀我人斯이 亦孔之嘉로다.

　　　旣破我斧요 又缺我銶나
　　　周公東征은 四國是遒시니
　　　哀我人斯이 亦孔之休로다.

註解　○斧(부)－도끼. ○缺(결)－이가 빠진 것. ○斨(장)－자루 구멍
이 모가 난 도끼. 도끼가 부서지고 이가 다 빠졌다는 것은 종군의 노고와
그 기간이 긴 것을 뜻한다. ○四國(사국)－사방지국(四方之國), 온 세상.
○皇(황)－광(匡), 바로잡다. ○哀(애)－련(憐)과 통하여 '아끼고 사랑하
는 것'. ○我人(아인)－우리 백성들. ○斯(사)－조사. ○孔(공)－매우.
○將(장)－큰 것. ○錡(의)－거(鋸), 톱과 같은 것. ○吪(와)－화(化)와
통하여, 교화 또는 좋게 변화시키는 것. ○嘉(가)－훌륭한 것. ○銶(구)－
여러 가지 연장 자루, 여러 가지 무기의 자루. ○遒(주)－모아서 단단하

게 만드는 것, 곧 세상이 난리 없이 평화롭도록 만드는 것. ㅇ休(휴)—
아름다운 것.

解說 이 시는 주공의 업적, 특히 그의 동정(東征)의 업적을 기린
것이다. 단순히 주공 동정(東征)의 위대한 업적뿐만이 아니라 동정
의 간난(艱難)도 아울러 노래하고 있다.

제 **2** 편

소아(小雅)

아(雅)는 정(正)의 뜻이며 정악(正樂)의 노래를 뜻한다. 옛날에는 아(雅)는 하(夏)와 통하였다. '하(夏)'는 옛날 문화수준이 높았던 황하 유역 일대의 지방이다. 따라서 '아'는 이 중원 일대에 유행하고 왕조에서 '정성(正聲)'이라 숭상하는 음악이었다. 곧 여러 나라 민요인 '국풍(國風)'에 비하여 하나라로부터 내려오는 음악의 전통을 이어받은 정악이 아(雅)라고도 할 수 있다. 따라서 그 음악은 풍(風)보다 더 장중하고 우아하였을 것이다.

'소아'와 '대아'의 구별에 대하여 주희는 그의 《시집전》에서 대체로 소아(小雅)는 연향(宴饗) 때 연주하던 음악이고, 대아(大雅)는 회조(會朝) 때 또는 의식을 행할 적에 연주하던 음악이라 하고 있다.

이처럼 '아'는 연향과 조회에 쓰인 음악이기 때문에 대부분이 사대부들의 작품이라 여겨진다. 그러나 그 중에는 풍(風)과 비슷한 성격의 시들도 있음에 주의하여야 한다. 그것들은 '하' 지방의 민간에서 노래부르던 것들일 것이다.

1. 사슴이 울면서(鹿鳴)

메에메에 사슴이 울며
들의 다북쑥 뜯고 있네.
내게 좋은 손님 오시어
슬(瑟) 뜯고 생황 불며 즐기네.
생황 불며
폐백 광주리 받들어 올리니,
나를 좋아하는 이가
내게 위대한 도(道)를 알려주네.

메에메에 사슴이 울며
들의 쑥을 뜯고 있네.
내게 좋은 손님 오셨으니
그분의 명성 매우 밝고,
백성들에게 두터운 애정 보이시니
군자들도 본뜨고 따르네.
내게 맛있는 술 있어
좋은 손님 잔치 베풀어 즐기게 하여 드리네.

메에메에 사슴이 울며
들의 금풀 뜯고 있네.
내게 좋은 손님 오시어
슬 뜯고 금 타며 즐기네.
슬 뜯고 금 타며 즐기니
화락에 젖어드네.

내게 맛있는 술 있어
잔치 베풀어 좋은 손님의 마음 즐겁게 해드리네.

[原文]　呦呦鹿鳴이여　食野之苹이로다.
　　　　我有嘉賓하여　鼓瑟吹笙이로다.
　　　　吹笙鼓簧하여　承筐是將하니
　　　　人之好我이　示我周行이로다.

　　　　呦呦鹿鳴이여　食野之蒿로다.
　　　　我有嘉賓하니　德音孔昭하여
　　　　視民不恌니　君子是則是傚로다.
　　　　我有旨酒하니　嘉賓式燕以敖로다.

　　　　呦呦鹿鳴이여　食野之芩이로다.
　　　　我有嘉賓하여　鼓瑟鼓琴하니
　　　　鼓瑟鼓琴이여　和樂且湛이로다.
　　　　我有旨酒하여　以燕樂嘉賓之心이로다.

[註解]　ㅇ呦呦(유유)―사슴 우는 소리. ㅇ苹(평)―뇌소(蘋蕭), 쑥의 일
종. 다북쑥(?). ㅇ嘉賓(가빈)―자기와 뜻이 맞는 좋은 손님. ㅇ瑟(슬)―
현악기. ㅇ笙(생)―생황(笙簧), 악기의 일종. 생이나 슬은 모두 연례(燕
禮)에 쓰이는 악기임. ㅇ簧(황)―생 속에 든 피리 혀 같은 것. 큰 생은
19황, 작은 생엔 13황이 있는데, 생황을 불면 황이 진동하여 소리를 낸
다. 따라서 취생고황(吹笙鼓簧)은 생황을 부는 것. ㅇ承(승)―받들다.
ㅇ筐(광)―폐백을 담는 광주리. ㅇ將(장)―진봉(進奉), 드리는 것. ㅇ周
行(주행)―본시 주나라로 가는 길. 대도(大道), 위대한 도의 뜻으로 전
용되고 있음. ㅇ蒿(호)―쑥, 청호(靑蒿). ㅇ德音(덕음)―덕으로 말미암은
명성. 여기서는 손님의 명성. ㅇ孔(공)―매우. ㅇ視(시)―보여주다. 옛날
시(示)자. ㅇ恌(조)―투박(偸薄)의 뜻. 부조(不恌)는 백성들에 대한 두

터운 애정을 뜻함. ○則(칙)−본받는 것. ○倣(효)−본을 받다. ○旨酒
(지주)−맛좋은 술이란 뜻. ○式(식)−조사. ○燕(연)−연(宴), 잔치하는
것. ○敖(오)−오유(敖遊), 즐겁게 노는 것. ○촉(금)−덩굴 풀의 일종.
○湛(담)−오래 즐기는 것.

解說 임금이 여러 신하와 훌륭한 손님을 모시고 잔치할 때 부르던
노래.《의례(儀禮)》만 보아도 향음주례(鄕飮酒禮)·연례(燕禮) 등에
서 모두 '녹명'을 노래하고 있다. 그리고 '향음주(鄕飮酒)'편 정현(鄭
玄)의 주에 '녹명'이란 임금과 신하 및 사방에서 온 손님들의 잔치에
도를 강(講)하고 덕을 닦는 악가(樂歌)라고 하였다. 이 시는 본시 임
금이 여러 신하와 훌륭한 손님을 모시고 잔치할 때 부르는 노래였으
나 뒤에는 향인(鄕人)들까지도 잔치에 쓰게 되었다.

2. 아가위(常棣)

아가위 꽃은
꽃송이가 울긋불긋하네.
모든 사람들 중에
형제보다 더한 이는 없지.

죽고 장사지내는 두려운 일에는
형제를 가장 생각케 되고
들판과 진펄에 나가서도
형제를 서로 찾게 되네.

할미새가 들에서 호들갑 떨듯,
다급하고 어려울 적엔 형제가 돕게 되네.

좋은 벗은 있다 해도,
그저 긴 탄식이나 해줄 뿐이네.

형제가 집안에서는 다툰다 해도,
밖으로부터 침해가 있으면 함께 대적하네.
좋은 벗은 있다 해도,
서로 돕진 못하는 것.

어려움과 혼란 극복하고
안정되어 편안해진 뒤에야
형제가 있다 해도
벗만 못하게 되는 거지.

성찬을 벌여놓고
배부르게 먹고 마실 때
형제가 다 있어야만
오래도록 화락할 수 있다네.

처와 자식들이 화합함이
금슬 같다 하더라도,
형제가 다 모여 있어야
언제까지나 화락할 수 있다네.

그대의 집안 화목케 하고
그대의 처자들 즐겁게 하며,
그 일만을 궁리하고 꾀하면,
정말 그렇게 될 것이네.

原文 常棣之華여 鄂不韡韡로다.
　　　凡今之人은 莫如兄弟니라.

　　　死喪之威에 兄弟孔懷하며
　　　原隰裒矣에 兄弟求矣하니라.

　　　脊令在原하니 兄弟急難이로다.
　　　每有良朋이나 況也永歎이니라.

　　　兄弟鬩于牆이나 外禦其務니라.
　　　每有良朋이나 烝也無戎이니라.

　　　喪亂旣平하여 旣安且寧하면
　　　雖有兄弟나 不如友生이로다.

　　　儐爾籩豆하여 飮酒之飫라도
　　　兄弟旣具라야 和樂且孺니라.

　　　妻子好合이 如鼓瑟琴이라도
　　　兄弟旣翕이라야 和樂且湛이니라.

　　　宜爾室家하고 樂爾妻帑하며
　　　是究是圖면 亶其然乎인저!

註解 ○常(상)－당(棠)의 가차로서, 상체(常棣)는 당체(棠棣)·당체
(唐棣), 즉 아가위. ○鄂(악)－꽃받침. 악(萼)과 통하는 글자이다. ○不
(부)－부(拊)로 씀이 옳으며, 부(拊)는 악족(鄂足), 곧 꽃 받침대. 악부
(鄂不)는 꽃받침. ○韡韡(위위)－꽃이 울긋불긋한 모양. ○死喪(사상)－
사람의 죽음과 장례에 대한 것. ○威(위)－두려운 것. 외(畏)의 뜻. ○孔
(공)－매우. ○懷(회)－염려해 주는 것. ○裒(부)－들이나 진펄에 사람
들이 모이는 것. ○求(구)－서로 찾고 돕는 것. ○脊令(척령)－척령(鶺

鴿), 할미새. ○急難(급난)-다급하고 어려운 일. ○每(매)-비록. 수(雖)의 뜻. ○況(황)-발어사. ○鬩(혁)-싸우다. ○于牆(우장)-담 안, 곧 집 안. ○務(무)-모(侮)와 통하여, 밖에서 모욕(侮辱)을 가해 오는 것. ○烝(증)-발어사. ○戎(융)-돕는 것. 조(助)의 뜻. ○喪亂(상란)-앞의 사상(死喪)·급난(急難)·외모(外侮) 같은 것을 통틀어 하는 말. ○旣安且寧(기안차녕)-안녕하게 된 뒤. ○友生(우생)-붕우(朋友)와 같은 말. ○儐(빈)-진(陳), 진열(陳列)하는 것, 차려놓는 것. ○籩(변)-과일 같은 것을 담는 대그릇. ○豆(두)-요리한 음식을 담는 나무 그릇. 변두(籩豆)는 본시 제기(祭器)이나, 음식을 잘 장만한 것을 뜻한다. ○飫(어)-배부른 것. ○具(구)-구(俱)의 뜻. 다 무고히 형제가 모여 있는 것. ○孺(유)-유(濡)의 가차자로, 즐거움이 '오래 가는 것'. ○好合(호합)-잘 화합하는 것. ○瑟琴(슬금)-합주할 때 가락이 조화(調和)되는 것처럼 잘 어울려 즐겁게 사는 것. ○翕(흡)-합(合)의 뜻. ○湛(담)-즐거움이 오래 가는 것. ○帑(노)-처자. ○亶(단)-신(信)과 통하여 '진실로'. ○其然(기연)-그렇게 된다. 화합하고 즐기게 된다는 뜻.

解說 형제들이 잔치할 때 부른 노래. 시의 내용은 8절을 통틀어 형제의 우애를 강조하고 있다.

3. 고사리 캐세(采薇)

고사리 캐세, 고사리 캐세,
고사리가 돋아났네.
돌아가세, 돌아가세,
이 해도 다 저물어 가네.
집도 절도 없는 것은
험윤 오랑캐들 때문일세.
편히 앉아 쉴 틈 없는 것도
험윤 오랑캐들 때문일세.

고사리 캐세, 고사리 캐세,
고사리가 부드럽네.
돌아가세, 돌아가세,
마음은 걱정만 느네.
마음의 걱정 타오르듯,
굶주리고 목마른 듯,
우리의 싸움은 일정한 곳 없으니,
사람을 보내어 문안드릴 수도 없네.

고사리 캐세, 고사리 캐세,
고사리도 뻣뻣해졌네.
돌아가세, 돌아가세,
이 해도 시월이 됐네.
나랏일 끊임없어 편히
앉아 쉴 틈도 없네.
걱정하는 마음 매우 아프니,
나는 집 떠나 돌아갈 줄 모르기 때문이네.

저기 환한 게 무엇일까?
아가위 꽃이로군.
저 큰 수레는 무엇일까?
장군님의 수레로군.
군용 수레 몰고 가는데,
수레 끄는 말들 장하기도 하네.
어찌 편안히 지낼 수 있나?
한 달에 세 번은 싸워 이긴다네.

네 마리 말이 끄는 수레 몰고 가는데,

말들은 튼튼하기도 하네.
장군께서는 타시고
졸개들은 뒤따르네.
네 마리 말 가지런한데,
상아 박은 활고자엔 물개 가죽 입혔네.
어찌 매일 경계 않으리?
험윤 오랑캐 침략이 다급한데.

옛날 내가 집 떠날 때엔,
버드나무 가지 푸르렀는데,
내가 지금 돌아오는 길엔,
눈만 펄펄 날리네.
가는 길 더디어
목마른 듯 굶주린 듯,
내 마음 서글프지만,
아무도 내 마음 몰라주네.

原文　采薇采薇여 薇亦作止로다.
　　　曰歸曰歸여 歲亦莫止로다.
　　　靡室靡家는 玁狁之故며
　　　不遑啓居도 玁狁之故니라.

　　　采薇采薇여 薇亦柔止로다.
　　　曰歸曰歸여 心亦憂止로다.
　　　憂心烈烈하여 載飢載渴이로다.
　　　我戍未定이니 靡使歸聘이로다.

　　　采薇采薇여 薇亦剛止로다.

曰歸曰歸여 歲亦陽止로다.

王事靡盬라 不遑啓處하니

憂心孔疚나 我行不來니라.

彼爾維何오? 維常之華로다.

彼路斯何오? 君子之車로다.

戎車旣駕하여 四牡業業이로다.

豈敢定居리요? 一月三捷이로다.

駕彼四牡하니 四牡騤騤로다.

君子所依요 小人所腓로다.

四牡翼翼하니 象弭魚服이로다.

豈不日戒리요? 玁狁孔棘이로다.

昔我往矣엔 楊柳依依러니

今我來思엔 雨雪霏霏리라.

行道遲遲하여 載渴載飢로다.

我心傷悲어늘 莫知我哀로다.

註解 ○薇(미)−고사리, 고비. ○作(작)−생(生), 돋아나는 것. ○止
(지)−조사. ○曰(왈)−조사. 왈귀(曰歸)는 돌아가자. ○莫(모)−날이 저
무는 것. 모(暮)의 본자(本字). ○靡室靡家(미실미가)−실가(室家), 곧
집이 없는 것. 수역(戍役)에 나간 사람이 집을 떠나 있는 것을 뜻함.
○玁狁(험윤)−중국의 서북쪽에 살던 오랑캐들. 진한(秦漢) 때에는 흉노
(匈奴)라 부른 몽고족. ○遑(황)−겨를. ○啓居(계거)−무릎을 땅에 대
고 편히 앉아 있는 것. ○柔(유)−부드럽게 돋아 있는 것. ○烈烈(열렬)−
근심하는 모양. ○載(재)−조사. ○戍(수)−수자리. 여기서는 변경에서의
전쟁. ○未定(미정)−일정한 곳이 없는 것. ○歸(귀)−사(使)의 뜻. ○聘
(빙)−빙문(聘問), 사람을 보내어 문안드리는 것. ○剛(강)−뻣뻣해진

것. ○陽(양)-10월. 옛날엔 음양사상을 바탕으로 10월을 '양'이라 하였다. ○靡盬(미고)-불식(不息)의 뜻. ○啓處(계처)-편히 지내다. ○疚(구)-병이 든 것. ○來(래)-귀래(歸來). ○爾(이)-이(薾), 꽃이 성한 모양. ○常(상)-상체(常棣)·당체(棠棣), '아가위'. ○路(로)-노거(路車), 수레의 뜻. ○斯(사)-유(維)와 같은 조사. ○君子(군자)-장수를 가리킴. ○戎車(융거)-병거(兵車). ○業業(업업)-장(壯)한 모양. ○定居(정거)-일정한 곳에 머물러 사는 것. ○捷(첩)-싸워 이기는 것. ○騤騤(규규)-말이 강해 뵈는 것. ○依(의)-수레에 타는 것. ○腓(비)-따라 움직이는 것. ○翼翼(익익)-가지런히 줄지은 모양. ○象(상)-상아(象牙). ○弭(미)-활고자. ○魚(어)-어수(魚獸). '물개'인 듯. 어복(魚服)은 물개 가죽으로 입힌 것. ○日戒(일계)-매일 경계하는 것. ○孔棘(공극)-매우 긴박한 것. ○依依(의의)-성(盛)한 모양. 뒤에 연련불사(戀戀不捨)하는 뜻으로 바뀌었다. ○思(사)-조사. ○霏(비)-눈비가 부슬부슬 오는 것. ○遲遲(지지)-더딘 모양.

解說 변경을 막으러 전쟁터에 나가는 사람을 보낼 때 부르던 노래. 내용은 험윤(玁狁) 오랑캐의 침입을 막으러 전장에 나간 사람이 자기의 노고를 읊은 것이다. 서주(西周) 중엽 이후에야 '험윤'이란 말이 생겼으므로, 이 시는 선왕(宣王, 기원전 827~기원전 782) 무렵의 노래인 듯하다.

4. 우뚝한 아가위나무(杕杜)

우뚝한 아가위나무엔
주렁주렁 열매가 열렸네.
나랏일이 끝나지 않아
님의 행역(行役) 계속되네.
세월은 흘러 시월이 되니
여인의 마음은 서글퍼지는데,

집 떠난 우리 님은 돌아올 겨를도 없으신가!

우뚝한 아가위나무는
잎새가 무성하네.
나랏일이 끝나지 않아
내 마음 슬퍼만지네.
초목들이 무성해지니
여인의 마음은 슬픔에 차는데,
집 떠난 우리 님은 돌아오시지 못하는가!

저 북산에 올라
구기자를 뜯네.
나랏일이 끝나지 않아
부모님도 걱정하시네.
박달나무 수레는 터덜터덜,
수레 끄는 말은 타박타박,
집 떠난 우리 님 돌아오실 날 멀지 않았겠지!

수레 타고 돌아오지 않으니
걱정하는 마음 병 되었거늘,
기약한 날이 가도 오시지 않아
걱정은 더하여만 가네.
거북점 시초점 다 쳐보아도
모두 돌아올 날 가까웠다 하니,
집 떠난 님은 가까이 오고 계시겠지!

原文 有杕之杜여 有睆其實이로다.
      王事靡盬라 繼嗣我日이로다.

日月陽止라 女心傷止니
征夫遑止어다.

有杕之杜여 其葉萋萋로다.
王事靡盬라 我心傷悲로다.
卉木萋止라 女心悲止니
征夫歸止어다.

陟彼北山하여 言采其杞로다.
王事靡盬라 憂我父母로다.
檀車幝幝하며 四牡痯痯하니
征夫不遠이로다.

匪載匪來라 憂心孔疚어늘
期逝不至라 而多爲恤이로다.
卜筮偕止하여 會言近止하니
征夫邇止로다.

[註解] ○有杕(유체)─나무가 우뚝한 모양. ○杜(두)─아가위나무. ○睆
(환)─열매가 달려 있는 모양. ○嗣(사)─이어지다, 계속되다. ○我日(아
일)─우리 님의 고된 행역의 나날. ○陽(양)─음력 10월. ○止(지)─
조사. ○征夫(정부)─행역(行役)에 나가 있는 사람. ○遑(황)─돌아올
겨를도 없는가의 뜻. ○萋萋(처처)─나뭇잎이 무성한 모양. ○卉(훼)─
풀. ○言(언)─조사. ○杞(기)─구기자(枸杞子)나무. ○檀(단)─박달나무.
○幝幝(천천)─ 탄탄(嘽嘽), 수레가 터덜거리는 모양. ○痯痯(관관)─말
이 지쳐서 타박타박 맥없이 걷는 모양. ○不遠(불원)─돌아갈 날이 멀지
않은 듯하다는 말. ○載(재)─여기서는 수레를 타는 것. 비재(匪載)는
수레를 타고 오지 않는다는 것. 비래(匪來)는 돌아오지 않는 것. ○疚
(구)─오랜 병이란 뜻. ○期(기)─돌아오기로 기약한 날짜. ○逝(서)─

지나가는 것. ㅇ恤(휼)—근심하는 것. ㅇ卜(복)—말린 거북 껍질을 불로 지져 껍질에 금이 가는 모양을 보고 길흉을 판단하는 점. ㅇ筮(서)—시초(蓍草)로 만든 점가치로 역괘(易卦)에 맞춰 길흉을 판단하는 점. ㅇ偕(해)—두 가지 점을 다 치는 것. ㅇ會(회)—합(合)의 뜻. 회언(會言)은 똑같이 말했다는 뜻. ㅇ近(근)—남편의 돌아올 날이 가까워 온 것. ㅇ邇(이)—남편이 가까이 오고 있으리라는 뜻.

解說   전쟁터에 나간 남편이 돌아오기를 기다리는 아내의 마음을 노래한 것이다. 그러나 전쟁터로부터 돌아온 사람들을 위로할 적에 이 노래를 불렀다고 한다. 오랜만에 전쟁터에서 돌아온 장사들은 이 노래를 듣고 모두 감격의 눈물을 흘렸을 것이다.

5. 붉은 활(彤弓)

느슨한 붉은 활을 받아서
잘 간직했다가,
내게 좋은 손님 왔으니
진심으로 그에게 선물하며,
종과 북 벌여놓고
아침부터 큰 잔치 벌이네.

느슨한 붉은 활을 받아서
잘 간수했다가,
내게 좋은 손님 왔으니
진심으로 기뻐 그에게 주며,
종과 북을 벌여놓고
아침부터 술 권하네.

느슨한 붉은 활을 받아서
활집에 넣어 뒀다가,
내게 좋은 손님 왔으니
진심으로 좋아하여 그에게 주며
종과 북을 벌여놓고
아침부터 술잔 주고받네.

原文   彤弓弨兮를 受言藏之러니

     我有嘉賓하니 中心貺之로다.

     鐘鼓旣設하고 一朝饗之로다.

     彤弓弨兮를 受言載之러니

     我有嘉賓하니 中心喜之로다.

     鐘鼓旣設하고 一朝右之로다.

     彤弓弨兮를 受言櫜之러니

     我有嘉賓하니 中心好之로다.

     鐘鼓旣設하고 一朝醻之로다.

註解   ○彤弓(동궁)—붉은 활. 천자가 공(功) 있는 제후에게 내리는 것임. ○弨(초)—활줄을 팽팽하게 해놓지 않고 느슨히 풀어놓은 것. ○藏(장)—궁인(弓人)이 만들어 바치는 활을 받아 왕부(王府)에 잘 간직해 두는 것. ○貺(황)—주다, 선물하다. ○鐘鼓(종고)—종과 북, 연악(燕樂)에 쓰인 모든 악기(樂器)들을 대표한 것이다. ○一朝(일조)—바로 그 아침. 잔치를 벌이는 성의가 큼을 나타낸다. ○饗(향)—손님에게 베푸는 큰 잔치를 향(饗)이라 한다. ○載(재)—간수하다. 장(藏)과 뜻이 통함. ○喜之(희지)—그에게 기뻐하며 붉은 활을 주었다는 뜻. ○右(우)—유(侑)와 통하여, 잔치를 벌여놓고 술을 권하는 것. ○櫜(고)—활집. 여기서는 동사로 활집에 잘 넣어 두는 것. ○醻(수)—술을 권하는 것. 수(酬)와 통

하는 글자.

解說   이 시는 천자가 공 있는 제후에게 잔치를 베풀고 활과 화살
을 내릴 때에 부른 노래이다.

6. 학의 울음(鶴鳴)

학이 높은 언덕에서 우니
소리가 온 들에 퍼지네.
물고기는 깊은 연못에 잠겼다가
물가로 나오기도 하네.
즐겁게도 저 동산에는
박달나무가 자라고 있고
그 밑에는 개암나무도 있네.
다른 산의 돌이
이곳의 옥을 가는 숫돌이 되네.

학이 높은 언덕에서 우니
소리가 하늘에 퍼지네.
물고기는 물가에 있다가
깊은 연못에 잠기기도 하네.
즐겁게도 저 동산에는
박달나무가 자라고 있고
그 밑에는 닥나무도 있네.
다른 산의 돌로
이곳의 옥을 갈 수 있다네.

原文   鶴鳴于九皐어늘 聲聞于野이로다.

魚潛在淵이요 或在于渚로다.
樂彼之園에 爰有樹檀하며
其下維蘀이로다.
它山之石이 可以爲錯이로다.

鶴鳴于九皐어늘 聲聞于天이로다.
魚在于渚요 或潛在淵이로다.
樂彼之園에 爰有樹檀하며
其下維穀이로다.
它山之石이 可以攻玉이로다.

註解　○九(구)—고(高)의 뜻, 높은 것. ○皐(고)—물가의 언덕. ○潛(잠)—물에 잠기다. ○淵(연)—연못. ○渚(저)—물가. ○園(원)—은자(隱者)가 숨어 사는 집의 동산. ○蘀(탁)—석(檡), 개암나무. ○它(타)—타(他). ○錯(착)—숫돌. 옥돌을 가는 숫돌. ○穀(곡)—저(楮), 닥나무. ○攻(공)—갈다.

解說　방옥윤(方玉潤)의 《시경원시(詩經原始)》에 이 시는 초은(招隱)의 뜻을 지닌 것이라 하였다. 시를 보면 매 절의 앞 7구는 은자(隱者)가 살고 있는 곳의 풍물을 비유를 섞어가며 읊은 것이고, 끝 두 구는 초은의 뜻을 지니고 있으니 방옥윤의 설은 근리(近理)한 것이다.

7. 기보(祈父)

기보님!
나는 임금님의 발톱이요 이빨이거늘

어째서 나를 어려운 처지로만 몰아넣어,
편히 살 수 없게 합니까?

기보님!
나는 임금님의 발톱 같은 군사이거늘
어째서 나를 어려운 처지로만 몰아넣어
제대로 살 수 없게 합니까?

기보님!
정말로 귀가 어두우십니다.
어째서 나를 어려운 처지로만 몰아넣어
어머님 집안 일로 고생하시게 하십니까?

[原文]　祈父여! 予王之爪牙어늘
　　　　胡轉予于恤하여　靡所止居오?

　　　　祈父여! 予王之爪士어늘
　　　　胡轉予于恤하여　靡所底止오?

　　　　祈父여! 亶不聰이로다.
　　　　胡轉予于恤하여　有母之尸饔고?

[註解]　ㅇ祈父(기보)−육군(六軍 : 천자의 군대)을 관장하는 직책을 맡고 있는 관리, 곧 사마(司馬). ㅇ爪(조)−손톱. 짐승의 발톱. ㅇ牙(아)−어금니. 짐승은 발톱으로 할퀴고 이로 물어뜯으며 싸움한다. ㅇ恤(휼)−근심하는 처지, 어려운 처지. ㅇ止居(지거)−머물러 편히 사는 것. ㅇ爪士(조사)−조아지사(爪牙之士). ㅇ底(지)−안정의 뜻. ㅇ亶(단)−진실로. ㅇ不聰(불총)−귀가 밝지 못하다는 뜻. ㅇ尸(시)−베풀다. 진(陳)의 뜻. ㅇ饔(옹)−밥, 식사. 시옹(尸饔)은 노모(老母)가 손수 집에서 밥상을 차

려 올리는 것. 이것은 늙은 어머니가 집안 일로 고생하고 있음을 뜻한다.

解說 이 시는 오랫동안 전쟁에 나가 있는 군사가 자기를 집으로 돌려보내 주지 않음을 원망하는 노래이다. 이 군사는 지금의 국방장관에 해당하는 기보(祈父)를 부르며 오랫동안 종군했는데도 노부모가 계신 자기를 왜 안 돌려보내느냐는 것이다.

8. 곤줄매기(黃鳥)

곤줄매기야 곤줄매기야,
닥나무에 떼지어 앉았다가
우리 조 쪼아먹지 마라.
이 나라 사람들은
나를 잘 대해 주지 않으니
되돌아 우리 일가들 사는 고장으로 가련다.

곤줄매기야 곤줄매기야,
뽕나무에 떼지어 앉았다가
우리 수수 쪼아먹지 마라.
이 나라 사람들은
믿고 살 수 없으니
되돌아 우리 형님들 계신 고장으로 가련다.

곤줄매기야 곤줄매기야,
참나무에 떼지어 앉았다가
우리 기장 쪼아먹지 마라.
이 나라 사람들은

함께 살 수 없으니
되돌아 우리 아저씨들 계신 고장으로 가련다.

原文 黃鳥黃鳥여 無集于穀하며
　　　無啄我粟이어다.
　　　此邦之人이 不我肯穀이니
　　　言旋言歸하여 復我邦族하리라.

　　　黃鳥黃鳥여 無集于桑하며
　　　無啄我粱이어다.
　　　此邦之人이 不可與明이니
　　　言旋言歸하여 復我諸兄하리라.

　　　黃鳥黃鳥여 無集于栩하며
　　　無啄我黍어다.
　　　此邦之人이 不可與處이니
　　　言旋言歸하여 復我諸父하리라.

註解 ○黃鳥(황조)―곤줄매기. ○集(집)―나무 위에 많은 새가 앉아 있는 것을 뜻하는 글자. ○穀(곡)―닥나무. ○啄(탁)―쪼아먹다. ○穀(곡)―선(善)과 통하여, 잘 지내는 것. ○言(언)―조사. ○言旋言歸(언선언귀)―발길을 돌려 돌아가는 것. ○復(복)―되돌아가다. ○邦族(방족)―동족(同族)이 사는 옛땅. ○粱(량)―고량(高粱), '수수' 종류의 곡식. ○明(명)―맹(盟), 믿음. 여명(與明)은 따라서 믿고 지내는 것. ○栩(허)―상수리나무, 참나무. ○黍(서)―기장. ○與處(여처)―더불어 잘 살아가는 것. ○諸父(제부)―여러 아버지와 형제뻘 되는 분들.

解說 이 시는 타향에 떠돌아다니는 사람이 고향으로 돌아가고 싶은 마음을 읊은 것이다. 아무래도 낯선 땅은 나그네에게 서먹서먹하

기만 하다. 각 절의 앞머리에서 곤줄매기에게 자기의 곡식을 쪼아먹
지 말라는 것은, 나그네에게 쓸데없이 냉대(冷待)를 말라는 뜻을 지
닌 듯하다.

9. 더부룩한 다북쑥(蓼莪)

다북쑥이 더부룩이 자랐다면
다북쑥이 아니라 약쑥이지.
슬프다 부모님은
나를 낳으시고 기르느라 수고하셨네.

다북쑥이 더부룩이 자랐다면
다북쑥이 아니라 왕쑥이지.
슬프다 부모님은
나를 낳으시고 기르느라 고생하셨네.

텅 빈 병은
항아리 대하기 부끄럽네.
가난한 사람들의 삶은
일찍 죽어 버림만 같지 못하네.
아버지 말고 누구를 의지할 것이며
어머니 말고 누구에게 기대겠나?
나가서는 부모님 걱정되지만
들어와서는 할 일 없는 듯하네.

아버님 날 낳으시고
어머님 날 기르시니,

쓰다듬고 길러주셨고,
키워 주시고 감싸주셨네.
돌아보시고 또 돌아보시며
나갔다 들어와서는 다시 돌보아 주셨으니,
이 은혜 갚고자 하나
하늘이 무정하시네.

남산은 높다랗고
회오리바람 쏜살같네.
사람들은 모두 잘 지내거늘
왜 나만 홀로 해를 입는가?

남산은 우뚝하고
회오리바람 몰아치네.
사람들은 모두 잘 지내거늘
나만 홀로 부모님 끝내 모시지 못하네.

原文　蓼蓼者莪니 匪莪伊蒿로다.
　　　哀哀父母여 生我劬勞셨도다.

　　　蓼蓼者莪니 匪莪伊蔚로다.
　　　哀哀父母에 生我勞瘁셨도다.

　　　缾之罄矣여 維罍之恥로다.
　　　鮮民之生이여 不如死之久矣로다.
　　　無父何怙며 無母何恃오?
　　　出則銜恤이요 入則靡至로다.

　　　父兮生我하시고 母兮鞠我하시니

拊我畜我하시며 長我育我하시며
顧我復我하시며 出入復我하시니
欲報之德이나 昊天罔極이시로다.

南山烈烈이요 飄風發發이로다.
民莫不穀이어늘 我獨何害오?

南山律律이요 飄風弗弗이로다.
民莫不穀이어늘 我獨不卒이로다.

註解 ○蓼蓼(육륙)－장대(長大)한 모양. ○莪(아)－다북쑥. ○蒿(호)－쑥. 봄에 나물로 뜯을 때의 쑥을 ‘아’, 대가 길게 자란 쑥을 ‘호’라 한다. ○劬(구)－수고하는 것. ○蔚(위)－쑥의 일종, 보통 쑥보다 대가 굵고 크다. ○勞瘁(노췌)－고생하는 것. ○缾(병)－병(瓶)과 같은 글자. ○罄(경)－그릇이 비어 있는 것. ○罍(뢰)－술그릇, 항아리. 병(缾)이나 뢰(罍)나 모두 질그릇으로, 병으로 물을 길어다 뢰에 부어 둔다. 병이 텅 비어 있으면 뢰엔 따라서 물이 찰 날이 없으므로 병이 비면 뢰의 수치가 되는 것이다. 이것은 부모님이 편히 지내시지 못함은 아들의 책임임을 비유한 것이다. ○鮮(선)－드물다. 과(寡). 선민(鮮民)은 가난한 백성. ○怙(호)－믿다, 의지하다. ○恃(시)－의지하다. ○銜恤(함휼)－근심을 지니는 것. 집을 나가서는 부모님 걱정을 하게 된다는 뜻. ○靡至(미지)－무소귀(無所歸)의 뜻, 곧 ‘집에 들어와서는 부모님에게 어떻게 해야 할지도 모른다’는 뜻. ○鞠(국)－기르다, 양육하다. ○拊(부)－쓰다듬어 주는 것. ○畜(휵)－기르다. ○長(장)－키우다. ○育(육)－복육(覆育)의 뜻으로, 감싸주는 것. ○復(복)－또 다시 돌아보는 것. ○罔極(망극)－무량(無良)의 뜻. 호천망극(昊天罔極)은 하늘이 무정해서 은혜를 갚지 못하고 있다는 뜻. ○烈烈(열렬)－고대(高大)한 모양. ○飄(표)－회오리바람. ○發發(발발)－빠른 모양. ○穀(곡)－선(善)의 뜻으로, ‘잘 지내는 것’. ○律律(율률)－앞 절의 열렬(烈烈)과 같은 말. ○弗弗(불불)－발발(發發)과 같은 말. ○不卒(부졸)－종양(終養)하지 못하는 것.

解說 이 시는 백성들이 노고(勞苦)함에도 효자가 그의 부모를 끝까지 봉양하지 못하는 안타까움을 노래한 것이다.

10. 쉬파리(靑蠅)

윙윙 쉬파리 날다가
울타리에 앉았네.
점잖으신 군자님은
남 모함하는 말 믿지 마시기를.

윙윙 쉬파리 날다가
대추나무에 앉았네.
남을 모함하는 자들은 나쁜 자들이어서
온 나라를 어지럽히네.

윙윙 쉬파리 날다가
개암나무에 앉았네.
남을 모함하는 자들은 나쁜 자들이어서
우리들 서로 미워하게 하네.

原文 營營靑蠅이 止于樊이로다.
     豈弟君子는 無信讒言이어다.

     營營靑蠅이 止于棘이로다.
     讒人罔極하여 交亂四國이로다.

     營營靑蠅이 止于榛이로다.

讒人罔極하여 構我二人이로다.

註解 ○營營(영영)—윙윙 하며 나는 소리. ○靑蠅(청승)—'쉬파리'. 남을 모함하기 잘하는 자들에게 비유한 것이다. ○豈弟(개제)—점잖은 것. ○君子(군자)—임금을 가리킴. ○罔極(망극)—무량(無良)의 뜻, 곧 '나쁜 것'. ○榛(진)—개암나무. ○構(구)—구합(構合)의 뜻으로, 서로가 미워하는 것.

解說 이는 남을 모함하기 잘하는 자들을 쉬파리에 비유하며 풍자한 시이다.

11. 능초 꽃(苕之華)

능초 꽃은
무성하고 노랗게 피어있네.
마음의 시름이여!
가슴만 아프네.

능초 꽃은
잎새가 푸릇푸릇하네.
내 이럴 줄 알았더라면
차라리 태어나지도 않았을 것을!

암양은 머리가 커다랗고,
삼성이 통발 속에 비치고 있네.
사람은 먹어야만 하는데
배부르게 지내는 이는 드무네.

原文 苕之華여 芸其黃矣로다.
心之憂矣여 維其傷矣로다.

苕之華여 其葉靑靑이로다.
知我如此면 不如無生이로다.

牂羊墳首며 三星在罶로다.
人可以食이나 鮮可以飽로다.

註解 ○苕(초)−능초. 꽃풀 이름. ○芸(운)−무성한 것을 뜻함. ○牂 (장)−암양. ○墳首(분수)−머리가 큰 것. 양의 몸이 야위어 머리가 크 게 보이는 것이다. ○三星(삼성)−삼수(參宿). 별 이름. ○罶(류)−통발. 삼성(三星)이 통발 속에 있다는 것은, 통발에 고기가 한 마리도 걸리지 않아서 물이 고요하므로 하늘의 별이 비치고 있는 것이다. ○鮮(선)−드 문 것.

解說 이것은 살기 어려워진 세상을 한탄한 시이다.

12. 무슨 풀이고 시들지 않나(何草不黃)

무슨 풀이고 시들지 않나?
어느 날이고 길가지 않나?
어느 누구고 길 걷지 않나?
사방에 일이 많네.

무슨 풀이고 마르지 않나?
어느 누구고 병들지 않나?
슬프게도 이 나그네는,

홀로 사람 구실 못하는가!

외뿔소와 호랑이가
넓은 들을 쏘다니고 있네.
슬프게도 이 나그네는
아침이고 저녁이고 쉴 겨를 없네.

텁수룩한 여우가
무성한 풀밭을 쏘다니네.
높다란 수레가
한길을 달리고 있네.

原文　何草不黃고? 何日不行고?
　　　何人不將고? 經營四方이로다.

　　　何草不玄고? 何人不矜고?
　　　哀我征夫이 獨爲匪民이로다.

　　　匪兕匪虎이 率彼曠野로다.
　　　哀我征夫이 朝夕不暇로다.

　　　有芃者狐이 率彼幽草로다.
　　　有棧之車이 行彼周道로다.

註解　○何草不黃(하초불황)―모든 풀이 누렇게 시든다는 것은, 나라가 망해가면 누구나 괴로움을 당하게 됨을 뜻하는 것이다. ○將(장)―행(行)의 뜻, 길을 가는 것. ○經營四方(경영사방)―사방을 경영하다, 곧 나라에 여러 가지 어려움이 많이 생긴 것을 뜻한다. ○玄(현)―적흑색(赤黑色), 역시 풀이 시든 것을 말한다. ○矜(관)―환(鰥)과 같은 자, 병

(病)의 뜻. ㅇ匪民(비민)—비인(匪人)과 같은 말로, 마소처럼 부림을 당하고 있음을 뜻한다. ㅇ匪(비)—피(彼)와 통함. ㅇ兕(시)—외뿔소. ㅇ率(솔)—순(循)의 뜻, 순(循)은 행(行)과 통함. ㅇ暇(하)—겨를, 쉴 겨를. ㅇ有芃(유봉)—봉연(芃然)으로 텁수룩한 여우털을 형용한 것. ㅇ幽草(유초)—심초(深草), 깊은 풀밭 속. ㅇ有棧(유잔)—잔연(棧然), 수레가 높은 모양.

解說　주(周)나라가 망해가자 행역(行役)이 끊임없게 되었으므로 행역하는 사람들이 자기의 괴로움을 읊은 것이 이 시이다.

제 3 편

대아(大雅)

앞의 '소아(小雅)'에서 해설한 것처럼 '대아'는 주로 회조(會朝) 때 노래불렀던 것이다. 연향(宴饗) 때의 음악이 위주인 소아에 비하여 악곡이나 가사가 더욱 전아(典雅)함은 더 말할 것도 없다. 다시 말하면 민요인 '국풍(國風)'으로부터 '소아'보다 한층 더 멀어진 것이 '대아'이다. 주(周)왕조 선조들의 공덕을 기린 시들이 많은데, 얼핏 보기에 이는 '송(頌)'과 성격이 비슷하나, '송'은 제사지낼 때 부르던 노래임에 비하여, '대아'의 시들은 제사가 끝난 뒤에 부르던 노래이다. 그리고 후세에는 조회(朝會)는 말할 것도 없고, '소아'처럼 잔치 때에도 노래 불렀던 듯하다.

1. 문왕(文王)

문왕께선 위에 계시는데,
아아, 하늘에 뚜렷하시니,
주나라는 오래된 나라라 하지만
받은 하늘의 명은 새롭기만 하네.
주나라 임금은 매우 밝게 나라 다스리니,
하느님의 명이 매우 공정히 내려진 것이네.
문왕께선 하늘 땅을 오르내리며
하느님 곁을 떠나지 않으시네.

문왕께선 부지런히 애쓰시어
아름다운 기림 끊이지 않네.
주나라에 많은 복 내리어
문왕 자손들이 그걸 누리네.
문왕 자손들은
백세토록 집안이 번성하고,
모든 주나라의 신하들도
세세로 매우 현명하네.

세세로 매우 현명하니
그들의 계획은 신중하고 충성되네.
빛나는 많은 신하들이
이 왕국에 생겨나네.
그들이 왕국에 생겨남은
주나라의 기둥 되기 위해서네.

많은 신하들 있으니
문왕께서도 마음 편하시리라.

덕이 많은 문왕께서는,
아아, 끊임없이 공경하셨네.
위대한 하늘의 명은
상(商)나라 자손들에게 있었고,
상나라 자손들은
그 수 헤아릴 수 없었건만,
하느님이 명을 새로 내리시어
주나라에 복종케 되었네.

주나라에 복종케 되었으니,
하늘의 명은 일정하기만 한 것은 아닐세.
은나라 관원들은 점잖고 민첩하게 움직이며
주나라 도성에서 강신할 술 따라 올리니,
그들이 강신할 술 올릴 때엔
언제나 보무늬 바지에 은관을 썼네.
우리 임금님의 충성스런 신하 되었으니
그대들 조상은 생각 말기를!

그대들 조상 생각 않는가?
그분들 같은 덕을 닦아야 하네.
오래도록 하늘의 명을 지키어
스스로 많은 복을 누려야지.
은나라가 민심을 잃지 않았을 적에는
하느님 뜻을 따를 줄 알았다네.
마땅히 은나라를 거울삼아

위대한 명 지키기 쉽지 않음 명심하기를!

하늘의 명 지키기 쉽지 않으니
그대들 대에서 끊이지 않도록 하게!
훌륭한 명성 밝게 빛나게 하고,
은나라처럼 하늘의 명 잃지 않도록 걱정하기를!
하느님의 하시는 일은
소리도 없고 냄새도 없는 것,
문왕을 본받으면
온 세상이 믿고 따르게 되리.

原文　文王在上하사 於昭于天하시니
　　　周雖舊邦이나 其命維新이로다.
　　　有周不顯이니 帝命不時로다.
　　　文王陟降하시며 在帝左右시니라.

　　　亹亹文王이 令聞不已시니
　　　陳錫哉周하시되 侯文王孫子하시니
　　　文王孫子이 本支百世시며
　　　凡周之士도 不顯亦世로다.

　　　世之不顯이니 厥猶翼翼이로다.
　　　士皇多士이 生此王國이로다.
　　　王國克生하니 維周之楨이로다.
　　　濟濟多士여 文王以寧이시로다.

　　　穆穆文王이여 於緝熙敬止시로다.
　　　假哉天命은 有商孫子니라.

商之孫子이 其麗不億이나
上帝旣命이라 侯于周服이로다.

侯服于周하니 天命靡常이로다.
殷士膚敏이 祼將于京하니
厥作祼將이여 常服黼冔로다.
王之藎臣은 無念爾祖어다.

無念爾祖아? 聿脩厥德이어다.
永言配命이 自求多福이니라.
殷之未喪師엔 克配上帝니
宜鑑于殷이어라 駿命不易니라.

命之不易니 無遏爾躬이어다.
宣昭義問하며 有虞殷自天이어라.
上天之載는 無聲無臭어니와
儀刑文王하면 萬邦作孚하리라.

[註解] ㅇ上(상)―하늘 위. ㅇ於(오)―아아! ㅇ昭(소)―밝은 것, 하늘에 존재가 뚜렷하다는 뜻. ㅇ有周(유주)―주나라를 다스리는 임금들. ㅇ不(불)―비(丕)의 뜻. 매우, 크게. 아래도 같음. ㅇ帝(제)―상제(上帝), 하느님. ㅇ時(시)―시(是)와 통하며, 불시(不時)는 하늘의 명이 은(殷) 대신 주나라에 내려진 것이 '매우 옳은 일'이라는 뜻. ㅇ亹亹(미미)―부지런히 힘쓰는 모양. ㅇ令聞(영문)―아름다운 명성. ㅇ陳錫(진석)―신석(申錫), 중석(重錫), 내리시는 복록(福祿)의 많음을 뜻함. ㅇ哉(재)―재(在)와 옛날에는 통용되어, '어(於)'의 뜻. ㅇ侯(후)―유(維)와 같은 조사. ㅇ孫子(손자)―자손(子孫). ㅇ本(본)―본종(本宗). 지(支)는 서계(庶系)를 가리킨다. 본지백세(本支百世)는 문왕의 종족과 지서(支庶)가 백세 지나도록 끊이지 않는다는 뜻. ㅇ亦世(역세)―혁세(奕世)와 같은 말

로 영세(永世)·누세(累世)의 뜻. ○猶(유)―나라를 다스리는 계책. ○翼翼(익익)―신중하고 충성된 모양. ○思(사)―조사. ○皇(황)―황(煌)과 통함, 빛나다. ○楨(정)―담틀의 양쪽 가에 댄 나무. 주지정(周之楨)은 곧 주나라의 동량(棟梁)이란 말과 같은 뜻이다. ○濟濟(제제)―많은 모양. ○文王以寧(문왕이녕)―문왕은 그들이 있음으로써 마음 편해지실 것이라는 뜻. ○穆穆(목목)―아름다운 것, 덕이 많은 것. ○於(오)―아아. ○緝熙(즙희)―끊이지 않고 일을 계속함을 뜻한다. ○止(지)―조사. ○假(가)―큰 것. ○有商(유상)―상(商)나라를 다스린 사람. ○麗(리)―수(數)의 뜻. ○不億(불억)―부지우억(不止于億). 헤아릴 수 없다는 말. ○侯(후)―유(維)와 같은 조사. ○靡常(미상)―일정하지 않은 것. 천명은 한 사람에게만 머물러 있는 것이 아니라, 잘못하면 언제든 덕 있는 딴 사람에게로 넘어간다는 것이다. ○膚(부)―아름다운 것, 점잖은 것. ○祼(관)―창주(鬯酒)를 시(尸)에게 올리면 시(尸)는 술을 받아 땅에 쏟아 신(神)을 내려오게 한다. ○將(장)―받들다. ○京(경)―주경(周京), 주나라 도성. ○黼(보)―아랫바지에 보무늬를 놓은 것. ○冔(후)―은나라의 관(冠). ○藎臣(신신)―충성스러운 신하. ○聿(율)―마침내. ○言(언)―조사. ○永言配命(영언배명)―영구히 하늘이 준 명을 보전하는 것. ○喪師(상사)―백성들을 잃는 것. ○鑒(감)―거울. ○駿(준)―큰 것. ○遏(알)―대(代)가 단절되는 것. ○義問(의문)―선문(善聞), 앞에 나온 영문(令聞)과 같은 말. ○有(유)―우(又)와 통함. ○虞(우)―염려하다. ○自天(자천)―하늘이 천명을 내렸다가 다시 하늘이 그 명을 거두어들이는 것. ○載(재)―일. ○儀刑(의형)―법식으로 삼는 것, 본뜨는 것. ○作(작)―즉(則)의 뜻. ○孚(부)―믿는 것.

[解說] 문왕이 천명을 받아 주나라를 이룩한 것을 주공(周公)이 문왕의 덕을 추술(追述)하여 노래한 것이다. 그러나 틀림없이 주공이 지은 것이라는 근거는 없다. 다만 이 시가 주초(周初)의 작품임은 의심할 여지가 없는 듯하다.

2. 사람을 낳으심(生民)

처음 사람을 낳으신 분은
바로 강원이란 분이네.
사람을 어떻게 낳으셨나?
정결히 잘 제사지내시어,
자식 없는 나쁜 징조 없애시고,
하느님의 발자국 엄지발가락 밟으시자 감동을 받으시어,
거기에 쉬어 머무셨네.
곧 아기 배고 공경히 몸 간수하시어,
아기 낳아 기르셨으니,
이분이 바로 후직이시네.

아기 낳으실 달이 차자,
첫 아기를 양처럼 쉽게 낳으셨으니,
째지지도 터지지도 않으시고
재난도 해(害)도 없으셨네.
영험함 밝게 드러났으니
하느님께서 편안히 보살펴 주신 때문일세.
정결한 제사에 매우 즐거워하시고
의연히 아들 낳게 하신 걸세.

아기를 좁은 골목에 버렸으나
소와 양이 감싸주고 애호하였으며,
넓은 숲 속에 버렸으나
마침 숲의 나무를 베러 온 사람들이 돌보아 주었으며,

찬 얼음 위에 버렸으나
새가 날개로 덮어 주고 깔아 주었네.
새가 날아가자
후직께서 우시니,
소리가 길고 커서
그 소리가 행길에까지 들렸다네.

기어다니게 되시자
지각과 의식이 뛰어나셨고,
음식을 찾아 잡수시게 되자
콩을 심으셨는데,
콩은 너풀너풀 자라났고,
벼도 줄지어 탐스럽게 자랐으며,
삼과 보리도 무성하게 자라고
오이 덩굴도 쭉쭉 자랐다네.

후직께서 농사를 지은 것은
백성들을 돕기 위한 것이었네.
많은 잡초 뽑아내고
거기에 곡식 심어 무성케 하였네.
싹이 뾰죽뾰죽 올라오더니
쭉쭉 길게 자랐으며,
이삭 패고 꽃이 피고
줄기 굳게 잘 자라서,
이삭 처지고 잘 여무니,
태(邰)나라를 세워 집안을 거느리게 되셨네.

하늘이 좋은 곡식 씨 내려주셨으니,

검은 기장 메기장과
붉은 차조 흰 차조네.
검은 기장 메기장 두루 심어
거두어서 밭에 쌓아놓고,
붉은 차조 흰 차조 두루 심어 거두어서,
메기도 하고 지기도 하고
집으로 돌아와 제사지내셨네.

제사는 어떻게 지내셨나?
찧고 빻고 해서
불리고 비비고 한 뒤,
설설 그것을 일어
푹 그것을 쪄놓고,
좋은 날을 가리어
쑥을 기름에 섞어 태우며,
수양으로 길의 신에 제사지내고,
고기를 지지고 구워 올리며
내년의 풍년을 비셨다네.

제기에 제물을 담는데
접시도 있고 대접도 있네.
그 향기 올라가
하느님이 즐겨 드시니,
매우 향기롭고 정성되고 훌륭하였기 때문이네.
후직께서 제사지내기 시작하신 뒤로,
거의 아무런 죄나 허물없이
지금까지 이르렀네.

原文 厥初生民은 時維姜嫄이시니라.
生民如何오? 克禋克祀하사
以弗無子하시고 履帝武敏하사
歆攸介攸止니라. 載震載夙하사
載生載育하시니 時維后稷이시니라.

誕彌厥月하여 先生如達하시니
不坼不副하시며 無菑無害시니라.
以赫厥靈하시니 上帝不寧이로다.
不康禋祀하사 居然生子하시니라.

誕寘之隘巷한데 牛羊腓字之하며
誕寘之平林한데 會伐平林하며
誕寘之寒氷한데 鳥覆翼之로다.
鳥乃去矣어늘 后稷呱矣하시니
實覃實訏하사 厥聲載路시니라.

誕實匍匐하사 克岐克嶷하시며
以就口食하사 蓺之荏菽하시니
荏菽旆旆하며 禾役穟穟하며
麻麥幪幪하며 瓜瓞唪唪하니라.

誕后稷之穡은 有相之道로다.
茀厥豐草하고 種之黃茂하니
實方實苞하여 實種實褎하며
實發實秀하며 實堅實好하며
實穎實栗터니 卽有邰家室하시니라.

誕降嘉種하니 維秬維秠며
維穈維芑로다.
恒之秬秠하여 是穫是畝하며
恒之穈芑하여 是任是負하여
以歸肇祀하시니라.

誕我祀如何오? 或舂或揄하여
或簸或蹂하며 釋之叟叟하며
烝之浮浮하며 載謀載惟하며
取蕭祭脂하며 取羝以軷하여
載燔載烈하여 以興嗣歲로다.

卬盛于豆하니 于豆于登이로다.
其香始升하니 上帝居歆이로다.
胡臭亶時하니 后稷肇祀로다.
庶無罪悔하여 以迄于今이로다.

註解 ○厥初生民(궐초생민)—기시생인(其始生人). 주(周)나라의 사람을 처음으로 낳는 것. ○時(시)—시(是)와 통함. ○姜嫄(강원)—주(周)나라의 조상인 후직(后稷)의 어머니. 강(姜)은 성, 원(嫄)은 이름. ○克禋克祀(극인극사)—'정결히 잘 제사를 지내시어'의 뜻. ○弗(불)—제거하는 것. 이불무자(以弗無子)는 제사를 지내어 '자식이 없는 불상(不詳)을 제거하였다'는 뜻. ○履(리)—밟다. ○武(무)—발자국. ○敏(민)—무(拇), 엄지발가락. ○歆(흠)—흔(欣), 기쁜 듯 감동이 되는 것. 강원(姜嫄)은 남편 없이 하느님의 엄지발가락 자국을 밟고 마음이 기뻐지면서 임신을 하였다. ○攸(유)—조사. ○介(개)—사식(舍息), 머물러 쉬는 것. '유개유지(攸介攸止)'는 하느님의 발가락 자국 위에 잠깐 머물러 쉬어 있었다는 뜻. ○載(재)—즉(則). ○震(진)—신(娠), 임신하는 것. ○夙(숙)—숙(蕭)과 통하여, 아기를 밴 뒤 몸가짐을 공경히 하는 것. ○載生載育(재

생재육)-아기를 낳아 기른 것. ㅇ后稷(후직)-본명이 기(棄). 주나라의 시조(始祖), 요(堯)임금 때 농사를 주관하는 직(稷)의 벼슬을 하여 후직이라 부르게 되었다. 무왕(武王)은 그의 15세손임. ㅇ誕(탄)-발어사. ㅇ彌厥月(미궐월)-임신한 뒤 열 달이 다 차는 것. ㅇ先生(선생)-수생(首生), 첫 번째로 낳는 것. ㅇ達(달)-양의 새끼. 양의 새끼는 쉽게 낳는다 한다. ㅇ坼(탁)-터지다. ㅇ副(복)-째지는 것. 탁(坼)과 복(副)은 모두 어머니가 아기를 낳을 때 모체(母體)가 손상됨을 말한다. ㅇ菑(재)-재(災), 재해. ㅇ厥靈(궐령)-하느님의 영험하심. ㅇ不(불)-비(丕)의 뜻. ㅇ不康(불강)-비강(丕康)으로 제사를 '크게 편안하게 받아들이는 것'. ㅇ居然(거연)-남편이 없이도 '의젓하게'의 뜻. ㅇ誕(탄)-모두 발어사. ㅇ寘(치)-가져다 버리는 것. ㅇ隘巷(애항)-좁은 골목. 후직을 낳았을 때 아버지 없는 자식이라 하여 죽으라는 뜻에서 아무 데나 갖다 버린 것이다. ㅇ腓(비)-비(芘)와 통하며, 비호(庇護)의 뜻. ㅇ字(자)-애호(愛護)의 뜻. ㅇ呱(고)-아기가 우는 것. ㅇ實(실)-시(是)와 통함. ㅇ覃(담)-소리가 긴 것. ㅇ訏(우)-소리가 큰 것. ㅇ載(재)-만(滿)의 뜻. 재로(載路)는 만로(滿路), 행길까지 크게 들렸었다는 뜻. ㅇ實(실)-시(是)의 뜻. ㅇ匍匐(포복)-기어다니다. ㅇ岐(기)-지의(知意)의 뜻. ㅇ嶷(억)-식(識)의 뜻. ㅇ以就口食(이취구식)-음식을 자신이 찾아먹게 되는 것, 곧 6, 7세 때. ㅇ蓺(예)-곡식을 심는 것. ㅇ荏(임)-콩. ㅇ菽(숙)-콩. ㅇ旆旆(패패)-길게 자란 모양. ㅇ役(역)-열(列), 곧 늘어선 것. ㅇ穟穟(수수)-곡식 싹이 호미(好美)한 모양. ㅇ幪幪(몽몽)-더부룩하다, 무성한 모양. ㅇ瓞(질)-오이 덩굴. ㅇ唪唪(봉봉)-봉봉(菶菶), 풀이 우거진 것. ㅇ穡(색)-곡식을 거두는 것. 농사짓는 것. ㅇ相(상)-돕다. ㅇ茀(불)-불(弗)과 통하여, 제거의 뜻. ㅇ豐草(풍초)-많은 잡초. ㅇ黃茂(황무)-무성(茂盛)하다는 뜻. ㅇ方(방)-시(始)의 뜻. ㅇ苞(포)-포(包)와 통하며, 곡식 싹이 처음 나기 시작하여 아직 펴지지도 않은 것. ㅇ種(종)-묘(苗)가 땅 위로 나와서 아직 크게 자라지는 않은 것. ㅇ褎(유)-묘(苗)가 점점 자라는 것. ㅇ發(발)-이삭이 패어 나오는 것. ㅇ秀(수)-꽃이 피는 것. ㅇ堅(견)-줄기가 세어지는 것. ㅇ穎(영)-이삭이 수그러지는 것. ㅇ栗(률)-이삭이 여무는 것. ㅇ邰(태)-강원(姜嫄)의 나라. 지금의 섬서성 무공현(武功縣)에 있었다. 후직이 그의 어머니의 나라인

태(邰)에 봉함을 받았던 것이다. ㅇ秬(거)—검은 기장. ㅇ秠(비)—거(秬)와 같은 종류이나, 한 껍질 속에 두 개의 기장 알이 들어 있는 것. ㅇ穈(문)—붉은 차조. 적량속(赤粱粟). ㅇ芑(기)—흰 차조. 백량속(白粱粟). ㅇ恒(긍)—두루 심는 것. ㅇ畝(묘)—거둔 곡식을 밭에 쌓아 놓는 것. ㅇ任(임)—어깨에 둘러메는 것. ㅇ負(부)—등에 짊어지고 나르는 것. ㅇ肇(조)—조사. ㅇ舂(용)—절구질하다. ㅇ揄(유)—절구에서 찧은 곡식을 끄집어 내는 것. ㅇ簸(파)—키로 곡식을 까부는 것. ㅇ蹂(유)—곡식을 비벼 겨를 벗겨내는 것. ㅇ釋(석)—곡식을 물에 이는 것. ㅇ叟叟(수수)—곡식을 물에 이는 소리. ㅇ烝(증)—찌는 것. 증(蒸)과 같은 글자. ㅇ浮浮(부부)—김이 오르는 모양. ㅇ載(재)—즉(則)의 뜻. ㅇ謀惟(모유)—길일을 점쳐 택하는 것. ㅇ脂(지)—기름. 쑥을 갖다 기름에 섞어 태움으로써 제사 때 신에게 기미(氣味)를 알리는 것. ㅇ羝(저)—수양. ㅇ軷(발)—노제(路祭). 발제(軷祭)엔 두 가지가 있는데, 하나는 길을 떠날 때 조상에게 지내는 제사요, 다른 하나는 겨울에 길의 신에게 지내는 제사이다. 여기서는 후자를 말한다. ㅇ燔(번)—고기를 굽는 것. ㅇ烈(열)—고기를 꼬챙이에 꿰어 불에 굽는 것. ㅇ興(흥)—풍년이 되도록 비는 것. ㅇ嗣歲(사세)—다음해, 내년. ㅇ卬(앙)—나. 후직을 가리킴. ㅇ盛(성)—그릇에 담는 것. ㅇ豆(두)—제기. ㅇ登(등)—두(豆)와 같이 제기이나, 두(豆)는 굽이 달린 접시 같은 것임에 비하여 등(登)은 국을 담을 수 있도록 만든 것임. ㅇ居(거)—조사. ㅇ歆(흠)—신이 제물을 흠향(歆饗)하는 것. ㅇ胡(호)—대(大)의 뜻. ㅇ臭(취)—제물의 향기를 가리킴. ㅇ亶(단)—성(誠)의 뜻. ㅇ時(시)—선(善)의 뜻. ㅇ庶(서)—거의. ㅇ悔(회)—잘못의 뜻. 죄회(罪悔)는 죄과(罪過)와 같은 말.

解說 이 시는 조상을 기린 것이다. 후직(后稷)이 강원(姜嫄)에게서 태어났는데, 문왕과 무왕의 공로도 실은 조상인 후직으로부터 나왔다는 것이다.

3. 은하수(雲漢)

훤한 은하수는
하늘에 밝게 둘러 있네.
임금님이 말씀하셨네.
'아아, 지금 사람들이 무슨 죄인가요?
하늘은 재난을 내리시어
기근이 거듭 닥쳤어요!
모든 신에게 제사 올리되,
제물을 아끼지 아니하며
여러 가지 옥 다 바쳤거늘
제 말은 들어주시지 않는군요.'

가뭄이 너무 심하여
뜨거운 기운만이 훅훅 오르네.
끊임없이 정결한 제사지내어,
하늘과 땅 및 여러 조상에 이르기까지,
위아래로 제물을 바치고 묻고 하였으며
모든 신을 받들어 모셨네.
그러나 후직께서도 모른 체하시고
하느님께서도 돌보시지 않으시니,
세상을 멸망시키려 하신다면
바로 내 한 몸으로 화를 받도록 해주기를!

가뭄이 너무 심하여
피할 수도 없게 되었으니,

두렵고 불안함이
천둥 울리고 벼락칠 적 같네.
주나라의 남은 백성들은
살아남을 자 없게 될 지경이니,
하늘의 하느님께서
내게 백성을 남겨주지 않으시려는 듯하네.
어찌 두렵지 않으리요?
선조의 제사가 끊기고 말 것만 같네!

가뭄이 너무 심하여
막을 수도 없게 되었으니,
메마르고 뜨겁고 해서
내 몸 둘 곳도 없네.
나라의 운도 다한 듯
아무도 거들떠봐 주지 않고,
여러 임금들과 여러 신하들은
나를 돕지 못한다 하더라도,
부모님이나 선조님들께선
어찌 차마 나를 보고만 계실까?

가뭄이 너무 심하여
산과 냇물이 바싹 말랐으니,
가뭄 귀신이 날뛰어
마음도 불타는 듯하네.
내 마음 더위에 지치고,
걱정하는 마음 타는 듯한데,
여러 임금들과 여러 신하들은
내 말을 들어주지 않는다 하더라도,

하늘의 하느님은 어찌하여
나로 하여금 도망칠 수밖에 없도록 하시나?

가뭄이 너무 심하니
애써 두려움에서 도망치려 하네.
어찌하여 나를 가뭄으로 괴롭히시나?
정말 그 까닭을 모르겠네.
올해도 풍년을 일찍이 빌었고
여러 가지 제사도 제때에 지냈으나,
하늘의 하느님은 나를 도와주시지 않네.
공경히 신에게 밝혔으니
나를 원망하거나 내게 성내서는 안될 것이네.

가뭄이 너무 심하니
어지러워져 기강이 없어져서,
여러 관청의 우두머리들은 궁지에 몰렸고,
여러 장관들은 병이 났으며,
취마와 사씨와 선부와 여러 신하들도
아무도 구해주지 못하고
어려움을 막아 줄 수도 없네.
넓은 하늘만 우러르나니,
이 시름 어이하면 좋을까?

넓은 하늘 우러르니
별들만이 반짝이네.
대부와 군자들이 실수 없이 제사지냈으니,
나라의 운명 다해간다 해도
각자의 직책은 버리지 않아야 하네.

어찌 나만을 위하여 비는 거겠나?
여러 관장들도 안정되기 바라서이지.
넓은 하늘만 우러르나니,
언제나 편안하여지려나?'

原文 倬彼雲漢이여 昭回于天이로다.
　　　王曰於乎라 何辜今之人고?
　　　天降喪亂하사 饑饉薦臻이로다.
　　　靡神不擧하며 靡愛斯牲하여
　　　圭璧旣卒이어늘 寧莫我聽이로다.

　　　旱旣大甚하여 蘊隆蟲蟲이로다.
　　　不殄禋祀하여 自郊徂宮하여
　　　上下奠瘞하며 靡神不宗이로다.
　　　后稷不克이시며 上帝不臨이시니라.
　　　耗斁下土시나 寧丁我躬이로다.

　　　旱旣大甚이라 則不可推로다.
　　　兢兢業業하여 如霆如雷로다.
　　　周餘黎民이 靡有孑遺어늘
　　　昊天上帝이 則不我遺로다.
　　　胡不相畏리요? 先祖于摧로다.

　　　旱旣大甚이라 則不可沮로다.
　　　赫赫炎炎하여 云我無所로다.
　　　大命近止나 靡瞻靡顧로다.
　　　羣公先正은 則不我助이니라.
　　　父母先祖는 胡寧忍予오?

旱旣大甚하여 滌滌山川이로다.

旱魃爲虐하여 如惔如焚이로다.

我心憚暑하여 憂心如熏이로다.

羣公先正은 則不我聞이요

昊天上帝는 寧俾我遯이로다.

旱旣大甚이니 黽勉畏去로다.

胡寧瘨我以旱고? 憯不知其故로다.

祈年孔夙하며 方社不莫나

昊天上帝는 則不我虞로다.

敬恭明神이니 宜無悔怒니라.

旱旣大甚이니 散無友紀로다.

鞫哉庶正이며 疚哉冢宰며

趣馬師氏와 膳夫左右는

靡人不周하며 無不能止로다.

瞻卬昊天하니 云如何里오?

瞻卬昊天하니 有嘒其星이로다.

大夫君子이 昭假無贏이로다.

大命近止나 無棄爾成이어다.

何求爲我리요? 以戾庶正이니라.

瞻卬昊天하니 曷惠其寧고?

註解 ○倬(탁)-밝은 모양. ○雲漢(운한)-은하수. ○昭(소)-밝게. ○回(회)-둘러 있는 것. ○王曰(왕왈)-임금님의 말투를 인용한 것. ○於乎(오호)-오호(嗚呼)와 같은 감탄사. ○辜(고)-허물. ○饑饉(기근)-흉년으로 굶주리는 것. ○薦(천)-중(重)과 통하여, '거듭하는 것'을 뜻함. ○臻(진)-이르다. ○擧(거)-거행의 뜻으로 제사지냄을 가리킨다.

○牲(생)-제물(祭物)로 쓰는 짐승. ○圭璧(규벽)-옥으로 만든 물건, 옛날 제사지낼 때에는 반드시 규(圭)나 벽(璧)을 바치며 소원을 빌었다. ○卒(졸)-다하다. ○蘊隆(온륭)-더운 기운이 성한 것. ○蟲蟲(충충)-충충(燼燼), 뜨거운 기운이 확확 오르는 모양. ○殄(진)-끊이다. ○禋祀(인사)-여러 가지 제사. ○郊(교)-하늘과 땅을 제사지내는 곳. ○宮(궁)-종묘(宗廟), 조상을 제사지내는 곳. ○奠(전)-제물을 땅 위에 차려놓는 것. ○瘞(예)-제사에 쓰인 물건을 땅속에 끌어 묻는 것. ○后稷(후직)-주나라의 시조(始祖). ○克(극)-각(刻)으로 씀이 옳으며, 각(刻)은 식(識)의 뜻. 따라서 불극(不克)은 모른 체하는 것. ○耗斁(모두)-못살고 멸망케 하는 것. ○丁(정)-당(當)의 뜻. ○兢兢(긍긍)-두려워하는 모양. ○業業(업업)-위험하여 불안한 모양. ○霆(정)-천둥. ○周(주)-주나라. ○孑遺(혈유)-나머지, 찌꺼기. ○摧(최)-꺾이어 끊기는 것. 여기서는 조상들의 제사가 끊임을 뜻한다. ○沮(저)-막다. ○赫赫(혁혁)-가뭄 기운. ○炎炎(염염)-뜨거운 기운. ○云(운)-조사. ○無所(무소)-몸둘 곳이 없는 것. ○大命(대명)-나라의 운명. ○靡瞻顧(미첨고)-신들이 거들떠보지도 않음을 뜻한다. ○羣公(군공)-여러 임금들. ○先正(선정)-여러 관장(官長)들. ○忍(인)-'차마 돕지 않을 수가 있느냐?'는 뜻. ○滌滌(척척)-가뭄기가 차 있는 것, 곧 메마른 모양. ○魃(발)-가뭄 귀신. ○虐(학)-제멋대로 휩쓰는 것. ○惔(담)-애태우는 것. ○憚(탄)-여기서는 더위에 '지친 것'. ○熏(훈)-불타다. ○遯(돈)-가뭄을 피해 다른 나라로 달아나는 것. ○黽勉(민면)-힘쓰다. ○畏去(외거)-'가뭄이 두려워서 도망쳐 가 버리는 것'. ○瘨(전)-병든 것처럼 괴롭히는 것. ○憯(참)-증(曾)의 뜻. 전혀, 정말. ○祈年(기년)-봄에 하느님께 제사지내어 풍년을 비는 것. ○方(방)-사방의 신에 지내는 제사. ○不莫(불모)-늦지 않게 제때에 여러 가지 제사들을 다 잘 지냈다는 뜻. ○虞(우)-돕다. ○悔(회)-한(恨)의 뜻. ○散(산)-난(亂)의 뜻. 산란한 것. ○友(우)-유(有)의 뜻. ○鞫(국)-궁(窮)의 뜻, 궁지로 몰리는 것. ○庶正(서정)-여러 관장들. ○疚(구)-병나다. ○冢宰(총재)-관장(官長)들 위의 장관들. ○趣馬(취마)-말을 관리하는 관원. ○師氏(사씨)-임금을 수호하는 군사들을 관장하는 관원. ○膳夫(선부)-음식을 책임진 관원. ○左右(좌우)-기타 임금을 섬기는 모든 관원들을 말한다.

○不周(부주)—아무도 이 가뭄을 구제하지 못한다는 뜻. ○止(지)—가뭄을 멈추게 하는 것. ○瞻(첨)—우러러보다. ○卬(앙)—앙(仰), 우러러보다. ○云(운)—조사. ○里(리)—우(憂)의 뜻. ○有嘒(유혜)—혜연(嘒然), 반짝거리는 모양. ○君子(군자)—벼슬하는 사람들을 가리킨다. ○昭假(소격)—신령이 소연(昭然)히 강림하는 것. 또는 신의 강림을 비는 제사. ○贏(잉)—과실 또는 잘못의 뜻. ○成(성)—이루는 일, 곧 직업을 가리킨다. ○戾(려)—정(定)의 뜻으로, 안정시키는 것. ○惠(혜)—유(維)와 같은 조사.

解說 이 시는 임금이 가무는 날씨를 걱정하는 시이다.

4. 강수와 한수(江漢)

강수와 한수 넘실거리고
병사들은 시끌시끌하네.
즐기거나 노는 것이 아니라
회(淮) 땅의 오랑캐 찾아가는 것이네.
병거를 내고 깃발을 세우니
편하게 천천히 노는 게 아니라
회 땅의 오랑캐 치려는 것일세.

강수와 한수 넘실거리고
병사들은 씩씩하네.
온 세상 바로잡고
성공을 임금님께 아뢰네.
온 세상 평정되니
온 나라 안정되네.
전쟁이 없어지니

임금님 마음 편안하시겠네.

강수와 한수 가에서
임금님이 소호에게 명하시어,
온 세상 평정하고
나라 땅의 부세 걷게 하셨네.
어려움도 위급함도 없어졌으니
우리나라 바로잡혔네.
나라 땅 다스리어
남쪽 바다에까지 이르렀네.

임금님이 소호에게 명하시기를
'두루 정사를 펴시오.
문왕과 무왕이 명을 받으셨는데
소공께선 기둥이셨소.
나는 부족한 사람이라 말하지 말고
소공께서 하셨던 일을 계승하시오.
군대 일을 잘 처리하여
복을 받도록 하시오.'

'그대에게 옥 잔과
검은 기장 술 한 병을 내리나니,
선조들께 고하오.
산과 땅을 내리나니,
주나라의 명을 받들어
소공 할아버지 본을 따르오.'
소호는 엎드려 머리 조아리며
천자님 만세를 빌었네.

소호는 엎드려 머리 조아리고
임금님의 은덕에 호응하여,
소공을 추모하고 섬기며
천자님의 만수를 빌었네.
밝고 밝은 천자님은
아름다운 명성 끝없으시며
그의 문덕을 펴시어
온 세상을 평화롭게 하시네.

原文　江漢浮浮하니　武夫滔滔로다.
　　　匪安匪遊니　淮夷來求니라.
　　　旣出我車하며　旣設我旟하니
　　　匪安匪舒라　淮夷來鋪니라.

　　　江漢湯湯하며　武夫洸洸이로다.
　　　經營四方하여　告成于王이로다.
　　　四方旣平하니　王國庶定이로다.
　　　時靡有爭하니　王心載寧이로다.

　　　江漢之滸여　王命召虎하사
　　　式辟四方하여　徹我疆土하시니라.
　　　匪疚匪棘이니　王國來極이로다.
　　　于疆于理하여　至于南海로다.

　　　王命召虎하시되　來旬來宣하라.
　　　文武受命하시니　召公維翰이로다.
　　　無曰予小子어라　召公是似니라.
　　　肇敏戎公하여　用錫爾祉어다.

釐爾圭瓚과 秬鬯一卣하노니
告于文人하라. 錫山土田하노니
于周受命하여 自召祖命이어다.
虎拜稽首하여 天子萬年이라 하다.

虎拜稽首하여 對揚王休하며
作召公考하며 天子萬壽라 하니라.
明明天子는 令聞不已하시며
矢其文德하사 洽此四國하니라.

註解 ○浮浮(부부)―중강(衆强)한 모양. 한수(漢水)는 강수(江水)와 합쳐 굉장한 수세(水勢)로 흐른다는 것이다. ○武夫(무부)―군사들. ○滔滔(도도)―광대한 모양. ○匪安匪遊(비안비유)―이처럼 많은 군사들은 즐기거나 놀기 위하여 나온 사람들이 아니라는 뜻. ○淮夷(회이)―회하(淮河) 유역의 오랑캐. ○來(래)―시(是)의 뜻. ○求(구)―토벌하려고 찾아가는 것. ○旟(여)―여러 가지 장수의 깃발을 모두 가리킨다. ○舒(서)―서서히 움직이다. 회이(淮夷)의 정벌은 편히 또는 서서히 할 수 있는 것이 아니라는 뜻. ○鋪(포)―정벌, 또는 징계의 뜻. ○湯湯(상상)―물결치는 모양. ○洸洸(광광)―무모(武貌), 씩씩한 것. ○載(재)―즉(則)의 뜻. ○滸(호)―물가. ○召虎(소호)―소목공(召穆公). 선왕(宣王)이 소목공으로 하여금 회이(淮夷)를 평정하도록 명을 내린 것이다. ○式(식)―조사. ○辟(벽)―벽(闢)의 뜻으로, 평정하는 것. ○徹(철)―부세(賦稅)를 정하는 것. ○匪疚(비구)―병폐나 고난이 없어지는 것. ○棘(극)―위급한 것을 말함. ○來(래)―시(是)의 뜻. ○極(극)―정(正)의 뜻으로, 바로잡히는 것. ○旬(순)―두루. ○宣(선)―정치를 펴는 것. ○文武(문무)―문왕(文王)과 무왕(武王). ○召公(소공)―소강공(召康公) 석(奭). ○翰(한)―간(幹)의 뜻, 일의 중심이 되는 기둥. ○小子(소자)―나이도 적고 경험도 적은 사람. 소호(召虎)에게 너무 겸손하여 일을 사양하지 말라는 뜻임. ○召公(소공)―역시 소강공(召康公) 석(奭). ○似(사)―계승의 뜻. ○肇敏戎公(조민융공)―조(肇)는 모(謀)의 뜻. 민(敏)도 모(謀)

의 뜻. 따라서 '조민(肇敏)'은 일을 도모하는 것. 융(戎)은 군사, 군대 일. 공(公)자는 금문에서 '공(工)' 또는 '공(攻)'으로도 쓰는데, '융공(戎工)' 은 병사(兵事)·군사(軍事)의 뜻. ㅇ錫(석)—주다. ㅇ祉(지)—복. ㅇ釐 (리)—사(賜)의 뜻. ㅇ圭瓚(규찬)—옥으로 만든 술잔. ㅇ秬(거)—검은 기 장. ㅇ鬯(창)—술의 일종. 거창(秬鬯)은 검은 기장으로 빚은 술로 제사 때 강신(降神)을 위하여 쓰인다. ㅇ卣(유)—술통, 술병. ㅇ文人(문인)— 문덕(文德)있는 사람. 선조들을 가리킨다. ㅇ自(자)—용(用)의 뜻. ㅇ召 祖(소조)—소공(召公) 할아버지, 소강공(召康公) 석(奭). '자소조명(自召 祖命)'은 소공 석이 천자의 명을 받들어 나라를 위하여 많은 공을 세웠 듯이 일을 잘해 달라는 말. ㅇ虎(호)—소호(召虎). ㅇ拜稽首(배계수)—몸 을 굽혀 절하고 머리를 조아리는 것. ㅇ對揚(대양)—대(對)는 수(遂)의 뜻. 양(揚)은 발양(發揚)의 뜻. ㅇ休(휴)—은덕(恩德)을 가리킴. ㅇ作召 公考(작소공고)—'작고소공(作考召公)'의 도문이며, '작고'는 '추고(追考)' 의 뜻, 곧 선조들의 뜻을 잘 받드는 것. ㅇ令(령)—아름다운 것. ㅇ聞 (문)—명성. ㅇ矢(시)—시(施)의 뜻. ㅇ洽(흡)—평화롭게 하다, 조화시 키다.

解說 주(周)나라 선왕(宣王)이 소목공(召穆公)에게 명하여 회수 (淮水) 남쪽의 오랑캐들을 평정케 하였다. 시인이 그러한 선왕의 선 정과 소호(召虎)의 공로를 기린 것이 이 시이다.

제 **4** 편

송(頌)

　‘송(頌)’은 종묘(宗廟)의 악가(樂歌)로서, 제사를 지낼 때 조상의 성덕(盛德)을 기리고 이루어 놓은 공을 드러내어 신명(神明)에게 고한 것이다. 청나라 때의 학자 완원(阮元)은 〈석송(釋頌)〉이란 글에서 옛날에는 ‘송(頌)’이 ‘용(容)’자와 통용되었음을 지적하고, 노래에 춤을 겸했음을 뜻한다고 하였다(揅經室一集). 따라서 송은 공덕의 송양(頌揚)이란 뜻도 지니고 있지만, 겸무(兼舞)의 뜻도 나타내고 있다.

주송(周頌)

주송(周頌)은 주(周)나라 왕실에서 조상들을 제사지낼 적에 노래 부르던 것이다. 흔히 주공(周公)이 섭정하던 성왕(成王) 즉위 초의 작품들로 보고 있으나, 강왕(康王) 이후의 시들도 들어 있는 듯하다. 어떻든 주송은 대부분 압운(押韻)도 하지 않고, 문사(文辭)도 옛 티가 많이 나므로 《시경》 가운데서 가장 오래된 작품들임에는 틀림이 없다.

1. 청묘(淸廟)

아아, 아름다운 청묘에
공경스럽고 의젓한 덕 많은 제사 돕는 대신들 모였네.
수많은 선비들이
문왕의 덕을 받들어,
하늘에 계신 분 높이 모시며
바쁘게 묘당을 뛰어다니고 있네.
문왕의 신령이 매우 밝게 돌봐주고 계시니,
사람들은 싫증을 낼 줄 모르네.

原文　　於穆淸廟에 肅雝顯相이로다.
　　　　濟濟多士이 秉文之德하고
　　　　對越在天하며 駿奔走在廟로다.
　　　　不顯不承이니 無射於人斯로다.

註解　ㅇ於(오)—감탄사, '아아'.　ㅇ穆(목)—미(美), 아름다운 것.　ㅇ淸廟(청묘)—청정한 묘당(廟堂), 문왕의 묘를 가리킨다.　ㅇ肅(숙)—공경하는 것.　ㅇ雝(옹)—화(和)의 뜻, 의젓한 것.　ㅇ顯(현)—덕이 밝은 것.　ㅇ相(상)—여기서는 명사로 '조제자(助祭者)', 곧 조제(助祭)하는 공경(公卿) 제후(諸侯)들을 말한다.　ㅇ濟濟(제제)—많은 모양.　ㅇ士(사)—제사에 참례하여 일보는 사람들을 가리킴.　ㅇ秉(병)—병승(秉承)의 뜻으로 받드는 것.　ㅇ文(문)—문왕.　ㅇ對越(대월)—'대양(對揚)'과 같은 말, 문왕의 덕을 '받들어 높이는 것'.　ㅇ在天(재천)—하늘에 계신 분. 문왕의 신령이 하늘에 계시다고 믿고 있다.　ㅇ駿(준)—빨리 달리다.　ㅇ不(비)—두 자 모두 비(조)의 뜻, 매우.　ㅇ不顯不承(비현비승)—문왕의 신령이 매우 밝게 후세 사람들을 돌보아 주시고 계시다는 뜻.　ㅇ射(역)—싫증내다.　ㅇ斯(사)—조사.

解說　이 시는 문왕(文王)을 제사지내는 노래이다. 주공(周公)이 동쪽에 낙읍(洛邑)을 이루어 놓은 뒤 제후들을 거느리고 문왕을 제사지낼 때 부른 악가(樂歌)라고도 한다.

2. 강하심(執競)

강하신 무왕은
비길 데 없이 공 많으시네.
밝으신 성왕과 강왕은
하느님이 아름답게 여기시네.
성왕과 강왕으로부터 시작하여
온 세상 다스리며,
밝게 살피시네.
종과 북 덩덩 울리고
경과 피리 연주하니,
많은 복 내려주시네.

내리시는 복 크고
위의 장중하니,
신이 취하고 배부르시어
복과 녹을 돌려주시네.

原文 執競武王은 無競維烈이시로다.
　　　不顯成康은 上帝是皇이시로다.
　　　自彼成康으로 奄有四方하시니
　　　斤斤其明이로다.
　　　鐘鼓喤喤하며 磬筦將將하니
　　　降福穰穰이로다.
　　　降福簡簡하며 威儀反反하니
　　　旣醉旣飽하여 福祿來反이로다.

註解 ○競(경)―강(强)의 뜻. ○無競(무경)―'다툴 것 없이', '비길 데 없이'. ○烈(열)―공로가 많은 것. ○不(불)―비(조)의 뜻, 매우. ○成康(성강)―성왕(成王)과 강왕(康王). ○皇(황)―미(美)의 뜻. ○奄(엄)―문득, 이에. ○斤斤(근근)―밝게 살피는 모양. ○喤喤(횡횡)―큰 소리. ○磬(경)―돌로 만든 타악기. ○筦(관)―관(管)과 같은 자. 관악기(管樂器)를 뜻함. ○穰穰(양양)―많은 모양. ○簡簡(간간)―큰 모양. ○反反(반반)―장중한 모양. ○反(반)―되돌아오는 것.

解說 이것은 무왕(武王)과 성왕(成王)・강왕(康王)을 제사하는 시이다. 성강(成康)을 '성대공(成大功)하고 나라를 편안케 하는 것'으로 풀이하기도 하나, 성왕과 강왕으로 봄이 옳을 것이다.

3. 풍년(豊年)

풍년 들어 기장이며 벼가 풍성하여,
높다란 창고에는
한없이 많이 쌓여 있네.
술빚고 단술 걸러
조상들께 바치어
갖가지 예를 다하니,
내리시는 복 아름답기 짝이 없네.

[原文]　豊年多黍多稌하여　亦有高廩엔
萬億及秭로다.
爲酒爲醴하여　烝畀祖妣하여
以洽百禮하니　降福孔皆로다.

[註解]　○稌(도)―도(稻)의 뜻, 벼. ○廩(름)―쌀곳간, 창고 ○秭(자)―만억(萬億). ○萬億及秭(만억급자)―이루 헤아릴 수도 없는 많은 곡식을 형용한 말. ○醴(례)―단술. ○烝(증)―진(進), 바치다, 올리다. ○畀(비)―주다, 드리다. ○祖妣(조비)―할아버지 할머니의 양쪽 조상들. ○洽(흡)―여러 가지 예절을 다 갖추는 것. ○皆(개)―아름다운 것.

[解說]　이 시는 풍년에 추동(秋冬) 보제(報祭)에서 부르던 노래이다. '보모제'란 추수를 감사하는 제사이다.

4. 장님 악공(有瞽)

장님 악공이
주나라 종묘 뜰에 있네.
종틀 경틀 세우고,
종과 경 다는 틀엔 오색 깃을 꽂았네.
작은북 큰북 달아매고
손 북과 축어(枳敔)도
다 갖추어 연주하니,
퉁소 피리도 이에 화하네.
덩덩 음악 소리가
엄숙하게 조화되게 울리니,
선조들께서 들으시고
손님들도 오셔서,
오래도록 이 악장 즐기시네.

原文 有瞽有瞽여 在周之庭이로다.
設業設虡하니 崇牙樹羽로다.
應田縣鼓와 鞉磬枳敔를
旣備乃奏하니 簫管備擧로다.
喤喤厥聲이 肅雝和鳴하니
先祖是聽하시며 我客戾止하여
永觀厥成이로다.

註解 ㅇ瞽(고)-장님. 옛날의 악관(樂官)은 거의 모두가 장님이었다.
ㅇ庭(정)-종묘의 뜰. ㅇ業(업)-종경(鐘磬) 틀의 횡목(橫木)인 순(栒)

을 덮은 대판(大版). ㅇ虡(거)—종경가(鐘磬架)의 입목(立木). ㅇ崇牙(숭아)—업(業) 위에 종(鐘)이나 경(磬)을 매어다는 곳. ㅇ應(응)—작은 북. ㅇ縣鼓(현고)—주제(周制)로서 응(應)과 전(田)을 매어달아 놓는 것. ㅇ鞉(도)—도(鼗)와 같은 글자로서 자루가 달린, 손에 들고 흔드는 작은 북. ㅇ柷(축)—음악이 시작할 때 울리는 악기임. ㅇ圉(어)—어(敔)로서 음악을 그치게 할 때 울리는 악기임. ㅇ簫(소)—퉁소. ㅇ管(관)—저(笛). ㅇ備擧(비거)—다 함께 연주하는 것. ㅇ肅(숙)—엄숙한 것. ㅇ雝(옹)—조화되는 것. ㅇ戾(려)—이르다. ㅇ止(지)—조사. ㅇ成(성)—소소구성(簫韶九成)의 성(成)으로서 악곡을 가리킴.

解說 이 시는 처음으로 음악을 작곡하여 태조(太祖)의 묘에서 합주할 때 부르던 것이다. 악곡을 만들어서 먼저 태조의 묘에서 연주하는 것은, 옛사람들이 음악이 사람들의 성정에 미치는 영향을 매우 중시했기 때문이다.

5. 무왕(武)

아아, 위대한 무왕은
비길 데 없이 공 많으시네.
진실로 문덕 많으신 문왕은
후손들에게 길 열어 주셨네.
맏아들 무왕이 그것을 받아,
은나라를 이겨 포학한 정치 막으시어,
이러한 공을 세우셨네.

原文 於皇武王은 無競維烈이시로다.

允文文王은 克開厥後시로다.

嗣武受之하사 勝殷過劉하여

耆定爾功이시로다.

註解　○於(오)－탄사.　○皇(황)－크다, 위대하다.　○允(윤)－진실로.
○文(문)－문덕(文德)이 많은 것.　○開(개)－길을 열어 주는 것.　○嗣
(사)－사자(嗣子), '맏아들'.　○武(무)－무왕(武王).　○遏(알)－그치게 하
다, 막다.　○劉(류)－사람을 죽이는 것과 같은 포학한 정치.　○耆(지)－
치(致)의 뜻, 이룩하다.　○爾(이)－이러한, 이것.

解說　'무(武)'는 무왕의 음악인 대무(大武)를 출 때 노래하는 악가
이다. '대무'는 주공(周公)이 무왕(武王)의 무공을 상징하기 위하여
만든 악가라고 한다. 무왕이 은나라를 쳐부순 뒤 주공에게 명하여
'대무'를 작곡케 하였다 한다. 다만 기록에 따라 무왕이 직접 지은
것이라 하기도 한다. 그러나 시에 무왕이란 시호를 쓰고 있으니 주
공이 뒤에 지은 것으로 봄이 좋을 것이다. 그리고 《좌전》에 의하면
이 시는 대무의 수장(首章)임을 알 수 있다.

6. 풀뽑기(載芟)

풀을 베고 나무를 뽑고
펄썩펄썩 땅을 갈아엎네.
수많은 사람이 밭 갈고 김매러
진펄로 밭 둔덕 길로 나아가네.
가장과 맏아들과
작은아버지와 자제들과
품앗이꾼과 일꾼들이
맛있게 들 밥을 먹는데,
밥 날라 온 아름다운 부인들은

그들의 남편을 위로해 주고,
남편은 날카로운 쟁기로
양지 밭을 갈기 시작하네.
여러 가지 곡식 씨뿌리어,
곡식이 흙 기운에 자라나니,
뾰죽뾰죽 싹이 솟아
아름답게 자라나고,
곡식 싹 무성해지니
정성껏 김매주네.
풍성한 곡식 거두니
커다란 노적가리가
한없이 많네.
술과 단술 담그어,
조상님께 바치며
모든 예절 갖추어 제사지내네.
향긋한 그 향기는
나라의 빛이며,
은은한 향기는
장수하여 안락 누리게 하네.
당연히 이렇게 될 것이 이렇게 된 게 아니며,
지금만 이러한 것이 아니라,
옛날부터 이러하였다네.

原文 載芟載柞하여 其耕澤澤이로다.
千耦其耘하니 徂隰徂畛이로다.
侯主侯伯과 侯亞侯旅와
侯彊侯以가 有嗿其饁이로다.

思媚其婦는 有依其士하며

有略其耜로 俶載南畝로다.

播厥百穀하여 實函斯活하니

驛驛其達하여 有厭其傑하며

厭厭其苗하니 緜緜其麃로다.

載穫濟濟하니 有實其積이

萬億及秭어늘.

爲酒爲醴하여

烝畀祖妣하여 以洽百禮로다.

有飶其香하니 邦家之光이며

有椒其馨하니 胡考之寧이로다.

匪且有且며 匪今斯今이라

振古如茲로다.

註解　○載(재)－조사. ○芟(삼)－풀베다. ○柞(책)－나무를 베다. ○澤澤(택택)－흙이 부드럽게 흩어지는 모양. ○耦(우)－쟁기로 밭을 가는 것. ○耘(운)－김을 매는 것. ○隰(습)－진펄. ○畛(진)－밭 둔덕 길. ○侯(후)－유(維)와 같은 조사. ○主(주)－가장(家長). ○伯(백)－장자(長子). ○亞(아)－중숙(仲叔). ○旅(려)－자제들. ○彊(강)－백성들 가운데 여력이 있어 도우러 온 자. ○以(이)－품삯을 받고 일하는 일꾼. ○喰(탐)－여럿이 음식을 먹는 소리. ○饁(엽)－들에서 점심 먹는 것. ○思(사)－조사. ○媚(미)－미(美)의 뜻. ○依(의)－애(愛), 사랑으로 위로하는 것. ○士(사)－남편. ○有略(유략)－날카로운 모양. ○耜(사)－보습. ○俶(숙)－시작하는 것. ○載(재)－밭일을 하는 것. ○函(함)－함(含), 흙 기운에 싸이는 것. ○活(활)－생(生), 자라나는 것. ○驛驛(역역)－곡식의 싹이 나는 모양. ○達(달)－땅 위로 돋는 것. ○厭(염)－염(壓)의 생략된 형(形)으로, 잘 자란 모양. ○傑(걸)－먼저 자란 곡식의 싹. ○厭厭(염염)－많은 곡식 싹이 가지런히 무성한 모양. ○緜緜(면면)－빈틈없는 모

양, 정성을 들이는 모양. ㅇ麃(표)—김을 매는 것. ㅇ濟濟(제제)—많은 모양. ㅇ有實(유실)—실연(實然), 커다란 모양. ㅇ積(적)—곡식을 노적하는 것. ㅇ億(억)—만만(萬萬). ㅇ秭(자)—만억(萬億). ㅇ醴(례)—단술. ㅇ烝(증)—진(進)의 뜻. ㅇ畀(비)—주다. 증비(烝畀)는 제물을 바치며 제사지냄을 뜻한다. ㅇ祖妣(조비)—조상들. ㅇ洽(흡)—합하다, 갖추다. ㅇ有飶(유필)—음식이 맛있는 것. ㅇ有椒(유초)—향기가 나는 모양. ㅇ馨(향)—향내가 멀리 나는 것. ㅇ胡考(호고)—장수를 하는 것. ㅇ且(저)—여차(如此)의 뜻. ㅇ振(진)—자(自)의 뜻, 진고(振古)는 '예부터'.

[解說] 이 시는 봄에 임금이 몸소 밭갈며 농사를 권하고 사직(社稷)에 풍년을 비는 악가이다 .

7. 즐거움(般)

아아, 위대한 이 주나라여 !
높은 산에 올라가 보니,
긴 산줄기며 높은 산들이
순조로이 물들을 황하로 합쳐지게 하네.
온 세상의 산들이
모여서 마주 대하고 있으니,
주나라의 명을 상징하는 듯하네.

[原文] 於皇時周이여 陟其高山하니
　　　　墮山喬嶽이 允猶翕河로다.
　　　　敷天之下를 裒時之對하니
　　　　時周之命이니라.

[註解] ㅇ於(오)—감탄사. ㅇ皇(황)—위대한 것. ㅇ墮(타)—산이 좁으면서

도 길게 뻗어 있는 것. ㅇ喬嶽(교악)-높은 산. ㅇ允(윤)-순(順)의 뜻.
ㅇ猶(유)-유(猷)와 통함. ㅇ翕(흡)-합쳐지다. ㅇ河(하)-황하. 주나라
의 산줄기들이 동서로 뻗어 황하를 중심으로 순조롭게 모여 있다는 말.
ㅇ敷(부)-널리, 모든. ㅇ裒(부)-산들이 모여 있는 것. ㅇ對(대)-황하를
중심으로 마주 보고 또 자기를 대하고 있다는 말. ㅇ時(시)-시(是)의
뜻으로, 이러한 산천의 형세.

解說 이 시는 임금이 나라를 순수(巡守)하며 산천을 제사지내는
악가이다.

노송(魯頌)

　주나라 성왕(成王)은 주공(周公)의 맏아들 백금(伯禽)을 노(魯)나
라에 봉하였는데 그 고성(故城)이 지금의 산동성 곡부현(曲阜縣)에
있다. '국풍(國風)'을 보면 노시(魯詩)가 없고 노송(魯頌) 4편은 모
두 묘당에서 신을 제사하는 가사가 아니라 풍(風)과 아(雅)를 겸한
풍격을 띤 것이어서 '송'과는 다르다. 그럼에도 이것을 '송' 사이에
끼워놓은 것은 이 《시경》의 편집자인 공자(孔子)가 노나라 사람이
어서 노나라를 천자와 같이 높인 것이 아닌가 한다.

1. 살찌고 억셈(有駜)

살찌고 억센 살찌고 억센
누런 네 마리 말이 수레 끌고 달리네.
일찍부터 밤늦게까지 관청 일 보니,
관청 일 밝게 다스려지네.

휠휠 나는 백로가
날아가다 내려앉네.
북소리 둥둥 울리는데
취하여 춤을 추니,
모두가 즐거워하네.

살찌고 억센 살찌고 억센
네 마리 수말이 수레 끌고 달리네.
일찍부터 밤늦게까지 관청 일 보고
관청에서 술 마시네.
휠휠 백로들이
높이 날고 있네.
북소리 둥둥 울리는데
취하여 돌아가니,
모두가 즐거워하네.

살찌고 억센 살찌고 억센
검푸른 네 마리 말이 끄는 수레가 달려가네.
일찍부터 밤늦게까지 관청에서 일 보고
관청에서 잔치하네.
지금부터는
해마다 풍년이 들리라.
군자님은 녹을
자손에게 물려주니,
모두가 즐거워하네.

[原文] 有駜有駜하니 駜彼乘黃이로다.
　　　　夙夜在公하니 在公明明이로다.

振振鷺여　鷺于下로다.
鼓咽咽이어늘　醉言舞하니
于胥樂兮로다.

有駜有駜하니　駜彼乘牡로다.
夙夜在公하니　在公飮酒로다.
振振鷺여　鷺于飛로다.
鼓咽咽이어늘　醉言歸하니
于胥樂兮로다.

有駜有駜하니　駜彼乘駽이로다.
夙夜在公하니　在公載燕이로다.
自今以始하여　歲其有로다.
君子有穀하여　詒孫子니
于胥樂兮로다.

註解　ㅇ駜(필)—말이 살찌고 강한 모양.　ㅇ乘黃(승황)—황색의 사마 (四馬).　ㅇ明明(명명)—밝게 잘 다스려지는 것.　ㅇ振振(진진)—여러 마 리가 나는 모양.　ㅇ鷺(로)—백로. 백로는 잔치하며 즐기는 군자들에 비 유한 것이다.　ㅇ于下(우하)—원락하(爰落下), 내려앉다.　ㅇ咽咽(연연)— 북소리가 심장(深長)하게 울리는 것.　ㅇ言(언)—조사.　ㅇ于(우)—조사. ㅇ胥(서)—모두.　ㅇ駽(현)—청흑색의 말.　ㅇ載(재)—조사.　ㅇ燕(연)—잔 치하다.　ㅇ有(유)—유년(有年), 풍년.　ㅇ穀(곡)—녹(祿).　ㅇ詒(이)—내려 주다.　ㅇ孫子(손자)—자손.

解說　잔치하고 술 마시며 임금을 기리고 풍년을 비는 노래이다.

2. 반궁의 물(泮水)

즐거운 반궁의 물에서
미나리를 캐네.
노나라 임금 오시는데
그 깃발이 보이네.
깃발은 펄렁펄렁
방울 소리는 달랑달랑,
애 어른 할 것 없이
모두 임금따라 나아가네.

즐거운 반궁의 물에서
마름풀을 뜯네.
노나라 임금 오시는데
수레 끄는 말 억세게 보이네.
말은 억세고
방울 소리는 밝게 울리네.
얼굴은 온화하고 웃음 띠며
화 내시는 일 없이 잘 가르쳐 주시네.

즐거운 반궁의 물에서
순나물을 뜯네.
노나라 임금 오셔서
반궁에서 술을 마시네.
맛있는 술 마시니
영원한 수명 누리시겠네.

저 큰길을 따라
오랑캐 무리들 굴복해 오네.

점잖으신 노나라 임금님은
그의 덕을 공경히 밝히시네.
위의를 공경히 삼가시니
백성들의 본 되시겠네.
진실로 문덕과 무용을 함께 갖추시고,
공 많은 조상들이 밝게 강림하시니,
온전히 효도 다하여
스스로 복을 구하셨네.

밝고 밝은 노나라 임금님은
그의 덕을 밝히시네.
반궁을 이룩하니
회(淮) 땅 오랑캐들 굴복해 오네.
용감한 장군들이
반궁에서 베어 온 적의 목 바치며,
고요처럼 잘 신문하는 이가
반궁에서 포로들을 심사하네.

많은 신하들이
덕 있는 마음 넓히어,
용감하게 정벌에 나서서
동남쪽 오랑캐들 다스리고,
대단하고 굉장하지만
떠들지도 소리내지도 않고,
서로 다투는 일도 없이

반궁에서 공을 아뢰네.

뿔 장식한 활은 구부정한데
화살은 다발로 묶여 있네.
전차는 매우 많고,
걷는 이, 수레 모는 이, 모두 기꺼이 따르고 있네.
회 땅의 오랑캐 쳐부수니
양순하게 명을 거스르지 않게 되었네.
당신의 계책대로 다 되어
회 땅의 오랑캐 모두 잡았네.

펄펄 나는 올빼미가
반궁 숲에 내려앉네.
오디를 따먹고는
우리의 호의를 생각하네.
각성한 회 땅의 오랑캐들이
찾아와 보물을 바치는데,
큰 거북과 상아와
남쪽에서 나는 많은 금이네.

原文　　思樂泮水여 薄采其芹이로다.
　　　　魯侯戾止하시니 言觀其旂로다.
　　　　其旂茷茷하며 鸞聲噦噦하니
　　　　無小無大히 從公于邁로다.

　　　　思樂泮水여 薄采其藻로다.
　　　　魯侯戾止하시니 其馬蹻蹻로다.
　　　　其馬蹻蹻하며 其音昭昭로다.

載色載笑하시니　匪怒伊敎로다.

思樂泮水에　薄采其茆로다.
魯侯戾止하시니　在泮飮酒로다.
旣飮旨酒하시니　永錫難老로다.
順彼長道하사　屈此羣醜로다.

穆穆魯侯는　敬明其德이로다.
敬愼威儀하시니　維民之則이로다.
允文允武하사　昭假烈祖하시니
靡有不孝하여　自求伊祜로다.

明明魯侯이　克明其德이시로다.
旣作泮宮하니　淮夷攸服이로다.
矯矯虎臣이　在泮獻馘하며
淑問如皐陶이　在泮獻囚로다.

濟濟多士이　克廣德心하여
桓桓于征하여　狄彼東南하니
烝烝皇皇하며　不吳不揚하며
不告于訩하여　在泮獻功이리로다.

角弓其觩하니　束矢其搜로다.
戎車孔博하며　徒御無斁이로다.
旣克淮夷하니　孔淑不逆이로다.
式固爾猶하여　淮夷卒獲이로다.

翩彼飛鴞이　集于泮林하여
食我桑黮하고　懷我好音이로다.

憬彼淮夷이 來獻其琛하니
元龜象齒와 大賂南金이로다.

註解 ○思(사)—조사. ○泮(반)—반궁(泮宮), 즉 제후들의 학궁(學宮)
으로 향사(鄕射)를 하던 곳. ○泮水(반수)—반궁의 물. 반궁의 동서남쪽
으로 반벽(半璧) 모양의 물이 있다. 그것은 꼭 천자의 학궁인 벽옹(辟
雝)의 물의 반쪽 모양이다. 그 물이 벽옹의 반이란 데서 '반(泮)'이란 이
름이 붙여진 것이다. ○薄(박)—조사. ○芹(근)—미나리. ○戾(려)—이르
다. ○止(지)—조사. ○魯侯(노후)—노나라 희공(僖公)을 가리키는 듯하
다. ○言(언)—조사. ○旂(기)—노후(魯侯)의 여러 가지 깃발들. ○茷茷
(패패)—깃발이 펄럭이는 모양이란 뜻. ○鸞(란)—말 재갈 양편에 달린
방울. ○噦噦(훼훼)—말방울 소리. 딸랑딸랑. ○小大(소대)—노소(老少)
를 말함. ○邁(매)—나아가다. ○藻(조)—마름풀. ○蹻蹻(교교)—강건한
모양. ○音(음)—방울 소리. ○載(재)—조사. ○色(색)—부드러운 안색을
하는 것. ○匪怒伊教(비노이교)—가르치기만 하고 성내지는 않는 것.
○茆(묘)—순나물. ○錫(석)—주다. ○難老(난로)—장수를 뜻함. ○長道
(장도)—대로(大路). ○屈(굴)—굴복하여 오는 것. ○羣醜(군추)—추한
무리들. 회이(淮夷)들을 가리킴. ○穆穆(목목)—공경하는 것, 점잖은
것. ○昭假(소가)—밝게 신이 강림하는 것. ○祜(호)—복. ○淮夷(회이)—
회수(淮水) 근방의 오랑캐. ○矯矯(교교)—용맹스런 모양. ○虎臣(호
신)—무신(武臣)들. ○馘(괵)—목을 베어 온 것. 전공(戰功)의 증거로 옛
날에는 죽은 적의 왼편 귀를 잘라다 바쳤다. ○淑(숙)—선(善)과 통함.
○問(문)—심문하는 것. ○皐陶(고요)—순(舜)임금 때의 옥관(獄官)인
사(士)였던 사람으로, 그는 옥사를 잘 처리하였다. ○囚(수)—적의 포로
들. ○桓桓(환환)—용맹스런 모양. ○狄(적)—척(剔)과 통하여 치(治)의
뜻. ○東南(동남)—동남쪽에 있던 회이(淮夷)를 가리킴. ○烝烝(증증)—
황황(皇皇)과 함께 모두 성한 모양. ○吳(오)—시끄럽게 떠드는 것. ○揚
(양)—양성(揚聲)으로 소리지르는 것. ○訩(흉)—말로 다투다, 송사를 하
다. ○角弓(각궁)—뿔로 장식을 한 활. ○其觩(기구)—활대가 구부정한
모양. ○搜(수)—모아놓다. ○博(박)—많은 것. ○無斁(무역)—싫증내지

않다, 곧 기꺼워하는 것. ○式(식)―조사. ○猶(유)―계책. ○翩(편)―나
는 모양. ○鴞(효)―올빼미. 악조(惡鳥). ○黮(심)―오디. 심(甚). 노나라
임금의 덕에 비유한 말임. ○好音(호음)―선의의 뜻. ○憬(경)―깨닫는
것. ○琛(침)―보배. ○元龜(원귀)―큰 거북. ○象齒(상치)―상아(象牙).
○賂(로)―선물로 보내주는 것. ○南金(남금)―형주(荊州)·양주(揚州)
등 남쪽 지방에서 나는 금. ○大賂(대로)―위아래로 걸치어 원귀(元龜)
와 상아 및 남금(南金)을 많이 보내어 왔다는 뜻.

解說 이 시는 시종 반궁에 있어서의 노후(魯侯)의 일을 읊고 있으
니, 노후가 회이(淮夷)를 정벌한 뒤에 석채(釋菜)라는 간단한 제사
를 지내고 손님들을 대접하는 노래이다. 석전(釋奠)과 석채는 간략
한 제사여서 춤이 없다. 시에 음악에 대한 언급이 없으니 이것은 석
채임을 알 수 있다. 《예기(禮記)》〈왕제(王制)〉에는 '출정하여 반역
자들을 잡으면 학궁(學宮)에서 석전을 지내며 적의 귀 벤 것을 바치
고 포로들을 심문한다'고 하였다.

상송(商頌)

대체로 '상송'은 상나라의 후손인 송(宋)나라 양공(襄公) 때의 시
이다. '은무(殷武)' 시가 송 양공을 기린 시임에 틀림없고, 다른 시
들도 대체로 그런 시가와 비슷할 듯하다.

1. 제비(玄鳥)

하늘이 제비에게 명하여,
내려와 상나라 조상을 낳게 하고,

커다란 은나라 땅을 다스리게 하셨네.
옛날 하느님이 용맹하신 탕임금께 명하시어,
온 세상 땅을 바로 다스리게 하셨네.
그리고 널리 제후들에게 명하시어
모든 나라 다스리시니,
상나라의 옛 임금님들
받으신 명 잘 보전하시어,
손자 무정 임금에게까지 이르렀네.
손자 무정 임금은
용맹하신 탕임금만 못하신 것 없으시니,
용(龍) 기 꽂은 열 채의 수레로
많은 제물 갖다 바치네.
사방 천 리의 왕기는,
백성들이 머물러 사는 곳인데,
여기서부터 온 세상 땅을 다스리셨네.
온 세상 제후들이 제사 도우러
시끌시끌 많이도 몰려오네.
큰 나라 땅은 황하에 걸쳐 있고,
은나라의 받은 명은 모두가 합당하여
갖가지 복을 받게 되었네.

原文　天命玄鳥하사 降而生商하여
宅殷土芒芒이시로다.
古帝命武湯하사 正域彼四方하시니라.
方命厥后하사 奄有九有하시니
商之先后이 受命不殆라
在武丁孫子시니라.

武丁孫子는 武王靡不勝하시니

龍旂十乘으로 大糦是承이로다.

邦畿千里는 維民所止니

肇域彼四海로다.

四海來假하니 來假祁祁로다.

景員維河며 殷受命咸宜라

百祿是何로다.

註解　○玄鳥(현조)—제비. 고신씨(高辛氏)의 비(妃) 간적(簡狄 : 有娀氏의 딸)은 제비 알을 삼키고는 설(契)을 낳았다 한다. 설은 요(堯)임금 때의 사도(司徒)로서 공을 세워 상(商) 땅에 봉함을 받았다. ○商(상)—상나라의 시조 설(契). ○宅(택)—살며 다스리는 것. ○殷土(은토)—은나라 땅. ○芒芒(망망)—큰 모양. ○武湯(무탕)—무공 있는 탕임금. ○正域(정역)—그 강토(疆土)를 바로 다스리는 것. ○方(방)—두루, 널리. ○后(후)—제후들. ○九有(구유)—구역(九域), 모든 나라들. ○武丁(무정)—은(殷)나라를 중흥시킨 임금. ○孫子(손자)—자손. ○武王(무왕)—무공 있는 임금, 탕임금을 가리킴. ○靡不勝(미불승)—'아무것도 못한 것이 없다'는 뜻. ○龍旂(용기)—제후들이 꽂는 교룡(交龍)을 그린 깃발. ○糦(치)—희(饎)와 같은 글자. '대치(大糦)'는 성찬(盛饌), 제사에 쓰이는 주식(酒食). ○承(승)—진봉(進奉), 제후들이 많은 주식(酒食)을 장만해 가지고 조제(助祭)하러 오는 것. ○邦畿(방기)—왕기(王畿), 천자의 직할지(直轄地). ○止(지)—머물러 사는 것. ○肇域(조역)—세상 땅을 다스리기 시작하는 것. ○假(가)—지(至). 여기서는 사해(四海)의 임금들이 조제하러 오는 것. ○祁祁(기기)—중다(衆多)한 것. ○景(경)—큰 것. ○員(원)—폭운(幅隕)의 뜻. ○河(하)—황하. ○何(하)—하(荷), 복을 누리는 것.

解說　이 시는 은나라의 고종(高宗) 무정(武丁) 임금을 제사하는 노래이다. 무정은 상(商)나라 제20대 임금으로 그의 백부(伯父) 반

경(盤庚) 임금이 수도를 은(殷)으로 옮기고 국호를 은(殷)이라 고친 뒤, 상나라를 중흥시켰던 위대한 임금이다.

2. 은나라의 무용(殷武)

씩씩한 은나라의 무인이
일어나 초나라를 쳐부수고,
그 험한 땅에까지 깊이 들어가
초나라 군사들을 잡아,
그 나라를 다스리니
탕임금의 자손 되시는 분의 공로일세.

그대들 초나라는
남쪽 땅을 차지하고 있는데,
옛날 탕임금 때에는
그곳으로부터 저나라 강나라에 이르기까지,
모두 조공을 왔고
모두 천자를 섬기어,
상나라만을 받들었네.

하늘은 여러 제후들에게 명하시어,
우임금이 다스리신 땅에 나라를 세우게 하였네.
해마다 내조(來朝)하여 천자님 뵙고 있어,
잘못 책하는 일 없게 되었으니,
농사일도 게을리하지 말아야 하네.

하늘의 명은 엄연하시어

밑의 백성들 보살피고 계시네.
지나치거나 심하게 벌주지 않으시나
감히 게을리 해서는 안될 것이네.
밑의 나라에 명하시어
땅을 나누어 주고 그곳을 다스리게 하셨네.

상(商) 땅의 도읍은 정제하여
온 세상의 중앙이 되네.
혁혁한 명성 누리며
빛나는 명령 내리시네.
오래도록 수하시고 편히 사시며
우리 백성들 보호하시네.

경산에 올라가니
소나무와 잣나무 쭉쭉 뻗어 있네.
이것을 자르고 옮겨다가
깎고 자르고 하니,
모진 서까래 길쭉길쭉하고,
많은 기둥 굵직굵직하며,
안정되게 궁전 이룩하네.

原文 撻彼殷武로 奮伐荊楚하사
采入其阻하여 裒荊之旅하여
有截其所하니 湯孫之緒시로다.

維女荊楚이 居國南鄉이로다.
昔有成湯이 自彼氐羌하여
莫敢不來享하며 莫敢不來王하여

曰商是常이러니라.

天命多辟하사 設都于禹之績하시니
歲事來辟하여 勿予禍適이어라
稼穡匪解라 하니라.

天命降監이니 下民有嚴이로다.
不僭不濫하여 不敢怠遑하니
命于下國하사 封建厥福하시니라.

商邑翼翼하니 四方之極이로다.
赫赫厥聲이며 濯濯厥靈이러니
壽考且寧하여 以保我後生이시니라.

陟彼景山하니 松栢丸丸이로다.
是斷是遷하여 方斲是虔하니
松桷有梴하며 旅楹有閑하니
寢成孔安이로다.

註解 ｏ撻(달)−무용(武勇)이 있는 모양. ｏ殷武(은무)−은(殷)나라의 무인. 이 시는 송나라 양공을 기린 것, 춘추시대에는 송나라를 은상(殷商)이라 흔히 불렀다. ｏ奮(분)−떨치고 일어나는 것. ｏ罙(미)−깊은 것. ｏ阻(조)−초나라의 험조(險阻)한 곳. ｏ裒(부)−부(捊)와 통하여, 취(取)의 뜻. ｏ旅(려)−초나라 군사들. ｏ有截(유절)−정제히 다스리는 것. ｏ其所(기소)−그곳, 초땅을 가리킴. ｏ湯孫(탕손)−송나라 양공. ｏ緖(서)−공업(功業)의 뜻. 제1절은 송 양공의 공적을 노래한 것임. ｏ南鄕(남향)−남향, 남방. 초는 송나라 남방에 있었다. ｏ氐(저)−오랑캐 이름. ｏ羌(강)−오랑캐. 모두 서방에 있던 오랑캐 나라 이름. ｏ享(향)−공물을 바쳐 오는 것. ｏ來王(내왕)−천자를 찾아뵙고 섬기는 것. ｏ曰(왈)−조사. ｏ常(상)−상(尙)과 통하여, '받드는 것'을 가리킨다. 이

제2절은 송나라의 조상인 상나라 탕임금의 업적을 노래한 것이다. ㅇ辟(벽)―제후들. ㅇ設都(설도)―도읍을 이룩하는 것, 곧 나라를 세우는 것. ㅇ禹之績(우지적)―우(禹)임금이 치산치수(治山治水)한 땅을 말함. ㅇ歲事(세사)―세시조현(歲時朝見)하는 일. ㅇ來辟(내벽)―앞의 내왕(來王)과 같은 말. ㅇ禍(화)―과(過)의 뜻. ㅇ適(적)―적(謫)과 통함, 꾸짖다. ㅇ稼穡(가색)―농사. ㅇ解(해)―해(懈)와 통하여, 게으르다. 이 제3절은 상나라가 강성할 때 제후들이 솔복(率服)하던 일을 노래한 것이며, 한편 주천자(周天子) 밑에 있는 송나라의 숨겨진 야망이 엿보인다. ㅇ有嚴(유엄)―엄연한 것. ㅇ降監(강감)―아래로 내려다보며 살피는 것임. ㅇ僭(참)―분수에 지나친 것. ㅇ濫(람)―형벌을 심하게 가하는 것. ㅇ不敢怠遑(불감태황)―잠시도 정치를 게을리하지 않는 것. ㅇ封建(봉건)―땅을 나누어주고 다스리게 하는 것. ㅇ福(복)―복(服)과 통하여, 그곳을 다스리는 것. 이 제4절도 상나라 임금이 부지런히 정치에 종사하였음을 노래한 것이다. ㅇ商邑(상읍)―송나라 도읍. 송나라는 상구(商丘)에 도읍하고 있었다. ㅇ翼翼(익익)―정연한 모양. ㅇ極(극)―중앙, 가운데. ㅇ赫赫(혁혁)―밝고 성한 모양. ㅇ厥聲(궐성)―송나라 양공의 명성. ㅇ濯濯(탁탁)―밝고 빛나는 모양. ㅇ靈(령)―영(令)과 통하여, 양공의 정령(政令)을 말한다. 이 제5절은 앞에서 읊은 상나라의 전통을 계승한 송나라 양공의 치적을 노래한 것이다. ㅇ景山(경산)―상구 부근에 있는 산 이름. ㅇ丸丸(환환)―곧은 모양. ㅇ遷(천)―운반의 뜻. ㅇ斲(착)―깎다. ㅇ虔(건)―절(截), 자르다. ㅇ桷(각)―네모진 서까래. ㅇ有梴(유천)―나무가 긴 모양. ㅇ旅(려)―무리가 많은 것. ㅇ楹(영)―기둥. ㅇ有閑(유한)―큰 모양. ㅇ寢(침)―침묘(寢廟), 곧 궁전과 묘당을 모두 대표함. 이 끝 절은 송나라 국위를 상징하는 궁전의 영건(營建)을 노래한 것이다.

解說 이 시는 송나라 양공을 기린 것이다. 이 시는 상대(商代)나 서주(西周) 때의 작품이 아니다.

색　인(索引)

[ㄱ]

가담게게(葭菼揭揭) …………… 123
가빈식연이오(嘉賓式燕以敖) …… 242
가색비해(稼穡匪解) …………… 320
가언출유(駕言出遊) …………… 100
가여여귀(駕予與歸) …………… 155
가여여행(駕予與行) …………… 155
가여오가(可與晤歌) …………… 209
가여오어(可與晤語) …………… 209
가여오언(可與晤言) …………… 209
가이공옥(可以攻玉) …………… 256
가이구관(可以漚菅) …………… 209
가이구마(可以漚麻) …………… 209
가이구저(可以漚紵) …………… 209
가이위착(可以爲錯) …………… 256
가재천명(假哉天命) …………… 273
가피사무(駕彼四牡) …………… 249
각궁기구(角弓其觩) …………… 313
각침찬혜(角枕粲兮) …………… 194
간혜간혜(簡兮簡兮) …………… 97
갈구오량(葛屨五兩) …………… 167
갈기유극(曷其有極) …………… 192
갈기유상(曷其有常) …………… 193

갈기유소(曷其有所) …………… 192
갈기유활(曷其有佸) …………… 138
갈류류지(葛藟纍之) …………… 37
갈류영지(葛藟縈之) …………… 37
갈류황지(葛藟荒之) …………… 37
갈불숙옹(曷不肅雝) …………… 69
갈생몽극(葛生蒙棘) …………… 194
갈생몽초(葛生蒙楚) …………… 194
갈우국지(曷又鞠止) …………… 168
갈우극지(曷又極止) …………… 168
갈우종지(曷又從止) …………… 167
갈우회지(曷又懷止) …………… 167
갈유기망(曷維其亡) …………… 77
갈유기이(曷維其已) …………… 77
갈지담혜(葛之覃兮) ………… 32, 33
갈지재(曷至哉) ………………… 137
갈혜기녕(曷惠其寧) …………… 287
감감벌단혜(坎坎伐檀兮) ……… 178
감감벌륜혜(坎坎伐輪兮) ……… 179
감감벌폭혜(坎坎伐輻兮) ……… 179
감기격고(坎其擊鼓) …………… 206
감기격부(坎其擊缶) …………… 206
감심수질(甘心首疾) …………… 131
감여자동몽(甘與子同夢) ……… 163
강복간간(降福簡簡) …………… 299

강복공개(降福孔皆) …………………… 300
강복양양(降福穰穰) …………………… 299
강유사(江有汜) ………………………… 66
강유저(江有渚) ………………………… 66
강유타(江有沱) ………………………… 66
강이생상(降而生商) …………………… 316
강지영의(江之永矣) …………………… 44
강한부부(江漢浮浮) …………………… 291
강한지호(江漢之滸) …………………… 291
강한탕탕(江漢湯湯) …………………… 291
개기탄의(嘅其嘆矣) …………………… 139
개아오탄(愾我寤嘆) …………………… 220
개역물사(蓋亦勿思) ………… 174, 175
개제군자(豈弟君子) …………………… 263
개지부심(漑之釜鬵) …………………… 217
개풍자남(凱風自南) …………………… 88
거국남향(居國南鄉) …………………… 319
거연생자(居然生子) …………………… 279
거창일유(秬鬯一卣) …………………… 292
건상섭유(褰裳涉洧) …………………… 154
건상섭진(褰裳涉溱) …………………… 153
격고기당(擊鼓其鏜) …………………… 86
견차량인(見此良人) …………………… 189
견차찬자(見此粲者) …………………… 189
견차해후(見此邂逅) …………………… 189
겸가창창(蒹葭蒼蒼) …………………… 197
겸가채채(蒹葭采采) …………………… 197
겸가처처(蒹葭淒淒) …………………… 197
경경불매(耿耿不寐) …………………… 74
경공명신(敬恭明神) …………………… 287
경관장장(磬筦將將) …………………… 299
경광히지(頃筐塈之) …………………… 63
경명기덕(敬明其德) …………………… 313

경신위의(敬愼威儀) …………………… 313
경영사방(經營四方) ………… 266, 291
경원유하(景員維河) …………………… 317
경이위탁(涇以渭濁) …………………… 92
경피회이(憬彼淮夷) …………………… 314
계기명의(鷄旣鳴矣) …………………… 163
계명개개(鷄鳴喈喈) …………………… 156
계명교교(鷄鳴膠膠) …………………… 156
계명불이(鷄鳴不已) …………………… 156
계사아일(繼嗣我日) …………………… 251
계서우걸(鷄棲于桀) …………………… 138
계서우시(鷄棲于塒) …………………… 137
고고출일(杲杲出日) …………………… 131
고성우왕(告成于王) …………………… 291
고슬고금(鼓瑟鼓琴) …………………… 242
고슬취생(鼓瑟吹笙) …………………… 242
고아복아(顧我復我) …………………… 262
고아즉소(顧我則笑) …………………… 84
고양지봉(羔羊之縫) …………………… 60
고양지피(羔羊之皮) …………………… 59
고양지혁(羔羊之革) …………………… 60
고연연(鼓咽咽) ………………………… 309
고용불수(賈用不售) …………………… 92
고우문인(告于文人) …………………… 292
고인인(鼓咽咽) ………………………… 309
고제명무탕(古帝命武湯) …………… 316
고첨주도(顧瞻周道) ………… 216, 217
곡단우서(穀旦于逝) …………………… 208
곡단우채(穀旦于差) …………………… 207
곡즉이실(穀則異室) …………………… 144
공숙불역(孔淑不逆) …………………… 313
공언석작(公言錫爵) …………………… 97
공우대방(控于大邦) …………………… 116

공정만무(公庭萬舞) …………… 97
공후간성(公侯干城) …………… 41
공후복심(公侯腹心) …………… 41
공후지궁(公侯之宮) …………… 51
공후지사(公侯之事) …………… 51
공후호구(公侯好仇) …………… 41
과라지실(果蓏之實) …………… 233
과질봉봉(瓜瓞唪唪) …………… 279
관관저구(關關雎鳩) …………… 30
관명우질(鶴鳴于垤) …………… 233
관유쌍지(冠綏雙止) …………… 167
관장우경(祼將于京) …………… 274
관혜작혜(寬兮綽兮) …………… 120
광동지광야차(狂童之狂也且) 153, 154
괴변여성(會弁如星) …………… 120
교교호신(矯矯虎臣) …………… 313
교교황조(交交黃鳥) ……… 199, 200
교란사국(交亂四國) …………… 263
교소천혜(巧笑倩兮) …………… 123
교인료혜(佼人燎兮) …………… 210
교인류혜(佼人懰兮) …………… 210
교추창혜(巧趨蹌兮) …………… 171
구마유유(驅馬悠悠) …………… 116
구무기갈(苟無飢渴) …………… 138
구민기다(覯閔既多) …………… 74
구십기의(九十其儀) …………… 233
구아서사(求我庶士) …………… 63
구아이인(構我二人) …………… 264
구월수의(九月授衣) ……… 225, 226
구월숙상(九月肅霜) …………… 227
구월숙저(九月叔苴) …………… 227
구월재호(九月在戶) …………… 226
구월축장포(九月築場圃) ………… 227

구재총재(疚哉冢宰) …………… 287
구지부득(求之不得) …………… 30
국재서정(鞫哉庶正) …………… 287
군공선정(羣公先正) ……… 286, 287
군자소의(君子所依) …………… 249
군자시칙시효(君子是則是傚) …… 242
군자우역(君子于役) …… 137, 138, 309
군자지거(君子之車) …………… 249
군자해로(君子偕老) …………… 110
군자호구(君子好逑) …………… 30
굴차군추(屈此羣醜) …………… 313
궁자도의(躬自悼矣) …………… 128
궁질훈서(穹窒熏鼠) …………… 227
궐성재로(厥聲載路) …………… 279
궐유익익(厥猶翼翼) …………… 273
궐작관장(厥作祼將) …………… 274
궐초생민(厥初生民) …………… 279
귀녕부모(歸寧父母) …………… 33
귀언위후(歸唁衛侯) …………… 116
귀우기거(歸于其居) …………… 195
귀우기실(歸于其室) …………… 195
귀재귀재(歸哉歸哉) ………… 61, 62
규규무부(赳赳武夫) …………… 41
규벽기졸(圭璧既卒) …………… 286
극개궐후(克開厥後) …………… 302
극광덕심(克廣德心) …………… 313
극기극억(克岐克嶷) …………… 279
극기승옥(亟其乘屋) …………… 227
극명기덕(克明其德) …………… 313
극배상제(克配上帝) …………… 274
극심요요(棘心夭夭) …………… 88
극인극사(克禋克祀) …………… 279
극인란란혜(棘人欒欒兮) ………… 214

근근기명(斤斤其明)	299	기불숙야(豈不夙夜)	58
금금란혜(錦衾爛兮)	194	기불아가(旣不我嘉)	116
금석하석(今夕何夕)	189	기불이사(豈不爾思)	144
금슬우지(琴瑟友之)	31	기불일계(豈不日戒)	249
금슬재어(琴瑟在御)	148	기비내주(旣備乃奏)	301
금아래사(今我來思)	249	기생기육(旣生旣育)	92
금아불락(今我不樂)	184, 185	기서부지(期逝不至)	252
급이동사(及爾同死)	92	기설아여(旣設我旟)	291
급이전복(及爾顚覆)	92	기소야가(其嘯也歌)	66
급이해로(及爾偕老)	129	기수상상(淇水湯湯)	128
긍긍업업(兢兢業業)	286	기수지지(其誰知之)	174, 175
긍지거비(恒之秬秠)	280	기시파백곡(其始播百穀)	227
긍지문기(恒之穈芑)	280	기신공가(其新孔嘉)	233
기감애지(豈敢愛之)	146, 147	기실삼혜(其實三兮)	63
기감여제(其甘如薺)	92	기실지식(其實之食)	174
기감정거(豈敢定居)	249	기실지효(其實之殽)	174
기견군자(旣見君子)	46, 156, 157	기실칠혜(其實七兮)	63
기견복관(旣見復關)	128	기심색연(其心塞淵)	80
기경택택(其耕澤澤)	304	기아호상중(期我乎桑中)	113
기구여지하(其舊如之何)	233	기안차녕(旣安且寧)	245
기극지차(旣亟只且)	104, 105	기엽서서(其葉湑湑)	190
기극회이(旣克淮夷)	313	기엽옥약(其葉沃若)	128
기근천진(饑饉薦臻)	286	기엽진진(其葉蓁蓁)	40
기기패패(其旆茷茷)	312	기엽처처(其葉萋萋)	252
기년공숙(祈年孔夙)	287	기엽청청(其葉菁菁)	191
기리불억(其麗不億)	274	기엽청청(其葉靑靑)	265
기마교교(其馬蹻蹻)	312	기왈고지(旣曰告止)	168
기명개개(其鳴喈喈)	32	기왈귀지(旣曰歸止)	167
기명유신(其命維新)	273	기왈득지(旣曰得止)	168
기무고목(豈無膏沐)	131	기왈무의(豈曰無衣)	204
기무타사(豈無他士)	154	기왈용지(旣曰庸止)	167
기무타인(豈無他人)	153, 190, 191	기우기우(其雨其雨)	131
기보(祈父)	257	기음소소(其音昭昭)	312

기음지주(旣飮旨酒) ···················· 313
기이아이(旣詒我肄) ···················· 92
기이장혜(頎而長兮) ···················· 171
기작반궁(旣作泮宮) ···················· 313
기정이공(耆定爾功) ···················· 302
기조아덕(旣阻我德) ···················· 92
기조유하(其釣維何) ···················· 69
기즉유안(淇則有岸) ···················· 129
기지적야(其之翟也) ···················· 110
기지전야(其之展也) ···················· 110
기출아거(旣出我車) ···················· 291
기취기포(旣醉旣飽) ···················· 299
기파아부(旣破我斧) ···················· 236
기하유곡(其下維穀) ···················· 256
기하유탁(其下維蘀) ···················· 256
기향시승(其香始升) ···················· 280
기허기사(其虛其邪) ············ 104, 105
기황이운(其黃而隕) ···················· 128
기후야처(其後也處) ···················· 66
기후야회(其後也悔) ···················· 66
길사유지(吉士誘之) ···················· 67

[ㄴ]

낙교락교(樂郊樂郊) ···················· 182
낙국락국(樂國樂國) ···················· 182
낙이처노(樂爾妻帑) ···················· 245
낙자지무가(樂子之無家) ············· 215
낙자지무실(樂子之無室) ············· 215
낙자지무지(樂子之無知) ············· 215
낙지군자(樂只君子) ···················· 37
낙토락토(樂土樂土) ···················· 181
낙피지원(樂彼之園) ···················· 256

난성훼훼(鸞聲噦噦) ···················· 312
남간지빈(南澗之濱) ···················· 55
남방지원(南方之原) ···················· 207
남산열렬(南山烈烈) ···················· 262
남산율률(南山律律) ···················· 262
남산최최(南山崔崔) ···················· 167
남유교목(南有喬木) ···················· 44
내가기기(來假祁祁) ···················· 317
내견광차(乃見狂且) ···················· 151
내견교동(乃見狡童) ···················· 151
내순래선(來旬來宣) ···················· 291
내여지인혜(乃如之人兮) ············· 82
내즉아모(來卽我謀) ···················· 128
내헌기침(來獻其琛) ···················· 314
노도유탕(魯道有蕩) ···················· 167
노사아원(老使我怨) ···················· 129
노심단단혜(勞心慱慱兮) ············· 214
노심달달(勞心怛怛) ···················· 169
노심도도(勞心忉忉) ···················· 169
노심소혜(勞心慅兮) ···················· 210
노심참혜(勞心慘兮) ···················· 210
노심초혜(勞心悄兮) ···················· 210
노우비(鷺于飛) ·························· 309
노우하(鷺于下) ·························· 309
노후려지(魯侯戾止) ············ 312, 313
녹의황리(綠衣黃裏) ···················· 77
녹의황상(綠衣黃裳) ···················· 77
녹죽여책(綠竹如簀) ···················· 120
녹죽의의(綠竹猗猗) ···················· 120
녹죽청청(綠竹青青) ···················· 120
녹혜사혜(綠兮絲兮) ···················· 77
녹혜의혜(綠兮衣兮) ···················· 77

328 | 시경선 詩經選

[ㄷ]

단거천천(檀車幝幝) …………… 252
단기연호(亶其然乎) …………… 245
단불총(亶不聰) …………… 257
달피은무(撻彼殷武) …………… 319
담공유사(譚公維私) …………… 123
담피량모(髧彼兩髦) …………… 108
당체지화(唐棣之華) …………… 69
대거톤톤(大車啍啍) …………… 144
대거함함(大車檻檻) …………… 144
대로남금(大賂南金) …………… 314
대명근지(大命近止) ………… 286, 287
대부군자(大夫君子) ………… 117, 287
대부발섭(大夫跋涉) …………… 116
대부숙퇴(大夫夙退) …………… 123
대양왕휴(對揚王休) …………… 292
대월재천(對越在天) …………… 297
대치시승(大糦是承) …………… 317
덕음공소(德音孔昭) …………… 242
덕음막위(德音莫違) …………… 92
덕음무량(德音無良) …………… 82
덕음불망(德音不忘) …………… 150
도경축어(鼗磬柷圉) …………… 301
도도불귀(慆慆不歸) …………… 233
도어무역(徒御無斁) …………… 313
도조차우(道阻且右) …………… 197
도조차장(道阻且長) …………… 197
도조차제(道阻且躋) …………… 197
도지요요(桃之夭夭) ………… 39, 40
도혜달혜(挑兮達兮) …………… 158
독위비민(獨爲匪民) …………… 266

독행경경(獨行睘睘) …………… 191
독행우우(獨行踽踽) …………… 190
돌이변혜(突而弁兮) …………… 169
동관유위(彤管有煒) …………… 106
동궁지매(東宮之妹) …………… 123
동궁초혜(彤弓弨兮) …………… 254
동문지분(東門之枌) …………… 207
동문지지(東門之池) …………… 209
동방명의(東方明矣) …………… 163
동방자출(東方自出) …………… 82
동방지일혜(東方之日兮) ……… 166
동아부자(同我婦子) …………… 226
동지야(冬之夜) ………… 194, 195

[ㅁ]

마맥몽몽(麻麥幪幪) …………… 279
마의여설(麻衣如雪) …………… 219
막감불래왕(莫敢不來王) ……… 319
막감불래향(莫敢不來享) ……… 319
막감혹황(莫敢或遑) …………… 61
막감황식(莫敢遑息) …………… 62
막부정호(莫不靜好) …………… 148
막아긍고(莫我肯顧) …………… 181
막아긍덕(莫我肯德) …………… 181
막아긍로(莫我肯勞) …………… 182
막여형제(莫如兄弟) …………… 245
막왕막래(莫往莫來) …………… 84
막위모심(莫慰母心) …………… 88
막적비호(莫赤匪狐) …………… 105
막지아간(莫知我艱) …………… 103
막지아애(莫知我哀) …………… 249
막혹황처(莫或遑處) …………… 62

막흑비오(莫黑匪烏) ……………… 105
만방작부(萬邦作孚) ……………… 274
만수무강(萬壽無疆) ……………… 227
만억급자(萬億及秭) ……… 300, 305
망아실다(忘我實多) ……………… 202
매유량붕(每有良朋) ……………… 245
매지동의(沬之東矣) ……………… 113
매지북의(沬之北矣) ……………… 113
매지향의(沬之鄉矣) ……………… 113
맹지치치(甿之蚩蚩) ……………… 127
면면기표(緜緜其麃) ……………… 305
명명노후(明明魯侯) ……………… 313
명명천자(明明天子) ……………… 292
명성유란(明星有爛) ……………… 148
명우하국(命于下國) ……………… 320
명지불이(命之不易) ……………… 274
모두하토(耗斁下土) ……………… 286
모씨구로(母氏劬勞) ………………… 88
모씨로고(母氏勞苦) ………………… 88
모씨성선(母氏聖善) ………………… 88
모야천지(母也天只) ……………… 108
모혜국아(母兮鞠我) ……………… 261
목목노후(穆穆魯侯) ……………… 313
목목문왕(穆穆文王) ……………… 273
몽피추치(蒙彼縐絺) ……………… 111
무감아세혜(無感我帨兮) …………… 67
무경유열(無競維烈) ……… 299, 302
무기이성(無棄爾成) ……………… 287
무념이조(無念爾祖) ……………… 274
무동무하(無冬無夏) ……………… 206
무모하시(無母何恃) ……………… 261
무발아구(毋發我笱) ………………… 92
무부광광(武夫洸洸) ……………… 291

무부도도(武夫滔滔) ……………… 291
무부하호(無父何怙) ……………… 261
무불능지(無不能止) ……………… 287
무사군로(無使君勞) ……………… 123
무사방야폐(無使尨也吠) …………… 67
무사원인(無思遠人) ……………… 169
무서아량(毋逝我梁) ………………… 92
무서여자증(無庶予子憎) ………… 163
무성무취(無聲無臭) ……………… 274
무소무대(無小無大) ……………… 312
무식상심(無食桑葚) ……………… 128
무식아맥(無食我麥) ……………… 181
무식아묘(無食我苗) ……………… 182
무식아서(無食我黍) ……………… 181
무신참언(無信讒言) ……………… 263
무아유우(無我有尤) ……………… 117
무알이궁(無遏爾躬) ……………… 274
무여사탐(無與士耽) ……………… 128
무역어인사(無射於人斯) ………… 297
무왈여소자(無曰予小子) ………… 291
무왕미불승(武王靡不勝) ………… 317
무유아리(無踰我里) ……………… 146
무유아원(無踰我園) ……………… 147
무유아장(無踰我牆) ……………… 146
무의무갈(無衣無褐) ……………… 225
무이대강(無已大康) ……… 184, 185
무이하체(無以下體) ………………… 92
무재무해(無菑無害) ……………… 279
무전보전(無田甫田) ……………… 169
무절아수기(無折我樹杞) ………… 146
무절아수단(無折我樹檀) ………… 147
무절아수상(無折我樹桑) ………… 147
무정손자(武丁孫子) ……………… 317

무즉선혜(舞則選兮) …………………… 171
무집우곡(無集于穀) …………………… 259
무집우상(無集于桑) …………………… 259
무집우허(無集于栩) …………………… 259
무탁아량(無啄我粱) …………………… 259
무탁아서(無啄我黍) …………………… 259
무탁아속(無啄我粟) …………………… 259
문무수명(文武受命) …………………… 291
문아제고(問我諸姑) …………………… 100
문왕손자(文王孫子) …………………… 273
문왕이녕(文王以寧) …………………… 273
문왕재상(文王在上) …………………… 273
문왕척강(文王陟降) …………………… 273
물사행매(勿士行枚) …………………… 233
물여화적(勿予禍適) …………………… 320
물전물배(勿翦勿拜) ……………………… 56
물전물벌(勿翦勿伐) ……………………… 56
물전물패(勿翦勿敗) ……………………… 56
미견군자(未見君子) ……… 46, 53, 202
미군지고(微君之故) ……………………… 95
미군지궁(微君之躬) ……………………… 96
미기견혜(未幾見兮) …………………… 169
미맹강의(美孟姜矣) …………………… 113
미맹용의(美孟庸矣) …………………… 113
미맹익의(美孟弋矣) …………………… 113
미목반혜(美目盼兮) …………………… 123
미목양혜(美目揚兮) …………………… 171
미목청혜(美目淸兮) …………………… 171
미미문왕(亹亹文王) …………………… 273
미사귀빙(靡使歸聘) …………………… 248
미소저지(靡所底止) …………………… 257
미소지거(靡所止居) …………………… 257
미신부종(靡神不宗) …………………… 286

미신불거(靡神不擧) …………………… 286
미실로의(靡室勞矣) …………………… 128
미실미가(靡室靡家) …………………… 248
미아무주(微我無酒) ……………………… 74
미애사생(靡愛斯牲) …………………… 286
미역강지(薇亦剛止) …………………… 248
미역유지(薇亦柔止) …………………… 248
미역작지(薇亦作止) …………………… 248
미유불효(靡有不孝) …………………… 313
미유조의(靡有朝矣) …………………… 128
미유혈유(靡有孑遺) …………………… 286
미인부주(靡人不周) …………………… 287
미인지이(美人之貽) …………………… 106
미일불사(靡日不思) …………………… 100
미입기조(采入其阻) …………………… 319
미첨미고(靡瞻靡顧) …………………… 286
민막불곡(民莫不穀) …………………… 262
민면구지(黽勉求之) ……………………… 92
민면동심(黽勉同心) ……………………… 92
민면외거(黽勉畏去) …………………… 287

[ㅂ]

박송아기(薄送我畿) ……………………… 92
박언결지(薄言袺之) ……………………… 42
박언랄지(薄言捋之) ……………………… 42
박언왕소(薄言往愬) ……………………… 74
박언유지(薄言有之) ……………………… 42
박언채지(薄言采之) ……………………… 42
박언철지(薄言掇之) ……………………… 42
박언혈지(薄言襭之) ……………………… 42
박언환귀(薄言還歸) ……………………… 51
박오아사(薄汚我私) ……………………… 33

박채기근(薄采其芹) …………………… 312

박채기묘(薄采其茆) …………………… 313

박채기조(薄采其藻) …………………… 312

박한아의(薄澣我衣) ……………………… 33

반시불사(反是不思) …………………… 129

반이아위수(反以我爲讎) ………………… 92

방가지광(邦家之光) …………………… 305

방기천리(邦畿千里) …………………… 317

방명궐후(方命厥后) …………………… 316

방병간혜(方秉蕑兮) …………………… 161

방사불막(方社不莫) …………………… 287

방어정미(魴魚頳尾) ……………………… 46

방장만무(方將萬舞) ……………………… 97

방지걸혜(邦之桀兮) …………………… 131

방지원야(邦之媛也) …………………… 111

방지주지(方之舟之) ……………………… 92

방착시건(方斵是虔) …………………… 320

방환환혜(方渙渙兮) …………………… 161

백량성지(百兩成之) ……………………… 50

백량어지(百兩御之) ……………………… 50

백량장지(百兩將之) ……………………… 50

백로미이(白露未已) …………………… 197

백로미희(白露未晞) …………………… 197

백로위상(白露爲霜) …………………… 197

백록시하(百祿是何) …………………… 317

백모돈속(白茅純束) ……………………… 67

백모포지(白茅包之) ……………………… 67

백부지방(百夫之防) …………………… 200

백부지어(百夫之禦) …………………… 200

백부지특(百夫之特) …………………… 200

백세지후(百歲之後) …………………… 195

백야집수(伯也執殳) …………………… 131

백이소사(百爾所思) …………………… 117

백혜흘혜(伯兮朅兮) …………………… 131

벌기조매(伐其條枚) ……………………… 46

벌기조이(伐其條肄) ……………………… 46

범금지인(凡今之人) …………………… 245

범민유상(凡民有喪) ……………………… 92

범주지사(凡周之士) …………………… 273

범피백주(汎彼柏舟) ………………… 74, 108

병문지덕(秉文之德) …………………… 297

병지경의(餠之罄矣) …………………… 261

보아불술(報我不述) ……………………… 82

보지이경거(報之以瓊琚) ……………… 133

보지이경구(報之以瓊玖) ……………… 133

보지이경요(報之以瓊瑤) ……………… 133

복록래반(福祿來反) …………………… 299

복리성지(福履成之) ……………………… 37

복리수지(福履綏之) ……………………… 37

복리장지(福履將之) ……………………… 37

복서해지(卜筮偕止) …………………… 252

복아방족(復我邦族) …………………… 259

복아제부(復我諸父) …………………… 259

복아제형(復我諸兄) …………………… 259

복지무역(服之無斁) ……………………… 33

본지백세(本支百世) …………………… 273

봉건궐복(封建厥福) …………………… 320

봉봉기맥(芃芃其麥) …………………… 116

봉봉서묘(芃芃黍苗) …………………… 220

봉차백리(逢此百罹) …………………… 141

봉차백우(逢此百憂) …………………… 141

봉차백흉(逢此百凶) …………………… 141

봉피지노(逢彼之怒) ……………………… 74

부계륙가(副笄六珈) …………………… 110

부능예도량(不能藝稻粱) ……………… 193

부모공이(父母孔邇) ……………………… 46

부모선조(父母先祖) ················· 286
부모지언(父母之言) ················· 146
부모하상(父母何嘗) ················· 193
부모하식(父母何食) ················· 192
부모하호(父母何怙) ················· 192
부시지대(裒時之對) ················· 306
부아휵아(拊我畜我) ················· 262
부여응지(膚如凝脂) ················· 123
부유굴열(蜉蝣掘閱) ················· 219
부유지우(蜉蝣之羽) ················· 218
부유지익(蜉蝣之翼) ················· 219
부적기마(不績其麻) ················· 207
부지기기(不知其期) ················· 137
부지아자(不知我者) ···· 136, 174, 175
부진인사(不殄禋祀) ················· 286
부천지하(敷天之下) ················· 306
부탄우실(婦歎于室) ················· 233
부형지려(裒荊之旅) ················· 319
부혜모혜(父兮母兮) ··················· 82
부혜생아(父兮生我) ················· 261
북류괄괄(北流活活) ················· 123
북풍기개(北風其喈) ················· 105
북풍기량(北風其涼) ················· 104
분벌형초(奮伐荊楚) ················· 319
불가구사(不可求思) ··················· 44
불가권야(不可卷也) ··················· 74
불가방사(不可方思) ··················· 44
불가불색(不稼不穡) ················· 179
불가선야(不可選也) ··················· 74
불가설야(不可說也) ················· 128
불가여명(不可與明) ················· 259
불가여처(不可與處) ················· 259
불가영사(不可泳思) ··················· 44

불가외야(不可畏也) ················· 233
불가이거(不可以據) ··················· 74
불가이여(不可以茹) ··················· 74
불가전야(不可轉也) ··················· 74
불가휴식(不可休息) ··················· 44
불감태황(不敢怠遑) ················· 320
불강인사(不康禋祀) ················· 279
불견복관(不見復關) ················· 128
불견자도(不見子都) ················· 151
불견자충(不見子充) ················· 151
불고불고(弗鼓弗考) ················· 187
불고우흉(不告于訩) ················· 313
불궐풍초(茀厥豊草) ················· 279
불념석자(不念昔者) ··················· 92
불능분비(不能奮飛) ··················· 74
불능선반(不能旋反) ················· 116
불능선제(不能旋濟) ················· 116
불능예서직(不能蓺黍稷) ············ 192
불능예직서(不能蓺稷黍) ············ 192
불량인지(不諒人只) ················· 108
불사기반(不思其反) ················· 129
불사하사(不死何俟) ················· 114
불사하위(不死何爲) ················· 114
불설체야(不屑髢也) ················· 110
불소손혜(不素飧兮) ················· 179
불소식혜(不素食兮) ················· 179
불소찬혜(不素餐兮) ················· 179
불쇄불소(弗洒弗埽) ················· 187
불수불렵(不狩不獵) ················· 179
불아과(不我過) ······················· 66
불아긍곡(不我肯穀) ················· 259
불아능휵(不我能慉) ··················· 92
불아설이(不我屑以) ··················· 92

불아신혜(不我信兮) ····················· 86

불아여(不我與) ····················· 66

불아이(不我以) ····················· 66

불아이귀(不我以歸) ····················· 86

불아하기(不我遐棄) ····················· 46

불아활혜(不我活兮) ····················· 86

불여무생(不如無生) ····················· 265

불여사지구의(不如死之久矣) ······· 261

불여아동부(不如我同父) ············· 190

불여아동성(不如我同姓) ············· 191

불여아소지(不如我所之) ············· 117

불여아식혜(不與我食兮) ············· 152

불여아언혜(不與我言兮) ············· 152

불여우생(不如友生) ····················· 245

불영경광(不盈頃筐) ····················· 35

불예불루(弗曳弗婁) ····················· 187

불오불양(不吳不揚) ····················· 313

불원이이(不遠伊邇) ····················· 92

불위학혜(不爲虐兮) ····················· 120

불의유노(不宜有怒) ····················· 92

불일불월(不日不月) ····················· 138

불일유에(不日有曀) ····················· 84

불참불람(不僭不濫) ····················· 320

불출정혜(不出正兮) ····················· 171

불치불구(弗馳弗驅) ····················· 187

불탁불부(不坼不副) ····················· 279

불하유해(不瑕有害) ····················· 100

불현성강(不顯成康) ····················· 299

불현역세(不顯亦世) ····················· 273

불황계거(不遑啓居) ····················· 248

불황계처(不遑啓處) ····················· 249

붕주사향(朋酒斯饗) ····················· 227

비거걸혜(匪車偈兮) ····················· 216

비거표혜(匪車嘌兮) ····················· 217

비계즉명(匪鷄則鳴) ····················· 163

비구비극(匪疚匪棘) ····················· 291

비금사금(匪今斯今) ····················· 305

비노이교(匪怒伊敎) ····················· 313

비동방즉명(匪東方則明) ············· 163

비래무사(匪來貿絲) ····················· 128

비매부득(匪媒不得) ····················· 168

비무우혜(俾無訧兮) ····················· 77

비보야(匪報也) ····················· 133

비부불극(匪斧不克) ····················· 168

비시비호(匪兕匪虎) ····················· 266

비아건기(匪我愆期) ····················· 128

비아사존(匪我思存) ····················· 159

비아사차(匪我思且) ····················· 159

비아이위(匪我伊蔚) ····················· 261

비아이호(匪我伊蒿) ····················· 261

비안비서(匪安匪舒) ····················· 291

비안비유(匪安匪遊) ····················· 291

비야가망(俾也可忘) ····················· 82

비여우독(比予于毒) ····················· 92

비여지위미(匪女之爲美) ············· 106

비재비래(匪載匪來) ····················· 252

비저유저(匪且有且) ····················· 305

비풍발혜(匪風發兮) ····················· 216

비풍표혜(匪風飄兮) ····················· 217

비피천수(毖彼泉水) ····················· 100

비현비승(不顯不承) ····················· 297

빈이변두(儐爾籩豆) ····················· 245

[ㅅ]

사국시와(四國是吪) ····················· 236

사국시주(四國是遒) …………………… 236
사국시황(四國是皇) …………………… 236
사국유왕(四國有王) …………………… 220
사락반수(思樂泮水) ………… 312, 313
사무관관(四牡痯痯) …………………… 252
사무규규(四牡騤騤) …………………… 249
사무수지(嗣武受之) …………………… 302
사무업업(四牡業業) …………………… 249
사무유교(四牡有驕) …………………… 123
사무익익(四牡翼翼) …………………… 249
사미기부(思媚其婦) …………………… 305
사방기평(四方旣平) …………………… 291
사방지극(四方之極) …………………… 320
사상지위(死喪之威) …………………… 245
사생계활(死生契闊) ……………………… 86
사수여조(思須與漕) …………………… 100
사시반혜(四矢反兮) …………………… 171
사아불능식혜(使我不能息兮) …… 153
사아불능찬혜(使我不能餐兮) …… 152
사아심매(使我心痗) …………………… 131
사아어당호이(俟我於堂乎而) …… 164
사아어성우(俟我於城隅) …………… 106
사아어저호이(俟我於著乎而) …… 164
사아어정호이(俟我於庭乎而) …… 164
사아호당혜(俟我乎堂兮) …………… 155
사아호항혜(俟我乎巷兮) …………… 155
사야망극(士也罔極) …………………… 128
사여녀(士與女) ………………………… 161
사왈기차(士曰旣且) …………………… 161
사왈매단(士曰昧旦) …………………… 148
사월수요(四月秀葽) …………………… 226
사이기행(士貳其行) …………………… 128
사즉관혜(射則貫兮) …………………… 171

사즉동혈(死則同穴) …………………… 144
사즉장혜(射則臧兮) …………………… 171
사지일거지(四之日擧趾) …………… 225
사지일기조(四之日其蚤) …………… 227
사지탐혜(士之耽兮) …………………… 128
사해래가(四海來假) …………………… 317
사황다사(士皇多士) …………………… 273
산무우기(散無友紀) …………………… 287
산유고(山有栲) ………………………… 187
산유교송(山有橋松) …………………… 151
산유부소(山有扶蘇) …………………… 151
산유진(山有榛) …………………………… 97
산유추(山有樞) ………………………… 187
산유칠(山有漆) ………………………… 187
산유포력(山有苞櫟) …………………… 202
산유포체(山有苞棣) …………………… 202
삼성재류(三星在罶) …………………… 265
삼성재우(三星在隅) …………………… 189
삼성재천(三星在天) …………………… 188
삼성재호(三星在戶) …………………… 189
삼세관여(三歲貫女) ………… 181, 182
삼세식빈(三歲食貧) …………………… 128
삼세위부(三歲爲婦) …………………… 128
삼오재동(三五在東) ……………………… 64
삼지일납우능음(三之日納于凌陰) 227
삼지일우사(三之日于耜) …………… 225
상금경상(裳錦褧裳) …………………… 155
상란기평(喪亂旣平) …………………… 245
상매무각(尙寐無覺) …………………… 141
상매무와(尙寐無吪) …………………… 141
상매무총(尙寐無聰) …………………… 141
상무용(尙無庸) ………………………… 141
상무위(尙無爲) ………………………… 141

상무조(尙無造) …………………… 141
상미어복(象弭魚服) ……………… 249
상복보후(常服黼冔) ……………… 274
상복시의(象服是宜) ……………… 110
상서유체(相鼠有體) ……………… 114
상서유치(相鼠有齒) ……………… 114
상서유피(相鼠有皮) ……………… 114
상신전재(上愼旃哉) ……………… 176
상여지하(傷如之何) ……………… 212
상읍익익(商邑翼翼) ……………… 320
상입집궁공(上入執宮功) ………… 227
상제거흠(上帝居歆) ……………… 280
상제기명(上帝旣命) ……………… 274
상제불녕(上帝不寧) ……………… 279
상제불림(上帝不臨) ……………… 286
상제시황(上帝是皇) ……………… 299
상지낙의(桑之落矣) ……………… 128
상지미락(桑之未落) ……………… 128
상지선후(商之先后) ……………… 316
상지손자(商之孫子) ……………… 274
상지이경영호이(尙之以瓊英乎而) 164
상지이경영호이(尙之以瓊瑩乎而) 164
상지이경화호이(尙之以瓊華乎而) 164
상지체야(象之揥也) ……………… 110
상천지재(上天之載) ……………… 274
상체지화(常棣之華) ……………… 245
상하전예(上下奠瘞) ……………… 286
색향근호(塞向墐戶) ……………… 227
생민여하(生民如何) ……………… 279
생아구로(生我劬勞) ……………… 261
생아로췌(生我勞瘁) ……………… 261
생차왕국(生此王國) ……………… 273
서강얼얼(庶姜孽孽) ……………… 123

서견소관혜(庶見素冠兮) ………… 214
서견소의혜(庶見素衣兮) ………… 214
서견소필혜(庶見素韠兮) ………… 214
서무죄회(庶無罪悔) ……………… 280
서방미인(西方美人) ……………… 97
서방지인혜(西方之人兮) ………… 97
서불고처(逝不古處) ……………… 82
서불상호(逝不相好) ……………… 82
서사유걸(庶士有朅) ……………… 123
서요교혜(舒窈糾兮) ……………… 210
서요소혜(舒夭紹兮) ……………… 210
서우수혜(舒憂受兮) ……………… 210
서이태태혜(舒而脫脫兮) ………… 67
서장거여(逝將去女) ………… 181, 182
서직중륙(黍稷重穋) ……………… 227
석대차권(碩大且卷) ……………… 212
석대차엄(碩大且儼) ……………… 212
석산토전(錫山土田) ……………… 292
석서석서(碩鼠碩鼠) ………… 181, 182
석신여지하(析薪如之何) ………… 168
석아왕의(昔我往矣) ……………… 249
석유성탕(昔有成湯) ……………… 319
석육공육국(昔育恐育鞫) ………… 92
석인기기(碩人其頎) ……………… 123
석인오오(碩人敖敖) ……………… 123
석인우우(碩人俁俁) ……………… 97
석지수수(釋之叟叟) ……………… 280
선가이포(鮮可以飽) ……………… 265
선군지사(先君之思) ……………… 80
선민지생(鮮民之生) ……………… 261
선부좌우(膳夫左右) ……………… 287
선생여달(先生如達) ……………… 279
선선혜(詵詵兮) …………………… 38

선소의문(宣昭義問) ……… 274
선조시청(先祖是聽) ……… 301
선조우최(先祖于摧) ……… 286
선희학혜(善戲謔兮) ……… 120
설도우우지적(設都于禹之績) …… 320
설업설거(設業設虡) ……… 301
섬아량인(殲我良人) ……… 200
성문우야(聲聞于野) ……… 255
성문우천(聲聞于天) ……… 256
세기유(歲其有) ……… 309
세사래벽(歲事來辟) ……… 320
세역막지(歲亦莫止) ……… 248
세역양지(歲亦陽止) ……… 249
세우농교(說于農郊) ……… 123
세율기막(歲聿其莫) ……… 184
세율기서(歲聿其逝) ……… 185
세지불현(世之不顯) ……… 273
소가열조(昭假烈祖) ……… 313
소격무잉(昭假無嬴) ……… 287
소공시사(召公是似) ……… 291
소공유한(召公維翰) ……… 291
소관비거(簫管備擧) ……… 301
소백소게(召伯所憩) ……… 56
소백소발(召伯所茇) ……… 56
소백소세(召伯所說) ……… 56
소사오역(素絲五緎) ……… 60
소사오총(素絲五總) ……… 60
소사오타(素絲五紽) ……… 59
소소재호(蟏蛸在戶) ……… 233
소수지주(搔首踟躕) ……… 106
소위이인(所謂伊人) ……… 197
소유종지(遡游從之) ……… 197
소이삭도(宵爾索綯) ……… 227

소인소비(小人所腓) ……… 249
소회우천(昭回于天) ……… 286
소회종지(遡洄從之) ……… 197
속시기수(束矢其搜) ……… 313
솔피광야(率彼曠野) ……… 266
솔피유초(率彼幽草) ……… 266
송각유정(松桷有梴) ……… 320
송백환환(松栢丸丸) ……… 320
송아호기지상의(送我乎淇之上矣) 113
송자섭기(送子涉淇) ……… 128
쇄소궁질(洒埽穹窒) ……… 233
수고차녕(壽考且寧) ……… 320
수급백자(遂及伯姊) ……… 100
수기시지(誰其尸之) ……… 55
수능팽어(誰能亨魚) ……… 217
수명불태(受命不殆) ……… 316
수모불소(受侮不少) ……… 74
수속아송(雖速我訟) ……… 58
수속아옥(雖速我獄) ……… 58
수수과모(脩修戈矛) ……… 204
수아갑병(修我甲兵) ……… 204
수아모극(修我矛戟) ……… 204
수언고지(受言囊之) ……… 254
수언장지(受言藏之) ……… 254
수언재지(受言載之) ……… 254
수여독단(誰與獨旦) ……… 194
수여독식(誰與獨息) ……… 194
수여독처(誰與獨處) ……… 194
수여비봉(首如飛蓬) ……… 131
수여유제(手如柔荑) ……… 123
수위도고(誰謂荼苦) ……… 92
수위서무아(誰謂鼠無牙) ……… 58
수위여무가(誰謂女無家) ……… 58

수위작무각(誰謂雀無角) …………… 58
수유형제(雖有兄弟) …………… 245
수인수극(誰因誰極) …………… 116
수장서귀(誰將西歸) …………… 217
수적위용(誰適爲容) …………… 131
수종목공(誰從穆公) ………… 199, 200
수즉여도(雖則如荼) …………… 159
수즉여운(雖則如雲) …………… 159
수즉여훼(雖則如燬) …………… 46
수지영호(誰之永號) …………… 182
숙문여고요(淑問如皐陶) ………… 313
숙숙보우(肅肅鴇羽) …………… 192
숙숙보익(肅肅鴇翼) …………… 192
숙숙보행(肅肅鴇行) …………… 193
숙숙소정(肅肅宵征) ………… 64, 65
숙숙토저(肅肅兎罝) …………… 41
숙신기신(淑愼其身) …………… 80
숙야무매(夙夜無寐) …………… 176
숙야무이(夙夜無已) …………… 176
숙야재공(夙夜在公) 51, 64, 308, 309
숙야필해(夙夜必偕) …………… 177
숙옹현상(肅雝顯相) …………… 297
숙옹화명(肅雝和鳴) …………… 301
숙재남묘(俶載南畝) …………… 305
숙혜백혜(叔兮伯兮) …………… 155
숙흥야매(夙興夜寐) …………… 128
순미차도(洵美且都) …………… 150
순미차이(洵美且異) …………… 106
순백로지(郇伯勞之) …………… 220
순우차락(洵訏且樂) …………… 161
순유정혜(洵有情兮) …………… 206
순피장도(順彼長道) …………… 313
숭아수우(崇牙樹羽) …………… 301

슬혜한혜(瑟兮僩兮) …………… 120
습습곡풍(習習谷風) …………… 92
습요기우(熠燿其羽) …………… 233
습요소행(熠燿宵行) …………… 233
습유뉴(隰有杻) …………… 187
습유령(隰有苓) …………… 97
습유수수(隰有樹檖) …………… 202
습유유(隰有楡) …………… 187
습유유룡(隰有游龍) …………… 151
습유육박(隰有六駁) …………… 202
습유율(隰有栗) …………… 187
습유장초(隰有萇楚) …………… 215
습유하화(隰有荷華) …………… 151
습즉유반(隰則有泮) …………… 129
승광시장(承筐是將) …………… 242
승승혜(繩繩兮) …………… 38
승은알류(勝殷遏劉) …………… 302
승피궤원(乘彼垝垣) …………… 128
시고활활(施罛濊濊) …………… 123
시구시도(是究是圖) …………… 245
시기문덕(矢其文德) …………… 292
시단시천(是斷是遷) …………… 320
시미유쟁(時靡有爭) …………… 291
시민부조(視民不恌) …………… 242
시설반야(是紲袢也) …………… 111
시아주행(示我周行) …………… 242
시야파사(市也婆娑) …………… 207
시예시확(是刈是濩) …………… 33
시우중곡(施于中谷) ………… 32, 33
시우중규(施于中逵) …………… 41
시우중림(施于中林) …………… 41
시월납화가(十月納禾稼) ……… 227
시월실솔(十月蟋蟀) …………… 226

시월운탁(十月隕蘀) ················ 226
시월척장(十月滌場) ················ 227
시월확도(十月穫稻) ················ 227
시유강원(時維姜嫄) ················ 279
시유후직(時維后稷) ················ 279
시이부장(視爾不臧) ················ 116
시이여교(視爾如荍) ················ 208
시임시부(是任是負) ················ 280
시주지명(時周之命) ················ 306
시확시묘(是穫是畝) ················ 280
식고이유(式固爾猶) ················ 313
식명부동(寔命不同) ················ 64
식명불유(寔命不猶) ················ 65
식미식미(式微式微) ··········· 95, 96
식벽사방(式辟四方) ················ 291
식식기지(湜湜其沚) ················ 92
식아농부(食我農夫) ················ 227
식아상심(食我桑黮) ················ 313
식야지금(食野之芩) ················ 242
식야지평(食野之苹) ················ 242
식야지호(食野之蒿) ················ 242
신서단단(信誓旦旦) ················ 129
실가부족(室家不足) ················ 58
실견실호(實堅實好) ················ 280
실담실우(實覃實訏) ················ 279
실로아심(實勞我心) ················ 80
실발실수(實發實秀) ················ 280
실방실포(實方實苞) ················ 279
실솔재당(蟋蟀在堂) ··········· 184, 185
실영실률(實穎實栗) ················ 280
실유아의(實維我儀) ················ 108
실유아특(實維我特) ················ 108
실인교편적아(室人交徧讁我) ······· 103

실인교편최아(室人交徧摧我) ······· 103
실종실유(實種實褎) ················ 279
실함사활(實函斯活) ················ 305
실획아심(實獲我心) ················ 77
심역우지(心亦憂止) ················ 248
심지우의(心之憂矣) ······· 74, 77, 174,
　　　　　　　　　175, 218, 219, 265

[ㅇ]

아가기동(我稼旣同) ················ 227
아가차요(我歌且謠) ················ 174
아객려지(我客戾止) ················ 301
아고작피금뢰(我姑酌彼金罍) ········ 35
아고작피시굉(我姑酌彼兕觥) ········ 35
아궁불열(我躬不閱) ················ 92
아나기실(猗儺其實) ················ 215
아나기지(猗儺其枝) ················ 215
아나기화(猗儺其華) ················ 215
아독남행(我獨南行) ················ 86
아독부졸(我獨不卒) ················ 262
아독하해(我獨何害) ················ 262
아동왈귀(我東曰歸) ················ 233
아래자동(我來自東) ················ 233
아마도의(我馬瘏矣) ················ 35
아마현황(我馬玄黃) ················ 35
아마회퇴(我馬虺隤) ················ 35
아무령인(我無令人) ················ 88
아복부의(我僕痡矣) ················ 35
아사고인(我思古人) ················ 77
아사불비(我思不閟) ················ 116
아사불원(我思不遠) ················ 116
아사비천(我思肥泉) ················ 100

아생지초(我生之初) ·············· 141
아생지후(我生之後) ·············· 141
아수미정(我戍未定) ·············· 248
아심비감(我心匪鑒) ··············· 74
아심비석(我心匪席) ··············· 74
아심비석(我心匪石) ··············· 74
아심상비(我心傷悲) ······ 53, 249, 252
아심상비혜(我心傷悲兮) ············ 214
아심서비(我心西悲) ·············· 233
아심온결혜(我心蘊結兮) ············ 214
아심유유(我心悠悠) ·············· 100
아심즉강(我心則降) ··············· 53
아심즉열(我心則說) ··············· 53
아심즉우(我心則憂) ·············· 116
아심즉이(我心則夷) ··············· 53
아심탄서(我心憚暑) ·············· 287
아유가빈(我有嘉賓) ········· 242, 254
아유지주(我有旨酒) ·············· 242
아유지축(我有旨蓄) ··············· 92
아입자외(我入自外) ·············· 103
아정율지(我征聿至) ·············· 233
아조동산(我徂東山) ·············· 233
아주공양(我朱孔陽) ·············· 226
아행기야(我行其野) ·············· 116
아행불래(我行不來) ·············· 249
악부위위(鄂不韡韡) ·············· 245
안여순영(顔如舜英) ·············· 150
안여순화(顔如舜華) ·············· 150
앙성우두(卬盛于豆) ·············· 280
애아인사(哀我人斯) ·············· 236
애아정부(哀我征夫) ·············· 266
애애부모(哀哀父母) ·············· 261
애이불견(愛而不見) ·············· 106

야유사균(野有死麕) ··············· 67
야유사록(野有死鹿) ··············· 67
양류의의(楊柳依依) ·············· 249
양사구구(良士瞿瞿) ·············· 185
양사궤궤(良士蹶蹶) ·············· 185
양사휴휴(良士休休) ·············· 185
양우하괄(羊牛下括) ·············· 138
양우하래(羊牛下來) ·············· 138
양차지석야(揚且之晳也) ············ 110
양차지안야(揚且之顔也) ············ 111
어아귀세(於我歸說) ·············· 219
어아귀식(於我歸息) ·············· 219
어아귀처(於我歸處) ·············· 218
어잠재연(魚潛在淵) ·············· 256
어재우저(魚在于渚) ·············· 256
억약양혜(抑若揚兮) ·············· 171
언고사씨(言告師氏) ··············· 33
언고언귀(言告言歸) ··············· 33
언관기기(言觀其旂) ·············· 312
언기수의(言旣遂矣) ·············· 128
언득훤초(焉得諼草) ·············· 131
언말기구(言秣其駒) ··············· 44
언말기마(言秣其馬) ··············· 44
언사기종(言私其豵) ·············· 226
언선언귀(言旋言歸) ·············· 259
언소안안(言笑晏晏) ·············· 129
언수지배(言樹之背) ·············· 131
언예기루(言刈其蔞) ··············· 44
언예기초(言刈其楚) ··············· 44
언지어조(言至於漕) ·············· 116
언채기궐(言采其蕨) ··············· 53
언채기기(言采其杞) ·············· 252
언채기망(言采其蝱) ·············· 116

언채기미(言采其薇) ·················· 53
엄유구유(奄有九有) ·················· 316
엄유사방(奄有四方) ·················· 299
업읍행로(厭浥行露) ·················· 58
에에기음(噎噎其陰) ·················· 84
여가속혜(如可贖兮) ·················· 200
여고슬금(如鼓瑟琴) ·················· 245
여규여벽(如圭如璧) ·················· 120
여금여석(如金如錫) ·················· 120
여담여분(如惔如焚) ·················· 287
여미무차(予美亡此) ·················· 194
여비한의(如匪澣衣) ·················· 74
여산여하(如山如河) ·················· 110
여삼세혜(如三歲兮) ·················· 143
여삼월혜(如三月兮) ·········· 143, 158
여삼추혜(如三秋兮) ·················· 143
여소치혜(女所治兮) ·················· 77
여심비지(女心悲止) ·················· 252
여심상비(女心傷悲) ·················· 226
여심상지(女心傷止) ·················· 252
여야불상(女也不爽) ·················· 128
여영유한(旅楹有閑) ·················· 320
여왈계명(女曰鷄鳴) ·················· 148
여왈관호(女曰觀乎) ·················· 161
여왕지조사(予王之爪士) ·················· 257
여유은우(如有隱憂) ·················· 74
여자동구(與子同仇) ·················· 204
여자동상(與子同裳) ·················· 204
여자동탁(與子同澤) ·················· 204
여자동포(與子同袍) ·················· 204
여자선회(女子善懷) ·················· 116
여자성설(與子成說) ·················· 86
여자유행(女子有行) ·················· 100

여자의지(與子宜之) ·················· 148
여자해로(與子偕老) ·········· 86, 148
여자해작(與子偕作) ·················· 204
여자해행(與子偕行) ·················· 204
여절여차(如切如磋) ·················· 120
여정여뢰(如霆如雷) ·················· 286
여지탐혜(女之耽兮) ·················· 128
여지하물사(如之何勿思) ·················· 138
여집의광(女執懿筐) ·················· 226
여차량인하(如此良人何) ·················· 189
여차찬자하(如此粲者何) ·················· 189
여차해후하(如此邂逅何) ·················· 189
여탁여마(如琢如磨) ·················· 120
여하여하(如何如何) ·················· 202
여형여제(如兄如弟) ·················· 92
역가외야(亦可畏也) ·········· 146, 147
역각유행(亦各有行) ·················· 116
역거기휴(役車其休) ·················· 185
역공지가(亦孔之嘉) ·················· 236
역공지장(亦孔之將) ·················· 236
역공지휴(亦孔之休) ·················· 236
역기견지(亦旣見止) ·················· 53
역기구지(亦旣覯止) ·················· 53
역류우기(亦流于淇) ·················· 100
역범기류(亦汎其流) ·················· 74
역불여종(亦不女從) ·················· 58
역시우우(亦施于宇) ·················· 233
역여조기(懟如調飢) ·················· 46
역역기달(驛驛其達) ·················· 305
역유고름(亦有高廩) ·················· 300
역유형제(亦有兄弟) ·················· 74
역이어동(亦以御冬) ·················· 92
역이언재(亦已焉哉) ·················· 129

역재거하(亦在車下) ···················· 233
연연우비(燕燕于飛) ················ 79, 80
연연자촉(蜎蜎者蠋) ···················· 233
연이신혼(宴爾新昏) ······················ 92
연피제희(變彼諸姬) ···················· 100
열역녀미(說懌女美) ···················· 106
열피하천(冽彼下泉) ···················· 220
염만우야(薆蔓于野) ···················· 194
염만우역(薆蔓于域) ···················· 194
염염기묘(厭厭其苗) ···················· 305
염피경사(念彼京師) ···················· 220
염피경주(念彼京周) ···················· 220
염피주경(念彼周京) ···················· 220
엽피남묘(饁彼南畝) ···················· 226
영관궐성(永觀厥成) ···················· 301
영막아청(寧莫我聽) ···················· 286
영문불이(令聞不已) ············· 273, 292
영불아고(寧不我顧) ······················ 82
영불아보(寧不我報) ······················ 82
영비아돈(寧俾我遯) ···················· 287
영석난로(永錫難老) ···················· 313
영언배명(永言配命) ···················· 274
영여추제(領如蝤蠐) ···················· 123
영영청승(營營青蠅) ···················· 263
영우기몽(零雨其濛) ···················· 233
영이위호야(永以爲好也) ············· 133
영정아궁(寧丁我躬) ···················· 286
영지유지(泳之游之) ······················ 92
예마여지하(藝麻如之何) ············· 167
예지임숙(藝之荏菽) ···················· 279
오매구지(寤寐求之) ······················ 30
오매무위(寤寐無爲) ···················· 212
오매사복(寤寐思服) ······················ 30

오목청묘(於穆清廟) ···················· 297
오벽유표(寤辟有摽) ······················ 74
오소우천(於昭于天) ···················· 273
오언불매(寤言不寐) ······················ 84
오월명조(五月鳴蜩) ···················· 226
오월사종동고(五月斯螽動股) ······· 226
오즙희경지(於緝熙敬止) ············· 273
오황무왕(於皇武王) ···················· 302
오황시주(於皇時周) ···················· 306
옥지진야(玉之瑱也) ···················· 110
온륭충충(蘊隆蟲蟲) ···················· 286
온우군소(慍于羣小) ······················ 74
완구지도(宛丘之道) ···················· 206
완구지상혜(宛丘之上兮) ············· 206
완구지하(宛丘之下) ···················· 206
완구지허(宛丘之栩) ···················· 207
완기사의(宛其死矣) ···················· 187
완재수중앙(宛在水中央) ············· 197
완재수중지(宛在水中坻) ············· 197
완재수중지(宛在水中沚) ············· 197
완혜련혜(婉兮孌兮) ···················· 169
왈귀왈귀(曰歸曰歸) ············· 248, 249
왈살고양(曰殺羔羊) ···················· 227
왈상시상(曰商是常) ···················· 320
왈위개세(曰爲改歲) ···················· 227
왕국극생(王國克生) ···················· 273
왕국래극(王國來極) ···················· 291
왕국서정(王國庶定) ···················· 291
왕명소호(王命召虎) ···················· 291
왕사미고(王事靡盬) ··· 192, 193, 249,
                    251, 252
왕사적아(王事適我) ···················· 103
왕사퇴아(王事敦我) ···················· 103

왕실여훼(王室如燬) …………………… 46
왕심재녕(王心載寧) …………………… 291
왕왈어호(王曰於乎) …………………… 286
왕우흥사(王于興師) …………………… 204
왕지신신(王之藎臣) …………………… 274
왕희지거(王姬之車) …………………… 69
외아부모(畏我父母) …………………… 146
외아제형(畏我諸兄) …………………… 147
외어기무(外禦其務) …………………… 245
외인지다언(畏人之多言) ……………… 147
외자불감(畏子不敢) …………………… 144
외자불분(畏子不奔) …………………… 144
요가여오(聊可與娛) …………………… 159
요락아원(聊樂我員) …………………… 159
요료자아(蓼蓼者莪) …………………… 261
요아호상궁(要我乎上宮) ……………… 113
요여자동귀혜(聊與子同歸兮) ……… 214
요여자여일혜(聊與子如一兮) ……… 214
요여지모(聊與之謀) …………………… 100
요요착신(翹翹錯薪) …………………… 44
요요초충(喓喓草蟲) …………………… 53
요이행국(聊以行國) …………………… 175
요조숙녀(窈窕淑女) …………………… 30
요지옥옥(夭之沃沃) …………………… 215
욕보지덕(欲報之德) …………………… 262
용기십승(龍旂十乘) …………………… 317
용석이지(用錫爾祉) …………………… 291
용약용병(踊躍用兵) …………………… 86
우간지중(于澗之中) …………………… 51
우강우리(于疆于理) …………………… 291
우결아구(又缺我銶) …………………… 236
우결아기(又缺我錡) …………………… 236
우결아장(又缺我斨) …………………… 236

우금삼년(于今三年) …………………… 233
우두우등(于豆于登) …………………… 280
우림지하(于林之下) …………………… 86
우서락혜(于胥樂兮) …………………… 309
우설기방(雨雪其雱) …………………… 104
우설비비(雨雪霏霏) …………………… 249
우소우지(于沼于沚) …………………… 51
우수병적(右手秉翟) …………………… 97
우심공구(憂心孔疚) …………… 249, 252
우심렬렬(憂心烈烈) …………………… 248
우심미락(憂心靡樂) …………………… 202
우심여취(憂心如醉) …………………… 202
우심여훈(憂心如熏) …………………… 287
우심유충(憂心有忡) …………………… 86
우심은은(憂心殷殷) …………………… 103
우심철철(憂心惙惙) …………………… 53
우심초초(憂心悄悄) …………………… 74
우심충충(憂心忡忡) …………………… 53
우심흠흠(憂心欽欽) …………………… 202
우아부모(憂我父母) …………………… 252
우양비자지(牛羊腓字之) ……………… 279
우이구지(于以求之) …………………… 86
우이상지(于以湘之) …………………… 55
우이성지(于以盛之) …………………… 55
우이용지(于以用之) …………………… 51
우이전지(于以奠之) …………………… 55
우이채번(于以采蘩) ……………… 51, 55
우이채조(于以采藻) …………………… 55
우인지간난의(遇人之艱難矣) ……… 139
우인지불숙의(遇人之不淑矣) ……… 139
우주수명(于周受命) …………………… 292
우차구혜(于嗟鳩兮) …………………… 128
우차린혜(于嗟麟兮) …………………… 48

우차여혜(于嗟女兮) …………… 128
우차현혜(于嗟洵兮) …………… 86
우차호추우(于嗟乎騶虞) ………… 70
우차활혜(于嗟闊兮) …………… 86
우피행로(于彼行潦) …………… 55
운기황의(芸其黃矣) …………… 265
운수지사(云誰之思) ………… 97, 113
운아무소(云我無所) …………… 286
운여지하(云如之何) …………… 110
운여하리(云如何里) …………… 287
운하우의(云何吁矣) …………… 35
운호불료(云胡不瘳) …………… 156
운호불이(云胡不夷) …………… 156
운호불희(云胡不喜) …………… 157
울피북림(鬱彼北林) …………… 202
웅호수수(雄狐綏綏) …………… 167
원거원처(爰居爰處) …………… 86
원구유상(爰求柔桑) …………… 226
원귀상치(元龜象齒) …………… 314
원득아소(爰得我所) …………… 181
원득아직(爰得我直) …………… 182
원부모형제(遠父母兄弟) ………… 100
원상기마(爰喪其馬) …………… 86
원송우남(遠送于南) …………… 80
원송우야(遠送于野) …………… 79
원습부의(原隰裒矣) …………… 245
원언사백(願言思伯) …………… 131
원언즉체(願言則嚔) …………… 84
원언즉회(願言則懷) …………… 84
원우장지(遠于將之) …………… 79
원유극(園有棘) …………… 174
원유도(園有桃) …………… 174
원유수단(爰有樹檀) …………… 256

원유한천(爰有寒泉) …………… 88
원채당의(爰采唐矣) …………… 113
원채맥의(爰采麥矣) …………… 113
원채봉의(爰采葑矣) …………… 113
월이종매(越以鬷邁) …………… 208
월출교혜(月出皎兮) …………… 210
월출조혜(月出照兮) …………… 210
월출지광(月出之光) …………… 163
월출호혜(月出皓兮) …………… 210
위공자구(爲公子裘) …………… 226
위공자상(爲公子裳) …………… 226
위사위사(委蛇委蛇) …………… 60
위아사야교(謂我士也驕) ………… 174
위아사야망극(謂我士也罔極) …… 175
위아심우(謂我心憂) …………… 136
위아하구(謂我何求) …………… 136
위여불신(謂予不信) …………… 144
위왕전구(爲王前驅) …………… 131
위위타타(委委佗佗) …………… 110
위의반반(威儀反反) …………… 299
위의체체(威儀棣棣) …………… 74
위이위이(委蛇委蛇) …………… 60
위주위례(爲酒爲醴) ……… 300, 305
위지하재(謂之何哉) …………… 103
위차춘주(爲此春酒) …………… 227
위치위격(爲絺爲綌) …………… 33
위행다로(謂行多露) …………… 58
위후지처(衛侯之妻) …………… 123
유가설야(猶可說也) …………… 128
유거유비(維秬維秠) …………… 280
유고유고(有瞽有瞽) …………… 301
유광급거(維筐及筥) …………… 55
유광유궤(有洸有潰) …………… 92

유구거지(維鳩居之) ………………… 50

유구방지(維鳩方之) ………………… 50

유구영지(維鳩盈之) ………………… 50

유기급부(維錡及釜) ………………… 55

유기상의(維其傷矣) ……………… 265

유기청의(瀏其淸矣) ……………… 161

유녀동거(有女同車) ……………… 150

유녀동행(有女同行) ……………… 150

유녀비리(有女仳離) ……………… 139

유녀여도(有女如荼) ……………… 159

유녀여옥(有女如玉) ………………… 67

유녀여운(有女如雲) ……………… 159

유녀회춘(有女懷春) ………………… 67

유래무기(猶來無棄) ……………… 176

유래무사(猶來無死) ……………… 177

유래무지(猶來無止) ……………… 176

유략기사(有略其耜) ……………… 305

유력여호(有力如虎) ………………… 97

유뢰지치(維纍之恥) ……………… 261

유명창경(有鳴倉庚) ……………… 226

유모지시옹(有母之尸饔) ………… 257

유문유기(維麋維芑) ……………… 280

유미일인(有美一人) ……………… 212

유민소지(維民所止) ……………… 317

유민지칙(維民之則) ……………… 313

유봉자호(有芃者狐) ……………… 266

유분기실(有蕡其實) ………………… 40

유비군자(有匪君子) ……………… 120

유사여녀(維士與女) ……………… 161

유사이민(維絲伊緡) ………………… 69

유삼여묘(維參與昴) ………………… 65

유상손자(有商孫子) ……………… 273

유상지도(有相之道) ……………… 279

유상지화(維常之華) ……………… 249

유실기적(有實其積) ……………… 305

유여교일(有如皦日) ……………… 144

유여형초(維女荊楚) ……………… 319

유염기걸(有厭其傑) ……………… 305

유엽막막(維葉莫莫) ………………… 33

유엽처처(維葉萋萋) ………………… 32

유우은자천(有虞殷自天) ………… 274

유월사계진우(六月莎鷄振羽) …… 226

유월식울급욱(六月食鬱及薁) …… 227

유유걸걸(維莠桀桀) ……………… 169

유유교교(維莠驕驕) ……………… 169

유유녹명(呦呦鹿鳴) ……………… 242

유유아사(悠悠我思) ………… 84, 158

유유아심(悠悠我心) ……………… 158

유유창천(悠悠蒼天) …… 136, 192, 193

유의기사(有依其士) ……………… 305

유이불영상(維以不永傷) …………… 35

유이불영회(維以不永懷) …………… 35

유자지고(維子之故) ………… 152, 153

유자칠인(有子七人) ………………… 88

유작유소(維鵲有巢) ………………… 50

유잔지거(有棧之車) ……………… 266

유재유재(悠哉悠哉) ………………… 30

유절기소(有截其所) ……………… 319

유제계녀(有齊季女) ………………… 55

유주불현(有周不顯) ……………… 273

유주지정(維周之楨) ……………… 273

유차엄식(維此奄息) ……………… 200

유차중항(維此仲行) ……………… 200

유차침호(維此鍼虎) ……………… 200

유체지두(有杕之杜) ………… 190, 191,
251, 252

유초기향(有椒其馨)	305	
유탐기엽(有饁其饁)	304	
유토원원(有兎爰爰)	141	
유퇴과고(有敦瓜苦)	233	
유포여간(有蒲與蕑)	212	
유포여하(有蒲與荷)	212	
유포함담(有蒲菡萏)	212	
유필기향(有飶其香)	305	
유필유필(有駜有駜)	308, 309	
유혜기성(有嘒其星)	287	
유환기실(有睍其實)	251	
유회우위(有懷于衛)	100	
육륙자아(蓼蓼者莪)	261	
윤문문왕(允文文王)	302	
윤문윤무(允文允武)	313	
윤유흡하(允猶翕河)	306	
율수궐덕(聿脩厥德)	274	
율피신풍(鴥彼晨風)	202	
융거공박(戎車孔博)	313	
융거기가(戎車旣駕)	249	
은기뢰(殷其雷)	61, 62	
은기영의(殷其盈矣)	161	
은사부민(殷士膚敏)	274	
은수명함의(殷受命咸宜)	317	
은지미상사(殷之未喪師)	274	
음우고지(陰雨膏之)	220	
음전우녜(飮餞于禰)	100	
음전우언(飮餞于言)	100	
음주지어(飮酒之飫)	245	
읍체여우(泣涕如雨)	79	
읍체연련(泣涕漣漣)	128	
응전현고(應田縣鼓)	301	
의감우은(宜鑑于殷)	274	

의금경의(衣錦褧衣)	123, 155	
의기가실(宜其家室)	40	
의기가인(宜其家人)	40	
의기성혜(儀旣成兮)	171	
의기실가(宜其室家)	40	
의무회노(宜無悔怒)	287	
의상초초(衣裳楚楚)	218	
의언음주(宜言飮酒)	148	
의이실가(宜爾室家)	245	
의중교혜(猗重較兮)	120	
의차련혜(猗嗟孌兮)	171	
의차명혜(猗嗟名兮)	171	
의차창혜(猗嗟昌兮)	171	
의피여상(猗彼女桑)	226	
의형문왕(儀刑文王)	274	
이가회야(伊可懷也)	233	
이개미수(以介眉壽)	227	
이귀조사(以歸肇祀)	280	
이기상학(伊其相謔)	161	
이기장학(伊其將謔)	161	
이다위휼(而多爲恤)	252	
이려서정(以戾庶正)	287	
이망복관(以望復關)	128	
이무망혜(而無望兮)	206	
이벌원양(以伐遠揚)	226	
이보아후생(以保我後生)	320	
이복이서(爾卜爾筮)	128	
이불무자(以弗無子)	279	
이사아우(以寫我憂)	100	
이삼기덕(二三其德)	128	
이손자(詒孫子)	309	
이아동관(貽我彤管)	106	
이아발혜(履我發兮)	166	

이아악초(貽我握椒) …………… 208
이아어궁(以我御窮) ……………… 92
이아즉혜(履我卽兮) …………… 166
이아회천(以我賄遷) …………… 128
이어란혜(以禦亂兮) …………… 171
이언재(已焉哉) ………………… 103
이여래기(伊余來塈) ……………… 92
이연락가빈지심(以燕樂嘉賓之心) 242
이오이유(以敖以遊) ……………… 74
이욱과인(以勖寡人) ……………… 80
이위재실(伊威在室) …………… 233
이음이우(以陰以雨) ……………… 92
이이거래(以爾車來) …………… 128
이이규찬(釐爾圭瓚) …………… 292
이제무민(履帝武敏) …………… 279
이지일기동(二之日其同) ……… 226
이지일율렬(二之日栗烈) ……… 225
이지일착빙충충(二之日鑿氷沖沖) 227
이취구식(以就口食) …………… 279
이혁궐령(以赫厥靈) …………… 279
이흘우금(以迄于今) …………… 280
이흡백례(以洽百禮) ……… 300, 305
이흥사세(以興嗣歲) …………… 280
익부여안(弋鳧與鴈) …………… 148
익언가지(弋言加之) …………… 148
인가이식(人可以食) …………… 265
인무형제(人無兄弟) …………… 191
인백기신(人百其身) …………… 200
인이무례(人而無禮) …………… 114
인이무의(人而無儀) …………… 114
인이무지(人而無止) …………… 114
인지각(麟之角) …………………… 48
인지다언(人之多言) …………… 147

인지정(麟之定) …………………… 48
인지지(麟之趾) …………………… 48
인지호아(人之好我) …………… 242
일거월저(日居月諸) ………… 74, 82
일발오종(壹發五豵) ……………… 70
일발오파(壹發五豝) ……………… 70
일월기도(日月其慆) …………… 185
일월기매(日月其邁) …………… 185
일월기제(日月其除) …………… 184
일월삼첩(一月三捷) …………… 249
일월양지(日月陽止) …………… 252
일일불견(一日不見) ……… 143, 158
일조수지(一朝禱之) …………… 254
일조우지(一朝右之) …………… 254
일조향지(一朝饗之) …………… 254
일지방중(日之方中) ……………… 97
일지석의(日之夕矣) …………… 138
일지일우학(一之日于貉) ……… 226
일지일필발(一之日觱發) ……… 225
임기혈(臨其穴) ………………… 200
임숙패패(荏菽旆旆) …………… 279
임유복속(林有樸樕) ……………… 67
입아상하(入我牀下) …………… 226
입즉미지(入則靡至) …………… 261
입차실처(入此室處) …………… 227

[ㅈ]

자거엄식(子車奄息) …………… 199
자거중항(子車仲行) …………… 200
자거침호(子車鍼虎) …………… 200
자공퇴식(自公退食) ……………… 60
자교조궁(自郊徂宮) …………… 286

자구다복(自求多福) …………………… 274
자구이호(自求伊祜) …………………… 313
자금이시(自今以始) …………………… 309
자녕불래(子寧不來) …………………… 158
자녕불사음(子寧不嗣音) …………… 158
자목귀제(自牧歸荑) …………………… 106
자무양매(子無良媒) …………………… 128
자백지동(自伯之東) …………………… 131
자불아사(子不我思) ………… 153, 154
자소조명(自召祖命) …………………… 292
자아불견(自我不見) …………………… 233
자아조이(自我徂爾) …………………… 128
자왈하기(子曰何其) ………… 174, 175
자유거마(子有車馬) …………………… 187
자유의상(子有衣裳) …………………… 187
자유정내(子有廷內) …………………… 187
자유종고(子有鐘鼓) …………………… 187
자유주식(子有酒食) …………………… 187
자중지자(子仲之子) …………………… 207
자지봉혜(子之丰兮) …………………… 155
자지불숙(子之不淑) …………………… 110
자지영탄(茲之永歎) …………………… 100
자지창혜(子之昌兮) …………………… 155
자지청양(子之淸揚) …………………… 111
자지탕혜(子之湯兮) …………………… 206
자피성강(自彼成康) …………………… 299
자피저강(自彼氐羌) …………………… 319
자혜사아(子惠思我) ………… 153, 154
자혜자혜(子兮子兮) …………………… 189
자흥시야(子興視夜) …………………… 148
작소공고(作召公考) …………………… 292
작작기화(灼灼其華) ……………………… 39
잠월조상(蠶月條桑) …………………… 226

잡패이문지(雜佩以問之) …………… 149
잡패이보지(雜佩以報之) …………… 149
잡패이증지(雜佩以贈之) …………… 148
장고장상(將翶將翔) ………… 148, 150
장아육아(長我育我) …………………… 262
장양분수(牂羊墳首) …………………… 265
장자무노(將子無怒) …………………… 128
장중자혜(將仲子兮) ………… 146, 147
재갈재기(載渴載飢) …………………… 249
재공명명(在公明明) …………………… 308
재공음주(在公飮酒) …………………… 309
재공재연(在公載燕) …………………… 309
재기재갈(載飢載渴) …………………… 248
재남산지양(在南山之陽) ……………… 61
재남산지측(在南山之側) ……………… 62
재남산지하(在南山之下) ……………… 62
재모재유(載謀載惟) …………………… 280
재무정손자(在武丁孫子) …………… 316
재반음주(在泮飮酒) …………………… 313
재반헌공(在泮獻功) …………………… 313
재반헌괵(在泮獻馘) …………………… 313
재반헌수(在泮獻囚) …………………… 313
재번재열(載燔載烈) …………………… 280
재삼재작(載芟載柞) …………………… 304
재색재소(載色載笑) …………………… 313
재생재육(載生載育) …………………… 279
재성궐혜(在城闕兮) …………………… 158
재소재언(載笑載言) …………………… 128
재수일방(在水一方) …………………… 197
재수지미(在水之湄) …………………… 197
재수지사(在水之涘) …………………… 197
재아달혜(在我闥兮) …………………… 166
재아실혜(在我室兮) …………………… 166

재전상처(在前上處) ……… 97
재제좌우(在帝左右) ……… 273
재주지정(在周之庭) ……… 301
재준지하(在浚之下) ……… 88
재지재할(載脂載舝) ……… 100
재진재숙(載震載夙) ……… 279
재찬무공(載纘武功) ……… 226
재치재구(載馳載驅) ……… 116
재피중하(在彼中河) ……… 108
재피하측(在彼河側) ……… 108
재하지주(在河之洲) ……… 30
재현재황(載玄載黃) ……… 226
재호기음(載好其音) ……… 88
재확제제(載穫濟濟) ……… 305
저립이읍(佇立以泣) ……… 79
적불이조(翟茀以朝) ……… 123
적적부종(趯趯阜螽) ……… 53
적피동남(狄彼東南) ……… 313
적피락교(適彼樂郊) ……… 182
적피락국(適彼樂國) ……… 182
적피락토(適彼樂土) ……… 181
전아생혜(展我甥兮) ……… 171
전여지인혜(展如之人兮) ……… 111
전유발발(鱣鮪發發) ……… 123
전전반측(輾轉反側) ……… 30
전전복침(輾轉伏枕) ……… 212
전준지희(田畯至喜) ……… 226
점거유상(漸車帷裳) ……… 128
정녀기련(靜女其孌) ……… 106
정녀기주(靜女其姝) ……… 106
정부귀지(征夫歸止) ……… 252
정부불원(征夫不遠) ……… 252
정부이지(征夫邇止) ……… 252

정부황지(征夫遑止) ……… 252
정사일비유아(政事一埤遺我) ……… 103
정사일비익아(政事一埤益我) ……… 103
정언사지(靜言思之) ……… 74, 128
정역피사방(正域彼四方) ……… 316
정탄록장(町畽鹿場) ……… 233
제명불시(帝命不時) ……… 273
제자용지(齊子庸止) ……… 167
제자유귀(齊子由歸) ……… 167
제제다사(濟濟多士) …… 273, 297, 313
제피공당(躋彼公堂) ……… 227
제피상의(制彼裳衣) ……… 233
제형지언(諸兄之言) ……… 147
제후지자(齊侯之子) ……… 69, 123
조기소의(條其歗矣) ……… 139
조기영의(朝旣盈矣) ……… 163
조기창의(朝旣昌矣) ……… 163
조내거의(鳥乃去矣) ……… 279
조림하토(照臨下土) ……… 82
조민융공(肇敏戎公) ……… 291
조복익지(鳥覆翼之) ……… 279
조석불가(朝夕不暇) ……… 266
조습조진(徂隰徂畛) ……… 304
조역피사해(肇域彼四海) ……… 317
종고기설(鐘鼓旣設) ……… 254
종고락지(鐘鼓樂之) ……… 31
종고횡횡(鐘鼓喤喤) ……… 299
종공우매(從公于邁) ……… 312
종구차빈(終窶且貧) ……… 103
종불가훤혜(終不可諼兮) ……… 120
종사우(螽斯羽) ……… 38
종손자중(從孫子仲) ……… 86
호취화삼백억혜(胡取禾三百億兮) 179

종아불왕(縱我不往) ·················· 158
종온차혜(終溫且惠) ···················· 80
종일석후(終日射侯) ·················· 171
종지황무(種之黃茂) ·················· 279
종풍차매(終風且霾) ···················· 84
종풍차에(終風且曀) ···················· 84
종풍차포(終風且暴) ···················· 84
좌수집약(左手執籥) ···················· 97
좌우류지(左右流之) ···················· 30
좌우모지(左右芼之) ···················· 31
좌우채지(左右采之) ···················· 31
주공동정(周公東征) ·················· 236
주무속신(綢繆束薪) ·················· 188
주무속초(綢繆束楚) ·················· 189
주무속추(綢繆束芻) ·················· 189
주분표표(朱幩鑣鑣) ·················· 123
주수구방(周雖舊邦) ·················· 273
주여려민(周餘黎民) ·················· 286
주이우모(晝爾于茅) ·················· 227
준명불이(駿命不易) ·················· 274
준분주재묘(駿奔走在廟) ············ 297
준피미행(遵彼微行) ·················· 226
준피여분(遵彼汝墳) ···················· 46
중가회야(仲可懷也) ········· 146, 147
중곡유퇴(中谷有蓷) ·················· 139
중심달혜(中心怛兮) ·················· 216
중심시도(中心是悼) ···················· 84
중심여열(中心如噎) ·················· 136
중심여취(中心如醉) ·················· 136
중심연연(中心悁悁) ·················· 212
중심요요(中心搖搖) ·················· 136
중심유위(中心有違) ···················· 92
중심조혜(中心弔兮) ·················· 217

중심호지(中心好之) ·················· 254
중심황지(中心貺之) ·················· 254
중심희지(中心喜之) ·················· 254
중씨임지(仲氏任只) ···················· 80
중치차광(衆穉且狂) ·················· 116
즉불가저(則不可沮) ·················· 286
즉불가추(則不可推) ·················· 286
즉불아문(則不我聞) ·················· 287
즉불아우(則不我虞) ·················· 287
즉불아유(則不我遺) ·················· 286
즉불아조(則不我助) ·················· 286
즉유태가실(卽有邰家室) ············ 280
증비조비(烝畀祖妣) ········· 300, 305
증야무융(烝也無戎) ·················· 245
증재상야(烝在桑野) ·················· 233
증재율신(烝在栗薪) ·················· 233
증증황황(烝烝皇皇) ·················· 313
증지부부(烝之浮浮) ·················· 280
증지이작약(贈之以勺藥) ·············· 161
지사시미타(之死矢靡他) ·············· 108
지사시미특(之死矢靡慝) ·············· 108
지아여차(知我如此) ·················· 265
지아자(知我者) ······················· 136
지우극(止于棘) ··············· 199, 263
지우남해(至于南海) ·················· 291
지우돈구(至于頓丘) ·················· 128
지우번(止于樊) ······················· 263
지우상(止于桑) ······················· 200
지우진(止于榛) ······················· 263
지우초(止于楚) ······················· 200
지우포의(至于暴矣) ·················· 128
지자귀(之子歸) ························· 66
지자우귀(之子于歸) ········ 40, 44, 50,

79, 80, 233

지자지래지(知子之來之) ………… 148
지자지순지(知子之順之) ………… 149
지자지호지(知子之好之) ………… 149
직사기거(職思其居) ……………… 184
직사기외(職思其外) ……………… 185
직사기우(職思其憂) ……………… 185
진고여자(振古如玆) ……………… 305
진발여운(鬒髮如雲) ……………… 110
진석재주(陳錫哉周) ……………… 273
진수아미(蝤首蛾眉) ……………… 123
진여유(溱與洧) …………………… 161
진진공성(振振公姓) ………………… 48
진진공자(振振公子) ………………… 48
진진공족(振振公族) ………………… 48
진진군자(振振君子) …………… 61, 62
진진로(振振鷺) …………………… 309
진진혜(振振兮) ……………………… 38
집경무왕(執競武王) ……………… 299
집비여조(執轡如組) ………………… 97
집우관목(集于灌木) ………………… 32
집우반림(集于泮林) ……………… 313
집우포극(集于苞棘) ……………… 192
집우포상(集于苞桑) ……………… 193
집우포상(集于苞栩) ……………… 192
집자지수(執子之手) ………………… 86
집집혜(揖揖兮) ……………………… 38

[ㅊ]

차방지인(此邦之人) ……………… 259
차아농부(嗟我農夫) ……………… 227
차아부자(嗟我婦子) ……………… 227

차아회인(嗟我懷人) ………………… 35
차여계행역(嗟予季行役) ………… 176
차여자행역(嗟予子行役) ………… 176
차여제행역(嗟予弟行役) ………… 177
차왕관호유지외(且往觀乎洧之外) 161
차이영일(且以永日) ……………… 187
차이희락(且以喜樂) ……………… 187
차하인재(此何人哉) ……………… 136
차행지인(嗟行之人) ………… 190, 191
차혜차혜(玼兮玼兮) ……………… 110
차혜차혜(瑳兮瑳兮) ……………… 110
착지정정(椓之丁丁) ………………… 41
참부지기고(憯不知其故) ………… 287
참인망극(讒人罔極) ………… 263, 264
참치행채(參差荇菜) …………… 30, 31
창경우비(倉庚于飛) ……………… 233
창승지성(蒼蠅之聲) ……………… 163
채도신저(采荼薪樗) ……………… 227
채미채미(采薇采薇) ……………… 248
채번기기(采蘩祁祁) ……………… 226
채봉채비(采葑采菲) ………………… 92
채채권이(采采卷耳) ………………… 35
채채부이(采采芣苢) ………………… 42
채채의복(采采衣服) ……………… 219
처기이풍(淒其以風) ………………… 77
처자호합(妻子好合) ……………… 245
척기고산(陟其高山) ……………… 306
척령재원(脊令在原) ……………… 245
척척산천(滌滌山川) ……………… 287
척피강혜(陟彼岡兮) ……………… 176
척피경산(陟彼景山) ……………… 320
척피고강(陟彼高岡) ………………… 35
척피기혜(陟彼屺兮) ……………… 176

척피남산(陟彼南山) ······ 53
척피북산(陟彼北山) ······ 252
척피아구(陟彼阿丘) ······ 116
척피저의(陟彼砠矣) ······ 35
척피최외(陟彼崔嵬) ······ 35
척피호혜(陟彼岵兮) ······ 176
천강상란(天降喪亂) ······ 286
천명강감(天命降監) ······ 320
천명다벽(天命多辟) ······ 320
천명미상(天命靡常) ······ 274
천명현조(天命玄鳥) ······ 316
천실위지(天實爲之) ······ 103
천우기운(千耦其耘) ······ 304
천자만년(天子萬年) ······ 292
천자만수(天子萬壽) ······ 292
천진우위(遄臻于衛) ······ 100
철기읍의(啜其泣矣) ······ 139
철아강토(徹我疆土) ······ 291
첨망모혜(瞻望母兮) ······ 176
첨망부혜(瞻望父兮) ······ 176
첨망불급(瞻望弗及) ······ 79, 80
첨망형혜(瞻望兄兮) ······ 176
첨앙호천(瞻卬昊天) ······ 287
첨피기오(瞻彼淇奧) ······ 120
청양완혜(淸揚婉兮) ······ 171
청청자금(靑靑子衿) ······ 158
청청자패(靑靑子佩) ······ 158
체무구언(體無咎言) ······ 128
체사방타(涕泗滂沱) ······ 212
초지화(苕之華) ······ 265
총각관혜(總角丱兮) ······ 169
총각지연(總角之宴) ······ 129
추이위기(秋以爲期) ······ 128

춘일재양(春日載陽) ······ 226
춘일지지(春日遲遲) ······ 226
출기동문(出其東門) ······ 159
출기인도(出其闉闍) ······ 159
출숙우간(出宿于干) ······ 100
출숙우제(出宿于泲) ······ 100
출입복아(出入復我) ······ 262
출자동방(出自東方) ······ 82
출자북문(出自北門) ······ 103
출즉함휼(出則銜恤) ······ 261
충비홍홍(蟲飛薨薨) ······ 163
충이수영(充耳琇瑩) ······ 120
충이이소호이(充耳以素乎而) ······ 164
충이이청호이(充耳以靑乎而) ······ 164
충이이황호이(充耳以黃乎而) ······ 164
췌췌기율(惴惴其慄) ······ 200
취기심의(就其深矣) ······ 92
취기천의(就其淺矣) ······ 92
취마사씨(趣馬師氏) ······ 287
취생고황(吹笙鼓簧) ······ 242
취소제지(取蕭祭脂) ······ 280
취언귀(醉言歸) ······ 309
취언무(醉言舞) ······ 309
취의여담(毳衣如菼) ······ 144
취의여문(毳衣如璊) ······ 144
취저이발(取羝以軷) ······ 280
취처여지하(取妻如之何) ······ 167, 168
취피극신(吹彼棘薪) ······ 88
취피극심(吹彼棘心) ······ 88
취피부장(取彼斧斨) ······ 226
취피호리(取彼狐狸) ······ 226
치기로도(値其鷺翿) ······ 206
치기로우(値其鷺羽) ······ 206

치리우라(雉離于羅) …………… 141
치리우부(雉離于罦) …………… 141
치리우충(雉離于罿) …………… 141
치여호서(齒如瓠犀) …………… 123
치지기우(差池其羽) …………… 79
치지하지간혜(寘之河之干兮) …… 178
치지하지순혜(寘之河之漘兮) …… 179
치지하지측혜(寘之河之側兮) …… 179
치피주행(寘彼周行) …………… 35
치혜격혜(絺兮綌兮) …………… 77
친결기리(親結其縭) …………… 233
칠월명격(七月鳴鶪) …………… 226
칠월식과(七月食瓜) …………… 227
칠월유화(七月流火) ………… 225, 226
칠월재야(七月在野) …………… 226
칠월팽규급숙(七月亨葵及菽) …… 227
침성공안(寢成孔安) …………… 320
침피포랑(浸彼苞稂) …………… 220
침피포소(浸彼苞蕭) …………… 220
침피포시(浸彼苞蓍) …………… 220
칩칩혜(蟄蟄兮) ………………… 38
칭피시굉(稱彼兕觥) …………… 227

[ㅌ]

타산교악(隋山喬嶽) …………… 306
타산지석(它山之石) …………… 256
타인시보(他人是保) …………… 187
타인시유(他人是愉) …………… 187
타인입실(他人入室) …………… 187
탁탁궐령(濯濯厥靈) …………… 320
탁피운한(倬彼雲漢) …………… 286
탄강가종(誕降嘉種) …………… 280

탄미궐월(誕彌厥月) …………… 279
탄실포복(誕實匍匐) …………… 279
탄아사여하(誕我祀如何) ……… 280
탄치지애항(誕寘之隘巷) ……… 279
탄치지평림(誕寘之平林) ……… 279
탄치지한빙(誕寘之寒氷) ……… 279
탄후직지색(誕后稷之穡) ……… 279
탕손지서(湯孫之緒) …………… 319
태급공자동귀(殆及公子同歸) …… 226
태기금혜(迨其今兮) …………… 63
태기길혜(迨其吉兮) …………… 63
태기위지(迨其謂之) …………… 63
택은토망망(宅殷土芒芒) ……… 316
토국성조(土國城漕) …………… 86
퇴식자공(退食自公) …………… 60
퇴피독숙(敦彼獨宿) …………… 233
투아이모과(投我以木瓜) ……… 133
투아이목도(投我以木桃) ……… 133
투아이목리(投我以木李) ……… 133

[ㅍ]

파궐백곡(播厥百穀) …………… 305
파사기하(婆娑其下) …………… 207
팔월기확(八月其穫) …………… 226
팔월단호(八月斷壺) …………… 227
팔월박조(八月剝棗) …………… 227
팔월재우(八月在宇) …………… 226
팔월재적(八月載績) …………… 226
팔월환위(八月萑葦) …………… 226
패옥경거(佩玉瓊琚) …………… 150
패옥장장(佩玉將將) …………… 150
편피비효(翩彼飛鴞) …………… 313

평왕지손(平王之孫) ····················· 69
평진여송(平陳與宋) ····················· 86
폐비감당(蔽芾甘棠) ····················· 56
포금여주(抱衾與裯) ····················· 65
포복구지(匍匐救之) ····················· 92
포포무사(抱布貿絲) ····················· 127
표유매(摽有梅) ····················· 63
표풍발발(飄風發發) ····················· 262
표풍불불(飄風弗弗) ····················· 262
풍년다서다도(豊年多黍多稌) ······· 300
풍우소소(風雨瀟瀟) ····················· 156
풍우여회(風雨如晦) ····················· 156
풍우처처(風雨凄凄) ····················· 156
피교동혜(彼狡童兮) ····················· 152
피군자혜(彼君子兮) ····················· 179
피로사하(彼路斯何) ····················· 249
피미맹강(彼美孟姜) ····················· 150
피미숙희(彼美淑姬) ····················· 209
피미인혜(彼美人兮) ····················· 97
피서리리(彼黍離離) ····················· 136
피이유하(彼爾維何) ····················· 249
피인시재(彼人是哉) ············ 174, 175
피절자가(彼苴者葭) ····················· 70
피절자봉(彼苴者蓬) ····················· 70
피주자자(彼姝者子) ····················· 166
피지기기(被之祁祁) ····················· 51
피지동동(被之僮僮) ····················· 51
피직지묘(彼稷之苗) ····················· 136
피직지수(彼稷之穗) ····················· 136
피직지실(彼稷之實) ····················· 136
피창자천(彼蒼者天) ····················· 200
피채갈혜(彼采葛兮) ····················· 143
피채소혜(彼采蕭兮) ····················· 143

피채애혜(彼采艾兮) ····················· 143
피택지파(彼澤之陂) ····················· 212
필고부모(必告父母) ····················· 167
필피승무(駜彼乘牡) ····················· 309
필피승현(駜彼乘駽) ····················· 309
필피승황(駜彼乘黃) ····················· 308

[ㅎ]

하고금지인(何辜今之人) ·············· 286
하구위아(何求爲我) ····················· 287
하민유엄(下民有嚴) ····················· 320
하불일고슬(何不日鼓瑟) ·············· 187
하사위사(何斯違斯) ··············· 61, 62
하상기음(下上其音) ····················· 80
하수양양(河水洋洋) ····················· 123
하수청차련의(河水淸且漣猗) ······· 178
하수청차륜의(河水淸且淪猗) ······· 179
하수청차직의(河水淸且直猗) ······· 179
하유하무(何有何亡) ····················· 92
하이속아송(何以速我訟) ·············· 58
하이속아옥(何以速我獄) ·············· 58
하이졸세(何以卒歲) ····················· 225
하이천아옥(何以穿我屋) ·············· 58
하이천아용(何以穿我墉) ·············· 58
하인부장(何人不將) ····················· 266
하인불긍(何人不矜) ····················· 266
하일불행(何日不行) ····················· 266
하지일(夏之日) ················· 194, 195
하차급의(何嗟及矣) ····················· 139
하초불현(何草不玄) ····················· 266
하초불황(何草不黃) ····················· 266
하토시모(下土是冒) ····················· 82

하피농의(何彼襛矣) ····················· 69
학랑소오(謔浪笑敖) ····················· 84
학명우구고(鶴鳴于九皐) ······ 255, 256
한기건의(暵其乾矣) ····················· 139
한기대심(旱旣大甚) ············ 286, 287
한기수의(暵其脩矣) ····················· 139
한기습의(暵其濕矣) ····················· 139
한발위학(旱魃爲虐) ····················· 287
한유유녀(漢有游女) ······················ 44
한지광의(漢之廣矣) ······················ 44
해완해부(害澣害否) ······················ 33
행도지지(行道遲遲) ············· 92, 249
행매미미(行邁靡靡) ····················· 136
행피주도(行彼周道) ····················· 266
허인우지(許人尤之) ····················· 116
헌견우공(獻犴于公) ····················· 226
헌고제구(獻羔祭韭) ····················· 227
험윤공극(玁狁孔棘) ····················· 249
험윤지고(玁狁之故) ····················· 248
혁여악자(赫如渥赭) ······················ 97
혁혁궐성(赫赫厥聲) ····················· 320
혁혁염염(赫赫炎炎) ····················· 286
혁혜훤혜(赫兮咺兮) ····················· 120
현환황조(睍睆黃鳥) ······················ 88
형제공회(兄弟孔懷) ····················· 245
형제구의(兄弟求矣) ····················· 245
형제급난(兄弟急難) ····················· 245
형제기구(兄弟旣具) ····················· 245
형제기흡(兄弟旣翕) ····················· 245
형제부지(兄弟不知) ····················· 128
형제혁우장(兄弟鬩于牆) ············· 245
형종기묘(衡從其畝) ····················· 167
형후지이(邢侯之姨) ····················· 123

혜연긍래(惠然肯來) ····················· 84
혜이호아(惠而好我) ············ 104, 105
혜피소성(嘒彼小星) ··············· 64, 65
호고지녕(胡考之寧) ····················· 305
호녕인여(胡寧忍予) ····················· 286
호녕전아이한(胡寧瘨我以旱) ······· 287
호능유정(胡能有定) ······················ 82
호락무황(好樂無荒) ····················· 185
호배계수(虎拜稽首) ····················· 292
호불귀(胡不歸) ····················· 95, 96
호불비언(胡不比焉) ············ 190, 191
호불상외(胡不相畏) ····················· 286
호불차언(胡不佽焉) ····················· 191
호불천사(胡不遄死) ····················· 114
호연이제야(胡然而帝也) ············· 110
호연이천야(胡然而天也) ············· 110
호위호니중(胡爲乎泥中) ··············· 96
호위호중로(胡爲乎中露) ··············· 95
호의기건(縞衣綦巾) ····················· 159
호의여려(縞衣茹藘) ····················· 159
호전여우휼(胡轉予于恤) ············· 257
호질이미(胡迭而微) ······················ 74
호천망극(昊天罔極) ····················· 262
호천상제(昊天上帝) ············ 286, 287
호첨이정유현순혜(胡瞻爾庭有
　　縣鶉兮) ····························· 179
호첨이정유현원혜(胡瞻爾庭有
　　縣貆兮) ····························· 179
호첨이정유현특혜(胡瞻爾庭有
　　縣特兮) ····························· 179
호취단시(胡臭亶時) ····················· 280
호취화삼백균혜(胡取禾三百囷兮) 179
호취화삼백억혜(胡取禾三百億兮) 179

호취화삼백전혜(胡取禾三百廛兮) 179
혹용혹유(或舂或揄) 280
혹잠재연(或潛在淵) 256
혹재우저(或在于渚) 256
혹파혹유(或簸或蹂) 280
화락차담(和樂且湛) 242, 245
화락차유(和樂且孺) 245
화마숙맥(禾麻菽麥) 227
화여도리(華如桃李) 69
화역수수(禾役穟穟) 279
환거언매(還車言邁) 100
환환우정(桓桓于征) 313
황박기마(皇駁其馬) 233
황야영탄(況也永歎) 245
황조우비(黃鳥于飛) 32
황조황조(黃鳥黃鳥) 259
황황궐성(喤喤厥聲) 301
황휼아후(遑恤我後) 92
회벌평림(會伐平林) 279
회아호음(懷我好音) 313
회언근지(會言近止) 252
회여부장혜(悔予不將兮) 155
회여불송혜(悔予不送兮) 155
회이래구(淮夷來求) 291
회이래포(淮夷來鋪) 291

회이유복(淮夷攸服) 313
회이졸획(淮夷卒獲) 313
회지호음(懷之好音) 217
회차귀의(會且歸矣) 163
후강후이(侯彊侯以) 304
후문왕손자(侯文王孫子) 273
후복우주(侯服于周) 274
후아후려(侯亞侯旅) 304
후우주복(侯于周服) 274
후주후백(侯主侯伯) 304
후직고의(后稷呱矣) 279
후직불극(后稷不克) 286
후직조사(后稷肇祀) 280
홍홍혜(薨薨兮) 38
훼목처지(卉木萋止) 252
훼훼기뢰(虺虺其靁) 84
휴수동거(攜手同車) 105
휴수동귀(攜手同歸) 105
휴수동행(攜手同行) 104
휵아부졸(畜我不卒) 82
흠유개유지(歆攸介攸止) 279
흡차사국(洽此四國) 292
희기소의(咥其笑矣) 128
힐지항지(頡之頏之) 79

新譯 詩經選

初版 印刷 ●2003年		3月	20日
初版 發行 ●2003年		3月	31日

譯著者 ● 金 學 主

發行者 ● 金 東 求

發行處 ● 明 文 堂

서울특별시 종로구 안국동 17~8

대체 010041-31-001194

전화 (영) 733-3039, 734-4798

      (편) 733-4748

FAX 734-9209

Homepage www.myungmundang.net

E-mail mmdbook1@myungmundang.net

등록 1977. 11. 19. 제1~148호

● 낙장 및 파본은 교환해 드립니다.

● 불허복제.

값 20,000원

ISBN 89-7270-727-9 03820